D0860869

VOLVER A CASA

Yaa Gyasi

VOLVER A CASA

Traducción del inglés de
Maia Figueroa

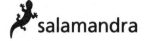 salamandra

Título original: *Homegoing*

Diseño de la ilustración de la cubierta: Nathan Burton

Copyright © YNG Books, Inc., 2016
Copyright de la edición en castellano © Ediciones Salamandra, 2017

Publicaciones y Ediciones Salamandra, S.A.
Almogàvers, 56, 7º 2ª - 08018 Barcelona - Tel. 93 215 11 99
www.salamandra.info

ISBN: 978-84-9838-797-1
Depósito legal: B-2.662-2017

1ª edición, marzo de 2017
Printed in Spain

Impresión: Liberdúplex, S.L. Sant Llorenç d'Hortons

A mis padres y hermanos

Abusua te sɛ kwaɛ: sɛ wo wɔ akyire a wo hunu sɛ ɛbom, sɛ wo bɛn ho a na wo hunu sɛ nnua no bia sisi ne baabi nko.

«La familia es como un bosque: desde fuera parece impenetrable, pero desde dentro ves que cada árbol tiene su posición.»

PROVERBIO AKÁN

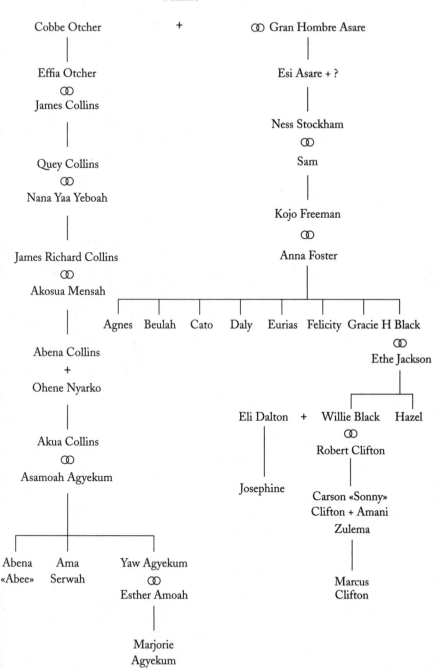

PRIMERA PARTE

Effia

La noche que nació Effia Otcher, rodeada del calor almizclado de la tierra de los fante, un fuego hizo estragos en el bosque, junto a la casa de su padre. Avanzó deprisa y se abrió camino durante varios días. Vivía del aire, dormía en cuevas y se escondía en los árboles. Quemó todo aquello que encontraba, sin preocuparse por la devastación que dejaba a su paso, hasta llegar a una aldea asante. Allí desapareció y se fundió con la oscuridad.

Cobbe Otcher, padre de Effia, dejó a su primera esposa, Baaba, con la recién nacida para evaluar las pérdidas de la plantación de ñame, el preciado cultivo conocido a lo largo y ancho de su tierra por ser el sustento de tantas familias. Cobbe había perdido siete plantas, y sentía cada pérdida como un golpe que recibían los suyos. Supo entonces que el recuerdo de aquel fuego que había huido después de arder lo acosaría a él, a sus hijos y a los hijos de sus hijos mientras su linaje perviviera. Al regresar a la choza de Baaba encontró a Effia, la hija de la noche de las llamas, desgañitándose. Miró a su esposa y le dijo:

—Jamás volveremos a hablar de lo que ha ocurrido hoy.

Empezó a rumorearse entre los aldeanos que Effia había nacido del fuego y por ese motivo Baaba no tenía leche. La amamantó la segunda esposa de Cobbe, que tres meses

15

antes había dado a luz a un varón. Al principio Effia no se agarraba al pezón, pero cuando lo consiguió apretaba tanto las encías que le desgarraba la piel, de manera que la mujer acabó teniendo miedo a alimentarla. Así la niña perdió peso y se convirtió en un pellejo lleno de huesecitos de pájaro, con un gran agujero negro por boca, de donde salía un llanto hambriento que resonaba por toda la aldea, incluso los días que Baaba hacía cuanto podía por sofocarlo cubriéndole los labios con la palma áspera de la mano izquierda.

«Quiérela», le había ordenado Cobbe, como si el amor fuese un acto igual de sencillo que coger comida de un plato de hierro y llevársela a la boca. Por las noches, Baaba soñaba con dejarla en la negrura del bosque para que el dios Nyame hiciera con ella lo que quisiese.

Effia creció. El verano después de su tercer cumpleaños, Baaba tuvo su primer hijo varón. Lo llamaron Fiifi, y estaba tan rechoncho que en ocasiones, cuando Baaba no miraba, Effia lo hacía rodar por el suelo como una pelota. La primera vez que su madre le permitió sostenerlo en brazos, se le cayó: el bebé rebotó sobre las nalgas, aterrizó de vientre y miró a los que estaban en la habitación sin saber si debía llorar o no. Decidió no hacerlo, pero Baaba, que en ese momento removía el *banku*, alzó el cucharón y golpeó con él la espalda desnuda de Effia. Cada vez que levantaba el utensilio del cuerpo de la niña, le dejaba pedazos calientes y pegajosos de masa que le quemaban la piel, y cuando Baaba hubo acabado, Effia lloraba y chillaba, cubierta de llagas. Desde el suelo, rodando sobre el vientre de un lado al otro, Fiifi miraba a Effia con ojos como platos, pero sin hacer ningún ruido.

Al regresar a casa, Cobbe encontró a sus otras esposas curando las heridas de Effia y de inmediato comprendió lo que había ocurrido. Baaba y él discutieron hasta bien entrada la noche, y mientras tanto Effia los oía a través de las finas paredes de la choza. Tumbada en el suelo, la niña dormitaba con fiebre. En sus sueños, Cobbe era un león, y Baaba, un árbol. El león arrancaba el árbol de la tierra donde estaba plantado y lo lanzaba contra el suelo, y cuando éste protestaba estirando las ramas, se las arrancaba una a una. Tendido en la arena, el árbol empezaba a llorar hormigas rojas que descendían por entre las grietas de la corteza y se acumulaban sobre la tierra mullida, alrededor de la copa.

Y así empezó el ciclo. Baaba pegaba a Effia. Cobbe, a Baaba. A la edad de diez años, la niña podía recitar la historia de las cicatrices que llevaba en el cuerpo: el verano de 1764, cuando Baaba le partió unos ñames en el espinazo; la primavera de 1767, cuando Baaba le aplastó el pie con una piedra y le rompió el dedo gordo, que jamás volvió a apuntar hacia el mismo lado que el resto. Todas las cicatrices de Effia tenían una réplica en el cuerpo de Baaba, pero eso no impedía a la madre apalear a la hija, ni al padre apalear a la madre.

Que Effia estuviera convirtiéndose en una mujer bellísima sólo empeoraba las cosas. Cuando tenía doce años le crecieron los senos: dos bultos que le nacían del pecho, suaves como la pulpa de mango. Los hombres de la aldea sabían que pronto le vendría la primera sangre y esperaban la oportunidad para pedir su mano a Baaba y Cobbe. Los regalos no tardaron en sucederse: uno de los hombres recolectaba vino de palma mejor que cualquier otro, y las redes de pesca de otro vecino jamás aparecían vacías. A punto de hacerse mujer, Effia proporcionaba a la familia de Cobbe un festín tras otro. Ni sus tripas ni sus manos estaban nunca vacías.

En 1775, Adwoa Aidoo fue la primera chica de la aldea a la que uno de los soldados británicos pidió en matrimonio. Tenía la piel clara y la lengua afilada. Por las mañanas, después de bañarse, se frotaba manteca de karité por todo el cuerpo, debajo de los pechos y entre las piernas. Effia no la conocía bien, pero un día que Baaba la había mandado llevar aceite de palma a la choza de la joven, la había visto desnuda. Tenía la piel brillante y lisa, y el pelo majestuoso.

El día que aquel hombre blanco llegó por primera vez, la madre de Adwoa encargó a los padres de Effia que le enseñasen el pueblo mientras la muchacha se preparaba para él.

—¿Puedo ir con vosotros? —preguntó Effia.

En ese momento corría tras ellos y oyó el «no» de Baaba por un oído y el «sí» de Cobbe por el otro. Ganó el oído de su padre, y pronto se encontró ante el primer hombre blanco que veía.

—Se alegra de conocerte —dijo el intérprete al tiempo que el hombre blanco ofrecía la mano a Effia.

Ella no se la aceptó, sino que se escondió detrás de la pierna de su padre y lo observó desde allí.

El blanco llevaba una chaqueta con una hilera reluciente de botones de oro tirantes por la presión de la panza. Tenía la cara roja, como si en lugar de cuello tuviese un tocón ardiendo; estaba gordo, y de la frente y del labio le caían grandes gotas de sudor. A Effia le recordó a una nube cargada de lluvia: pálido, húmedo e informe.

—Le gustaría ver la aldea, por favor —dijo el intérprete, y se pusieron en marcha.

La primera parada fue delante de la casa de Effia.

—Aquí vivimos nosotras —anunció la niña al hombre blanco, y él sonrió embobado, con los ojos verdes envueltos en una neblina.

No comprendía. Incluso después de que el intérprete se lo tradujera, seguía sin entender.

Cobbe cogió a Effia de la mano y, junto con Baaba, guió al hombre blanco por el recinto.

—En esta aldea —explicó Cobbe—, cada esposa tiene su choza. La comparte con sus hijos. Las noches que el marido debe pasar con ella, la visita en su casa.

A medida que le traducían aquello, la mirada del hombre blanco fue aclarándose y de pronto Effia se dio cuenta de que ahora lo contemplaba todo con nuevos ojos. Por fin veía las paredes de adobe, la paja de la techumbre.

Continuaron el paseo por el pueblo y le enseñaron la plaza, las pequeñas barcas de pesca que construían vaciando troncos de árbol y que los hombres cargaban consigo cuando caminaban varios kilómetros hasta la costa. Effia se esforzó por verlo todo con otros ojos; olió el viento salino que le acariciaba los pelillos de la nariz, palpó la corteza áspera y rasposa de una palmera, admiró el rojo intenso de la arcilla que se veía por todas partes.

—Baaba —dijo Effia cuando los hombres se adelantaron unos pasos—, ¿por qué va a casarse Adwoa con este hombre?

—Porque lo dice su madre.

Unas semanas más tarde, el blanco regresó a presentar sus respetos a la madre de Adwoa, y Effia y el resto de los aldeanos se acercaron a ver qué le ofrecía. Acudía con el precio de la novia, quince libras. También con artículos que algunos asante habían transportado a la espalda desde el castillo. Mientras los sirvientes entraban con telas, mijo, oro y hierro, Cobbe obligó a Effia a ponerse detrás de él.

Después, de regreso a casa, el padre llevó a la joven a un lado y dejó que sus esposas y el resto de sus hijos los adelantaran.

—¿Entiendes lo que acaba de ocurrir? —le preguntó.

A lo lejos, Baaba cogió a Fiifi de la mano. El hermano de Effia había cumplido once años hacía poco, pero ya era capaz de trepar al tronco de una palmera sin más ayuda que las manos y los pies descalzos.

—El hombre blanco ha venido a llevarse a Adwoa —repuso Effia.

Su padre asintió.

—Los blancos viven en el castillo de Costa del Cabo. Desde allí intercambian bienes con nuestra gente.

—¿Como hierro y mijo?

Cobbe le posó la mano en el hombro y le dio un beso en la frente, pero cuando se apartó, su mirada era distante e inquieta.

—Sí, ellos nos dan hierro y mijo, pero nosotros tenemos que darles otras cosas a cambio. Este hombre ha venido de Costa del Cabo a casarse con Adwoa, y después de él vendrán otros a llevarse a nuestras hijas. Sin embargo, para ti, niña mía, tengo otros planes mejores que vivir como esposa de un blanco. Tú te casarás con un hombre de nuestra aldea.

Justo entonces, Baaba se dio la vuelta y Effia la miró a los ojos. La mujer frunció el ceño y ella se volvió hacia su padre para ver si se había dado cuenta, pero Cobbe no dijo ni una palabra.

Effia sabía a quién elegiría ella como esposo y esperaba de todo corazón que sus padres escogiesen al mismo hombre. Abeeku Badu era el heredero del jefe de la aldea. Alto, con la piel del color del hueso de un aguacate, manos fuertes y dedos largos y finos que agitaba al hablar como si fueran rayos. Había visitado su casa cuatro veces en el último mes y estaba previsto que esa misma semana Effia y él comiesen juntos.

Abeeku llevó una cabra. Sus sirvientes cargaron ñames, pescado y vino de palma. Baaba y las otras esposas avivaron los fuegos y calentaron el aceite. El aire se llenó de aromas. Esa mañana, Baaba había peinado a Effia. Le había hecho dos trenzas largas, una a cada lado de la raya. Con ellas recordaba a un carnero: fuerte, obstinada. Ella misma se había untado el cuerpo desnudo de aceite y se había puesto oro en las orejas. Se sentó delante de Abeeku a comer, contenta de ver que él le lanzaba miradas furtivas de admiración.

—¿Fuiste a la ceremonia de Adwoa? —preguntó Baaba en cuanto hubieron servido a los hombres y las mujeres empezaron por fin a comer.

—Sí, pero sólo un rato. Es una pena que vaya a marcharse de la aldea. Habría sido una gran esposa.

—Cuando seas jefe, ¿trabajarás para los británicos? —preguntó Effia.

20

Tanto Cobbe como Baaba le lanzaron miradas reprobatorias, y ella agachó la cabeza, pero enseguida la irguió y vio que Abeeku sonreía.

—Trabajamos con los británicos, Effia. No para ellos. Eso es lo que significa comerciar. Cuando sea el jefe, continuaremos como hasta ahora, asegurándonos de que el intercambio con los asante y los británicos continúa.

Effia asintió. No estaba del todo segura de qué quería decir aquello, pero a juzgar por las miradas de sus padres, era mejor que mantuviese la boca cerrada. Abeeku Badu era el primer hombre que llevaban a conocerla, y Effia deseaba con todas sus fuerzas que él la quisiera, pese a no saber aún qué clase de hombre era ni qué tipo de mujer requería. Cuando estaba en su choza, Effia podía preguntar a su padre y a Fiifi todo lo que le apeteciera. Era Baaba quien guardaba silencio y prefería que ella hiciese lo mismo; Baaba, quien la había abofeteado por preguntar por qué no la llevaba a que la bendijesen como hacían otras madres con sus hijas. Sólo cuando no hablaba ni preguntaba nada, cuando se hacía pequeña, Effia sentía el amor de Baaba, o algo que se le parecía. Tal vez también fuera eso lo que buscaba Abeeku.

El joven terminó de comer. Estrechó la mano a todos los miembros de la familia y se detuvo junto a la madre.

—Avísame cuando esté lista.

Baaba se llevó una mano al pecho y asintió con seriedad. Cobbe y los demás hombres acompañaron a Abeeku mientras el resto de la familia le decía adiós con la mano.

Esa noche, Baaba despertó a Effia, que dormía en el suelo de la choza. Mientras le hablaba, la joven sentía su aliento cálido en la oreja.

—Cuando te venga la sangre, debes ocultarlo. Tienes que decírmelo a mí y a nadie más. ¿Entiendes?

Le entregó unas hojas de palma que había convertido en un pliego suave y enrollado.

—Ponte esto dentro y míralo todos los días. Cuando esté manchado de rojo, avísame.

Effia miró las hojas de palma que Baaba le tendía con las manos abiertas. No las aceptó a la primera, pero alzó la vista y distinguió en los ojos de su madre algo que rayaba la desesperación. Y como esa mirada le suavizaba el rostro y Effia también conocía en carne propia la desesperación, ese fruto del anhelo, hizo lo que su madre le pedía. Todos los días comprobaba el color de las hojas, pero éstas salían siempre del mismo verde blanquecino. Al llegar la primavera, el jefe de la aldea enfermó y todo el mundo empezó a observar a Abeeku con atención para ver si estaba preparado para el puesto. Durante esos meses se casó con dos mujeres: Arekua la Sabia y Millicent, la hija mestiza de una mujer fante y un soldado británico que había muerto de fiebre y había dejado a su esposa e hija muchas riquezas para gastar a placer. Effia rezaba por que llegase el día en que todos los habitantes de su aldea la llamasen Effia la Bella, como hacía Abeeku en las contadas ocasiones en que les permitían hablar.

La madre de Millicent tenía un nombre nuevo que le había dado su marido blanco. Era una mujer oronda y rolliza cuyos dientes centelleaban en la noche oscura de su piel y, cuando enviudó, decidió dejar de vivir en el castillo y regresar al pueblo. Como los blancos no podían dejar dinero en testamento a sus esposas e hijos fante, se lo dejaban a otros soldados y amigos, y éstos pagaban a las mujeres. Así, la madre de Millicent había recibido suficiente dinero para empezar de nuevo y comprar algo de tierra. Ambas visitaban a Effia y a Baaba a menudo, pues, como decían, pronto iban a formar parte de la misma familia.

Millicent era la mujer de piel más clara que Effia había visto en su vida. La cabellera negra le llegaba hasta la mitad de la espalda, y en los ojos tenía pinceladas verdes. Rara vez sonreía, y hablaba con voz ronca y un acento fante extraño.

—¿Cómo era vivir en el castillo? —preguntó Baaba un día a la madre de Millicent.

Se habían sentado las cuatro a comer cacahuetes y plátanos.

—Estaba bien, sí. Ay, cómo te cuidan esos hombres. Es como si nunca hubieran estado con una mujer. No sé a qué se dedicaban sus esposas británicas. Te digo que mi marido me miraba como si yo fuera agua y él fuego, y todas las noches hubiera que sofocar las llamas.

Las mujeres rompieron a reír. Millicent esbozó una sonrisa furtiva para Effia, y ella quiso preguntarle cómo era con Abeeku, pero no se atrevió.

Baaba se acercó a la madre de Millicent, pero aun así Effia oyó:

—Y además pagan un buen precio por la novia, ¿eh?

—Te digo que mi marido le pagó diez libras a mi madre, ¡y eso fue hace quince años! Sí, hermana, el dinero está muy bien, pero me alegro de que mi hija se haya casado con un fante. Aunque un soldado me ofreciese veinte libras por ella, no sería la esposa de un jefe. Y aún peor: tendría que vivir en el castillo, lejos de mí. No, no, es mucho mejor conseguir a un hombre del pueblo para que tus hijas puedan estar cerca.

Baaba asintió y se volvió hacia Effia, que enseguida apartó la mirada.

Esa noche, justo dos días después de su decimoquinto cumpleaños, llegó la sangre. No fue la corriente poderosa de las olas del mar que Effia esperaba, sino un simple hilillo, gotas de lluvia que caían, una a una, desde el mismo agujero del techo de una choza. Se limpió y esperó a que su padre dejase a Baaba a solas para poder contárselo.

—Baaba —dijo, y le enseñó las hojas de palma teñidas de rojo—. Tengo la sangre.

Baaba le tapó los labios con una mano.

—¿Quién más lo sabe?

—Nadie.

—Que siga así, ¿me entiendes? Si alguien te pregunta si ya eres mujer, debes responder que no.

Effia contestó que sí con la cabeza. Se dio media vuelta para marcharse, pero tenía una pregunta ardiéndole en el pecho como si fueran brasas de carbón.

—¿Por qué? —preguntó al fin.

Baaba le metió los dedos en la boca, le sacó la lengua y le pellizcó la punta con uñas afiladas.

—¿Quién eres tú para cuestionar lo que te digo? Si no haces lo que te mando, me ocuparé de que jamás vuelvas a hablar.

Le soltó la lengua, y durante el resto de la noche Effia notó el sabor de su propia sangre.

A la semana siguiente murió el anciano jefe de la aldea. El funeral se anunció en todas las poblaciones vecinas. Duraría un mes y acabaría con la ceremonia en la que nombrarían jefe a Abeeku. Las mujeres de la aldea preparaban comida de sol a sol; se fabricaron tambores con la mejor madera y se pidió a los mejores cantores que hicieran oír su voz. Los asistentes al funeral se pusieron a bailar el cuarto día de la estación de lluvias y no descansaron los pies hasta que el suelo quedó seco por completo.

Tras la primera noche sin lluvia, Abeeku fue coronado *omanhin*, jefe de la aldea fante. Lo vistieron con tejidos suntuosos y sus esposas se colocaron una a cada lado. Effia y Baaba se quedaron juntas mirándolo, mientras Cobbe caminaba entre el gentío. De vez en cuando, Effia lo oía murmurar que ella, su hija, la mujer más hermosa del pueblo, debería estar allí con las otras dos.

Como nuevo jefe, Abeeku quería hacer algo grande, algo que llamase la atención sobre su territorio y los convirtiera en una potencia que tener en cuenta. Tras apenas tres días de mandato, reunió en su casa a todos los hombres de la aldea. Les dio de comer sin parar a lo largo de dos jornadas y los emborrachó de vino de palma hasta que no quedó choza desde donde no resonaran el bullicio de las risas y los gritos exaltados.

—¿Qué van a hacer? —preguntó Effia.

—No es asunto tuyo —contestó Baaba.

Desde que había empezado a sangrar dos meses antes, Baaba había dejado de pegarle, en pago por su silencio. Algunos días, mientras preparaban la comida para los hombres o la joven regresaba de buscar agua y miraba a Baaba ahuecar las manos y hundirlas en el cubo, Effia pensaba que por fin se comportaban como correspondía a una madre y una hija. Sin embargo, otros días Baaba fruncía de nuevo el ceño con desdén, y Effia se daba cuenta de que la nueva tranquilidad de su madre era temporal, y su rabia, una bestia salvaje que había logrado apaciguar sólo por el momento.

Cobbe regresó de la reunión con un machete largo. El mango era de oro y llevaba grabadas unas letras que nadie comprendía. Estaba tan borracho que todas sus esposas e hijos formaron un corro estrecho a su alrededor, a medio metro de distancia, mientras él se tambaleaba y punzaba el aire con el arma afilada.

—¡Vamos a hacernos ricos con sangre! —chillaba.

Arremetió contra Fiifi, que se había metido dentro del círculo. El muchacho, más esbelto y rápido que cuando era un bebé rechoncho, giró la cadera y esquivó la punta del machete por los pelos.

El chico había sido el más joven de la reunión, y todo el mundo sabía que sería un buen guerrero. Lo veían en su forma de trepar por las palmeras y de llevar su silencio como una corona de oro.

Tras marcharse su padre, y una vez estuvo segura de que su madre dormía, Effia se arrastró hasta donde estaba Fiifi.

—Despierta —le susurró, y él la apartó.

Incluso medio dormido, era más fuerte que ella. La joven cayó hacia atrás, pero se levantó con la agilidad de un gato y se puso en pie.

—Despierta —repitió.

Fiifi abrió los ojos de golpe.

—No me molestes, hermana mayor.

—¿Qué va a pasar? —preguntó ella.

—Eso es asunto de los hombres.

—Tú aún no eres un hombre —repuso.

—Ni tú una mujer —soltó él—. Si lo fueras, esta noche habrías estado allí con Abeeku, como su esposa.

A Effia empezó a temblarle el labio. Dio media vuelta para regresar a su lado de la choza, pero Fiifi la agarró del brazo.

—Vamos a ayudar a los británicos y a los asante con el comercio.

—Ah —respondió Effia. Era la misma historia que había oído de su padre y de Abeeku unos meses antes—. ¿Quieres decir que daremos oro asante y telas a los blancos?

Fiifi le atenazó el brazo.

—No seas boba. Abeeku ha establecido una alianza con una de las aldeas asante más poderosas. Vamos a ayudarlos a vender sus esclavos a los británicos.

Y así fue como el hombre blanco llegó a su aldea. Gordos o flacos, rosados o bronceados, iban de uniforme y con la espada colgando del costado y miraban con el rabillo del ojo, siempre muy precavidos. Acudían a dar su visto bueno a las mercancías que Abeeku les había prometido.

Durante los días siguientes a la ceremonia fúnebre del jefe, Cobbe empezó a inquietarse por la promesa rota de Effia, pues aún no era mujer. Temía que Abeeku se olvidara de ella y escogiese a otra joven de la aldea. Él siempre había dicho que quería que su hija fuese la primera esposa, la más importante, pero ahora parecía que no podía aspirar siquiera al puesto de tercera mujer.

Todos los días preguntaba a Baaba qué pasaba con Effia, y todos los días ella respondía que aún no estaba lista. Desesperado, permitía que su hija visitase la casa de Abeeku una vez a la semana acompañada por Baaba, para que el hombre la viese y recordase cuánto le habían gustado su rostro y su figura.

Arekua la Sabia, la primera de sus esposas, las recibió cuando llegaron a su choza una tarde.

—Por favor, *mama* —le dijo a Baaba—, hoy no os esperábamos. Han venido los blancos.

—Entonces nos vamos —contestó Effia, pero Baaba la agarró del brazo.

—Si no os importa, nos gustaría quedarnos —pidió ésta.

Arekua la miró, extrañada.

—Si volvemos demasiado pronto, mi marido se enfadará —arguyó, como si ésa fuera suficiente explicación.

Pero Effia sabía que mentía. Cobbe no las había enviado allí esa tarde, sino que Baaba se había enterado de que los hombres blancos estarían allí y había insistido en ir a ofrecer sus respetos. Arekua se apiadó de ellas y fue a preguntarle a Abeeku si podían quedarse.

—Comeréis con las mujeres y, si los hombres entran, no podéis hablar —anunció a su regreso.

Las llevó al interior de la casa, y Effia miró en todas las chozas por las que iban pasando hasta que llegaron a una donde las esposas se habían reunido a comer. Se sentó al lado de Millicent, cuyo embarazo era ya evidente, la barriga baja y del tamaño de un coco. Arekua había preparado pescado estofado con aceite de palma, y comieron con las manos hasta tener los dedos teñidos de color naranja.

Enseguida entró una sirvienta en la que Effia no había reparado. Era menuda, apenas una niña, y no alzaba la mirada del suelo.

—*Mama* —le dijo a Arekua—: a los hombres blancos les gustaría ver la casa. El jefe Abeeku dice que os aseguréis de estar presentables.

—Rápido, ve a por agua —mandó Millicent.

Cuando la sirvienta regresó con el cubo lleno, todas se lavaron las manos y la boca. Effia se arregló el pelo: se lamió las palmas y se frotó con los dedos los rizos diminutos que tenía alrededor de la frente. Cuando acabó, Baaba la obligó a colocarse entre Millicent y Arekua, delante de otras mujeres, pero Effia hizo lo posible por empequeñecerse para no llamar la atención.

Los hombres no tardaron en llegar. Effia pensó que Abeeku tenía el porte de un jefe: fuerte y poderoso, como si fuera capaz de levantar a diez mujeres por encima de la cabeza, hacia el sol. Detrás de él iban dos hombres blancos. Uno de ellos le pareció el cabecilla, por cómo lo miraba el otro antes de hablar o de echar a caminar. El jefe blanco llevaba la misma ropa que sus compañeros, pero la chaqueta y los galones de los hombros tenían más botones de oro relucientes. Parecía mayor que Abeeku, pues tenía la cabellera castaña salpicada de gris, pero mantenía una postura erguida, como se espera de un líder.

—Éstas son las mujeres. Mis esposas e hijos, sus madres e hijas —dijo Abeeku.

El otro blanco, el más bajo y tímido de los dos, lo contempló durante la explicación y después se volvió hacia el jefe blanco y habló en su lengua extraña. El jefe blanco asintió, sonrió a toda la familia y, mirando con atención a las mujeres, las saludó una a una en un fante muy pobre.

Cuando le llegó el turno a Effia, ella no pudo reprimir una risita. El resto de las mujeres le chistaron y se le cubrieron las mejillas de una vergüenza que ardía.

—Aún estoy aprendiendo —se disculpó el jefe blanco con la mirada fija en Effia.

A oídos de la joven, su manera de pronunciar el fante producía un sonido feo.

El jefe le sostuvo la mirada durante lo que a ella le parecieron minutos, y notó que el rostro se le calentaba aún más cuando la expresión de aquellos ojos se tornó algo más licenciosa. Los círculos oscuros de los iris del hombre blanco parecían enormes ollas en las que un niño podría ahogarse, y estaba mirando a Effia así, como si quisiera atraparla allí dentro, en aquellos ojos profundos. Las mejillas de él no tardaron en teñirse de rubor. Se volvió hacia el otro hombre y habló.

—No, no es mi esposa —aclaró Abeeku después de que el tipo le tradujera, sin tratar de disimular su molestia.

Effia agachó la cabeza, sonrojada por haber hecho algo que avergonzase a Abeeku y porque él no pudiese llamarla «esposa». Humillada también porque no la había llamado por su nombre: Effia la Bella. En ese momento deseó desesperadamente romper su promesa a Baaba y anunciar que ya era mujer, pero antes de que pudiese decir ni una palabra, los hombres se alejaron y, justo cuando el jefe blanco miró hacia atrás y le sonrió, perdió la determinación.

Se llamaba James Collins y acababan de nombrarlo gobernador del castillo de Costa del Cabo. En menos de una semana, había regresado a la aldea a pedirle a Baaba la mano de Effia. Cobbe montó en cólera y su rabia llenó todas las estancias de la casa como una nube de vapor caliente.

—¡Está casi prometida a Abeeku! —gritó a Baaba cuando ella le anunció que consideraría la petición.

—Sí, pero Abeeku no puede casarse con ella hasta que le llegue la sangre, y llevamos años esperando. Deja que te diga una cosa, marido; creo que aquel fuego fue una maldición para ella. Es un demonio que jamás se hará mujer. Piénsalo: ¿qué criatura es tan bella pero no se la puede tocar? Es mujer en apariencia y, sin embargo, aún no sangra. Pero el hombre blanco se la llevará de todos modos, porque no sabe lo que es.

Effia había oído al hombre blanco hablar con su madre durante el día. Como regalo de bodas, le pagaría a Baaba treinta libras por adelantado y veinticinco chelines al mes en mercancía para el comercio. Más de lo que Abeeku podía ofrecer, más de lo que se había ofrecido por cualquier otra mujer fante en su aldea o en la más cercana.

Durante toda la noche, Effia oyó a su padre caminar de un lado a otro. Incluso al despertarse, a la mañana siguiente, el sonido rítmico de sus pisadas en la arcilla endurecida del suelo seguía presente.

—Hay que conseguir que Abeeku piense que ha sido idea suya —dijo al final.

Así que invitaron al jefe a su casa. Sentado junto a Cobbe, Baaba le expuso su teoría: que el fuego que había destruido tanto patrimonio de la familia había arruinado también a la niña.

—Tiene el cuerpo de mujer, pero su espíritu esconde algo maligno —explicó Baaba, y escupió en el suelo para mayor efecto—. Si te casas con ella, no te dará hijos. Si el hombre blanco se casa con ella, se encariñará con la aldea, y verás que vuestro comercio prospera.

Abeeku se frotó la barba con suavidad mientras lo pensaba.

—Traedme a la Bella —ordenó al final.

La segunda esposa de Cobbe fue a buscar a Effia. La joven temblaba y le dolía tanto el vientre que creía que se le vaciarían las tripas allí mismo, delante de todos los presentes.

Abeeku se levantó para mirarla a la cara. Le recorrió el paisaje del rostro con los dedos, la cordillera de los pómulos, las cuevas de la nariz.

—No ha nacido mujer más hermosa —dijo al cabo de un momento, y se dirigió a Baaba—. Pero veo que tienes razón. Si el hombre blanco la quiere, puede quedarse con ella. Será mejor para nuestros tratos con ellos. Y también para la aldea.

Cobbe, un hombre grande y fuerte, se echó a llorar sin reparos, pero Baaba se mantuvo erguida. Cuando Abeeku se hubo marchado, la madre se acercó a Effia y le dio un colgante de piedra negra que resplandecía como si estuviera recubierto de polvo de oro.

Se lo puso en las manos y se inclinó hacia ella, hasta que le tocó la oreja con los labios.

—Llévate esto cuando te vayas —le dijo—. Es un pedazo de tu madre.

Cuando Baaba se apartó, Effia descubrió que detrás de la sonrisa le danzaba algo que recordaba al alivio.

*

Effia había pasado junto al castillo de Costa del Cabo en una ocasión, cuando Baaba y ella se aventuraron a salir del pueblo para ir a la ciudad, pero no pisó su interior hasta el día de su boda. En la planta baja había una capilla, donde un clérigo la casó con James Collins y le pidió que repitiera palabras que no significaban nada para ella en un idioma que no comprendía. No hubo baile ni banquete ni colores vivos ni cabelleras peinadas con aceite ni ancianas de pechos arrugados y desnudos que les lanzasen monedas y agitasen pañuelos. Ni siquiera la familia de Effia asistió, pues Baaba había convencido a todos de que la chica era de mal augurio y ya nadie quería saber nada de ella. La mañana que partió hacia el castillo, Cobbe le dio un beso en la cabeza y la despidió con la mano, sabiendo que la premonición de la disolución y destrucción del linaje familiar, la premonición que había tenido la noche del incendio, empezaba en ese momento, con su hija y el hombre blanco.

Por su parte, James había hecho todo lo posible para que Effia se sintiera cómoda, y ella veía cuánto se esforzaba. Le había pedido a su intérprete que le enseñase más palabras en fante, para decirle lo bella que era y que iba a cuidarla lo mejor que pudiese. La había llamado como lo hacía Abeeku: Effia la Bella.

Cuando estuvieron casados, James le enseñó el castillo. En la planta baja de la muralla norte había apartamentos y almacenes. En el centro había un patio para la formación, el cuartel militar y la garita. También había un corral, un estanque, un hospital. Una carpintería, una fragua, cocinas. El castillo era un pueblo en sí mismo y Effia lo recorrió con James, asombrada. Acarició la madera del excelente mobiliario, oscura como el color de la piel de su padre, y las colgaduras de seda, tan suaves que su tacto parecía un beso.

Lo absorbió todo y se detuvo en la terraza, donde había unos cañones negros enormes apuntando al mar. Quería descansar antes de que James la hiciese subir por su escalera privada, así que durante un momento apoyó la cabeza en uno de los cañones. De pronto, sintió que una brisa le alcanzaba los pies. Salía de unos agujeros pequeños del suelo.

—¿Qué hay ahí abajo? —preguntó a su marido, y la maltratada palabra fante que obtuvo como respuesta fue «cargamento».

Entonces, a caballo de la brisa, le llegó un leve gemido. Tan tenue que Effia pensó que estaba imaginándoselo. Hasta que se agachó y acercó la oreja a la rejilla.

—James, ¿ahí abajo hay gente? —preguntó.

Él se le acercó de inmediato. La levantó del suelo de golpe y la agarró de los hombros para mirarla a los ojos.

—Sí —contestó sin ninguna inflexión en la voz.

Era la única palabra fante que había dominado.

Effia se soltó y le clavó una mirada tan penetrante como la suya.

—¿Cómo puedes tenerlos ahí abajo llorando, eh? ¿Por qué hacéis eso los blancos? Mi padre me lo advirtió. Llévame a mi casa. ¡Llévame a casa ahora mismo!

No se dio cuenta de que estaba gritando hasta que sintió la palma de la mano de James sobre la boca, apretándole los labios como si intentara meterle las palabras dentro de nuevo. La tuvo agarrada así un tiempo, hasta que ella se calmó. No sabía si él comprendía lo que estaba diciendo, pero en ese momento entendió, por la suave presión de los dedos de James sobre sus labios, que era un hombre capaz de hacer daño y que ella debía alegrarse de estar a ese lado de su maldad y no al otro.

—¿Quieres volver a casa? —preguntó James en un fante firme pero confuso—. Tu hogar no es mejor.

Effia le apartó la mano de la boca y lo miró un rato más. Se acordó de la alegría de su madre al verla partir y supo que James tenía razón. No podía regresar a la aldea. Asintió con la cabeza, un gesto apenas perceptible.

Por la escalera, James la apremió. Sus dependencias estaban en la última planta, y desde la ventana Effia tenía vistas directas al mar. Los barcos mercantes, meras motas de polvo negro en el húmedo ojo azul del Atlántico, navegaban tan lejos que era difícil saber a qué distancia estaban del castillo. Algunos debían de estar a tres días, otros apenas a una hora.

En cuanto llegaron a su habitación, Effia se quedó contemplando una de esas naves. Una luz amarilla parpadeante anunciaba su presencia en el agua, y con esa luz, ella alcanzaba a distinguir la silueta del casco, largo y curvo como la piel hueca de un coco. Quería preguntarle a James qué transportaba el barco y si iba o venía, pero se había cansado de tratar de descifrar el poco fante que él hablaba.

James dijo algo. Lo hizo con una sonrisa, una ofrenda de paz. Las comisuras de los labios ligeramente curvadas. Ella negó con la cabeza e intentó decirle que no lo entendía, y al final él señaló la cama que había en el rincón izquierdo de la habitación. Effia se sentó. Por la mañana, antes de emprender el camino hacia el castillo, Baaba le había explicado qué se esperaba de ella en su noche de bodas, pero al parecer nadie se lo había aclarado a James. Se acercó a ella con manos temblorosas, y Effia vio que le sudaba la frente. Ella misma se tendió en el colchón. Ella misma se levantó la falda.

Continuaron así durante semanas, hasta que al final el consuelo de la rutina empezó a aliviar el dolor que le producía la añoranza de su familia. Effia no sabía qué tenía James pero la calmaba. Tal vez fuese la manera en que siempre respondía a sus preguntas o el afecto que le demostraba. Quizá fuera el hecho de que allí no tuviese más esposas a las que atender y por eso todas las noches le pertenecía a ella. La primera vez que él le hizo un regalo, lloró. Había cogido el colgante de piedra negra que Baaba le había dado y le había puesto un cordel para poder llevarlo al cuello. El tacto de la gema la reconfortaba mucho.

Sabía que no debía encariñarse con James, y no dejaba de oír el eco de las palabras de su padre en la cabeza: que quería que fuese algo más que la esposa fante de un hombre blanco. También recordaba lo cerca que había estado de llegar a ser alguien de verdad. Durante toda su vida, Baaba le había dado una paliza tras otra y la había hecho sentir muy pequeña, y ella se había defendido con su belleza, un arma silenciosa pero potente que la había llevado hasta los pies de un jefe. Pero en última instancia, su madre había ganado y la había desterrado no sólo de su casa, sino también de la aldea. Ahora las únicas fante a las que veía con regularidad eran las esposas de otros soldados.

Había oído a los ingleses llamarlas «mozas» en lugar de esposas. «Esposa» era una palabra que reservaban para las mujeres blancas del otro lado del Atlántico. Y una moza era otra cosa, una palabra que los soldados empleaban para mantener las manos limpias y no meterse en problemas con su Dios, un ser que en sí mismo estaba hecho de tres, pero que sólo permitía que los hombres se casaran con una.

—¿Cómo es ella? —le preguntó Effia un día a James.

Estaban practicando un intercambio de idiomas. Por las mañanas temprano, antes de ir a supervisar el trabajo que se hacía en el castillo, James le enseñaba inglés, y por la noche, tumbados en la cama, ella le enseñaba fante. Esa noche, él le recorría la curva de la clavícula con el dedo y ella le cantaba una canción que Baaba acostumbraba a entonar por las noches para Fiifi mientras Effia, tumbada en un rincón, fingía que dormía, que no le importaba que siempre la dejase de lado. Poco a poco, James había empezado a significar para ella más de lo que se suponía que un marido era para su esposa. La primera palabra que él había querido aprender era «amor», y se la decía todos los días.

—Se llama Anne —respondió James, y llevó el dedo desde su clavícula hasta sus labios—. Hace mucho que no la veo. Nos casamos hace diez años, pero llevo fuera tanto tiempo que casi no la conozco.

Effia sabía que James también tenía dos hijos en Inglaterra: Emily y Jimmy. Tenían cinco y nueve años, y habían sido concebidos durante los pocos días de permiso en los que había podido ver a su esposa. El padre de Effia tenía veinte hijos. El antiguo jefe de la aldea, casi una centena. Que un hombre se contentase con tan sólo dos le resultaba incomprensible. Se preguntaba qué aspecto tendrían los niños y también qué le escribiría Anne en sus cartas. Éstas llegaban a intervalos impredecibles, cuatro meses por aquí, un mes por allá. James las leía por la noche, sentado a su escritorio mientras Effia fingía estar durmiendo. No sabía qué decía la correspondencia, pero siempre que James leía una de las cartas, al volver a la cama, se tumbaba lo más lejos posible de ella.

Y ahora, sin la fuerza de una carta para mantener la distancia, James tenía la cabeza apoyada sobre su pecho izquierdo. Cuando hablaba, ella le notaba el aliento caliente, una brisa que le recorría el vientre hasta meterse entre sus piernas.

—Quiero tener hijos contigo —le dijo, y Effia se estremeció.

Le preocupaba no ser capaz de cumplir sus deseos, tenía miedo de no poder ser una buena madre por haber sido la suya tan mala. Ya le había confesado a James el ardid de Baaba, cómo la había obligado a mantener en secreto que ya era mujer para que los hombres de su aldea creyesen que no valía como esposa. Sin embargo, él le había quitado importancia a su tristeza diciendo con una carcajada: «Mejor para mí.»

Y, sin embargo, Effia empezaba a pensar que quizá Baaba tuviera razón. Había perdido la virginidad la noche de bodas, pero habían pasado los meses sin señal de un embarazo. Aunque la maldición hubiera echado raíces en una mentira, tal vez diese el fruto de la verdad. Los ancianos de su aldea contaban la historia de una mujer sobre la que todos creían que pesaba una maldición: vivía debajo de una palmera en el extremo noroeste y nadie la había llamado nunca por su nombre. Su madre había muerto para que ella viviese. El día de su décimo cumpleaños, llevaba una olla de aceite hirviendo de una choza a otra mientras su padre dormía la siesta en el suelo; pensando que podría pasar por encima de él en lugar de rodearlo, tropezó, le derramó el aceite en la cara y lo desfiguró para el resto de su vida, que duró tan sólo veinticinco días más. La echaron de la casa y pasó años vagando por la Costa del Oro, hasta que a la edad de diecisiete regresó. Se había transformado en una mujer de belleza extraña y poco común y, creyendo que quizá ya no la cortejase la muerte allá adonde fuera, un joven que la conocía de cuando era una niña se ofreció a casarse con ella, aunque fuese pobre y no tuviera familia. Concibieron un bebé antes de un mes, pero nació mulato, de ojos azules y piel clara, y murió cuatro días después. Esa misma noche, ella abandonó la casa de su marido y se fue a vivir bajo la palmera para castigarse el resto de la vida.

Effia sabía que los ancianos contaban la historia sólo para que los niños aprendiesen a tener cuidado con el aceite caliente, pero ella pensaba en el final del cuento: en el niño mestizo. En cómo aquel bebé que era a la vez blanco y negro encarnaba una maldad tan poderosa como para obligarla a vivir en el palmeral.

Cuando Adwoa se casó con el soldado blanco y cuando Millicent y su madre regresaron a la aldea, Cobbe las había mirado con desdén. Siempre había dicho que la unión de un hombre y una mujer era también la unión de dos familias. El acto iba acompañado de todos los ancestros, de toda su historia, pero también de pecados y maldiciones. Los hijos eran la encarnación de esa alianza y se llevaban la peor parte. ¿Qué pecados acarreaba consigo el hombre blanco? Baaba había dicho que la maldición de Effia era no ser mujer, pero Cobbe había profetizado un linaje mancillado. Y ella no podía evitar pensar que luchaba contra su propio útero, contra los hijos del fuego.

—Si no le das niños pronto, te devolverá —le advirtió Adwoa.

Cuando vivían en la aldea, Effia y ella no habían sido amigas, pero allí se veían tan a menudo como podían, ambas contentas de tener cerca a alguien que las comprendiese y de oír el sonido reconfortante de la lengua de su región. Desde que había salido de la aldea, Adwoa ya había tenido dos hijos. Su marido, Todd Philips, no había hecho más que engordar desde aquella primera vez que Effia lo vio, rojo y sudoroso, en la vieja choza de Adwoa.

—Créeme: desde que llegué aquí, Todd me ha tenido tumbada a todas horas. Ya debo de estar esperando otro.

Effia se estremeció.

—¡Con la barriga que tiene! —exclamó, y a Adwoa le dio la risa y se atragantó con los cacahuetes que estaba comiendo.

—Es que para hacer bebés no se usa la barriga —le explicó—. Voy a darte unas raíces del bosque. Cuando te acuestes con él, ponlas debajo de la cama. Esta noche, cuando entre en la habitación, tienes que ser como un animal. Una leona. Ellas se aparean con el león, y el macho piensa que quien importa es él, pero en realidad la protagonista es ella, sus crías, su posteridad. El truco es hacerle creer que es el rey de la sabana, pero ¿de qué sirve un rey? En verdad ella es rey, reina y todo lo demás. Esta noche te haremos digna de tu título, Effia la Bella.

Y Adwoa regresó con unas raíces. No eran unas raíces cualesquiera. Eran grandes y retorcidas, y cuando apartabas una aparecía otra en su lugar. Effia las puso debajo de la cama y parecía que no hicieran más que multiplicarse, como si una araña nueva y desconocida alargara una pata y luego otra, y así hasta echarse la cama al lomo y llevársela consigo.

—No dejes que tu marido la vea —le advirtió Adwoa, y se afanaron por esconder cada una de las ramificaciones que insistían en asomar por debajo de la cama.

Estuvieron tirando y empujando hasta que lograron contenerla.

A continuación, Adwoa ayudó a Effia a prepararse para James. Le trenzó y alisó el pelo, le extendió aceite por la piel y arcilla roja en las mejillas y en la curva de los labios. Effia se aseguró de que cuando James entrase en el dormitorio por la noche, el olor evocara un ambiente terroso y exuberante, un lugar en el que algo pudiera dar frutos.

—¿Qué es todo esto? —preguntó James.

Aún llevaba el uniforme y, por el pliegue desmañado de las solapas, Effia supo que había sido un día muy largo. Lo ayudó a quitarse la chaqueta y la camisa, y se apretó contra él como le había enseñado Adwoa. Antes de que él pudiera mostrar su sorpresa, lo cogió por los brazos y lo condujo al lecho. Desde su primera noche juntos, él no se mostraba tan tímido, tan temeroso de un cuerpo desconocido, de una figura voluptuosa tan distinta de la descripción que él había ofrecido de su mujer. Excitado, entró en ella, y Effia cerró los ojos con fuerza y se lamió los labios. James empujó todavía más, con la respiración jadeante y entrecortada. Ella le arañó la espalda y él gritó. Effia le mordió la oreja y le tiró del pelo, y él la embistió como si quisiera atravesarla. Y cuando Effia abrió los ojos para mirarlo, grabado en el rostro le vio algo parecido al dolor, y también vio la fealdad del acto; la luz iluminó el sudor y la sangre y los fluidos que segregaban, y en ese instante supo que si esa noche ella era un animal, él también lo era.

Cuando acabaron, Effia le apoyó la cabeza en el pecho.

—¿Qué es eso? —preguntó él con el rostro vuelto.

Habían movido la cama y tres raíces habían quedado al descubierto.

—Nada —respondió Effia.

James saltó de la cama y miró debajo.

—Effia, ¿qué es? —repitió en el tono más autoritario que le había oído.

—No es nada, una raíz que me ha dado Adwoa. Para la fertilidad.

James frunció los labios.

—Effia, aquí no quiero magia negra ni vudú. Mis hombres no pueden enterarse de que dejo a mi moza meter raíces raras debajo de la cama. No es cristiano.

Ya le había oído decir eso antes: «cristiano». Era el motivo de que aquel hombre tan serio, vestido de negro y que siempre meneaba la cabeza al mirarla, los hubiera casado en la capilla. También había mencionado antes ese «vudú» del que según él participaban todos los africanos. Effia no podía relatarle las fábulas de Anansi la araña ni las historias que contaban los ancianos de su aldea sin que él recelase. Desde su traslado al castillo, había descubierto que sólo los hombres blancos hablaban de «magia negra», como si la magia tuviera color. Effia había visto a la bruja errante que llevaba una serpiente enroscada alrededor del cuello y de los hombros. La mujer tenía un hijo; por las noches le cantaba nanas, le daba la mano y lo alimentaba igual que hacían los demás: en ella no había oscuridad.

La necesidad de llamar a una cosa «buena» y a otra «mala», a esto «blanco» y a aquello otro «negro», era un impulso que Effia no comprendía. En su aldea, todo era todo. Todo se apoyaba en todo lo demás.

Al día siguiente, Effia contó a Adwoa que James había visto la raíz.

—Eso no es bueno —repuso Adwoa—. ¿Dijo que era maligno?

Effia asintió y su amiga chasqueó la lengua tres veces.

—Todd habría pensado lo mismo. Estos hombres no distinguirían el bien del mal ni siendo el mismo Nyame. Creo que no va a funcionar, Effia. Lo siento.

Effia, en cambio, no lo sentía: si era estéril, que así fuese.

Al cabo de muy poco, incluso James estuvo demasiado ocupado para preocuparse por tener hijos. Se esperaba una visita de los oficiales holandeses al castillo, y todo debía funcionar lo mejor posible. James se despertaba mucho antes que ella para ayudar a los hombres con los artículos importados y para ocuparse de los barcos. Effia empezó a pasar cada vez más tiempo paseando por las aldeas que rodeaban el castillo, vagando por el bosque y charlando con Adwoa.

La tarde que llegaron los holandeses, Effia quedó con Adwoa y algunas mozas más a las afueras del castillo. Se detuvieron a la sombra de una arboleda a comer ñame con estofado de aceite de palma. Estaban Adwoa y Sarah, la moza mestiza de Sam York. También la nueva, Eccoah, que era alta y esbelta y caminaba como si tuviera las piernas hechas de ramas finas y el viento pudiera tumbarla y partirla por la mitad.

Ese día, Eccoah estaba tumbada a la sombra estrecha de una palmera. El anterior, Effia la había ayudado a trenzarse el pelo y, a la luz del sol, parecía que un millón de serpientes diminutas le salieran de la cabeza.

—Mi marido no sabe pronunciar bien mi nombre... Quiere llamarme Emily —dijo Eccoah.

—Si quiere llamarte así, que lo haga —le recomendó Adwoa.

De las cuatro, ella había sido la primera en convertirse en moza, y siempre aireaba sus opiniones en voz alta y sin tapujos. Todo el mundo sabía que su marido besaba el suelo que ella pisaba.

—Es mejor eso que oírlo dar patadas a tu lengua todo el tiempo.

Sarah clavó los codos en la tierra.

—Mi padre también era soldado. Cuando murió, *mama* nos llevó de nuevo a la aldea. Después vine a casarme con Sam, pero él no tenía que preocuparse por mi nombre. ¿Sabéis que conocía a mi padre? Cuando yo era pequeña, los dos hacían de soldados en el castillo.

Effia negó con la cabeza. Estaba tumbada boca abajo. Los días como aquél, en que podía hablar fante tan rápido como quisiera, le encantaban. Nadie le pedía que fuese más despacio ni que se expresase en inglés.

—Cuando mi marido regresa de las mazmorras, apesta como un animal moribundo —se quejó Eccoah en voz baja.

Todas volvieron la cara. No se mencionaban las mazmorras.

—Me viene oliendo a heces y putrefacción, con cara de haber visto un millón de fantasmas y no saber si yo soy uno más o no. Yo le digo que antes de tocarme tiene que lavarse, y a veces lo hace, pero otras me tumba en el suelo y se me mete dentro a empujones, como un poseso.

Effia se sentó y se puso la mano en el vientre. Al día siguiente de encontrar la raíz debajo de la cama, James había recibido otra carta de su esposa. No se habían acostado desde entonces.

Se levantó viento. Las serpientes de la cabellera de Eccoah daban latigazos, y ella levantó los bracitos de palo.

—Ahí abajo hay personas. Hay mujeres que se parecen a nosotras, y nuestros maridos deben aprender a distinguir.

Todas guardaron silencio. Eccoah se apoyó en el árbol y Effia se quedó mirando una hilera de hormigas que le pasaba por encima de un mechón. Por la forma de los rizos, interpretaban que sólo era una manifestación más del mundo natural.

Desde el día que llegó al castillo, James no había vuelto a hablarle sobre los esclavos que tenían encerrados en las mazmorras; en cambio, a menudo lo hacía sobre las bestias. Con eso comerciaban los asante en el castillo: con animales. Monos y chimpancés, incluso algunos leopardos. Pájaros como las grullas coronadas y los loros que Fiifi y ella intentaban atrapar de niños, cuando recorrían el bosque en busca de aves raras, de un pájaro que destacara del resto por la belleza de sus plumas. Pasaban horas y horas tratando de encontrar al menos uno y casi nunca lo conseguían.

Se preguntó qué precio tendría uno de ésos, porque en el castillo se atribuía un valor a todos los animales. Había visto a James examinar una grulla coronada que le había llevado un comerciante asante y declarar que valía cuatro libras. ¿Y la bestia humana? ¿Cuánto valía? Naturalmente, Effia sabía que en las mazmorras había gente. Personas que hablaban un dialecto distinto al suyo, capturadas en guerras tribales; incluso personas que habían robado de sus aldeas.

Pero nunca se había parado a pensar adónde iban desde allí. No se había planteado qué pensaba James cada vez que los veía. Cuando bajaba a los calabozos y veía mujeres que le recordaban a ella, que tenían su mismo aspecto y olían igual. Si esas imágenes lo acompañaban cuando se reunía con ella.

Poco tiempo después, Effia se dio cuenta de que estaba embarazada. Era primavera y los mangos ya pesaban en las ramas de los árboles que había fuera del castillo. Se le abultó el vientre, suave y carnoso, su propia fruta. Cuando se lo anunció a James, se puso tan contento que la cogió en volandas y bailó con ella por todas sus dependencias. Ella le dio una palmada en la espalda y le dijo que la bajase, que si la agitaba tanto iban a romper al bebé en pedazos, y él obedeció y después se agachó y le plantó un beso en la tripa, que apenas asomaba.

No obstante, su alegría pronto se vio empañada por las noticias que recibieron de su aldea. Cobbe había caído enfermo. Tanto que no estaba claro si continuaría con vida cuando Effia llegara a verlo.

No estaba segura de quién había enviado la carta desde el pueblo, pues iba dirigida a su marido y estaba escrita en un inglés pobre. Effia llevaba dos años ausente, y desde entonces no había sabido nada de ninguno de sus familiares. Estaba segura de que aquello era cosa de Baaba, y por eso le extrañaba que a alguien se le hubiera ocurrido avisarla de la enfermedad de su padre.

El viaje duró unos tres días. James no quería que viajase sola en su estado, pero tampoco podía acompañarla, así que envió con ella a una sirvienta. Cuando llegaron, toda la aldea le pareció distinta. Los colores de las copas de los árboles le resultaron más tenues; sus intensos marrones y verdes, mortecinos. Todo sonaba diferente. Reinaba el silencio donde antes había murmullos. Abeeku la había convertido en una población tan próspera que para siempre se la conocería como uno de los principales mercados de esclavos de toda la Costa del Oro. No tenía tiempo para ver a Effia, pero envió presentes: oro y vino dulce de palma que hizo llevar a la casa de su padre a modo de recibimiento.

Baaba estaba en la entrada. Parecía haber envejecido un siglo desde la partida de Effia. Cientos de arrugas diminutas le tiraban de la piel y le fijaban la expresión de desprecio en el rostro, y le habían crecido tanto las uñas que se le curvaban como espolones. No le dirigió la palabra; se limitó a conducirla a la habitación donde su padre agonizaba.

Nadie sabía de qué había enfermado Cobbe. Habían pedido opinión y oraciones para el afligido a boticarios, curanderos e incluso al párroco cristiano del castillo, pero ni con todas esas medicinas y deseos de que se recuperara consiguieron que la muerte lo escupiera de sus fauces.

Fiifi estaba a su lado y le secaba el sudor de la frente con mucho cuidado. De pronto, Effia se echó a llorar y a temblar. Tendió la mano hacia la de su padre y le acarició la piel macilenta.

—No puede hablar —susurró su hermano, y echó una mirada breve al vientre abultado—. Está demasiado débil.

Ella asintió y siguió llorando.

Fiifi soltó el trapo empapado y le tomó la mano a Effia.

—Hermana mayor, yo fui quien te escribió la carta. *Mama* no quería que vinieses, pero pensé que debías ver a nuestro padre antes de que se vaya a Asamando.

Cobbe cerró los ojos y de sus labios escapó un murmullo suave; Effia vio que, en efecto, la Tierra de los muertos lo llamaba.

—Gracias —dijo a Fiifi.

Él asintió con una inclinación de la cabeza y se dirigió hacia la puerta de la choza, pero antes de llegar se dio la vuelta.

—¿Sabes una cosa? No es tu madre. Baaba no es tu madre. Nuestro padre te tuvo con una sirvienta que huyó hacia

43

el incendio el día que naciste. Esa piedra que llevas alrededor del cuello te la dejó ella.

Fiifi salió de la choza. Muy poco después, Cobbe murió. Effia aún le sostenía la mano entre las suyas. Los aldeanos contarían que había esperado a que Effia regresara a casa para morir, pero ella sabía que era mucho más complicado. Lo que lo había mantenido vivo era un desasosiego que ahora pertenecía a Effia. Nutriría su vida y la de su bebé.

Después de secarse las lágrimas salió de la choza a la luz del sol. Baaba estaba sentada en el tocón de un árbol talado, con los hombros rectos y agarrada de la mano de Fiifi, que estaba de pie a su lado, más callado que un muerto. Effia quiso hablar con Baaba, tal vez incluso disculparse por la carga que su padre le había encomendado todos esos años, pero antes de que pudiera hablar, Baaba juntó saliva y le escupió a los pies.

—No eres nada, no eres de ninguna parte. No tienes madre ni padre. —Le miró el vientre y sonrió—. ¿Qué va a crecer de la nada?

Esi

El olor era insoportable. En un rincón, una mujer lloraba con tal desconsuelo que las convulsiones podrían haberle partido los huesos. Era lo que querían. El bebé se había hecho caca encima y Afua, su madre, no tenía leche. Estaba desnuda, salvo por el pequeño retal que los tratantes le habían dado para secarse los pezones cuando le goteasen, pero no habían calculado bien: no alimentar a la madre significaba que tampoco había comida para el niño. Pronto empezaría a llorar, pero las paredes de adobe absorberían el sonido, amortiguado por el lamento de los cientos de mujeres que lo rodeaban.

Esi llevaba dos semanas en el calabozo de mujeres del castillo de Costa del Cabo y había pasado allí su decimoquinto cumpleaños. El anterior lo había celebrado en el corazón de la tierra de los asante, en casa de su padre, Gran Hombre. Como él era el mejor guerrero de la aldea, todo el mundo había acudido a presentar sus respetos a la hija, cada día más hermosa. Kwasi Nnuro había llevado sesenta ñames. Ningún otro pretendiente había ofrecido nunca tantos hasta entonces. Esi se habría casado con él durante el verano, cuando el sol estaba alto y lucía durante más tiempo, cuando se recolectaba el vino de palma y los niños más avezados trepaban a las

45

palmeras abrazándose al tronco para arrancar los frutos que allí los esperaban.

Cuando quería olvidarse del castillo pensaba en todo aquello, aun sin esperar ninguna alegría. El infierno era un lugar hecho de recuerdos donde hasta el último instante de belleza atravesaba el ojo de la mente para precipitarse luego al suelo como un mango podrido, perfectamente inútil, inútilmente perfecto.

Un soldado entró en la mazmorra y se puso a hablar. Tenía que pinzarse la nariz para no vomitar. Las mujeres no le entendían. No parecía enfadado, pero ellas habían aprendido a retroceder siempre que veían aquel uniforme, la piel del color de la pulpa de coco.

El soldado repitió la frase en voz más alta, como si el volumen indujese a la comprensión. Impaciente, se adentró en la sala. Pisó un montón de heces y soltó un reniego. Arrancó al bebé de los brazos de Afua, y ésta rompió a llorar. La abofeteó, y la mujer calló. Un reflejo aprendido.

Tansi estaba sentada al lado de Esi. Se habían conocido en el trayecto hasta el castillo y, ahora que ya no pasaban jornadas enteras caminando ni les hacía falta hablar en voz baja, Esi tenía tiempo para conocer mejor a su compañera de viaje. Tansi era una joven robusta y fea que acababa de cumplir los dieciséis. De complexión gruesa, estaba construida con un armazón sólido. Esi tenía la esperanza —aunque casi no se atrevía a desearlo— de que pudieran permanecer juntas más tiempo.

—¿Adónde se llevan al bebé? —pregunto Esi.

Tansi escupió en el suelo de arcilla y removió la saliva con el dedo para crear un bálsamo.

—Seguro que lo matan —respondió.

El bebé había sido concebido antes de la ceremonia de matrimonio de Afua y, como castigo, el jefe de su aldea la había vendido a los tratantes. El día que llegó al calabozo, Afua le había contado a Esi que estaba segura de que se había cometido un error y de que sus padres acudirían a por ella.

Al oír las palabras de Tansi, Afua se echó a llorar de nuevo, pero fue como si nadie la oyera. Esas lágrimas eran algo habitual: todas las mujeres las derramaban; fluían hasta que la arcilla que tenían debajo se convertía en barro. Por las noches, Esi soñaba que, si todas lloraban a un tiempo, el lodo se convertiría en un río que las arrastraría hasta el Atlántico.

—Tansi, por favor, cuéntame un cuento —suplicó Esi.

Pero entonces las interrumpieron una vez más. Los soldados entraron con las mismas gachas pastosas que les habían dado en la aldea fante donde Esi había estado presa. Había aprendido a tragárselas sin tener arcadas, porque era el único alimento que les proporcionaban y pasaban más días con el estómago vacío que lleno. Sin embargo, parecía que aquella pasta recorría su interior sin detenerse. El suelo estaba cubierto de los desechos de todas las mujeres; el hedor era insoportable.

—Ay, hermana, ya eres muy mayor para cuentos —respondió Tansi en cuanto se marcharon los soldados.

No obstante, Esi sabía que pronto accedería, pues le gustaba escucharse a sí misma. Tansi acomodó la cabeza de su compañera en su regazo y empezó a juguetear con su cabello, a tirar de los mechones recubiertos de polvo seco, tan quebradizos que podría partirlos de uno en uno, como si fueran ramitas.

—¿Conoces la historia de la tela *kente*? —le preguntó Tansi.

La había oído muchas veces, dos de ellas en boca de la propia Tansi, pero aun así respondió que no con la cabeza. Preguntar a alguien si conocía el cuento formaba parte del ritual.

Tansi empezó su relato:

—Un día, dos hombres asante fueron al bosque. Eran tejedores y habían salido a cazar para comer. Cuando se adentraron en la espesura para recoger las trampas, se toparon con Anansi, la araña malvada. El animal estaba tejiendo una tela magnífica; estuvieron observando, estudiando su trabajo, y enseguida se dieron cuenta de que las telarañas eran algo único y hermoso, y su técnica, impecable. Regresaron a casa y resolvieron tejer las suyas igual que hacía la araña. Así nació el *kente*.

—Se te dan muy bien los cuentos —dijo Esi.

Tansi se rió y se aplicó el bálsamo que había hecho en las rodillas y los codos para aliviar el escozor de la piel agrietada. La última historia que le había contado a Esi era la de cómo la habían apresado los del norte, que la habían sacado de su lecho matrimonial mientras su marido luchaba en una guerra. La habían robado junto con otras chicas, pero las demás no habían sobrevivido.

Al despuntar la mañana, Afua había muerto. Tenía la piel amoratada y Esi supo que había aguantado la respiración hasta que Nyame había acudido a por ella. Por eso, las castigarían a todas. Llegaron los soldados, aunque para entonces Esi ya no distinguía qué hora era. Las paredes de adobe del calabozo igualaban todos los momentos del día. No había luz solar. La oscuridad era el día y la noche y cuanto transcurría entre ellos. A veces había tantas mujeres hacinadas en la mazmorra que tenían que colocarse boca abajo para que otras pudieran tumbarse encima.

Aquél era uno de esos días. Uno de los soldados derribó a Esi, le pisó el cuello y le impidió mover la cabeza para respirar algo que no fuese el polvo y los desechos del suelo. Hicieron entrar a las nuevas, y algunas sollozaban tanto que los soldados las dejaban inconscientes de un golpe. Caían encima de las demás, sus cuerpos como un peso muerto. Cuando recobraban la consciencia, ya no había lloros. Esi se dio cuenta de que la mujer que tenía encima estaba haciéndose pis. La orina se derramó entre las piernas de ambas.

Esi aprendió a dividir su vida entre «Antes del castillo» y «Ahora». Antes del castillo, ella era la hija de Gran Hombre y de Maame, su tercera esposa. Ahora no era más que polvo.

Antes del castillo era la chica más bonita de la aldea. Ahora no era nada.

Había nacido en una pequeña población en el corazón de la nación asante y, en su honor, Gran Hombre había ofrecido un banquete al aire libre que duró cuatro noches. Sacrificaron cinco cabras que hirvieron hasta que su piel dura se ablandó, y se rumoreaba que Maame no había parado de llorar y de dar gracias a Nyame durante toda la ceremonia, y que tampoco había soltado a Esi ni un instante. «Nunca se sabe qué podría pasar», repetía la madre.

En aquel entonces, Gran Hombre era tan sólo Kwame Asare. No era el jefe de la aldea, pero inspiraba el mismo respeto entre sus habitantes porque era el mejor guerrero que la nación asante había conocido. Con veinticinco años ya tenía cinco esposas y diez hijos. En el pueblo, todo el mundo sabía que su simiente era fuerte. A sus hijos, aún niños de teta, o muchachos apenas, ya se les daba bien la lucha; sus hijas eran auténticas bellezas.

Esi vivió una infancia plena de felicidad. Los aldeanos decían de ella que era un mango maduro, pues era muy dulce, pero aún no se había echado a perder. Sus padres no le negaban nada. Alguna vez incluso se había visto al fuerte guerrero cargando con ella en brazos por la aldea porque no podía dormirse. Esi se le había agarrado de la punta del dedo, que para ella era gruesa como una rama, para dar sus primeros pasos entre las chozas que formaban cada una de las casas. Era un pueblecito pequeño, pero crecía a buen ritmo: durante el primer año de paseos, tardaban apenas veinte minutos en llegar a la linde del bosque que los separaba del resto de la tierra de los asante; pero en el quinto, el bosque había ido reduciéndose cada vez más y el trayecto hasta allí ya duraba casi una hora. A Esi le encantaba ir al bosque con su padre, y lo escuchaba embelesada cuando él le explicaba que la densa arboleda era un escudo impenetrable para los enemigos. Le contaba que él y los demás guerreros lo conocían mejor que las líneas de sus propias palmas. Y eso era bueno: seguir las líneas de la mano no llevaba a ninguna parte, pero el bosque conducía a sus guerreros a otros pueblos que podían conquistar para acrecentar su poder.

—Cuando seas mayor, Esi, aprenderás a trepar esos árboles sin más ayuda que la de tus manos —le dijo un día, ya de regreso hacia la aldea.

Esi levantó la mirada. Las copas de los árboles parecían rozar el cielo, y la niña se preguntó por qué las hojas eran verdes en lugar de azules.

Cuando tenía siete años, su padre ganó la batalla que le valió el nombre de Gran Hombre. Se habían oído rumores de que los guerreros de una aldea norteña habían regresado a casa con un espléndido botín de oro y mujeres. Se decía incluso que habían asaltado el almacén de los británicos y con ello habían conseguido pólvora y mosquetes. El jefe Nnuro, líder de la aldea de Esi, hizo llamar a todos los hombres sanos.

—¿Habéis oído las noticias? —preguntó.

Los hombres respondieron con gruñidos, golpeando los bastones contra la tierra endurecida, con gritos.

—Los cerdos de la aldea del norte van por ahí como si fueran reyes. Por todas partes, los asante dirán que los norteños han robado las armas a los británicos. Que ellos son los guerreros más poderosos de la Costa del Oro.

Los hombres patearon el suelo con los pies y negaron con la cabeza.

—¿Vamos a permitirlo? —preguntó el jefe.

—¡No! —gritaron todos.

Kwaku Agyei, el más sensato entre ellos, los hizo callar y dijo:

—¡Escuchaos! Sí, podemos ir a luchar contra los del norte, pero ¿qué tenemos nosotros? Ni armas ni pólvora. ¿Y qué ganaremos? Muchos alabarán a nuestros enemigos del norte, pero ¿no nos elogian a nosotros también? Desde hace décadas somos la aldea más fuerte. Nadie ha sido capaz de atravesar el bosque y retarnos.

—Entonces ¿propones que esperemos a que la serpiente del norte se arrastre hasta nuestros campos y nos robe a las mujeres? —preguntó el padre de Esi.

Estaban cada uno en un extremo de la estancia, y el resto, de pie entre ambos, los miraba alternativamente para averiguar qué don vencería: el de la sabiduría o el de la fuerza.

—Sólo digo que no nos precipitemos. Por si al final nos hace parecer débiles.

—Pero ¿quién es débil? —preguntó el padre de Esi, y señaló a Nana Addae, luego a Kojo Nyarko y por último a Kwabena Gyimah—. De entre nosotros ¿quién es débil? ¿Tú? ¿O tal vez tú?

Uno por uno, los hombres negaron con la cabeza y pronto empezaron a sacudir el cuerpo entero en una llamada a la guerra que recorrió toda la aldea. Esi los oyó desde su casa, donde estaba ayudando a su madre a freír plátano macho; dejó caer dos pedazos tan rápido que el aceite salpicó a Maame en la pierna.

—¡Ayyy! —exclamó la madre. Se limpió con la mano y se sopló la quemadura—. ¿Eres idiota? ¿Cuándo aprenderás a ir con cuidado cerca del fuego? —preguntó.

Esi le había oído decir eso y otras cosas parecidas muchas veces, pues las llamas la aterrorizaban: «Ten cuidado con el fuego. Debes aprender cuándo usarlo y cuándo pasar frío», decía a menudo.

—¡Ha sido sin querer! —soltó Esi.

Quería salir y escuchar la discusión de los guerreros, pero su madre alargó el brazo y le dio un tirón de orejas.

—¿A quién le hablas así? —le dijo entre dientes—. Piensa antes de actuar. Piensa antes de hablar.

Esi pidió perdón a su madre, y Maame, a quien los enfados con su hija apenas le duraban unos segundos, le dio un beso en la cabeza. El griterío de los hombres se tornaba cada vez más estruendoso.

En la aldea todos conocían la historia. Durante un mes entero, Esi había pedido a su padre que se la contase todas

51

las noches. Se tumbaba con la cabeza en su regazo a escuchar el relato de cómo la noche de la llamada a las armas los hombres salieron en dirección a la aldea del norte. El plan no era gran cosa: tomar el control de la población y hacerse con todo lo que sus habitantes hubiesen robado. El padre de Esi le contaba que él condujo al grupo por el bosque hasta que llegaron al corro de guerreros que protegían los bienes recién adquiridos. Su padre y los hombres que lideraba se escondieron entre los árboles. Movían los pies por la tierra con la misma ligereza que las hojas, y cuando se abalanzaron sobre los de la aldea del norte, lucharon con gran valor, pero no sirvió de nada. El padre de Esi y muchos otros fueron capturados y encerrados en unas chozas que usaban como campo de prisioneros.

Sin embargo, Kwaku Agyei y sus pocos seguidores habían sido precavidos y habían esperado en el bosque mientras los más impacientes se precipitaban al ataque. Encontraron las armas que los norteños escondían y las cargaron deprisa y en silencio antes de encaminarse adonde sus compañeros estaban cautivos. Aunque eran sólo unos cuantos, Kwaku Agyei y sus hombres consiguieron contener a los guerreros con las historias que les contaron sobre la gran cantidad de hombres que esperaban en la retaguardia. Los amenazó con que, si ellos no cumplían su misión, la aldea del norte sufriría un asalto cada noche, hasta el fin de los tiempos.

—Y si no es el oeste, serán los blancos —razonó, y la oscuridad brilló a través del espacio que tenía entre los dientes.

Los norteños creyeron que no tenían más opción que rendirse. Liberaron al padre de Esi y a los demás, y éstos se marcharon con cinco de los mosquetes robados. Los hombres regresaron a su aldea en silencio, pues al padre de Esi lo consumía la vergüenza. Al llegar a las afueras de su aldea, le pidió a Kwaku Agyei que se detuviera, se arrodilló ante él y agachó la cabeza.

—Lo siento, hermano. Jamás volveré a precipitarme a la lucha si es posible razonar.

—Hay que ser un gran hombre para admitir la insensatez —respondió Kwaku Agyei.

Así entraron en la aldea con el arrepentido y recién bautizado Gran Hombre a la cabeza.

Aquél era el Gran Hombre que regresó a casa con Esi, el que ella conoció mientras crecía: de temperamento tranquilo y racional, pero aun así el guerrero más fuerte y valiente de todos. Cuando Esi cumplió doce años, la pequeña aldea había ganado ya más de cincuenta y cinco guerras bajo el liderazgo de Gran Hombre, y todos admiraban el botín cada vez que los guerreros regresaban cargados con él: oro reluciente, grandes sacos de piel llenos de telas de colores vistosos, prisioneros en jaulas de hierro.

Lo que más fascinaba a Esi eran estos últimos, pues tras cada nueva captura los exhibían en el centro de la plaza de la aldea. Cualquiera podía pasar por allí y echar un vistazo, y aunque en su mayoría los cautivos eran guerreros jóvenes y viriles, a veces también había mujeres con sus hijos. Algunos de los apresados se quedaban en la aldea a trabajar como esclavos, para ayudar en las casas, limpiar y cocinar, pero pronto habría demasiados para quedárselos y tendrían que hacer algo con los sobrantes.

—*Mama*, ¿qué pasa con los prisioneros cuando se los llevan de aquí? —preguntó Esi a Maame una tarde que pasaron por la plaza con la cena, una cabra atada con una cuerda, caminando tras ellas.

—De esas cosas sólo hablan los chicos, Esi. Tú no tienes que pensar en eso —respondió su madre, y apartó la mirada.

Hasta donde a Esi le alcanzaba la memoria, y tal vez incluso antes, Maame se había negado a escoger a ningún criado o criada de entre los prisioneros que desfilaban por allí todos los meses. Sin embargo, con tantos prisioneros a su alcance, Gran Hombre había empezado a insistir.

—Una chica podría ayudarte a cocinar —decía él.

—De eso ya se encarga Esi.

—Pero Esi es hija mía, no una cualquiera a la que puedas darle órdenes.

Esi sonrió. Quería a su madre, pero era consciente de la suerte que Maame había tenido de conseguir un marido como Gran Hombre, porque ella no tenía familia ni historia. Él la había salvado, aunque Esi ignoraba de qué desdicha. Sólo sabía que su madre haría casi cualquier cosa por él.

—De acuerdo —respondió—. Mañana Esi y yo escogeremos a una niña.

Así que eligieron a una y la llamaron Abronoma, «Palomita». La niña tenía la piel más oscura que Esi había visto, no levantaba la vista y, a pesar de que su twi era aceptable, casi nunca hablaba en esa lengua. No sabía su edad, pero Esi supuso que Abronoma no era mucho mayor que ella. Al principio, las tareas se le daban muy mal: derramaba aceite, no barría por debajo de las cosas, no tenía buenas historias que contar a los niños.

—Es una inútil —se quejó Maame a Gran Hombre—. Tenemos que devolverla.

Estaban todos al aire libre, disfrutando del calor del sol de mediodía. Gran Hombre echó la cabeza hacia atrás y soltó una carcajada que sonó como un trueno en la estación de las lluvias.

—¿Adónde quieres devolverla, *odo*? Sólo hay una forma de enseñar a una esclava.

Se volvió hacia Esi, que intentaba trepar por una palmera como había visto hacer a otros niños, pero no abarcaba el tronco con los brazos.

—Esi, ve a por la vara.

La vara en cuestión estaba hecha de dos tallos de carrizo atados, tenía más años que el abuelo paterno de Esi y había pasado de generación en generación. Gran Hombre nunca había pegado a su hija con ella, pero la niña lo había visto castigar a sus hijos varones. Había oído el silbido que emitía al apartarse de la carne. Cuando Esi se disponía a entrar en la casa, Maame la detuvo.

—¡No! —le advirtió.

Gran Hombre le levantó la mano a su mujer y un relámpago de ira le atravesó la mirada como el vapor del agua fría al caer en una olla caliente.

—¿No?

Maame tartamudeó.

—Es que... Creo que debería ocuparme yo.

Gran Hombre bajó la mano. La miró con fijeza un rato más mientras Esi trataba de interpretar las miradas.

—Que así sea —dijo Gran Hombre—. Pero mañana la sacaré aquí y tendrá que llevar agua desde este patio hasta aquel árbol. Si derrama una sola gota, seré yo quien se encargue de ella. ¿Me oyes?

Maame asintió y él meneó la cabeza. Siempre le había dicho a cualquiera dispuesto a escuchar que había consentido a su tercera esposa, porque lo seducía con su rostro hermoso y lo ablandaba con su mirada triste.

Maame y Esi entraron en la choza y allí encontraron a Abronoma acurrucada en un catre de bambú, haciendo honor a su nombre de pajarito. Maame la despertó y la obligó a ponerse delante de ellas. Sacó la vara que le acababa de dar Gran Hombre y que ella nunca había utilizado. A continuación miró a Esi con lágrimas en los ojos.

—Vete, por favor.

Esi salió de la choza y durante los minutos siguientes oyó el ruido de la vara y la armonía que creaban los gritos de ambas.

Al día siguiente, Gran Hombre llamó a toda su familia para que saliesen a comprobar si Abronoma era capaz de llevar un cubo de agua sobre la cabeza desde el patio hasta el árbol sin derramar una sola gota. Esi y todos sus parientes, cuatro madrastras y nueve hermanastros, se dispersaron por el enorme patio mientras esperaban a que la niña fuese a buscar agua al riachuelo con un cubo grande y negro. A su regreso, Gran Hombre la hizo ponerse ante todos y dedicarles una reverencia antes de emprender el trayecto hasta el árbol. Pensaba caminar a su lado para asegurarse de que no cometiera ningún error.

Mientras Palomita levantaba el cubo, Esi vio que la niña estaba temblando. Maame estrechó a Esi contra el pecho y sonrió a Palomita cuando les hizo la reverencia, pero la mirada que Abronoma le devolvió era ausente y temerosa. Cuando el cubo le tocó la cabeza, la familia empezó a abuchear.

—¡No lo conseguirá! —exclamó Amma, la primera esposa de Gran Hombre.

—Ya verás como tira el cubo y se ahoga —añadió Kojo, el primogénito.

Palomita dio el primer paso, y Esi soltó el aire que había estado conteniendo. Ella nunca había conseguido llevar ni tan siquiera un pedazo de madera en la cabeza; en cambio, había visto a su madre caminar con un coco bien redondo encima, como una segunda cabeza, sin que éste se menease. «¿Dónde aprendiste eso?», le había preguntado aquel día, y Maame había contestado: «Cuando no te queda más remedio, aprendes cualquier cosa. Aprenderías a volar si te hiciera falta para vivir un día más.»

Abronoma apoyó bien las piernas y continuó caminando con la vista al frente. Gran Hombre iba a su lado, susurrándole insultos al oído. Llegó hasta el árbol en la linde del bosque, dio media vuelta y emprendió el camino de regreso hacia el público que la esperaba. Cuando se acercó lo suficiente para que Esi pudiera distinguirle de nuevo los rasgos del rostro, a Abronoma le caían gotas de sudor de la cornisa que era su nariz y tenía los ojos inundados de lágrimas. Hasta el cubo parecía estar llorando con las gotas de condensación que se deslizaban por su cara externa. Cuando se levantó el recipiente de la cabeza, sonrió triunfal. Quizá fuese un pequeño golpe de viento o un insecto que buscaba darse un baño, o tal vez le resbalase de la mano, pero antes de posar el cubo en el suelo, rebosaron dos gotas.

Esi miró a Maame, que a su vez miraba con ojos tristes y suplicantes a Gran Hombre, pero para entonces toda la familia pedía ya a gritos un castigo.

Kojo les hizo cantar una canción:

—La Palomita ha fracasado. ¡Ay! ¿Qué haremos? Hacédselo pagar, ¡o también nosotros fallaremos!

El padre fue a por la vara y enseguida acompañó la canción con la percusión de la vara sobre la carne, el silbido de la vara surcando el aire. Esa vez, Abronoma no lloró.

—Si no le hubiera pegado, todos habrían pensado que es débil —explicó Esi.

Después del acontecimiento, Maame había llorado con desconsuelo; le decía a su hija que Gran Hombre no debería haberle dado una paliza a Palomita por algo de tan poca importancia. Esi estaba lamiéndose la sopa de los dedos, con los labios teñidos de naranja. Su madre había llevado a Abronoma a la choza y le había preparado un bálsamo para las heridas, y en ese momento, la niña estaba tumbada en un catre, durmiendo.

—Conque débil... —contestó Maame.

Le lanzó una mirada maliciosa que su hija jamás había visto.

—Sí —susurró Esi.

—Tiene gracia que yo viva para oírte hablar así. ¿Quieres saber lo que es la debilidad? Ser débil es tratar a los demás como si te perteneciesen. Ser fuerte es saber que cada uno se pertenece a sí mismo.

Esi se ofendió. No había hecho más que repetir lo que cualquiera de los demás aldeanos habría dicho, y Maame la reprendía por ello. Quería echarse a llorar, abrazarse a su madre, cualquier cosa, pero Maame salió de la choza para ocuparse de las tareas que Abronoma no podría hacer esa noche.

Justo entonces, Palomita se despertó. Esi le llevó agua y la ayudó a inclinar la cabeza hacia atrás para beberla. Las heridas de la espalda seguían frescas y del ungüento que Maame había preparado emanaba un fuerte olor a bosque. Esi le limpió las comisuras de los labios con los dedos, pero Abronoma la apartó.

—Déjame —ordenó.

—Siento lo que ha pasado. Es un buen hombre.

Abronoma escupió en la arcilla del suelo, a sus pies.

—Tu padre es un gran hombre, ¿no? —preguntó, y Esi respondió que sí con la cabeza, orgullosa pese a lo que había visto hacer a su padre.

Palomita soltó una carcajada amarga.

—Mi padre también es un gran hombre, y ahora mira en qué me he convertido. Y mira lo que era tu madre.

—¿Qué era mi madre?

La muchacha se volvió hacia Esi de inmediato.

—¿No lo sabes?

Esi, que en toda su vida no había pasado más de una hora fuera de la vista de su madre, no era capaz de imaginar ningún secreto. Conocía su tacto y su olor. Sabía de cuántos colores tenía el iris y qué dientes tenía torcidos. Miró a Abronoma, pero ésta negó con la cabeza y siguió riendo.

—Hace tiempo, tu madre fue la esclava de una familia fante. El amo la violó, porque él también era un gran hombre y los grandes hombres pueden hacer lo que quieran. Si no, la gente pensaría que son débiles, ¿verdad?

Esi apartó la mirada, y Abronoma continuó entre susurros.

—No eres su primera hija. Antes de tenerte a ti, tu madre tuvo otra. Y en mi aldea hay un dicho sobre las hermanas separadas: son como una mujer y su reflejo, condenadas a vivir en lados opuestos de un mismo estanque.

Esi quería averiguar más, pero no tuvo tiempo de hacer preguntas. Maame entró en la choza y vio a las dos chicas juntas, sentadas.

—Esi, ven aquí y deja dormir a Abronoma. Mañana te levantarás pronto y me ayudarás a limpiar.

La dejó descansar. Miró a su madre. Siempre con los hombros caídos, siempre con aquella mirada nerviosa. De pronto, sintió una vergüenza abrumadora y recordó la primera vez que había visto a un anciano escupir a uno de los prisioneros de la plaza. El hombre había dicho: «Norteños, ¡bah! No son ni personas. Son polvo que pide saliva.» Entonces Esi tenía cinco años; había recibido esas palabras como una lección y la siguiente vez que pasó por allí juntó saliva con timidez y se la lanzó a un niño que estaba acurrucado junto a su madre. El pequeño se echó a llorar y habló en una lengua que Esi no comprendía. Se sintió mal, pero no por haberle escupido, sino porque sabía que, de haberla visto, su madre se habría enfadado mucho con ella.

Y ahora no podía más que imaginar a su madre al otro lado del deslucido metal de las jaulas. Su propia madre, abrazada a una hermana que Esi no conocería jamás.

Durante los meses siguientes, Esi trató de hacerse amiga de Abronoma. Le dolía el corazón de ver cómo aquel pajarillo se había convertido en la sirvienta perfecta. Desde la paliza, no dejaba caer ni una miga ni derramaba una gota de agua. Por las noches, cuando Abronoma había terminado las tareas, Esi intentaba sonsacarle más información sobre el pasado de su madre.

«No sé nada más», respondía Abronoma, y cogía el atado de palmas para barrer el suelo o se ponía a filtrar aceite usado con hojas. «¡No me molestes!», le chilló una vez que logró sacarla de quicio.

Aun así, Esi buscaba la manera de arreglar las cosas. «¿Qué puedo hacer? —le preguntaba—. ¿Qué puedo hacer?»

Tras semanas de plantear la misma pregunta, Esi al fin recibió respuesta:

—Envíale un mensaje a mi padre —contestó Abronoma—. Dile dónde estoy. Dile dónde estoy y entre nosotras no habrá mala sangre.

Esa noche, Esi no concilió el sueño. Quería hacer las paces con Abronoma, pero si su padre se enteraba de lo que le había pedido, en su choza se desataría una batalla. Podía oír a su padre gritar a Maame diciéndole que, tal como estaba criando a Esi, la niña se convertiría en una mujer pequeña y débil. Y Esi dio vueltas en el suelo de la choza hasta que al final su madre le llamó la atención.

—Por favor —le pidió Maame—, estoy cansada.

Con los ojos cerrados, Esi no veía más que a su madre cuando era sirvienta.

Entonces resolvió enviar el mensaje. Muy, muy pronto a la mañana siguiente fue a buscar al mensajero que vivía a las afueras de la aldea. El hombre escuchó lo que decía, igual que hacía con lo que le transmitían los demás todas las semanas antes de adentrarse en el bosque. Las palabras iban de pueblo en pueblo, de mensajero en mensajero. ¿Quién sabía si el recado de Esi llegaría al padre de Abronoma? El mensajero podía descuidarlo, olvidarlo, alterarlo o extraviarlo, pero al menos Esi sentía que había hecho su parte.

Cuando regresó, Abronoma era la única persona despierta. Le contó lo que había hecho esa mañana y la chica dio palmas y estrechó a Esi entre sus bracitos con tanta fuerza que la dejó sin respiración.

—¿Todo olvidado? —preguntó Esi cuando Palomita la soltó.

—Estamos en paz —respondió Abronoma.

El alivio recorrió el cuerpo de Esi como si fuera su propia sangre. La sensación de desahogo la llenó de los pies a la cabeza y la dejó con los dedos temblorosos. Se abrazó a Abronoma y, cuando sintió que la otra se relajaba, se permitió imaginar que el cuerpo que estrechaba era el de su hermana.

Pasaron los meses, y Palomita estaba cada vez más emocionada. Por las noches, la veían dando vueltas alrededor de las chozas, farfullando antes de irse a dormir: «Mi padre, viene mi padre.»

Gran Hombre la oyó musitar y les dijo a todos que se cuidasen de ella, pues podía ser bruja. Esi la observaba con atención buscando señales, pero todos los días decía lo mismo: «Viene mi padre. Lo sé. Va a venir.» Hasta que Gran Hombre prometió que, de seguir así, le sacaría las palabras de la boca a bofetadas; Palomita calló, y pronto la familia olvidó el suceso.

Todos continuaron viviendo como siempre. Esi no había visto su aldea en peligro en toda la vida, pues las batallas siempre tenían lugar lejos de su hogar. Gran Hombre y el resto de los guerreros viajaban a aldeas vecinas, saqueaban las cosechas y a veces prendían fuego a los matojos para que los habitantes de otras poblaciones viesen el humo y supieran que los guerreros habían pasado por allí. Sin embargo, esa vez las cosas sucedieron de otro modo.

Todo empezó mientras la familia dormía. Esa noche a Gran Hombre le tocaba dormir en la choza de Maame, así que a Esi no le quedaba más remedio que acostarse en el suelo, en un rincón. En cuanto oyó los gemidos suaves y la respiración acelerada, se puso de cara a la pared. En una ocasión, sólo una, los había observado mientras yacían, amparando su curiosidad en la penumbra. Su padre se sostenía encima de su madre; al principio se movía despacio y, después, con más fuerza. Esi apenas veía nada, pero los sonidos le interesaron. Los ruidos que sus padres hacían juntos y que transitaban la frontera entre el placer y el dolor. Esi lo anhelaba y al mismo tiempo temía anhelarlo. Por eso nunca más los miró.

Esa noche, cuando ya todos habían caído en un profundo sueño, se dio el aviso. En la aldea, todos habían crecido sabiendo qué significaba cada sonido: dos lamentos largos querían decir que el enemigo aún estaba a varios kilómetros; tres gritos en rápida sucesión, que los tenían encima. Al oír los tres gritos, Gran Hombre salió de la cama de un salto y agarró el machete que guardaba debajo de las camas de cada una de sus esposas.

—¡Coge a Esi y vete al bosque! —le gritó a Maame antes de salir corriendo de la choza casi sin tiempo de cubrir su desnudez.

Esi hizo lo que su padre le había enseñado: tomó el cuchillo pequeño que Maame usaba para cortar el plátano macho y se lo enrolló en la falda. Su madre estaba sentada en el borde de la cama.

—¡Vamos! —la instó Esi, pero no se movió.

La muchacha corrió hacia ella y la sacudió, pero seguía sin levantarse.

—Otra vez no. No puedo —susurró.

—¿El qué? —preguntó Esi, pero apenas si pudo oírla.

La adrenalina le recorría el cuerpo con tal urgencia que le temblaban las manos. Lo que estaba ocurriendo ¿era culpa del mensaje que había enviado?

—No puedo. Otra vez no —musitó Maame—. No puedo ir al bosque. El fuego no, por favor.

Se mecía atrás y adelante, acunándose los pliegues rollizos del vientre como si fueran un bebé.

Abronoma apareció desde el cuarto de los esclavos y su risa rebotó en las paredes de la choza.

—¡Ha venido mi padre! —decía, y bailaba hacia aquí y hacia allá—. Os dije que vendría a buscarme, ¡y ha venido!

La chica salió trotando de allí y Esi no supo qué sería de ella. Fuera, la gente corría y chillaba. Los niños lloraban.

Su madre cogió a Esi de la mano y le puso algo en la palma. Era una piedra negra que relucía con destellos de oro. Lisa como si la hubieran frotado durante años con mucho esmero para preservar aquella superficie perfecta.

—La he guardado para ti —dijo Maame—. Quería dártela el día de tu boda. Dejé una igual para tu hermana. Se la di a Baaba antes de provocar el fuego.

—¿Mi hermana? —preguntó Esi.

Entonces, lo que le había contado Abronoma era cierto. Maame empezó a murmurar cosas sin sentido, palabras que nunca había pronunciado. Hermana, Baaba, fuego. Hermana, Baaba, fuego. Esi quería hacerle más preguntas, pero fuera el ruido era cada vez más intenso y la mirada de su madre estaba tornándose ausente. Se vaciaba, aunque no se sabía de qué.

Esi miró a su madre y fue como verla por vez primera: Maame no era una mujer completa. Había perdido pedazos de su espíritu, y por mucho que quisiera a Esi, y por mucho que su hija la quisiera a ella, ambas supieron en aquel instante que el amor no bastaba para compensar su pérdida. Esi supo también que su madre preferiría morir a correr de nuevo al bosque, aunque fuese una sola vez más. Que moriría antes que ser capturada, aunque su muerte implicara que Esi heredase esa indescriptible sensación de pérdida y aprendiese lo que significa no estar completa.

—Ve tú —ordenó Maame mientras Esi le tiraba de los brazos e intentaba hacerle mover las piernas—. ¡Márchate! —insistió.

Esi cedió y se escondió la piedra negra en el pareo. Abrazó a su madre, sacó el cuchillo de la falda, se lo dio a Maame y salió corriendo.

Enseguida llegó al bosque y buscó una palmera que pudiera abarcar con los brazos. Había estado practicando sin saber que lo hacía para aquel momento. Se abrazó al tronco e, impulsándose con las piernas, trepó tan alto como pudo. La luna estaba llena, tan grande como el terror que le pesaba en el estómago como una piedra. ¿Qué había sabido ella del terror hasta ese momento?

Pasó tiempo, mucho tiempo. De tanto que le quemaban los brazos, tenía la sensación de estar aferrada no a un árbol, sino a una hoguera. Las siluetas oscuras de las hojas del suelo empezaban a resultar amenazadoras. Pronto, a su alrededor oyó los gritos de aquellos que caían de los árboles como fruta madura y enseguida apareció un guerrero a los pies de la palmera a la que se había encaramado. Hablaba una lengua que ella no conocía, pero se imaginó lo que ocurriría a continuación. El guerrero le lanzó una piedra y después otra y otra. La cuarta le impactó en el costado y ella aguantó. La quinta le dio en el entramado de dedos entrelazados. Perdió el agarre y se desplomó al suelo.

Estaba atada a más personas; a cuántas, no lo sabía. No veía a nadie de su familia: ni a sus madrastras ni hermanastros. A su madre tampoco. La cuerda que tenía enrollada alrededor de las muñecas la forzaba a mantener las palmas vueltas hacia arriba, como si suplicara. Estudió las líneas de sus manos: no llevaban a ninguna parte. Nunca en la vida había sentido tanta desesperación.

Todos caminaban. Como Esi acostumbraba a dar paseos de varios kilómetros con su padre, pensó que lo soportaría. De hecho, los primeros días no lo pasó tan mal; pero llegado el décimo, se le desgarraron los callos de los pies y empezó a sangrar y a teñir las hojas de rojo a su paso. Al frente quedaban las que habían ensangrentado los demás. Eran tantos los que lloraban que cuando hablaban los guerreros le costaba oírlos. De todos modos, tampoco los habría entendido. Siempre que podía, comprobaba que la piedra que le había regalado su madre siguiera enrollada en el pareo, pero no sabía cuánto tiempo más les permitirían conservar la ropa que llevaban puesta. Las hojas del suelo del bosque estaban tan mojadas de sangre, sudor y rocío, que el niño que caminaba delante de Esi resbaló. Uno de los guerreros lo cogió, lo ayudó a levantarse y el niño le dio las gracias.

—¿Para qué le da las gracias? Nos van a comer a todos —dijo la mujer de detrás de Esi.

Esi se esforzaba por oír algo a través de la cortina de lágrimas y el zumbido de insectos que los rodeaba.

—¿Quién va a comernos?

—Los blancos. Al menos eso dice mi hermana: que nos venderán a los blancos y luego éstos nos cocerán como a las cabras para hacer sopa.

—¡No! —gritó Esi.

Enseguida apareció un guerrero corriendo hacia ella y le golpeó el costado con un palo. Se marchó dejándola con las costillas doloridas y Esi pensó en las cabras que campaban a sus anchas por la aldea. Se imaginó capturando una. Le ataba las patas con una cuerda y la tumbaba en el suelo. Le rajaba el cuello. ¿Iban a matarla así los blancos? Se estremeció.

—¿Cómo te llamas? —preguntó Esi.

—Me llaman Tansi.

—A mí Esi.

Y así fue como se hicieron amigas. Caminaban todo el día. Las llagas de los pies de Esi no tenían tiempo para curarse y pronto volvían a abrirse. De vez en cuando, los guerreros los dejaban atados a los árboles del bosque para adelantarse y hacer un reconocimiento de otras aldeas y, a veces, regresaban con más cautivos de esas poblaciones y los ataban con ellos. A Esi le quemaba la cuerda de las muñecas. Era una quemazón extraña, distinta de cualquier otra sensación conocida: como fuego frío, la aspereza del viento cargado de salitre.

Muy pronto, su nariz recibió con gusto el olor de ese viento y, por las historias que había oído supo que se acercaban a la tierra de los fante.

Los tratantes les golpeaban las piernas con palos para que se apresurasen. Llevaban casi la mitad de esa semana marchando día y noche, y a los que no podían seguir el ritmo les daban con los palos hasta que, por arte de magia, podían caminar.

Por fin, cuando a Esi empezaban a fallarle las piernas, llegaron a las afueras de una aldea fante. Los metieron a todos en un almacén oscuro y húmedo donde Esi tuvo tiempo de contar cuántos formaban el grupo. Treinta y cinco. Treinta y cinco personas atadas con una cuerda.

También tuvieron ocasión de dormir y, cuando se despertaron, les dieron de comer. Eran unas gachas extrañas que Esi nunca había probado. No le gustó el sabor, pero tuvo el presentimiento de que sería lo único que les darían en mucho tiempo.

Al cabo de poco, entraron unos hombres. Algunos eran los guerreros que Esi ya había visto, pero había otros nuevos.

—¿Éstos son los esclavos que nos has traído? —preguntó uno de ellos en fante.

Hacía mucho que Esi no oía a nadie hablar en aquel dialecto, pero lo comprendió sin problemas.

—¡Soltadnos! —empezaron a chillar los que estaban atados con Esi al ver que alguien podía atender a sus gritos.

Los fante y los asante, todos parte de los akán. Dos pueblos, dos ramas que brotaban del mismo árbol.

—¡Soltadnos! —exigieron hasta quedarse roncos de repetir las palabras sin más respuesta que el silencio.

—Jefe Abeeku —intervino otro—, no deberíamos estar haciendo esto. Si se enteran de que hemos trabajado con sus enemigos, nuestros aliados asante se pondrán furiosos.

El hombre al que llamaban «jefe» alzó las manos.

—Fiifi, hoy sus enemigos pagan mejor —explicó—. Si mañana los asante pagan más, también trataremos con ellos. Así es como se construye un pueblo, ¿entiendes?

Esi observó al que llamaban Fiifi. Era joven para ser guerrero, pero ya saltaba a la vista que algún día él también sería un gran hombre. El chico negó con la cabeza, pero no habló más. Salió del almacén y regresó con más hombres.

Eran blancos, los primeros que Esi veía. No pudo comparar el color de su piel con el de ningún árbol, fruto seco, barro o arcilla con el que hubiera topado.

—Esas personas no vienen de la naturaleza —sentenció.

—Te dije que venían a comernos —repuso Tansi.

Los hombres blancos se acercaron.

—¡En pie! —voceó el jefe, y todos obedecieron.

El jefe se dirigió a uno de los blancos:

—Mira, gobernador James —empezó hablando en fante tan rápido que Esi a duras penas entendía sus palabras, así que se preguntó si el blanco se enteraría de algo—, los asante son muy fuertes. Compruébalo tú mismo.

Los hombres desnudaron a los que aún llevaban ropa, para examinarlos. Con qué intención, Esi no tenía ni idea. Se acordó de la piedra que ocultaba enrollada en el pareo y, cuando el que se llamaba Fiifi se acercó para desatar el nudo que se había hecho en la parte de arriba, ella le lanzó un salivazo largo y abundante a la cara.

El chico no lloró como el niño preso al que había escupido en la plaza de su aldea. No gimoteó ni agachó la cabeza ni se refugió en ninguna parte. Se limitó a secarse la cara sin quitarle ojo.

El jefe se acercó.

—¿Qué vas a hacer, Fiifi? ¿No vas a castigarla? —preguntó.

Habló en voz baja para que sólo Fiifi y Esi lo oyeran.

Entonces sonó una bofetada. Tan alto que Esi tardó un momento en determinar si el dolor lo tenía en la oreja o dentro, en el oído. Se encogió con la cara tapada, se dejó caer al suelo y rompió a llorar. Con el manotazo se le había soltado la piedra del pareo, pero la encontró en la tierra. Sollozó con más fuerza para distraerlos y entonces apoyó la cabeza junto a la piedra negra y lisa. El tacto frío le alivió el dolor, y cuando los hombres dieron media vuelta y la dejaron allí tendida sin acordarse de quitarle el pareo, Esi cogió la piedra de debajo de la mejilla y se la tragó.

*

Los desechos que se acumulaban en el suelo de la mazmorra ya le llegaban hasta los tobillos. Nunca se habían hacinado tantas mujeres allí dentro. Esi apenas podía respirar, pero movió los hombros hacia un lado y hacia el otro hasta que consiguió hacerse algo de espacio. Su vecina no había dejado

67

de soltar porquería desde la última vez que los soldados les habían dado de comer. Se acordó de su primer día en el calabozo: a ella le había pasado lo mismo. Había encontrado la piedra de su madre en el río de mierda. La había enterrado y había señalado el lugar en la pared; llegado el momento, recordaría dónde estaba.

—Tss, tss —decía arrullando a la mujer—. Tss, tss, tss. Había aprendido a dejar de decir que todo saldría bien.

Al cabo de poco tiempo se abrió la puerta de la mazmorra y por el hueco se coló un resquicio de luz. Entraron un par de soldados, pero les pasaba algo raro. Sus movimientos parecían desestructurados, carentes de orden. Esi ya había visto a hombres borrachos de vino de palma; las caras enrojecidas y los gestos exagerados. Movían las manos como si quisieran abarcar el aire que los rodeaba.

Los soldados echaron un vistazo a su alrededor y las mujeres se pusieron a cuchichear. Uno de ellos cogió a una de las que había al fondo y la empujó contra la pared. Sus manos se abrieron camino hasta sus pechos y le recorrieron el cuerpo de arriba abajo, cada vez más abajo, hasta que el sonido que se le escapó a la mujer de entre los labios fue un alarido.

Las mujeres del montón chistaron. El siseo quería decir:

—¡Calla, idiota, o nos pegarán a todas!

Era un siseo alto y agudo, el llanto compartido de ciento cincuenta mujeres llenas de ira y miedo. El soldado que manoseaba a la joven empezó a sudar y les contestó a todas con un grito.

Bajaron la voz hasta que no se oyó más que un zumbido, pero no callaron. El murmullo era una vibración tan grave que Esi lo sentía como si le saliera del estómago.

—¿Qué hacen? —susurraban con asco—. ¿Qué hacen?

El rumor fue aumentando hasta que los hombres les gritaron de nuevo.

El otro soldado seguía dando vueltas y examinando a todas las mujeres con atención. Al llegar a Esi, sonrió y, durante un breve segundo, ella confundió el gesto con un gesto de cortesía: tanto tiempo hacía que no veía sonreír a nadie.

El soldado dijo algo y la agarró del brazo.

Ella trató de defenderse, pero la falta de alimentos y las heridas de las palizas la habían dejado demasiado débil hasta para reunir saliva y escupir. Él se rió de sus esfuerzos y la sacó del calabozo a rastras, cogida del codo. Justo cuando salían a la luz, Esi miró la escena que dejaba atrás: todas esas mujeres murmurando y llorando.

La llevó a sus dependencias, sobre el calabozo donde ella y el resto de los esclavos estaban retenidos. Esi estaba tan acostumbrada a la oscuridad que la luz la cegó. No veía adónde la conducía. Cuando llegaron a su cuarto, él le señaló un vaso de agua, pero Esi no se movió.

Entonces el soldado señaló el látigo que descansaba sobre el escritorio. Ella asintió, bebió un trago de agua y notó que se le derramaba por entre los labios entumecidos.

La tumbó sobre una lona doblada, le separó las piernas y la penetró. Esi gritó, pero él le tapó la boca con la mano y después le metió los dedos dentro. Le pareció que si se los mordía aún le daba más placer, así que abandonó la idea. Cerró los ojos y se obligó a escuchar en lugar de mirar, a fingir que aún era una niña pequeña y estaba en la choza de su madre una de las noches que su padre pasaba con ellas, mirando las paredes de adobe para darles intimidad, para abstraerse. Para comprender qué impedía al placer convertirse en dolor.

Cuando hubo acabado, el soldado se mostró horrorizado, como si ella le diera asco. Como si fuera ella quien le había arrebatado algo a él. Como si él fuese el violado. De pronto, Esi se dio cuenta de que le había hecho algo que incluso el resto de los soldados reprobarían. Por cómo la miraba, supo que su cuerpo lo avergonzaba.

Cayó la noche, la luz del sol se apagó y dejó únicamente la oscuridad que tan bien había llegado a conocer Esi. El hombre la sacó de su cuarto a hurtadillas. No le quedaban lágrimas, pero aun así él la hacía callar. La empujaba por los pasillos sin mirarla, hacia abajo, hacia las mazmorras.

Al llegar, el murmullo había cesado. Las mujeres no lloraban ni se quejaban. Mientras el soldado la devolvía al lugar que ocupaba antes, no se oyó más que silencio.

Pasaron los días. El ciclo se repitió. Comida y después hambre. Esi no podía más que revivir el rato que había pasado a la luz del sol. No había dejado de sangrar desde aquella noche. Un fino reguero rojo le caía por la pierna, y Esi lo miraba. Ya no quería hablar con Tansi. No quería que le contasen más cuentos.

La noche que había observado a sus padres juntos en la choza, no lo había comprendido bien. No había placer.

De nuevo se abrió la puerta del calabozo. Entraron un par de soldados y Esi reconoció a uno del almacén de la tierra de los fante. Era alto y tenía el cabello del color de la corteza de los árboles después de la lluvia, pero empezaba a tornarse gris. Llevaba muchos botones dorados en el pecho de la chaqueta y en los hombros. Esi pensó y pensó, tratando de deshacerse de las telarañas que le habían crecido en el cerebro para recordar cómo lo había llamado el jefe fante.

Gobernador James. El gobernador dio una vuelta por aquel espacio sin dejar de pisar manos, muslos y cabelleras con las botas mientras se tapaba la nariz con dos dedos. Detrás de él iba un soldado más joven. El gran hombre blanco señaló a veinte mujeres y, por último, a Esi.

El soldado gritó algo, pero nadie lo entendió. Las cogió de las muñecas y, tirando de ellas, las sacó de encima o de debajo de los cuerpos de otras mujeres para que se pusieran en pie. Las colocó en fila y el gobernador las examinó. Les pasó las manos sobre los senos y entre los muslos. La primera chica a la que revisó se echó a llorar y él no tardó ni un instante en tumbarla de una bofetada.

Por último, el gobernador James llegó hasta Esi. La miró con atención, parpadeó y negó con la cabeza. La miró una vez más y le inspeccionó el cuerpo como a las demás.

Cuando le metió la mano entre las piernas, se le mancharon los dedos de rojo.

La miró con lástima, como si la comprendiese, pero Esi se preguntó si eso era posible. Hizo un gesto y, antes de que la joven tuviera tiempo de pensar, el soldado ya estaba arreándolas para que salieran del calabozo.

—¡No! ¡La piedra! —chilló Esi al acordarse de la piedra negra y dorada que le había dado su madre.

Se tiró al suelo y empezó a escarbar y escarbar, pero el soldado la levantó y al cabo de un momento, en lugar de tierra, lo único que sintió entre las manos mientras describían círculos en el aire era el vacío.

Las sacaron a la luz. El olor del océano le inundó la nariz y el sabor de la sal se le aferró a la garganta. Los soldados las condujeron a buen paso a través de una puerta que daba a la arena y al mar; todos echaron a andar hacia allá.

Antes de partir, el hombre al que llamaban «gobernador» la miró y sonrió. Era un gesto amable, de lástima pero sincero. Sin embargo, durante el resto de su vida, cada vez que Esi veía una sonrisa en un rostro blanco, recordaba la cara del soldado antes de que se la llevara a su cuarto. Le venía a la memoria que la sonrisa de un hombre blanco significaba que la siguiente ola traería males mayores.

Quey

Quey había recibido un mensaje de su viejo amigo Cudjo y no sabía cómo responder. Esa noche fingió que el calor no lo dejaba dormir: una mentira fácil, porque estaba empapado en sudor. Aunque, bien pensado, ¿cuándo no lo estaba? En mitad del bosque, la temperatura y la humedad eran tan altas que tenía la sensación de que estaban asándolo a fuego lento para la cena. Añoraba el castillo, la brisa del mar. En la aldea de Effia, su madre, se le acumulaba el sudor en las orejas y en el ombligo. Le picaba la piel e imaginaba que los mosquitos le subían por los pies y las piernas hasta el vientre para descansar en el abrevadero de su ombligo. ¿Bebían sudor los mosquitos, o era sólo sangre?

Sangre. Veía la imagen de los prisioneros que metían en los calabozos de diez en diez, de veinte en veinte, con las manos y los pies atados y ensangrentados. Él no estaba hecho para eso. Se suponía que había llevado una vida mucho más fácil, alejada de la esclavitud. Se había criado entre los blancos de Costa del Cabo y se había educado en Inglaterra, y por esa razón debería estar aún en su despacho del castillo, en el puesto de registrador auxiliar que su padre, James Collins, le había conseguido antes de morir: anotando números y fingiendo que éstos no representaban personas compradas y vendidas. Pero el nuevo gobernador del castillo lo había hecho llamar y lo había enviado allí, al bosque.

—Como ya sabes, Quey, hace mucho que tratamos con Abeeku Badu y con el resto de los negros de su aldea, pero hemos oído que en los últimos tiempos ha empezado a comerciar con algunas compañías privadas. Por eso nos gustaría establecer allí un destacamento que se convierta en residencia de algunos de nuestros empleados. La idea es recordar a nuestros amigos, de manera muy amable, que han contraído ciertas obligaciones con nuestra compañía. Te han solicitado especialmente para el puesto y, dada la relación que tus padres tenían con la aldea y que conoces la lengua y las costumbres locales y te sientes a gusto con ellas, hemos pensado que estando allí podrías llegar a ser un activo muy valioso para la Compañía.

Quey había aceptado con una inclinación leve de cabeza, porque ¿qué remedio le quedaba? Pero por dentro tenía reticencias. ¿Que conocía la lengua y las costumbres locales y se sentía a gusto con ellas? ¿La relación de sus padres con la aldea? Effia le tenía tanto miedo a Baaba que la última vez que había estado allí aún llevaba a Quey en el vientre. Eso había sido en 1779, y ya habían pasado casi veinte años. Mientras tanto, Baaba había fallecido, pero aun así seguían sin ir. Aquel trabajo le parecía una especie de escarmiento, como si todavía no lo hubieran castigado lo suficiente.

Al fin salió el sol y Quey fue a ver a su tío Fiifi. El día que se conocieron, apenas un mes antes, Quey no podía creerse que un hombre como aquél fuese pariente suyo. No por su hermosura, pues a Effia la habían llamado la Bella toda la vida y Quey estaba acostumbrado a la belleza. Era porque Fiifi encarnaba el poder y su cuerpo era una elegante alianza de músculos. Quey era más como su padre: alto y delgado, y no poseía una fuerza especial. James tenía poder, pero éste procedía de su linaje, de los Collins de Liverpool, que habían hecho fortuna construyendo barcos negreros. El de su madre radicaba en su belleza. En cambio, el de Fiifi provenía de su cuerpo, del hecho de que su aspecto evidenciaba que podía adueñarse de cuanto quisiera. Quey sólo había conocido otra persona como él.

—Hijo mío, eres bienvenido —lo saludó Fiifi al verlo llegar—. Siéntate, ¡come!

Cuando la llamaron, la esclava apareció con dos cuencos. Iba a colocar uno de ellos delante de Fiifi, pero él se lo impidió con una mirada.

—Debes servir primero a mi hijo.

—Perdón —murmuró ella, y dejó el cuenco frente a Quey.

Él le dio las gracias y miró las gachas.

—Tío, ya llevo aquí un mes y aún no hemos hablado de nuestro acuerdo comercial. La Compañía tiene dinero para comprar más. Muchos más. Pero debéis permitírnoslo. Tenéis que dejar de tratar con el resto de las compañías.

Quey ya había pronunciado ese discurso u otro parecido muchas veces, pero su tío Fiifi no prestaba ninguna atención. La primera noche que pasó allí, Quey quiso ir de inmediato a hablar con Badu sobre el trato que habían hecho: pensaba que cuanto antes consiguiera que el jefe de la aldea aceptase, antes podría marcharse. Esa noche, Badu invitó a todos los hombres a beber a su casa y les sirvió suficiente vino de palma y de licor *akpeteshi* para ahogarse en él. Timothy Hightower, un oficial ansioso por causar buena impresión al jefe, bebió medio barril del destilado casero antes de desmayarse bajo una palmera temblando, vomitando y afirmando que veía espíritus. Pronto, el resto de los hombres acabaron también esparcidos entre los árboles del jardín de Badu, devolviendo, durmiendo o en busca de mujeres con las que yacer. Quey esperaba la oportunidad de hablar con Badu, así que bebía sorbos pequeños.

Cuando Fiifi se acercó a él, sólo había tomado dos vasos de vino.

—Ve con cuidado, Quey —le advirtió su tío, y señaló la escena que tenían delante—. Hombres aún más fuertes que éstos han caído por beber demasiado.

Su sobrino miró el recipiente que Fiifi tenía en la mano y enarcó la ceja.

—Agua —repuso el hombre—. Uno de nosotros debe estar preparado para cualquier cosa.

Señaló a Badu, que se había quedado dormido en su trono de oro con la barbilla apoyada en la montaña carnosa de su barriga.

Quey rompió a reír y Fiifi esbozó una sonrisa, la primera que su sobrino le veía desde que lo conocía.

Aquella noche Quey no consiguió hablar con Badu, pero con el transcurso de las semanas se dio cuenta de que no era a él a quien debía complacer. Aunque Abeeku Badu era la cabeza visible, el *omanhin* que recibía presentes de los líderes políticos tanto de Londres como de Holanda por el papel que desempeñaba en su relación comercial, Fiifi ejercía la autoridad. Cuando él decía que no con la cabeza, toda la aldea se detenía.

Y ahora Fiifi guardaba silencio, como todas las veces que Quey había mencionado el comercio con los británicos. Miró hacia el bosque que tenían ante ellos y su sobrino le siguió la mirada. Entre los árboles, dos pájaros de colores llamativos competían con cantos altos y discordantes.

—Tío, el acuerdo al que Badu llegó con mi padre...

—¿Oyes eso? —preguntó Fiifi, y señaló los pájaros.

Quey asintió con frustración.

—Cuando uno de los pájaros calla, el otro empieza a cantar. Y su canción es cada vez más alta y estridente. ¿Por qué crees que es así?

—Tío, el único motivo por el que estamos aquí es el comercio. Si quieres que los británicos abandonen la aldea, tienes que...

—Lo que tú no oyes, Quey, es que hay una tercera ave. Una hembra. Está callada, escuchando a los machos sin hacer ruido mientras ellos cantan cada vez más alto. Cuando ellos se queden sin voz, cantará ella. Hasta entonces no escogerá al macho cuyo canto le haya gustado más. Pero entretanto, espera y deja que ellos discutan: quién será el mejor compañero, quién le dará mejores polluelos, quién luchará por ella cuando lleguen los tiempos difíciles.

»Quey, en los negocios, esta aldea debe ser como la hembra de esa especie. Si queréis pagar más por los esclavos, pagad más, pero has de saber que los holandeses harán lo mismo. Y los portugueses. Hasta los piratas pagarán más. Y mientras todos gritáis que sois superiores a los demás, yo estaré tranquilo en mi casa comiendo *fufu* y esperando a oír el precio que me parezca correcto. Y ahora, no hablemos más de negocios.

Quey suspiró al darse cuenta de que estaría allí para siempre. El canto de los pájaros había cesado. Quizá percibiesen su exasperación. Contempló sus alas naranja, amarillo y azul, los picos curvos.

—En Londres no había aves como éstas —rememoró Quey en voz baja—. No había colores, todo era gris. El cielo, los edificios. Hasta las personas se ven grises.

Fiifi negó con la cabeza.

—No sé por qué Effia dejó que James te enviase a ese país ridículo.

Quey le dio la razón con un cabeceo ensimismado y siguió comiendo gachas.

De niño, Quey había sido muy solitario. Cuando nació, su padre construyó una choza junto al castillo para que Effia y él vivieran con mayor comodidad. En aquella época el comercio era próspero. El joven nunca veía los calabozos y sólo tenía una ligera idea de lo que sucedía en el sótano del castillo, pero sabía que el negocio iba bien porque a duras penas veía a su padre.

Todos los días les pertenecían a él y a Effia. Ella era la madre más paciente de Costa del Cabo, de toda la Costa del Oro, y le hablaba con cariño pero con firmeza. Nunca le pegaba, ni siquiera cuando el resto de las madres la hostigaba con que lo malcriaría y él no aprendería jamás.

—¿Aprender qué? —respondía Effia—. ¿Qué me enseñó a mí Baaba?

Y, sin embargo, Quey sí que aprendía. Sentado en el regazo de su madre, ella le enseñó a hablar repitiendo las palabras primero en fante y después en inglés hasta que fue capaz de oír algo en un idioma y responder en el otro. Aunque Effia tan sólo había aprendido a leer y a escribir durante el primer año de vida de su hijo, instruyó a Quey con vigor, sujetando su puño pequeño y rechoncho en el suyo mientras juntos trazaban líneas y más líneas.

—¡Qué listo eres! —exclamó cuando él aprendió a deletrear su nombre sin su ayuda.

En 1784, el año de su quinto cumpleaños, Effia le habló por primera vez de su niñez en la aldea de Badu. Él se aprendió todos los nombres: Cobbe, Baaba, Fiifi. Aprendió que había otra madre cuyo nombre no sabrían jamás, que la piedra negra resplandeciente que Effia siempre llevaba atada al cuello había pertenecido a aquella mujer, su verdadera abuela. Mientras le contaba la historia, a Effia se le oscureció el rostro, pero en cuanto Quey estiró el brazo y le acarició la mejilla, pasó la tormenta.

—Tú eres mi niño —decía—. Mío.

Y ella le pertenecía a él. De pequeño le bastaba con Effia, pero a medida que iba creciendo, empezó a lamentar que su familia fuera tan reducida, a diferencia del resto de las de la Costa del Oro, donde los hombres poderosos consumaban una serie infinita de matrimonios y los hermanos se amontonaban. Habría deseado conocer a los otros hijos de su padre, los Collins blancos que vivían al otro lado del Atlántico, pero sabía que eso no ocurriría. Quey se tenía a sí mismo, a sus libros, la playa, el castillo y a su madre.

—Me preocupa que no tenga amigos —le confesó Effia a James un día—. No juega con los demás niños del castillo.

Quey estaba a punto de entrar en casa después de pasar el día construyendo réplicas de arena del castillo de Costa del Cabo cuando oyó que Effia mencionaba su nombre. Se quedó fuera a escuchar.

—¿Qué se supone que podemos hacer? Lo has mimado demasiado, Effia. Tiene que aprender a hacer algunas cosas por sí mismo.

—Debería estar jugando con otros niños fante, niños de la aldea, para poder salir de aquí de vez en cuando. ¿No conoces a nadie?

—¡Ya estoy en casa! —anunció Quey, quizá en voz demasiado alta, pues no quería escuchar lo que fuese a decir su padre.

Al final del día ya había olvidado el incidente, pero semanas más tarde, cuando Cudjo Sackee visitó el castillo con su padre, Quey recordó la charla de sus progenitores.

El padre de Cudjo era el jefe de una aldea fante muy destacada. Era el rival más prominente de Abeeku Badu y había empezado a reunirse con James Collins para tratar de aumentar el comercio; el gobernador le pidió que acudiese con su hijo mayor a una de las reuniones.

—Quey, éste es Cudjo —los presentó James, y dio a su hijo un empujoncito hacia el otro—. Vosotros jugad mientras hablamos.

Los chicos observaron a sus padres alejarse hacia otra parte del castillo y, cuando casi los habían perdido de vista, Cudjo se fijó en Quey.

—¿Eres blanco? —le preguntó, y le tocó el pelo.

Quey se echó atrás, a pesar de que muchos habían hecho el mismo gesto y formulado la misma pregunta.

—No soy blanco —respondió en voz baja.

—¿Qué? ¡Habla más alto!

Quey lo repitió casi a voz en grito y, desde la distancia, sus respectivos padres se volvieron para ver por qué armaban tanto alboroto.

—No grites, Quey —le ordenó James.

Quey notó que se sonrojaba mientras Cudjo lo miraba. Era obvio que la situación le hacía gracia.

—Vale, no eres blanco. Entonces ¿qué eres?

—Soy como tú —contestó Quey.

Cudjo tendió la mano y le pidió que hiciera lo mismo, hasta que estuvieron brazo con brazo, piel con piel.

—No, no eres como yo —concluyó Cudjo.

Quey estuvo a punto de echarse a llorar, pero se avergonzó de ese impulso. Sabía que era uno de los niños mestizos del castillo y que, como el resto de ellos, no tenía derecho a ninguna de sus dos mitades: ni a la raza blanca de su padre ni a la negra de su madre. Ni a Inglaterra ni a la Costa del Oro.

Cudjo debió de fijarse en las lágrimas que luchaban por escapar de los ojos de Quey.

—Venga, vamos —dijo, y lo cogió de la mano—. Mi padre dice que aquí tenéis unos cañones enormes. ¡Enséñamelos!

Aunque había pedido a Quey que se los mostrase, fue el propio Cudjo quien arrancó a correr en dirección a la batería. Enseguida pasaron a sus padres de largo.

Así fue como los chicos se hicieron amigos. Dos semanas después, Quey recibió un mensaje de Cudjo invitándolo a visitar su aldea.

—¿Puedo ir? —preguntó a su madre.

No había acabado la frase y Effia ya estaba empujándolo hacia la puerta, encantada de que tuviera un amigo.

La de Cudjo fue la primera aldea en la que Quey pasó un tiempo, y le fascinaba lo diferente que era del castillo y de Costa del Cabo. Allí no había ni un solo blanco, ni tampoco soldados que les dijesen lo que podían hacer y lo que no. Aunque los críos sabían lo que era recibir una paliza, no por eso dejaban de armar jaleo y griterío, de ser libres. Cudjo, que tenía once años como él, era el mayor de diez hermanos y les daba órdenes como si fueran su pequeño ejército particular.

—¡Ve a buscar algo de comer para mi amigo! —gritó a la menor de sus hermanas cuando vio llegar a Quey.

La niña no debía de tener más de dos o tres años y no se sacaba el pulgar de la boca, pero siempre hacía lo que Cudjo le mandaba en cuanto se lo mandaba.

—¡Mira, Quey! Mira qué he encontrado —dijo Cudjo, y antes de que el otro llegase, ya había abierto la mano.

En la palma tenía dos caracoles pequeños, cuyos diminutos cuerpos babosos se retorcían entre sus dedos.

—Éste es tuyo, y éste, mío —anunció Cudjo señalándolos con el dedo—. ¡Vamos a hacer una carrera!

Cerró la mano y echó a correr. Era rápido y a Quey le costaba seguirle el ritmo. Cuando llegaron a un claro del bosque, Cudjo se tumbó boca abajo y le hizo una señal para que se tendiese a su lado.

Le entregó su caracol y trazó una línea en la tierra a modo de salida. Cada uno colocó su animal detrás de la raya y lo soltó.

Al principio no se movieron.

—¿Son idiotas o qué? —preguntó Cudjo, y dio un toque a su caracol con el dedo índice—. Sois libres, caracoles. ¡Qué tontos son! ¡Venga!

—A lo mejor están asustados —opinó Quey.

Cudjo lo miró como si el tonto fuese él.

Sin embargo, justo entonces el caracol de Quey rebasó la línea de salida y, segundos después, el otro lo siguió. El primero no avanzaba como los caracoles normales, despacio y con pausa: parecía saber que estaba en una carrera. Como si fuera consciente de su libertad. Los chicos no tardaron en perderle la pista, mientras que el de Cudjo avanzaba sin prisa y hasta se entretenía trazando más de un círculo.

De pronto, Quey se puso nervioso. Por si la derrota hacía enfadar a Cudjo y éste le ordenaba salir de la aldea y no volver jamás. Acababan de conocerse, pero ya se daba cuenta de que no quería perder a su compañero. Hizo lo único que se le ocurrió: le ofreció la mano como había visto a su padre hacer tantas veces al cerrar un trato de negocios y, para su sorpresa, Cudjo la aceptó. Se dieron un apretón.

—Mi caracol era bobo, pero el tuyo ha corrido bien —concedió Cudjo.

—Sí, lo ha hecho muy bien —contestó Quey con alivio.

—Deberíamos ponerles nombres. El mío será *Richard*, porque es un nombre británico y es tan malo como ellos. Al tuyo podemos llamarlo *Kwame*.

Quey rompió a reír.

—Sí, *Richard* es malo, como los británicos —convino.

Durante un segundo había olvidado que su padre era británico, pero cuando se acordó, se dio cuenta de que no le importaba. Porque en aquel momento tenía un sentimiento de pertenencia pleno y completo.

Los chicos se hicieron mayores. Quey creció diez centímetros en un verano y a Cudjo le salieron músculos que formaron ondas en sus piernas y brazos; cuando las gotas de sudor resbalaban por ellos, parecían olas. Por todas partes lo conocían por su destreza como luchador: de las aldeas vecinas acudían muchachos mayores que él a retarlo, pero Cudjo ganaba todos los combates.

—Oye, Quey, ¿cuándo lucharás conmigo? —le preguntó.

Quey nunca se había ofrecido como contrincante. La posibilidad lo inquietaba; no por perder, pues sabía que perdería, sino porque llevaba tres años observando con mucha atención y sabía mejor que nadie de qué era capaz su amigo: la elegancia de sus movimientos mientras daba vueltas alrededor de su oponente; las matemáticas de la violencia, según las cuales la suma de un brazo más un cuello equivalía a una asfixia, y la de un codo más una nariz significaba sangre. En esa danza, Cudjo jamás perdía el paso, y su cuerpo, enérgico y controlado, intimidaba a Quey. Desde hacía un tiempo, imaginaba que su amigo lo rodeaba con aquellos brazos tan fuertes, que lo arrastraba al suelo con el peso de su cuerpo para tenderse sobre él.

—Pídeselo a *Richard* —respondió Quey, y Cudjo soltó una de sus entusiastas carcajadas.

Después de la carrera de caracoles, los chicos habían empezado a llamar «Richard» a todo: lo bueno y lo malo. Cuando sus madres los regañaban por decir alguna grosería, le echaban la culpa a Richard. Si uno corría más rápido que el otro o ganaba un combate de lucha, era gracias a Richard. Richard estaba presente el día que Cudjo nadó demasiado lejos y empezaron a faltarle las fuerzas. Richard quería que se ahogase y también lo ayudó a recuperar el ritmo y lo salvó.

—¡Pobre Richard! Lo destrozaría, ¡eh! —bromeó, y abultó los músculos del brazo.

Quey tendió la mano y se los tocó. Aunque la carne no cedía, le preguntó:

—¿Con qué? ¿Con esto tan pequeño?

—¿Qué?

—Te hablo de este brazo diminuto. Hermano, está muy blando.

Sin avisar y rápido como un relámpago, Cudjo le inmovilizó el cuello entre los brazos.

—Blando, ¿eh?

Su voz no era más que un susurro, una brisa que acariciaba la oreja de Quey.

—Ve con cuidado, amigo. Aquí no hay nada blando.

Aunque estaba quedándose sin aire, Quey notó que se sonrojaba. Estaba tan pegado al cuerpo de Cudjo que durante un instante sintió que eran uno solo. Se le puso todo el vello de punta, anticipando lo que podría ocurrir a continuación. Al final, Cudjo lo soltó.

Quey tomó varias bocanadas de aire bajo la atenta mirada de su amigo, que había esbozado una sonrisa.

—¿Has tenido miedo?

—No.

—¿No? ¿Es que no sabes que todos los hombres de la tierra de los fante me temen?

—Tú no me harías daño —afirmó Quey.

Lo miró a los ojos y le adivinó un titubeo, pero Cudjo recobró la compostura de inmediato.

—¿Estás seguro?

—Sí —respondió Quey.

—En ese caso, rétame. Rétame a un combate.

—Me niego.

Cudjo se acercó a él hasta que estuvo a centímetros de su cara.

—Rétame —repitió, y a Quey se le enredó su aliento entre los labios.

La semana siguiente, Cudjo tenía un combate importante. Estando borracho, un soldado del castillo había presumido de que el joven no sería capaz de derrotarlo.

—¿Qué tiene de especial que un negro venza a otro negro? Hay que poner a un salvaje contra un blanco, entonces veréis.

Uno de los sirvientes, un hombre de la aldea de Cudjo, había oído al soldado fanfarrón y se lo había contado al padre del muchacho. Al día siguiente, el jefe acudió a darle un mensaje en persona.

—Cualquier hombre que se crea capaz de vencer a mi hijo, que lo intente. Dentro de tres días, veremos quién es el mejor.

El padre de Quey había intentado impedir que el combate se celebrase arguyendo que era incivilizado, pero los soldados estaban aburridos e inquietos. Un poco de diversión incivilizada era justo lo que anhelaban.

Cudjo apareció a finales de esa semana y llevó consigo a su padre y a sus siete hermanos varones, pero a nadie más. Quey no había hablado con él desde la semana anterior y estaba nervioso sin saber por qué. Aún notaba el aliento de su amigo en los labios.

El soldado fanfarrón también estaba nervioso. Iba de un lado a otro con manos temblorosas ante la atenta mirada de los hombres del castillo.

Cudjo se plantó frente a su oponente. Lo miró de arriba abajo y lo evaluó. Entonces vio a Quey entre el público. Su amigo saludó con un cabeceo y Cudjo le dedicó una sonrisa que, como Quey sabía, significaba: «Voy a ganar.»

Y así fue. Apenas un minuto después del inicio, Cudjo ya tenía el brazo alrededor de la abultada barriga del soldado. Le dio la vuelta, lo tumbó y lo inmovilizó.

El público estalló en vítores y aparecieron más contendientes, soldados a quien Cudjo venció con más o menos facilidad. La cosa duró hasta que todos los hombres estuvieron borrachos y agotados, y el vencedor era el único que permanecía sereno.

Los soldados empezaron a dispersarse. Después de dar la enhorabuena a Cudjo entre gritos y con mucho escándalo, sus hermanos y su padre también se fueron. Él iba a quedarse a pasar la noche en Costa del Cabo, con Quey.

—Lucharé contigo —dijo éste cuando parecía que todos se habían marchado.

El aire de la noche entraba en el castillo y refrescaba el ambiente, pero sólo un poco.

—¿Ahora que estoy demasiado cansado para ganar?

—Nunca has estado demasiado cansado para ganar.

—De acuerdo, ¿quieres luchar? ¡Primero tendrás que atraparme!

Y echó a correr. Quey era ahora más rápido que durante los primeros años de su amistad, así que lo alcanzó en la batería de cañones, se abalanzó sobre él, le agarró las piernas y lo derribó.

En cuestión de segundos tenía a Cudjo encima, jadeando mientras Quey trataba de voltearlo por todos los medios.

Quey sabía que debía dar tres golpes en el suelo, que era la señal para terminar el combate, pero no quería hacerlo. No quería. No quería que Cudjo se levantase. Ni añorar el peso de su cuerpo.

Poco a poco, Quey relajó los músculos y notó que Cudjo hacía lo mismo. Los chicos se hundieron el uno en la mirada del otro, su respiración se acompasó; la sensación de los labios de Quey se hizo más intensa, un cosquilleo que amenazaba con hacerle acercar el rostro al de su amigo.

—Levantaos ahora mismo —ordenó James.

Quey no sabía cuánto tiempo llevaba su padre mirándolos, pero en su voz descubrió un matiz nuevo. Era el mismo control y mesura que empleaba al hablar con sirvientes y, como él bien sabía aun sin haberlo visto, al dirigirse a los esclavos antes de pegarles. Sin embargo, también detectó miedo.

—Cudjo, vete a casa —ordenó James.

Quey vio a su amigo partir sin ni siquiera mirar atrás.

El mes siguiente, justo antes de su decimocuarto cumpleaños, y a pesar de que Effia lloró, peleó y luchó hasta el punto de llegar en una ocasión a abofetear a su marido, Quey embarcó en una nave con rumbo a Inglaterra.

*

«Me he enterado de que has regresado de Londres. ¿Podemos vernos, viejo amigo?»

Quey no dejaba de pensar en el mensaje que le había enviado Cudjo. Miró el cuenco y vio que apenas había probado las gachas. Fiifi ya había terminado las suyas y había pedido otra ración.

—Tal vez debería haberme quedado en Londres —dijo Quey.

Su tío levantó la vista del cuenco y lo miró extrañado.

—¿Para qué ibas a quedarte allí?

—Era más seguro —respondió en voz baja.

—¿Más seguro? ¿Por qué? ¿Porque los británicos no recorren los bosques y la sabana en busca de esclavos? ¿Porque el trabajo lo hacemos nosotros y ellos no se ensucian las manos? Escucha una cosa: su parte es la más peligrosa.

Quey asintió, aunque no se refería a eso. En Inglaterra había visto cómo vivían los negros en un país blanco: veinte o más indios y africanos se hacinaban en una habitación, se alimentaban de la bazofia que se dejaban los cerdos, tosían sin parar, al unísono, en una sinfonía enferma. Conocía los peligros que acechaban al otro lado del Atlántico, pero también el que entrañaba él mismo.

—No seas tan flojo, Quey —instó Fiifi sin quitarle ojo.

Por un segundo, se preguntó si, al fin y al cabo, su tío lo había comprendido. Pero Fiifi siguió comiendo y dijo:

—¿No tienes trabajo que hacer?

Quey dijo que no con la cabeza y trató de serenarse. Sonrió a su tío, le dio las gracias por la comida y se marchó.

El trabajo no era difícil. Las tareas que tanto él como sus colegas de la Compañía tenían asignadas incluían reunirse con Badu y sus hombres todas las semanas para repasar el inventario, supervisar a los trajinantes que cargaban la mercancía en las canoas y poner al gobernador del castillo al día sobre las novedades de los demás socios comerciales de Badu.

Ese día, Quey estaba a cargo de los trajinantes. Caminó varios kilómetros hasta las afueras del pueblo y saludó a los jóvenes fante que trabajaban para los británicos trasladando esclavos desde las aldeas de la costa hasta el castillo. Ese día había tan sólo cinco esclavos, que esperaban atados. La más joven, una niña, se había hecho sus necesidades encima, pero nadie hacía caso de eso. Quey se había acostumbrado al olor de la mierda; en cambio, el hedor del miedo siempre destacaba. Le hacía arrugar la nariz y los ojos le lagrimeaban, aunque ya hacía mucho tiempo que había aprendido a no llorar.

Siempre que veía zarpar una canoa cargada de esclavos, se acordaba de su padre, de pie en la orilla junto al castillo de Costa del Cabo, listo para recibirlos. En cambio, al ver la canoa alejarse de la arena desde aquella parte de la costa, Quey sintió que lo desbordaba la misma vergüenza que acompañaba a todas las partidas. ¿Qué había sentido su padre en la orilla? James había fallecido poco después de llegar Quey a Londres. El trayecto hasta allí había sido incómodo en sus mejores momentos y angustioso en los peores, y él lo había pasado alternando el llanto y los vómitos. A bordo del barco, Quey no dejaba de pensar que eso era lo que su padre hacía con los esclavos. Y también con sus problemas: meterlos en un barco y mandarlos bien lejos. ¿Cómo se sentía James cuando veía zarpar una nave? ¿Con la misma mezcla de vergüenza, miedo y aversión que sentía Quey por sus propias carnes, por su deseo rebelde?

A su regreso a la aldea, Badu ya estaba borracho. Quey lo saludó e intentó pasar de largo.

Pero no se apresuró lo suficiente. Badu lo agarró del hombro.

—¿Cómo está tu madre? Dile que venga a verme, ¡eh!

Quey apretó los labios con la esperanza de que pareciese una sonrisa e intentó tragarse el desprecio. El día que él había aceptado su designación, Effia había puesto el grito en el cielo, le había suplicado que la rechazase y que, si era necesario para librarse de esa obligación, huyera a la tierra de los asante como había hecho su abuela, a quien no conocía.

Mientras le hablaba, manoseaba el colgante de piedra.

—Quey, en esa aldea vive el mal. Baaba...

—Baaba murió hace tiempo —había contestado él—, y los dos somos demasiado mayores para seguir creyendo en fantasmas.

Su madre había escupido a sus pies y había sacudido la cabeza con tanta fuerza que Quey temió que se le saliera de sitio.

—Crees que lo sabes todo, pero no es así —había protestado ella—. El mal es como una sombra: te sigue.

Aun sabiendo que ella jamás querría verlo, Quey respondió a Badu:

—Tal vez venga pronto de visita.

Aunque sus padres habían discutido, sobre todo por él, nadie ponía en duda que se querían, pues era evidente. Y a pesar de que por un lado Quey odiaba a su padre, también conservaba el deseo ardiente de complacerlo.

Al final, consiguió deshacerse de Badu y continuó su camino mientras el mensaje de Cudjo se repetía una y otra vez en su mente: «Me he enterado de que has regresado de Londres. ¿Podemos vernos, viejo amigo?»

Al volver de Europa, Quey no se había atrevido a preguntar por Cudjo, pero tampoco le había hecho falta. Su amigo había sustituido al anterior jefe de su aldea y todavía comerciaba con los británicos. Cuando trabajaba como registrador, Quey había anotado el nombre de Cudjo en los libros de contabilidad del castillo casi todos los días. Le resultaría fácil visitarlo ahora, hablar con él como antaño, contarle que había llegado a odiar Londres tanto como a su padre y que se había tomado cuanto rodeaba aquel lugar —el frío, la humedad, la oscuridad— como una afrenta personal concebida con el único propósito de mantenerlo alejado de él.

Pero ¿qué ganaría yendo a visitarlo? ¿Bastaría con una mirada para retroceder seis años hasta el suelo del castillo? Tal vez Londres hubiera cumplido la función deseada por su padre, o tal vez no.

Las semanas fueron pasando, pero Quey seguía sin responder a Cudjo. Se entregó en cuerpo y alma a su trabajo. Fiifi y Badu tenían multitud de contactos en la tierra de los asante y también más hacia el norte; grandes hombres, guerreros, jefes y demás que todos los días les llevaban decenas, veintenas de esclavos. El negocio había crecido tanto y los métodos para conseguir esclavos se habían tornado tan temerarios que muchas de las tribus habían empezado a marcar el rostro de los niños para que se los distinguiese. Los norteños, a quienes se capturaba más a menudo, podían llevar más de veinte cicatrices en la cara, lo que los convertía en demasiado feos para venderlos. A la mayoría de los esclavos que pasaban por la aldea de Quey los habían capturado en guerras tribales, pero a algunos los vendían sus propias familias. La clase menos común era la que Fiifi capturaba en persona en las largas y turbias incursiones que hacía en el norte.

Estaba preparándose para una de esas misiones. No quería dar detalles a Quey, pero éste sabía que debía de ser algo especialmente traicionero, pues había pedido ayuda a otra aldea fante.

—Podéis quedaros con todos los cautivos, menos con una —estaba diciendo Fiifi a alguien—. Lleváoslos cuando nos separemos en Dunkwa.

Fiifi acababa de convocarlo en su casa. Delante de él, los guerreros se equipaban para la batalla con mosquetes, machetes y lanzas.

Se acercó para ver con quién hablaba su tío.

—Vaya, Quey, por fin vienes a saludar, ¿eh?

Aunque la voz era más grave de lo que Quey recordaba, la reconoció de inmediato. Tendió una mano temblorosa para que su viejo amigo se la estrechase. Cudjo lo hizo con mano firme y de piel suave. El contacto llevó a Quey de regreso a la aldea de su amigo, a la carrera de caracoles, a Richard.

—¿Qué haces aquí? —preguntó Quey con la esperanza de que la voz no lo traicionase.

Quería parecer tranquilo y seguro.

—Tu tío nos ha prometido una buena misión. He aceptado de buen grado.

Fiifi le dio una palmada en el hombro y se fue a hablar con los guerreros.

—No has contestado a mi mensaje —se lamentó Cudjo en voz baja.

—No he tenido tiempo.

—Vaya.

Cudjo parecía el mismo. Más alto y ancho, pero el mismo.

—Tu tío me ha contado que aún no te has casado.

—No.

—Yo lo hice la última primavera. Un jefe debe tener esposas.

—Ya, claro —respondió Quey sin darse cuenta de que hablaba en inglés.

Cudjo se echó a reír. Cogió el machete y se acercó a Quey.

—Hablas inglés como un británico, ¿eh? Igual que Richard. Cuando tu tío y yo acabemos en el norte, regresaré a mi aldea. Allí siempre serás bienvenido. Ven a verme.

Fiifi dio un último grito para reunir a sus hombres y Cudjo acudió corriendo. Mientras se alejaba deprisa, miró atrás un instante y sonrió a Quey. Éste no sabía cuánto tiempo se ausentarían, pero sí que no dormiría hasta que su tío hubiera vuelto. Nadie le había explicado nada sobre la misión. De hecho, ya había visto a los guerreros partir un puñado de veces y jamás había cuestionado sus actividades, pero ahora le latía el corazón con tal fuerza que era como si en lugar de garganta tuviera un sapo. Sentía el sabor de cada latido. ¿Por qué le había contado Fiifi a Cudjo que no estaba casado? ¿Se lo habría preguntado él? ¿Cómo lo acogerían en su aldea? ¿Viviría en la casa del jefe? ¿En su propia choza, como si fuera una tercera esposa? ¿O acaso estaría solo, a las afueras de la aldea? El sapo croaba. Creyó que había un modo. Y que no lo había. Que lo había. La mente de Quey iba dando bandazos con cada latido del corazón.

Pasó una semana. Y después otra. Al final, transcurrieron tres. El primer día de la cuarta semana, llamaron a Quey para que acudiese al calabozo de los esclavos. Fiifi estaba apoyado en la pared y con la mano se tapaba un tajo enorme en el costado, de donde brotaba sangre sin parar. Enseguida llegó uno de los médicos de la Compañía con una aguja e hilo gruesos, y se puso a coserle la herida a Fiifi.

—¿Qué ha pasado? —preguntó Quey.

Los hombres de su tío protegían la puerta del calabozo, pero se los veía afectados. Iban armados con machetes y mosquetes, y el mero rumor de una hoja en el bosque los hacía sujetar las armas con más fuerza.

Fiifi se echó a reír y su risa sonó como el último rugido de un animal moribundo. El médico terminó de suturar la herida y le vertió encima un líquido marrón que hizo que Fiifi dejase de reír y diese un alarido.

—¡Silencio! —ordenó uno de los soldados de Fiifi—. No sabemos si nos han seguido.

Quey se arrodilló y miró a su tío a los ojos.

—¿Qué ha pasado?

Fiifi rechinaba los dientes, como si mascara la brisa. Alzó el brazo y señaló la puerta del calabozo.

—Hijo mío, mira lo que hemos traído.

Quey se levantó y se acercó a la puerta. Los hombres de Fiifi le dieron una lámpara y se apartaron para que entrase. Al principio, la oscuridad resonó a su alrededor, retumbando contra su piel como si se hubiera introducido en un tambor. Alzó la lámpara y vio a los esclavos.

No esperaba ver muchos, pues la siguiente remesa no debía llegar hasta principios de la semana siguiente, así que supo de inmediato que aquéllos no eran los que les llevaban los asante: eran personas que Fiifi había robado. En un rincón había dos hombres atados, guerreros altos y fuertes que sangraban por algunas heridas leves. Cuando repararon en él, empezaron a abuchearlo en twi y a forcejear con las cadenas. La violencia de sus movimientos les abrió las heridas y de ellas brotó sangre fresca.

En el otro extremo había una chica sentada en silencio. Miró a Quey con ojos grandes como la luna, y él se arrodilló a su lado para observarle el rostro. Tenía una cicatriz grande y ovalada en la mejilla, una marca deliberada que James le había mostrado años atrás, antes de embarcarlo hacia Inglaterra. Era la marca de los asante.

Se levantó sin apartar la mirada de la joven. Retrocedió despacio; había reparado en quién podía ser la muchacha. Fuera, su tío se había desmayado del dolor y los soldados ya no blandían las armas con tanta fuerza, satisfechos de que nadie los hubiera seguido.

Quey miró al que estaba más cerca de la puerta, lo agarró por el hombro y lo sacudió.

—Por Dios, ¿qué hacéis con la hija del rey asante?

El soldado bajó la mirada, negó con la cabeza y calló. El plan de Fiifi, fuera cual fuese, no debía fallar; de lo contrario, toda la aldea lo pagaría con la vida.

A partir de entonces, mientras duró la convalecencia de su tío, Quey se sentó a su lado todas las noches. Así escuchó la historia de la captura, de cómo su tío y sus hombres se habían adentrado con sigilo en territorio asante en mitad de la noche, informados, gracias a uno de sus contactos, de en qué momento la joven estaría protegida por menos guardias; de cómo uno de éstos había abierto a Fiifi como a un coco con la punta del machete cuando ya se disponía a raptarla; de cómo habían arrastrado a los prisioneros por el bosque hacia el sur, hasta llegar a la costa.

Se llamaba Nana Yaa y era la hija mayor de Osei Bonsu, la máxima autoridad del reino asante, un hombre que contaba con el respeto de la propia reina de Inglaterra por la influencia que tenía sobre el papel de la Costa del Oro en el comercio de esclavos. Nana Yaa era una herramienta política de gran valor, y eran muchos los que intentaban capturarla desde su infancia. Por ella se habían declarado guerras: para atraparla, liberarla o casarse con ella.

Quey estaba tan preocupado que no se atrevía a preguntar qué había sido de Cudjo. Sabía que no tardarían en apresar al informador de Fiifi y que lo torturarían hasta que confesase quién había robado a la muchacha. Tarde o temprano, tendrían que afrontar las consecuencias de sus actos.

—Tío, los asante no nos perdonarán esto. Harán...

Fiifi lo interrumpió. Desde la noche de la captura, cada vez que Quey trataba de sacar el tema de la joven para juzgar sus intenciones, él se agarraba el costado y guardaba silencio o contaba una de sus fábulas enrevesadas.

—Los asante llevan años enfadados con nosotros —explicó Fiifi—. Desde que descubrieron que vendíamos a otros asante que nos traían unos norteños que Badu había conocido. Badu me dijo entonces que nosotros comerciamos con quien mejor paga. Es lo que les repetí a ellos cuando se enteraron, lo mismo que te dije a ti. Es normal que los asante monten en cólera, Quey, y tienes razón al pensar que no debemos subestimarlos. Pero confía en mí: ellos son sabios y nosotros astutos. Nos perdonarán.

Fiifi calló, y su sobrino miró a su prima pequeña, una niña de tan sólo dos años, que jugaba en el patio. Al cabo de un rato, apareció una sirvienta con un plato de cacahuetes y plátanos; se acercó primero a Fiifi, pero él la detuvo. Con voz serena y mirada penetrante, dijo:

—Debes servir primero a mi hijo.

La mujer obedeció; se inclinó ante Quey y le ofreció el plato con la mano derecha. Cuando ambos se hubieron servido, la chica se marchó. El joven se fijó en el balanceo controlado de sus anchas caderas.

—¿Por qué siempre dices eso? —preguntó Quey cuando estuvo seguro de que ella no lo oiría.

—¿Por qué digo el qué?

—Que soy tu hijo. —Quey bajó la mirada y habló tan bajo que quiso que la tierra se le tragase la voz—: Nunca me habías reclamado como tuyo.

Fiifi partió la cáscara de un cacahuete con los dientes, la separó del fruto y la escupió al suelo delante de ambos. Miró hacia el estrecho camino de tierra que salía de su casa y llevaba hasta la plaza de la aldea. Como si esperase a alguien.

—Quey, has pasado demasiado tiempo en Inglaterra. Puede que hayas olvidado que aquí las importantes son las madres, las hermanas y sus hijos. Si eres jefe, tu sucesor es el hijo de tu hermana, porque ella nació de tu madre y tu esposa no. El hijo de tu hermana es más importante para ti que el tuyo propio. De todos modos, Quey, tu madre no es mi hermana. No es hija de mi madre, y desde el momento en que se casó con un hombre blanco del castillo, empecé a perderla. Como mi madre siempre la había odiado, yo también empecé a odiarla.

»Al principio ese odio era bueno. Me hacía trabajar con más ahínco. Pensaba en ella y en los blancos del castillo y decía: "Mi gente, los de esta aldea, seremos más fuertes que el hombre blanco. Y más ricos." Y cuando Badu se convirtió en un hombre demasiado codicioso y demasiado gordo para luchar, empecé a hacerlo por él. Pero aun así odiaba a tu madre y a tu padre. Y también a los míos, porque sabía qué clase de personas eran. Supongo que al final acabé odiándome a mí mismo.

»La última vez que Effia vino aquí, yo tenía quince años. Fue por el funeral de mi padre, y después de que ella se marchase, Baaba me dijo que como no era mi hermana, yo no le debía nada. Durante muchos años estuve convencido de que era cierto, pero ahora soy un hombre mayor, más sabio pero más débil. Cuando era joven, ningún hombre me habría alcanzado con el machete, pero ahora...

Fiifi se señaló la herida y se quedó sin voz. Se aclaró la garganta y continuó.

—Muy pronto, todo lo que he ayudado a construir en esta aldea dejará de pertenecerme. Tengo hijos, pero hermanas no, así que todo lo que he ayudado a construir se lo llevará el viento, igual que se lleva el polvo.

»Yo fui quien le dijo al gobernador que te diese este puesto, Quey, porque debo legarte todo esto. Tiempo atrás quise a Effia como a una hermana, así que, aunque no seas del linaje de mi madre, eres lo más cercano a un primer sobrino que tengo. Voy a darte todo lo que tengo. Voy a compensar el mal que hizo mi madre. Mañana por la noche te casarás con Nana Yaa; así, aunque el rey asante y sus hombres llamen a la puerta, no podrán repudiarte. No podrán matarte a ti ni a ningún otro habitante de esta aldea, porque ahora la aldea es tuya como antes lo fue de tu madre. Me aseguraré de que seas un hombre muy poderoso, para que incluso cuando los blancos hayan desaparecido de la Costa del Oro, y créeme que se irán, y los muros del castillo se hayan derrumbado, tú continúes siendo importante.

Fiifi se cargó una pipa. Sopló hasta que el humo blanco trazó unas capas blancas sobre la cazoleta. La estación de las lluvias se acercaba y pronto el aire empezaría a espesarse; la gente de la Costa del Oro tendría que aprender de nuevo a moverse en un clima que se mantenía siempre cálido y húmedo, como si pretendiese cocinar a los habitantes para la cena.

Así era como se vivía allí, en el bosque: comías o te comían. Capturabas a otros o ellos te capturaban a ti. Te casabas para conseguir protección. Quey nunca iría a la aldea de Cudjo, no se comportaría como un débil. Su negocio era la trata de esclavos y eso requería sacrificios.

Ness

No había ninguna calabaza, ninguna canción espiritual capaz de recomponer un espíritu derrotado. Hasta la Estrella del Norte era un engaño.[1]

Todos los días, Ness recolectaba algodón bajo el ojo inclemente del sol sureño. Llevaba tres meses en la plantación de Thomas Allan Stockham en Alabama; dos semanas antes, había estado en Misisipi. El año anterior, en un lugar que sólo describiría como el infierno.

Aunque lo había intentado, Ness no recordaba su edad. Debía de tener veinticinco años, según sus cálculos, pero cada uno de los transcurridos desde que la arrancaron de entre los brazos de su madre le había parecido diez. Esi, la madre de Ness, era una mujer sólida y solemne a la que nunca nadie había oído contar una historia feliz. Hasta los cuentos que le narraba antes de dormir hablaban de lo que ella llamaba «el barco grande». Ness se dormía acompañada de imágenes de hombres arrojados al océano Atlántico como anclas que no estaban sujetas a nada: ni a tierra ni a

---

1. La calabaza, que se usaba para beber, remitía de un modo simbólico a las constelaciones. La canción *Follow the Drinking Gourd* (literalmente «sigue la calabaza de beber») ofrecía instrucciones en clave para guiar hacia el norte a los esclavos que escapaban de las plantaciones del Sur.

gente ni a valor alguno. Decía Esi que en el barco grande los amontonaban en pilas de diez personas, y que cuando un hombre moría encima de ti, su peso aplastaba a los demás como cuando un cocinero machaca ajo. La madre de Ness, a quien los demás esclavos llamaban «la Ceñuda» porque nunca sonreía, contaba la historia de cómo mucho, mucho tiempo atrás, una Palomita le había echado un mal de ojo. Maldita, separada de su hermana y privada de la piedra de su madre, Esi farfullaba mientras barría. Cuando en 1796 vendieron a Ness, los labios de Esi formaron la misma línea plana de siempre. La joven recordaba haber tendido los brazos hacia su madre, haberse agitado y haber pataleado tratando de deshacerse del hombre que había ido a llevársela. Pero Esi no había movido los labios, no le había tendido una mano. Se había quedado allí plantada, sólida y fuerte, tal como su hija la había visto toda la vida. Y a pesar de que Ness había conocido esclavos afectuosos en otras plantaciones, negros que sonreían, daban abrazos y contaban historias alegres, siempre añoraría la piedra gris que su madre tenía por corazón. Siempre asociaría el amor verdadero con la dureza de espíritu.

Si existía algo parecido a un buen amo, Thomas Allan Stockham lo era. Les permitía un descanso de cinco minutos cada tres horas, durante el cual los esclavos del campo podían subir al porche para que los de la casa les diesen un jarro de agua.

Ese día de finales de junio, Ness estaba en la cola junto a TimTam. Los Whitman, la familia de la plantación vecina, se lo habían regalado a los Stockham, y Tom Allan solía decir que era el mejor obsequio que le habían hecho en la vida. Aún mejor que el gato de cola gris que su hermano le había dado en su quinto cumpleaños o el carro rojo que había recibido en el segundo.

—¿Cómo ha ido el día? —preguntó TimTam.

Ness se volvió hacia él, pero sólo un poco.

—Que yo sepa, todos son iguales.

Él se rió: el estruendo de un trueno que nacía en la nube de su estómago y salía disparado por el cielo de su boca.

—Cuánta razón...

Ness no estaba segura de si algún día llegaría a acostumbrarse a oír el inglés saliendo de la boca de los negros. En Misisipi, Esi le había hablado en twi hasta que el amo se dio cuenta y, por cada palabra que Ness pronunciaba en su idioma, propinaba cinco latigazos a su madre. Y cuando, al ver a Esi tan maltrecha, la niña se asustó tanto que dejó de hablar, le dio otros cinco por cada minuto de su silencio. Antes de la paliza, su madre la llamaba «Maame» en honor a su propia madre, pero el amo la había castigado también por eso; la azotó hasta que gritó «*My goodness!*», Dios mío, palabras que le brotaron sin pensar y que, sin duda, había aprendido de la cocinera, que las usaba para rematar todas sus frases. Eran las únicas palabras en inglés que habían escapado de entre sus labios sin que tuviera que esforzarse por encontrarlas, y por eso creyó que debían de ser algo divino, como el regalo que era su hija. Y así, «*goodness*» se convirtió en «Ness».

—¿De *adónde* vienes? —quiso saber TimTam.

Masticaba un tallo seco de trigo y escupía.

—No preguntes tanto —contestó Ness, y volvió la cara.

Le tocaba recibir su jarro de agua, pero Margaret, la jefa de los esclavos de la casa, le sirvió sólo una cuarta parte.

—Hoy no hay suficiente —dijo, pero Ness vio que en el porche, detrás de ella, había cubos para toda una semana.

Margaret la miró, aunque Ness tuvo la impresión de que más bien miraba a través de ella. O mejor aún, de que trataba de retroceder cinco minutos hacia su pasado para ver si la conversación que acababa de tener con TimTam significaba que el hombre se interesaba por ella.

Él carraspeó.

—Venga, Margaret —intervino—, así no se trata a la gente.

Margaret le lanzó una mirada de rabia y metió el cucharón en el agua, pero Ness no aceptó. Se marchó y dejó a los otros dos plantados. Tal vez hubiera un pedazo de papel que declarase que ella pertenecía a Tom Allan Stockham, pero no había ninguno que la sometiera a los caprichos de los demás esclavos.

—No tienes por qué ser tan dura con él —le dijo una mujer cuando Ness volvió a su puesto en el campo.

La mujer, de entre treinta y cinco y cuarenta años, parecía mayor pues tenía la espalda encorvada incluso cuando se erguía.

—Eres nueva, por eso no lo sabes. TimTam perdió a su mujer hace ya tiempo, y ahora se cuida él solo de Pinky, la niña.

Ness la miró. Intentó sonreír, pero al haber nacido durante los años en que Esi ya no sonreía, no había aprendido a hacerlo bien. Siempre parecía un tic momentáneo, como si las comisuras de los labios se le elevasen un instante y se desplomasen en cuestión de milisegundos, arrastradas por la tristeza que tiempo atrás anclaba el corazón de su madre.

—Que yo sepa, aquí todos hemos perdido a alguien.

Ness era demasiado guapa para trabajar como esclava en el campo; se lo había dicho Tom Allan el día que la llevó a la plantación. La había comprado por pura fe en la palabra de un amigo suyo de Jackson, Misisipi, quien afirmaba que era una de las mejores que había visto trabajando en la recolección, pero que, sobre todo, se asegurase de asignarla sólo a las tareas de exterior. Sin embargo, al ver la piel clara, la cascada de rizos ondulados que corrían espalda abajo en busca de la cornisa redondeada de sus nalgas, Tom Allan pensó que su amigo se equivocaba. Sacó el atuendo que le gustaba que llevasen las negras de la casa —una blusa de botones con cuello de barco y manga corta abullonada y una falda larga de color negro con un delantal del mismo color— y ordenó a Margaret que la acompañase al cuarto trasero para que se cambiara. Ness hizo lo que le mandaban. Al verla vestida, Margaret se llevó la mano al corazón y le pidió que esperase allí. Ness tuvo que pegar la oreja a la pared para oír lo que decía.

—No está *pa* trabajar en la casa —anunció Margaret a Tom Allan.

—Deja que la vea, Margaret. Seguro que puedo decidir por mí mismo si alguien es adecuado para trabajar en mi casa, ¿no te parece?

—Sí, señor —respondió la esclava—. Seguro que puede, claro que sí. Pero lo que yo digo es que no quiere ver esto.

Tom Allan se rió. Su esposa, Susan, entró y preguntó a qué se debía aquel alboroto.

—¡Madre mía! Pues que Margaret tiene a la negra nueva ahí encerrada y no me deja verla. Basta de tonterías, ve a por ella.

Si Susan era como las demás esposas de los amos, debía de saber que, si su marido metía a otra negra en casa, le convenía mantener los ojos bien abiertos. En aquel condado sureño, igual que en cualquier otro, era bien sabido que la mirada de un hombre, como otras partes de su cuerpo, iba adonde quería.

—Sí, Margaret, trae a la chica para que la veamos. No seas tonta.

Margaret se encogió de hombros, volvió al cuarto de atrás, y Ness despegó la oreja de la pared.

—Bueno, pues será mejor que salgas —dijo Margaret, sin más.

Así que Ness obedeció. Salió ante aquel público formado por dos personas, con los hombros y las pantorrillas desnudos, y nada más verla, Susan Stockham se desmayó. Tom Allan no pudo hacer más que atrapar a su esposa al vuelo y gritarle a Margaret que la obligara a cambiarse de ropa.

Margaret la devolvió al cuarto deprisa y se marchó a buscar ropa de trabajar en el campo. Ness se quedó en el centro de la habitación y se pasó las manos por la piel, deleitándose en la fealdad de su cuerpo desnudo. Sabía que lo que los había alarmado de aquel modo era la filigrana intrincada de cicatrices que le cubría los hombros, aunque no acababa allí. No. El tejido cicatrizado era como otro cuerpo con identidad propia; tenía la forma de un hombre que la abrazaba desde atrás y le rodeaba el cuello con los brazos. Las cicatrices se extendían desde los pechos, sobrepasaban las cimas de los hombros y recorrían la longitud completa y digna de su espalda. Antes de desaparecer, le lamían la parte superior de las nalgas y después se difuminaban. La piel de Ness ya no era piel de verdad; era un fantasma que encarnaba su pasado y lo hacía visible, tangible. Y a ella no le molestaba tener ese recordatorio.

Margaret regresó con un pañuelo para la cabeza, una camisa marrón que cubría los hombros y una falda roja que llegaba hasta el suelo. Mientras Ness se vestía, la vigiló.

—Es una pena. Durante un momento, hasta creía que ibas a ser más bonita que yo.

Chasqueó la lengua dos veces y salió del cuarto.

Así que Ness fue a trabajar en los campos. Para ella no era ninguna novedad, porque en el infierno también había trabajado la tierra. En el infierno, el sol achicharraba el algodón y lo calentaba tanto que al tocarlo casi quemaba las palmas de las manos. Tocar esas bolitas era como agarrar fuego, pero que Dios te ayudase si se te caía aunque fuese sólo una. Al Diablo no se le escapaba nada. En el infierno, Ness había aprendido a ser buena mano de obra, y esa destreza la había llevado hasta Tuscumbia.

Era su segundo mes en la plantación Stockham. Vivía en una de las cabañas de mujeres, pero no había hecho amistades. Todo el mundo la conocía como la que había despreciado a TimTam, y las mujeres, que se habían enrabiado al sospechar que era objeto de su deseo y más aún al enterarse de que ella no quería serlo, la trataban como si fuera poco más que una ráfaga de viento, una molestia de la que podías librarte.

Por las mañanas, Ness preparaba el cubo que se llevaba al campo. Tortas de harina de maíz, un poco de cerdo curado con sal y, si tenía suerte, verduras. En el infierno había aprendido a comer de pie: con la mano derecha recolectaba algodón y con la izquierda se metía la comida en la boca. En la plantación de Tom Allan no le hacía falta, no tenía que comer mientras trabajaba, pero no sabía hacer las cosas de otro modo.

—Parece que se cree mejor que las demás —dijo una mujer en voz alta para que Ness la oyera.

—Vaya que sí. Tom Allan seguro que se lo piensa —repuso otra.

—De eso nada. Tom Allan no *la* hace ni caso desde que la echaron a patadas de la casa —explicó la primera.

Ness había aprendido a no hacer caso de las voces. Trataba de no olvidar la lengua twi en la que le hablaba Esi, de acallar la mente hasta que sólo quedaba la línea fina y severa de los labios de su madre. Labios que antes pronunciaban palabras de amor en un idioma que Ness ya no comprendía. Las frases y las palabras le salían torcidas, mal combinadas, equivocadas.

Trabajaba así todo el día, escuchando los sonidos del Sur. El zumbido insistente de los mosquitos, el chirrido de las cigarras, el rumor del chismorreo de los esclavos. Por las noches, regresaba al dormitorio de las mujeres y sacudía el jergón hasta que la nube de polvo que le sacaba la envolvía como un abrazo. Entonces lo colocaba de nuevo en el suelo y esperaba un sueño que casi nunca llegaba; mientras tanto, hacía lo que podía por apartar de sí las imágenes angustiantes que le danzaban bajo los párpados cerrados.

Una noche de aquéllas, justo cuando acababa de lanzar el jergón al aire, empezó el martilleo: unos puños aporrearon la puerta de la cabaña de las mujeres con ritmo firme y urgente.

—¡Por favor! —gritó una voz—. ¡Ayuda, por favor!

Una mujer que se llamaba Mavis abrió la puerta. Al otro lado estaba Tim Tam, acunando a su hija Pinky en los brazos. Entró deprisa.

—Creo que ha cogido lo que su mamá —anunció con la voz estrangulada, aunque tenía los ojos secos.

Las mujeres hicieron sitio para la niña y TimTam la dejó en el suelo y se puso a dar vueltas.

—Ay, Señor. Ay, Señor. Ay, Señor —se lamentaba.

—Será mejor que vayas a por *el* Tom Allan *pa* que avise al médico —le sugirió Ruthie.

—La última vez el médico no sirvió.

Ness estaba detrás de una fila de mujeres que permanecían hombro con hombro, como si se dispusieran a entrar en batalla, pero se abrió paso hasta el centro y echó un vistazo a la niña. Pinky era menuda y de rasgos afilados, como si tuviera el cuerpo hecho de palitos rígidos. Llevaba el pelo recogido en dos coletas redondas y esponjosas. Desde que había llegado y las mujeres la vigilaban, la niña no había hecho ningún ruido, salvo la vez que había tomado aire de forma profunda y violenta.

—No le pasa nada —dijo Ness.

De pronto, TimTam dejó de dar vueltas y todas se volvieron hacia ella.

—Hace poco que estás aquí —repuso el hombre—. Pinky no ha abierto el pico desde que murió su mamá y ahora tiene un hipo que no hay quien se lo quite.

—Es sólo hipo —insistió Ness—. Que yo sepa, eso no ha matado a *ninguno*.

Miró a su alrededor: por todas partes había mujeres que mostraban su desacuerdo negando con la cabeza, pero ella no entendía qué había hecho mal.

TimTam se la llevó a un lado.

—¿No te lo han contado? —susurró, y Ness respondió que no con la cabeza.

Sus compañeras apenas hablaban con ella, y al final había conseguido dejar de oír sus chismorreos. TimTam carraspeó y agachó la cabeza un poco más.

—Mira, ya sabemos que no le pasa *namás* que lo del hipo, pero llevamos tiempo intentando que hable...

Dejó la frase colgando en el aire y justo entonces Ness comprendió que todo el asunto no era más que una treta para conseguir que Pinky pronunciase alguna palabra. Se apartó de TimTam y estudió a la pequeña congregación de mujeres, de una en una. Se acercó al centro de la estancia, donde Pinky yacía en uno de los camastros con la vista clavada en el techo. Entonces, la niña volvió el rostro hacia Ness e hipó una vez más.

Ness se dirigió a todos los presentes.

—Ay, Señor, no sé en qué tonterías me habré metido yo al venir a esta plantación, pero tenéis que dejar a la niña tranquila. A lo mejor no habla porque sabe que así os vuelve locos, o a lo mejor aún no tiene nada que decir, pero sea como sea, no va a empezar ahora porque os pongáis a hacer de titiriteros.

Las mujeres se frotaron las manos y movieron los pies, y TimTam agachó la cabeza todavía más.

Ness fue a su camastro, acabó de sacudir el polvo del colchón y se tumbó.

TimTam se acercó a la niña.

—Hala, venga, vamos.

Le tendió la mano, pero ella se apartó.

—He dicho que vamos —repitió con la voz teñida de gris por la vergüenza, pero la criatura le dio la espalda.

Caminó hasta donde Ness estaba tumbada, con los párpados bien apretados, suplicando dormirse rápido, y le rozó el hombro. Al abrir los ojos, Ness vio que la niña la miraba con ojos redondos como la luna, implorando. Y como Ness comprendía lo que era perder a alguien y sabía lo que era no tener madre, lo que era el anhelo y hasta el silencio, cogió a la niña de la mano y la tumbó consigo en la cama.

—Anda, vete —le dijo a TimTam con la cabeza de Pinky acurrucada entre los pechos como si fueran un par de almohadas—. Ya me quedo con ella esta noche.

• • •

Desde ese día en adelante, no hubo manera de separar a Pinky de Ness. Incluso se mudó de la otra cabaña de mujeres para estar con ella y dormían juntas, comían juntas y hasta paseaban y cocinaban juntas. La niña seguía sin pronunciar palabra, y Ness tampoco se lo pedía, pues sabía bien que hablaría cuando tuviera algo que decir y reiría cuando algo le hiciese verdadera gracia. Por su parte, a Ness, que no había caído en lo mucho que añoraba tener compañía, la presencia silenciosa de la criatura le resultaba reconfortante.

Pinky era la niña del agua. Un día cualquiera podía hacer hasta cuarenta viajes al riachuelo que había en la linde de la plantación Stockham. Llevaba un tablón de madera en los hombros y colocaba los brazos por encima, de modo que parecía un hombre sujetando una cruz. De cada extremo colgaban dos cubos plateados, y cuando llegaba al riachuelo los llenaba y caminaba con ellos hasta la casa para vaciarlos en las cubas grandes que guardaban en el porche de los Stockham. También llenaba las palanganas de la casa para que los hijos de la familia dispusieran de agua fresca para el baño de la tarde. Regaba las flores que Susan Stockham tenía en el tocador. Después iba a la cocina para llevarle a Margaret dos cubos para los guisos. Todos los días recorría el mismo camino hasta el riachuelo y de regreso a la casa, y al anochecer los brazos le palpitaban con tanta fuerza que cuando se metía en la cama por la noche y Ness la abrazaba, ésta le notaba el latido del corazón en los músculos.

Como el hipo no había cesado desde el día que TimTam la había llevado a la cabaña de Ness con intención de asustarla para que hablase, cada uno recomendaba su remedio particular.

«¡Pon a la cría cabeza abajo!»

«¡Dile que aguante el aire y trague!»

«¡Ponle dos briznas de paja cruzadas en la cabeza!»

Dio la impresión de que ese último método, propuesto por una mujer que se llamaba Harriet, funcionaba. Pinky hizo treinta y cuatro viajes al río sin hipar ni una sola vez.

Cuando regresaba del trayecto número treinta y cinco, Ness estaba en el porche esperando a que le sirvieran su ración de agua. Ese día, los dos hijos pelirrojos de la familia también estaban dando vueltas por ahí. El niño se llamaba Tom Júnior, y la niña, Mary. Justo cuando Pinky doblaba la esquina, ellos corrían escaleras arriba. Tom Júnior le dio un golpe al tablón, uno de los cubos salió volando por los aires y salpicó a todos los que estaban en el porche. Mary se echó a llorar.

—¡Se me ha mojado el vestido! —se quejó.

Margaret, que acababa de llenarle el jarro a una de las esclavas, dejó el cucharón.

—Tranquila, señorita Mary.

Tom Júnior, que no acostumbraba a deshacerse en galanterías, decidió estrenarse justo entonces, en beneficio de su hermana.

—¡Venga, pídele perdón a Mary! —exigió a Pinky.

Los dos tenían la misma edad, pero ella le sacaba al menos una cabeza.

La niña abrió la boca, pero de ella no salió palabra.

—Lo siente mucho —se apresuró a decir Ness.

—No hablo contigo —contestó Tom Júnior.

Mary había dejado de llorar y no le quitaba ojo a Pinky.

—Tom, ya sabes que no habla —le recordó Mary—. No pasa nada, Pinky.

—Si yo le digo que hable, hablará —repuso él, y le dio un empujón a su hermana—. Pídele perdón —repitió.

Ese día el sol estaba alto y hacía mucho calor. De hecho, Ness se fijó en que los dos goterones que habían caído en el vestido de Mary ya estaban secos.

Pinky, con los ojos inundados de lágrimas, abrió la boca de nuevo, pero de ella sólo salió el sonido alto y alarmado del hipo.

Tom Júnior negó con la cabeza. Bajo la atenta mirada de todos, entró en casa y salió con la vara de los Stockham. Medía el doble que él y estaba hecha de madera mate de abedul. No era gruesa, pero pesaba tanto que el niño apenas era capaz de sostenerla con ambas manos y mucho menos de conseguirlo con tan sólo una, como debía hacer si quería azotarla.

—Te he dicho que hables, negra —dijo Tom Júnior, y Margaret, que llevaba rato ya sin servir agua, entró gritando en la casa.

—Tom Júnior, ¡voy a por tu *papa*!

Pinky sollozaba e hipaba a un tiempo, y ya el hipo de por sí le habría impedido pronunciar las palabras que el niño le exigía. Con mucho esfuerzo, Tom Júnior levantó la vara con la mano derecha y trató de inclinarla hacia atrás por encima del hombro, pero Ness, que estaba detrás de él, cogió la punta con una mano. Tiró de ella con tal fuerza que se arañó la palma y derribó al niño. Lo arrastró un par de centímetros.

En ese momento, Tom Allan apareció en el porche con Margaret. A la esclava le faltaba el resuello y se había llevado las manos al pecho.

—¿Qué está pasando? —quiso saber el hombre.

Tom Júnior se echó a llorar.

—¡Iba a pegarme, papá! —dijo.

Margaret trató de intervenir:

—¡Señorito Tom, es mentira! Tú ibas a...

Tom Allan alzó la mano para hacerla callar y miró a Ness. Tal vez se acordase de las cicatrices que tenía en los hombros y de cómo, después de verlas, su esposa había pasado en cama el resto del día y él había perdido el apetito durante una semana entera. Quizá se preguntase qué habría hecho una negra para ganarse semejantes galones, qué problemas debía de ser capaz de causar una negra como ella. Su hijo estaba en el suelo con los pantalones cortos manchados, y Pinky, la niña muda, llorando. Ness estaba convencida de que él tenía claro lo que había ocurrido, pero que el recuerdo de las cicatrices lo hacía dudar. Una negra con marcas como aquéllas y su hijo en el suelo: no podía hacer nada más.

—Me ocuparé de ti muy pronto —le advirtió a Ness.

Todos se preguntaron qué pasaría con ella.

• • •

Esa noche, Ness regresó a la cabaña. Se metió en el camastro y cerró los ojos. Esperó a que las imágenes que se reproducían noche tras noche bajo sus párpados acabasen y se convirtieran en oscuridad. A su lado, Pinky empezó a hipar.

—¡Santo Dios, ya está otra vez! ¿Es que no hemos tenido suficiente por un día? —se quejó una de las mujeres—. Cuando le viene ese hipo, no hay quien pegue ojo.

Avergonzada, la pequeña se tapó la boca con una mano, como si con ello pudiera levantar un muro para impedir que el ruido escapara.

—No hagas caso —susurró Ness—. *Contra* más lo pienses, peor.

No sabía si hablaba con Pinky o consigo misma.

La niña cerró los ojos con fuerza y estalló en un breve ataque de hipo.

—*Dejarla* en paz —advirtió Ness al coro de protestas, y le hicieron caso.

Los acontecimientos del día habían plantado una doble semilla de respeto y compasión por ella que las mujeres regaban con su deferencia. No sabían qué iba a hacer Tom Allan.

Más tarde, cuando todas hubieron conciliado el sueño, Pinky se volvió y se acurrucó junto a la piel suave del vientre de Ness, y ésta se permitió abrazar a la niña y perderse entre los recuerdos.

Está otra vez en el infierno. Casada con un hombre al que llaman Sam, pero que ha llegado desde el continente y no habla inglés. El amo del infierno, el Diablo en persona, con su piel de cuero enrojecido y aquella mata de pelo blanco, prefiere que sus esclavos estén casados «por cuestiones del seguro», y como Ness es nueva allí y nadie la ha reclamado, se la dan al nuevo esclavo al que llaman Sam, para calmarlo.

Al principio no se hablan. Ness no comprende su lengua extraña y se siente intimidada, pues Sam es el hombre más bello que ha visto en la vida, de piel tan oscura y cremosa que mirarla es casi como saborearla. Tiene el cuerpo grande y musculoso de las bestias africanas, y se niega a estar encerrado en una jaula, ni siquiera teniéndola a ella como regalo de bienvenida. Ness sabe que el Diablo debe de haber pagado una fortuna por él y que, por lo tanto, espera que trabaje duro, pero no hay nada que nadie pueda hacer para domarlo. El primer día pelea con otro esclavo, escupe al capataz y lo suben a una plataforma para azotarlo delante de todos, hasta que se acumula en el suelo suficiente sangre como para bañar a un bebé.

Sam se niega a aprender inglés. Todas las noches, como castigo por seguir conservando su lengua negra, el Diablo lo envía al lecho marital con latigazos cuyas heridas vuelven a abrirse en cuanto se curan. Una noche, preso de la rabia, Sam destruye las dependencias de los esclavos; su propia habitación acaba destrozada de arriba abajo, y cuando el Diablo se entera del desastre, acude a infligir su castigo.

—He sido yo —dice Ness.

Ha pasado la noche escondida en un rincón de la habitación, viendo cómo aquel hombre que dicen que es su marido se convertía en el animal que dicen que es.

El Diablo no concede clemencia, aunque sabe que ella miente. A pesar de que Sam intenta una y otra vez cargar con la culpa. La azotan hasta que el látigo se le pega a la carne como si fuera melaza, y después la tumban de una patada.

Cuando se marcha de allí, Sam está llorando y Ness apenas se mantiene consciente. Sam habla como recitando una oración febril en la que unas palabras se funden con las otras, y ella no comprende lo que dice. La levanta con mucho cuidado y la posa en el jergón antes de salir a buscar al curandero, que vive a ocho kilómetros y acude con raíces, hojas y ungüentos y se los aplica en la espalda mientras ella va perdiendo y recobrando la consciencia. Ésa es la primera noche que Sam duerme a su lado, en la cama, y por la mañana, cuando ella despierta con dolores nuevos y las llagas enconadas, lo encuentra sentado a sus pies, observándole el rostro con ojos grandes y agotados.

—Lo siento —dice él.

Son las primeras palabras que pronuncia en inglés; a ella, a cualquiera.

Durante esa semana, trabajan en el campo codo con codo y el Diablo, aunque no les quita ojo, no hace nada contra ellos. Por las noches regresan a su camastro, pero se tienden en lados opuestos, sin tocarse. Algunas noches temen que el Diablo los esté vigilando mientras duermen, y esos días Sam la estrecha contra su cuerpo y espera a que el metrónomo del miedo que marca el latido acelerado del corazón de Ness aminore el ritmo. Su vocabulario se ha ampliado e incluye el nombre de su esposa y el suyo, «no te preocupes» y «silencio». Al cabo de un mes, aprenderá la palabra «amor».

Al cabo de un mes, cuando las heridas que ambos tienen en la espalda se han convertido en costras y cicatrices, por fin consuman el matrimonio. Él la levanta con tal facilidad que Ness tiene la sensación de haberse convertido en una de las muñecas de trapo que hace para que jueguen los niños. Nunca ha estado con un hombre, e imagina que Sam no lo es. Para ella se ha transformado en algo mucho más grande, en la misma torre de Babel, que se acerca tanto a Dios que debe ser derribada. Él le acaricia la espalda cubierta de costras, y ella hace lo mismo con la de él, y mientras se mueven juntos y se aferran el uno al otro, algunas de las heridas se reabren. Ambos sangran, el novio y la novia, en esa unión sagrada y sacrílega. El aliento que sale de la boca de Sam entra en la de Ness y yacen juntos hasta que canta el gallo, hasta que es hora de salir de nuevo al campo.

Ness se despertó porque Pinky le estaba dando golpecitos en el hombro con el dedo.

—¡Ness! ¡Ness! —decía.

Se volvió hacia la niña, tratando de disimular la sorpresa.

—¿Era una pesadilla? —preguntó Pinky.

—No.

—Pero parecía que tenías pesadillas —explicó la niña con desilusión, porque si era su día de suerte, Ness le contaría historias.

—Era horrible —respondió Ness—, pero no era un sueño.

*

La mañana anunció su presencia con el canto de los gallos, y las mujeres se prepararon en las dependencias de los esclavos mientras cuchicheaban sobre la suerte que correría Ness.

Nadie había visto a Tom Allan azotar a alguien en público, al contrario de lo que habían visto o sufrido en otras plantaciones. Su amo era de temperamento aprensivo y no soportaba ver sangre. Así que no: cuando Tom Allan quería castigar a uno de sus esclavos, lo hacía en privado, en algún lugar donde pudiese mantener los ojos cerrados durante la paliza y tumbarse después. Sin embargo, aquel caso parecía distinto: Ness era una de las pocas esclavas a las que había reprendido delante de los demás, y ella sabía que lo había abochornado al dejar a su hijo tirado en el suelo mientras Pinky, ilesa, guardaba silencio.

Bajo la atenta mirada de todos los esclavos, regresó a la misma hilera del campo donde estaba el día anterior. Se rumoreaba que la de Tom Allan superaba en extensión a cualquier otra pequeña plantación del condado, y que se tardaba dos días buenos en recolectar una sola hilera de plantas de algodón. TimTam apareció sin avisar detrás de Ness. Le tocó el hombro y ella se volvió.

—Me han dicho que Pinky habló ayer. Supongo que debería darte las gracias. Por eso y por lo otro.

Ness lo miró y se dio cuenta de que siempre que lo veía, él estaba mascando algo, trazando círculos con la mandíbula mientras rumiaba.

—No tienes por qué hacer nada —respondió Ness, y se agachó otra vez.

TimTam alzó la mirada para ver si Tom Allan había salido ya al porche de su casa.

—Bueno, yo te lo agradezco igual —insistió, y parecía sincero.

Cuando Ness se volvió hacia él, vio que sonreía de nuevo; la boca ancha se abría para dar paso a los dientes.

—Puedo hablar con el señor Tom. No te hará nada.

—Que yo sepa, nunca me ha hecho falta que *ninguno* luche mis guerras por mí. No veo por qué tendría que cambiar eso ahora —repuso Ness—. Venga, vete a molestar a otra con tus agradecimientos. Seguro que Margaret te los aceptaría.

TimTam se quedó pasmado. Se despidió con un cabeceo y regresó a su puesto. Unos minutos más tarde, Tom Allan salió al porche y oteó el campo. Los que rodeaban a Ness la miraron con el rabillo del ojo y ella se sintió como algunas noches, tumbada en la oscuridad en la estación de los mosquitos, cuando percibía una presencia amenazante pero no alcanzaba a ver el peligro.

Miró al amo, que desde donde ella estaba no era más que una mota en el porche, y se preguntó cuánto tardaría el hombre en actuar, si la llamaría esa mañana o si la haría esperar varios días. Era la espera lo que la inquietaba, lo que siempre la había inquietado. Sam y ella habían pasado mucho tiempo aguardando, aguardando, aguardando.

Ness había obligado a Sam a quedarse fuera mientras ella estaba de parto. Dio a luz a Kojo durante un extraño invierno sureño en el que una nevada insólita había cubierto las plantaciones una semana entera, poniendo la cosecha en peligro, incitando la cólera de los terratenientes y dejando a los esclavos mano sobre mano.

La noche de la nevada más intensa, Ness estaba a resguardo en la sala de partos y, cuando por fin llegó la comadrona y abrió la puerta, entró una corriente fría y una ráfaga

112

de copos de nieve que se fundieron al posarse sobre las mesas, las sillas y el vientre de Ness.

A lo largo del embarazo, Kojo había sido de esos bebés que luchan contra las paredes del útero materno, y el viaje hacia el exterior no fue distinto. Ness se desgañitaba y cada vez que tenía que empujar se acordaba de las historias que otras esclavas le habían contado sobre su propio nacimiento. Decían que Esi no había avisado a nadie de que ella estaba en camino; simplemente se había escondido detrás de un árbol y se había puesto en cuclillas. Que justo antes del lloro de la recién nacida se había oído un ruido extraño, y durante años las había escuchado discutir sobre qué era. Una esclava creía que era un pájaro batiendo las alas. Otra, que era un espíritu que había ido a ayudar a Ness a salir y se había marchado con mucho estrépito. Sin embargo, otra decía que el sonido lo había emitido Esi. Que se había escondido allí para estar sola, para disfrutar de un momento íntimo y alegre con su hija antes de que apareciese alguien a arrebatarle la felicidad y el bebé. Ese ruido, decía la esclava, era la risa de Esi. Por eso no lo habían reconocido.

Ness no era capaz de imaginar a alguien riéndose durante un parto hasta que al fin la comadrona sacó a Kojo al mundo y el niño lloró más fuerte de lo que sus pequeños pulmones deberían haberle permitido, y Sam, que había estado fuera dando vueltas en la nieve, dio gracias a sus ancestros en yoruba y esperó a que le llegase el turno de cogerlo en brazos. En ese momento, Ness comprendió.

Tras el nacimiento de su hijo, Sam se convirtió en todo lo que el Diablo quería que fuese: un trabajador dócil, bueno y dedicado que raras veces se rebelaba o daba problemas. Recordaba la paliza que el amo había dado a Ness a cuenta de su locura, y cuando tuvo en brazos por primera vez a Kojo, al que llamaban «Jo», se prometió que al niño no le ocurriría nada por su culpa.

Entonces Ness encontró a Aku y le contó a Sam que podría cumplir su promesa. Ness se había sentado en el último banco de la iglesia. Era Domingo de Pascua, el único domingo en que el Diablo permitía que los esclavos caminasen los veinticinco kilómetros que los separaban de la iglesia baptista para negros que había a las afueras de la ciudad, y estaba esperando a que comenzase el sermón. Sin darse cuenta, se puso a recitar una cancioncilla twi que su madre acostumbraba a cantar con mucha pena las noches en las que el trabajo de la esclavitud se le hacía particularmente agotador, cuando la habían azotado por supuesta insolencia, vagancia o incompetencia.

«La Palomita ha fracasado. ¡Ay! ¿Qué haremos? Hacédselo pagar, ¡o también nosotros fallaremos!»

Ness no sabía qué decía, pues Esi nunca le había enseñado el significado de la letra, pero una mujer que había en el banco de delante se volvió hacia ella y le susurró algo.

—Lo siento, pero no te entiendo —dijo Ness.

La mujer le había hablado en la lengua de su madre.

—Así que eres asante y ni siquiera lo sabes... —contestó la mujer.

Conservaba un acento muy fuerte, como el de Esi, que brillaba con la ligereza de la Costa del Oro.

Le dijo que se llamaba Aku, que era de la tierra de los asante y que, antes de embarcarla hacia el Caribe y más tarde hacia Estados Unidos, la habían tenido presa en el castillo, igual que a la madre de Ness.

—Sé cómo salir de aquí —dijo Aku.

El sermón estaba a punto de empezar, y Ness sabía que no le quedaba mucho tiempo. No volvería a ser Domingo de Pascua hasta pasado un año, y para entonces podrían haberlas vendido a una, a la otra o a ambas. Incluso podrían haber muerto. La suya era una forma de vivir que no garantizaba la vida. Tenían que actuar deprisa.

En voz baja, Aku le contó a Ness que había llevado a miembros del pueblo akán hacia el norte, hacia la libertad, muchas veces, tantas que se había ganado el sobrenombre twi *Nyame nsa*: la mano de Dios, la mano que asiste. Ness sabía que nadie había escapado nunca de la plantación del Diablo, pero al escuchar a aquella mujer que sonaba igual que su madre, que alababa al mismo Dios que alababa su madre, Ness se dio cuenta de que quería que su familia fuese la primera.

Jo tenía un año cuando su madre empezó a planear la libertad de la familia. La mujer le había asegurado que ya había llevado a niños al norte, bebés que aún lloraban y gemían buscando la teta de su madre. Jo no daría ningún problema.

Ness y Sam lo hablaban todas las noches que pasaban juntos.

—No se puede criar a un niño en el infierno —repetía Ness una y otra vez, acordándose de cómo la habían arrancado de los brazos de su madre.

¿Quién sabía cuánto tiempo le quedaba con su hijo perfecto antes de que él olvidara el sonido de su voz o los detalles de su rostro como le había ocurrido a ella con los de Esi? Cuando por fin Sam accedió, enviaron un mensaje a Aku para decirle que estaban preparados, que esperarían su señal: una vieja canción twi cantada en voz baja entre los árboles, como si la transportaran las hojas barridas por el viento.

Así que esperaron. Ness, Sam y Kojo, que ponían más empeño y horas en el campo que el resto de los esclavos, hasta tal extremo que incluso el Diablo empezó a sonreír ante la mención de sus nombres. Aguardaron durante el otoño y luego todo el invierno, atentos al sonido que les advirtiese de que había llegado el momento, suplicando en sus rezos que no los vendieran y los separasen antes de tener su oportunidad.

No fue así, pero a menudo Ness se preguntaba si no habría sido mejor. La canción sonó en primavera, una melodía tan tenue que Ness creyó que tal vez la había imaginado. Sin embargo, en un abrir y cerrar de ojos, Sam cogió a Jo con un brazo y a Ness con el otro, y los tres traspasaron el límite de las tierras del Diablo por primera vez desde que podían recordar.

Esa primera noche caminaron durante tanto tiempo y hasta tan lejos que a Ness se le abrieron las plantas agrietadas de los pies. Sangró sobre las hojas y deseó que lloviese para que los perros que a buen seguro mandarían tras ellos no pudieran seguirle la pista. Cuando salió el sol, treparon a los árboles. Ness no lo había hecho desde la niñez, pero enseguida recuperó la destreza. Se ató a Jo a la espalda con un pedazo de tela y se subió a la rama más alta. Cuando el niño lloraba, ahogaba el ruido pegándoselo al pecho. A veces, mientras lo sujetaba así se quedaba tan quieto que ella se preocupaba y anhelaba el sonido de los lloros. Pero estaban jugando a permanecer inmóviles, paralizados, como en las historias que Esi le contaba sobre el barco grande. Un reposo como el de la muerte.

Así pasaron varios días, con los cuatro fingiendo ser árboles del bosque o hierba del campo, pero pronto Ness empezó a sentir un calor que emanaba de la tierra y supo, tal como cualquiera sabe distinguir el aire o el amor por la sensación que le producen, que el Diablo iba tras ellos.

—¿Puedes quedarte con Kojo esta noche? —pidió a Aku mientras Sam y el niño salían a buscar agua para beber—. Sólo esta noche. Tengo la espalda que ya no puedo con él.

Aku asintió y la miró extrañada, pero Ness sabía lo que quería y no pensaba cambiar de parecer.

Esa mañana llegaron los perros. Jadeaban con la lengua fuera, intentando trepar al árbol donde se escondía Ness.

Desde lejos se oyó un silbido, una vieja tonada sureña que se elevaba desde el suelo sin que pudiera atribuírsele todavía un cuerpo a su presencia.

—Sé que estáis por aquí —dijo el Diablo—. Y no me importa esperar.

Con su twi mal hablado, Ness se dirigió a Aku, que estaba algo más lejos con el pequeño Jo en brazos.

116

—Pase lo que pase, no bajes —le pidió Ness.

El Diablo siguió acercándose; su tarareo, un rumor tenue y paciente. Ness sabía que esperaría allí hasta el fin de los tiempos y que pronto el niño necesitaría comer y lloraría. Miró el árbol al que Sam se había encaramado, rezó por que su marido le perdonase todo lo que estaba a punto de causarles y bajó del árbol. Llegó al suelo antes de darse cuenta de que él había hecho lo mismo.

—¿Dónde está el chiquillo? —preguntó el Diablo mientras sus hombres los ataban a ambos.

—Muerto —respondió Ness.

Tenía la esperanza de que sus ojos lo corroborasen con aquella mirada característica de algunas madres al regresar tras la huida, después de matar a sus hijos para liberarlos.

El Diablo enarcó una ceja y soltó una carcajada lenta.

—Es una pena. Creía que me había agenciado unos negros de confianza. Pero he aquí la prueba de que no.

Y regresó al infierno con Ness y Sam a rastras.

Al llegar allí, el Diablo hizo llamar a todos los esclavos para que acudiesen al poste de los azotes. Los desnudó a ambos, mandó atar a Sam tan fuerte que no pudiese siquiera mover los dedos y lo obligó a mirar mientras Ness se ganaba los galones que la afearían hasta el extremo de impedirle trabajar en cualquier casa el resto de su vida. Cuando acabó, Ness estaba tendida en el suelo y el polvo le cubría las heridas. Como no podía levantar la cabeza, el Diablo se la sujetó y la obligó a mirar. Todos tuvieron que mirar: quitaron la soga, la rama del árbol se dobló, la cabeza se separó del cuerpo.

Y ese día, mientras Ness esperaba a averiguar qué castigo le impondría Tom Allan, no pudo evitar acordarse de aquella otra jornada. De la cabeza de Sam. Ladeada hacia la izquierda, columpiándose en el extremo de un cabo.

Pinky llevó agua al porche, donde Tom Allan estaba sentado. Cuando la niña dio media vuelta, intercambió una mirada con Ness, pero ella apenas se la sostuvo un instante y continuó recolectando algodón. Pensó en ese acto, en coger las borlas de algodón, del mismo modo que lo hacía desde que había visto la cabeza de Sam. Como una oración. Cuando se agachaba, decía: «Señor, perdona mis pecados.» Al arrancar el fruto, recitaba: «Líbranos del mal.» Y al erguirse: «Y protege a mi hijo, esté donde esté.»

James

Fuera, los niños pequeños coreaban «*Eh-say, shame-ma-mu*» y bailaban alrededor del fuego. Sus barrigas de piel tersa y desnuda brillaban como bolas al reflejar la luz. Cantaban porque les había llegado la nueva: los asante tenían la cabeza del gobernador Charles MacCarthy. La tenían pinchada en una estaca fuera de la casa del rey asante para que sirviese como advertencia a los británicos: esto es lo que les ocurre a los que nos desafían.

—¡Niños! ¿No sabéis que si los asante vencen a los británicos, después vendrán a por nosotros, los fante? —preguntó James.

Se abalanzó sobre una de las niñas y le hizo cosquillas hasta que todos rieron sin parar y suplicaron clemencia. La soltó y se puso serio para continuar la charla.

—En esta aldea vosotros estaréis a salvo, porque mi familia es de la realeza. No lo olvidéis.

—Sí, James —respondieron ellos.

El padre de James se acercaba por el camino con uno de los blancos del castillo y le hizo una seña para que los acompañase al interior.

—Quey, ¿crees que el chico debería enterarse de esto? —preguntó el hombre blanco, y echó una mirada breve a James.

—Es un hombre, no un chico. Cuando yo acabe, se hará cargo de mis responsabilidades. Lo que vayas a decirme a mí, puedes compartirlo con él.

El blanco asintió y, mientras hablaba, miró a James con atención.

—El padre de tu madre, Osei Bonsu, ha muerto. Los asante dicen que nosotros hemos matado a su rey para vengar la muerte del gobernador MacCarthy.

—¿Y lo habéis matado? —preguntó James.

El joven lo fulminó con la mirada, pues la sangre empezaba a hervirle en las venas. El blanco apartó la vista. James tenía la certeza de que los británicos llevaban años instigando guerras tribales, pues sabían que les venderían a los prisioneros que resultasen de la lucha para que comerciaran con ellos. Su madre siempre decía que la Costa del Oro era como una olla de sopa de cacahuete: su gente, los asante, eran el caldo, y la de su padre, los fante, los cacahuetes. Las muchas otras naciones que habitaban el territorio que se extendía desde la orilla del Atlántico y llegaba hasta el norte a través de los bosques eran la carne, la pimienta y las hortalizas. La olla ya estaba llena hasta arriba antes de que los blancos apareciesen y encendiesen el fuego, y ahora a los pueblos de la Costa del Oro se les hacía casi imposible evitar que la sopa rebosase una y otra vez al hervir. A James no le extrañaría que los británicos hubieran asesinado a su abuelo para aumentar la temperatura. Desde el día que robaron a su madre y la casaron con su padre, su aldea había estado al rojo vivo.

—Tu madre quiere ir al funeral —explicó Quey.

James relajó el puño que había apretado sin darse cuenta.

—Quey, es demasiado peligroso —intervino el blanco—. Puede que ni siquiera la sangre real de Nana Yaa os proteja. Saben que vuestra aldea ha sido nuestra aliada desde hace años. Es demasiado peligroso.

El padre de James bajó la mirada, y de pronto el joven oyó de nuevo la voz de su madre susurrándole al oído que su padre era un hombre débil que no respetaba la tierra que pisaba.

—Iremos —afirmó James, y Quey alzo la vista—. No asistir al funeral del rey asante es un pecado que los ancestros jamás nos perdonarían.

Quey se mostró de acuerdo con un lento movimiento de cabeza y se dirigió al hombre blanco

—Es lo mínimo que podemos hacer —dijo.

El blanco les estrechó la mano a ambos y al día siguiente James, su madre y su padre partieron hacia el norte, en dirección a Kumasi. Su abuela Effia se quedaría en casa con los hijos más pequeños.

James llevaba el arma en el regazo mientras viajaban por el bosque en un carruaje tirado por caballos. Hacía cinco años que no tenía una en las manos; desde 1819, el día de su duodécimo cumpleaños. Su padre lo había llevado a una arboleda para que disparase contra unas tiras de tela que había colgado en varios árboles de la lejanía. Ese día le explicó que un hombre debe aprender a sujetar un arma igual que a una mujer: con cuidado y ternura.

Y ahora, viéndolos viajar juntos, James se preguntó si su padre habría abrazado a su madre de ese modo alguna vez, con cuidado y ternura. Si la guerra era ley de vida en la Costa del Oro, también definía la vida en su casa.

Nana Yaa lloraba dentro del carruaje.

—Si no fuese por mi hijo, ¿habríamos ido? —preguntaba.

James había cometido el error de relatarle la conversación que su padre había mantenido el día anterior con el hombre blanco.

—Si no fuese por mí, ¿tendrías a este hijo? —masculló su padre.

—¿Qué? No entiendo esa lengua fante tan fea que hablas.

James entornó los ojos con impaciencia: sabía que así sería el resto del viaje. Todavía recordaba las peleas que tenían cuando él era pequeño, a su madre quejándose de su nombre a voz en grito.

—¡¿James Richard Collins?! —voceaba ella—. ¡James Richard Collins! ¿Qué clase de akán le pondría a su hijo tres nombres blancos?

—¿Y qué más da? —contestaba su padre—. ¿Acaso no seguirá siendo un príncipe para nuestra gente y también para los blancos? Le he puesto un nombre con mucho poder.

James vio ese día lo que siempre le había parecido evidente: que sus padres jamás se habían amado. Era un matrimonio político y los unía el deber, pero el vínculo parecía demasiado frágil. Cuando pasaron por Edumfa, su madre atacaba a su padre diciéndole que ni siquiera sería un hombre de no ser por Fiifi, el difunto tío abuelo de James. En la mayoría de las discusiones ella acababa mencionando a Fiifi y las decisiones que había tomado por Quey y su familia.

Después de varios días de viaje, se detuvieron a pasar la noche en Dunkwa con David, un amigo de la época en que Quey vivía en Inglaterra, que unos años antes se había mudado a la Costa del Oro con su esposa. Pasarían días e incluso semanas antes de que llegaran a la zona del interior donde el cadáver del abuelo de James estaba expuesto para que todos honrasen su vida.

—Quey, viejo amigo —saludó David cuando la familia de James se acercó.

Tenía una barriga redonda como un coco gigante. Recordando cómo los partían de un tajo en su infancia para beberse el agua de dentro, James se preguntó qué saldría de un hombre como David si lo pinchase.

Su padre le estrechó la mano y los dos se pusieron a hablar. James era consciente de que cuanto más tiempo llevaban ambos sin verse, más altas sonaban sus voces y apasionada era su charla, como si el volumen quisiera compensar la distancia o recuperar el tiempo.

Nana Yaa saludó con la cabeza a Katherine, la esposa de David, y carraspeó.

—Mi esposa está muy cansada —explicó Quey, y los sirvientes la llevaron a su habitación.

James quiso seguirlos, pues tenía la esperanza de descansar un poco, pero David se lo impidió.

—Oye, James, ya eres todo un hombre. Siéntate, vamos a hablar.

James había visto a David un puñado de veces y el británico siempre se había dirigido a él con esas mismas palabras. Le venía a la memoria una ocasión cuando tenía tan sólo cuatro años y había tropezado con algo invisible —una hormiga, tal vez—, había caído al suelo y se había rasgado la piel del labio superior. Se había echado a llorar de inmediato, un llanto violento que le nacía de algún lugar del pecho. David lo recogió con una mano, con la otra le limpió el polvo del trasero y lo puso encima de una mesa para que ambos estuvieran a la misma altura: «Ya eres todo un hombre, James. No puedes llorar por cualquier cosita que te ocurra.»

Los tres se sentaron a beber vino de palma alrededor del fuego que habían encendido los sirvientes. De pronto a James su padre le pareció más mayor, pero sólo un poco, como si los tres días de viaje le hubieran añadido tres años. Si el viaje hubiese durado treinta días, Quey parecería a esas alturas tan viejo como el abuelo de James antes de morir.

—Veo que todavía te da guerra, a pesar de que la llevas al funeral de Osei Bonsu —comentó David.

—Esta esposa mía nunca tiene suficiente —repuso Quey.

—Eso es lo que pasa cuando te casas por el poder, y no por amor. La Biblia dice que...

—No me hace falta saber qué dice la Biblia. No olvides que yo también la estudié. De hecho, si no recuerdo mal, yo iba a clase de religión más a menudo que tú —respondió Quey, y rió—. Pero esa religión no me sirve para nada: yo escogí esta tierra, esta gente y estas costumbres antes que las británicas.

—¿Las elegiste tú, o lo hizo alguien por ti? —preguntó David en voz baja.

Quey lanzó una mirada furtiva a su hijo y apartó la vista. Era tal como su mujer le gritaba cuando de verdad se enfadaba con él: «Eres tan blando que te deshaces. Eres un hombre débil.»

—¿Y tú, James? Ya casi tienes edad para ir preparando los festejos de boda. ¿Deberíamos ir buscándote una novia, o tienes a alguna mujer en mente?

David le guiñó el ojo y, como si ese guiño fuese un resorte que le activase la garganta, rompió a reír con tanta fuerza que casi se ahoga con su propia saliva.

—Nana Yaa y yo hemos escogido una buena esposa para cuando llegue el momento —afirmó Quey.

David asintió con cuidado y levantó la calabaza del vino. Viendo cómo le subía y bajaba la nuez con el chorro de líquido que estaba echándose al gaznate, James sintió cierta vergüenza. Antes de morir, cuando él era aún un niño pequeño, su tío abuelo Fiifi había conspirado con Quey para elegir la mujer que se casaría con James. Se llamaba Amma Atta y era hija del sucesor al taburete del jefe Abeeku Badu. Esa unión era la última en la lista de rectificaciones que Fiifi se había prometido hacer en beneficio de Quey. El cumplimiento de una promesa que Cobbe Otcher había hecho a Effia Otcher Collins años antes: que su sangre se uniría a la de la realeza de los fante. James iba a desposarse con ella la víspera de su decimoctavo cumpleaños, y ella sería su primera esposa, la más importante.

Como Amma se había criado en su aldea, James la conocía desde siempre, y cuando ambos eran pequeños, jugaba con ella junto a la casa del jefe Abeeku. Sin embargo, cuanto más mayores se hacían, más lo irritaba ella. Eran pequeños detalles, como que siempre tardase un segundo de más en reírse después de uno de sus chistes, tiempo suficiente para

124

que él se diera cuenta de que no le había hecho ninguna gracia. O que se pusiera tanto aceite de coco en el pelo que si un mechón le rozaba el hombro cuando se veían, tiempo después de despedirse a él todavía le olía la piel a aceite. Tenía tan sólo quince años cuando comprendió que jamás podría amar de verdad a una mujer como ella, pero lo que él pensase no tenía valor alguno.

Los hombres continuaron bebiendo vino en silencio un rato más. En la arboleda, los pájaros se daban las buenas noches. Una araña trepó por el pie descalzo de James y él se acordó de las historias sobre Anansi que su madre le contaba y aún recitaba para sus hermanos pequeños. «¿Habéis oído el cuento de Anansi y el pajarito dormido?», preguntaba ella con un brillo travieso en la mirada, y todos chillaban: «¡No!» Se echaban a reír y se tapaban la boca entusiasmados ante su mentira, pues todos la habían oído muchas veces. Y así aprendían que un cuento no era más que una mentira sin consecuencias.

David empinó la calabaza de nuevo y echó la cabeza atrás para vaciar el contenido por completo. Se limpió los labios con el dorso de la mano y eructó.

—¿Es cierto? —preguntó—. ¿Son ciertos los rumores que dicen que los británicos abolirán pronto la esclavitud?

Quey se encogió de hombros.

—El año que nació James, dijeron a todos los del castillo que la trata de esclavos se había abolido y que ya no podíamos venderlos a América. Sin embargo, ¿acaso impidió eso que las tribus continuasen comerciando con personas? ¿Se marcharon los británicos? ¿No te has fijado en la guerra que los asante y los británicos están librando y que seguirán librando mucho más tiempo del que tú, yo o incluso James viviremos para ver? Está en juego mucho más que la trata de esclavos, hermano. La cuestión es quién se quedará con la tierra, con la gente, con el poder. No puedes clavarle un cuchillo a una cabra y después decir: «Ahora voy a sacarlo poco a poco para que todo salga bien y no nos ensuciemos.

Que la cosa no se ponga fea.» Porque la sangre siempre va a correr.

James ya había oído ese discurso o uno parecido muchas veces. Los británicos ya no vendían esclavos a América, pero la esclavitud no había terminado y, al parecer, su padre no creía que tuviese fin. El único cambio sería que reemplazarían un tipo de ataduras por otras: grilletes que sujetaban manos y pies por ataduras invisibles que abarcaban la mente. James no lo había comprendido cuando era más joven, cuando se acabó la exportación legal de esclavos y se inició la ilegal, pero ahora sí lo entendía. Los británicos no tenían intención de abandonar África, ni siquiera cuando ya no quedase comercio de esclavos. Eran los amos del castillo y, aunque aún no lo habían dicho en voz alta, pretendían hacerse también con la tierra.

A la mañana siguiente continuaron su camino. James pensó que, a juzgar por su aspecto, el descanso nocturno le había levantado el ánimo a su madre. Incluso tarareaba durante el viaje. Pasaron por pueblos y por aldeas pequeñas, hechas de poco más que adobe y palos. Contaban con la amabilidad de personas con las que Quey había trabajado en su día, o de primos de primos que Nana Yaa ni siquiera conocía. Gente que les ofrecía el suelo de su casa y un poco de vino de palma. James se percató de que cuanto más se adentraban en el país, más interés despertaba la piel de su padre entre los habitantes de las zonas boscosas.

—¿Eres un hombre blanco? —le preguntó una niña, y estiró el índice para acariciar la tez clara de Quey como si quisiera capturar un poco de su color.

—¿Tú qué crees? —quiso saber él con un twi oxidado pero aceptable.

La niña se echó a reír y meneó despacio la cabecita antes de salir corriendo a informar al resto de los niños que se habían reunido alrededor del fuego a mirarlos, demasiado intimidados para preguntárselo ellos mismos.

Al anochecer llegaron a Kumasi, donde Kofi, el hermano mayor de Nana Yaa, los recibió con su guardia.

—*Akwaaba* —dijo—. Sed bienvenidos.

Los llevaron al gran palacio del nuevo rey, donde los sirvientes habían preparado una estancia en una de las esquinas de la edificación. Kofi se sentó con ellos mientras daban cuenta del banquete de bienvenida y los puso al día de lo que había ocurrido en la ciudad desde que habían salido de su pueblo.

—Lo siento, hermana, pero no podíamos esperar tanto tiempo a enterrarlo —explicó Kofi, y Nana Yaa respondió con un leve cabeceo.

Ya sabía que habrían enterrado el cadáver antes de que ella llegase para que el nuevo rey pudiera tomar posesión. Lo único que quería era llegar a tiempo para asistir al funeral.

—¿Y Osei Yaw? —preguntó.

Todos estaban preocupados por el nuevo rey. Como estaban en guerra, habían tenido que escogerlo deprisa, justo después del entierro del abuelo de James, y nadie sabía si eso traería buena o mala fortuna a su gente y a la lucha que estaban librando.

—Está haciendo un buen trabajo como *asantehene* —respondió Kofi—. No te apures, hermanita: se ocupará de que nuestro padre reciba los honores que se merece.

Mientras su tío hablaba, James reparó en que no hacía caso de su padre. No llegó a mirar a Quey a los ojos, ni siquiera de pasada: era como el gato ciego que avanza por la penumbra del bosque con la única ayuda de su instinto y sabe sortear los troncos y las rocas que en otras ocasiones le han supuesto una amenaza o con los que se ha lastimado.

Al día siguiente, dieron comienzo los ritos funerarios. Nana Yaa salió del palacio mucho antes de que James y el resto de los hombres se despertasen, y se unió a las mujeres de la familia en un llanto de duelo, un lamento que anunciaba a todos los habitantes de la ciudad que por fin había llegado el día de la celebración. A mediodía, las mujeres sa-

127

lieron vestidas con paños rojos y con hojas de nyanya y rafia trenzadas sobre la frente manchada de arcilla a recorrer las calles ululando, para que todos los vecinos las oyesen.

Mientras tanto, James, su padre y el resto de los hombres se vistieron con los colores del luto: rojo y negro. Se formó una fila de tambores que iba desde una esquina del palacio real hasta la otra. No pararían de sonar hasta el alba. Los hombres empezaron a entonar cánticos y a bailar las distintas danzas: *kete*, *adowa*, *dansuomu*. No pararían de bailar hasta el alba.

La familia del rey muerto se sentó formando una hilera para que los dolientes pudieran presentar sus respetos al entrar. Delante de la primera esposa del abuelo de James empezaba una fila de a uno que llegaba hasta el centro de la plaza de la ciudad. Los integrantes de la cola estrechaban la mano de todos los miembros de la familia y les daban el pésame. James estaba junto a su padre, tratando de no olvidarse de mantener los hombros erguidos y de mirar a los pasantes a los ojos para confirmarles que su sangre tenía la importancia que ellos mismos le otorgaban. Todos le ofrecían la mano y murmuraban sus condolencias, y James las aceptaba a pesar de no haber vivido jamás en la tierra de los asante y de haber conocido a su abuelo sólo como uno conoce a su sombra: una figura que está ahí, visible pero intocable, inescrutable.

Cuando ya pasaban los últimos, el sol estaba en el punto más alto del cielo. James se llevó la mano a la cara para secarse rápidamente el sudor de los ojos y, cuando los abrió, descubrió a la chica más hermosa que había visto en su vida.

—Que el viejo rey halle la paz en la tierra de los muertos —deseó la joven, pero no le tendió la mano.

—¿Qué es esto? —quiso saber James—. ¿No me estrechas la mano?

—Con todos mis respetos, no pienso estrecharle la mano a un tratante de esclavos —contestó ella.

Habló mirándolo a los ojos, y James le escudriñó el rostro. Llevaba el pelo recogido en una coleta alta y redonda, y sus palabras dejaban escapar un silbido por el hueco que tenía entre los incisivos. Aunque llevaba el paño de luto bien enrollado, la parte superior se le había bajado un poco y James le adivinó los senos. Debería haberla abofeteado por aquella insolencia, o haberla denunciado, pero detrás de ella la fila continuaba y el funeral debía proseguir. James dejó que se marchase y la siguió con la mirada mientras avanzaba por la hilera de familiares, aunque pronto la perdió de vista entre la muchedumbre.

La perdió, pero no pudo olvidarse de ella. Ni siquiera cuando la cola continuó avanzando y hubo estrechado la mano a todos los demás. Estaba a un tiempo molesto y avergonzado por lo que la joven le había dicho. ¿Le había dado la mano a su padre? ¿Y a su tío? ¿Quién se creía ella para decidir quién era tratante y quién no? James llevaba toda la vida escuchando a sus padres discutir sobre quiénes eran mejores: los asante o los fante. Pero la cuestión no podía dirimirse en torno a la esclavitud. Los asante obtenían poder capturando esclavos. Los fante obtenían protección comerciando con ellos. Si la chica no podía darle la mano, tampoco podía tocarse la suya.

Por fin se despidieron de Osei Bonsu, el viejo rey, e hicieron sonar el gong para que los vecinos de la ciudad supiesen que todo había terminado y que podían regresar a su rutina. Sin embargo, para la familia aquello no acabaría hasta pasados cuarenta días. Durante ese periodo, tenían que vestir ropa de luto, clasificar y repartir los regalos, y preocuparse por el sucesor del rey.

Los padres de James debían partir antes de dos días, así que él sabía que no tenía mucho tiempo para encontrar a la chica que se había negado a estrecharle la mano.

Acudió a su primo Kwame. Kwame tenía casi veinte años y ya se había casado dos veces. Era un hombre oscuro y gordo que hablaba a voces y bebía a menudo, pero también era amable y leal. James y su familia lo habían visitado cuando él tenía siete años, y los primos habían jugado en la sala del taburete de oro de su abuelo, un lugar que había costado la muerte a otros hombres por haber entrado sin permiso y al que ellos dos tenían explícitamente prohibido acceder. Durante sus travesuras, James había tirado al suelo uno de los bastones de su abuelo. En una de esas coincidencias que tan sólo pueden atribuirse a los malos espíritus, éste había caído sobre una lámpara de aceite de palma, se había prendido fuego y ambos se habían afanado para apagarlo. Al olor del humo, toda la familia apareció para ver qué había ocurrido.

—¡¿Quién es el responsable?! —gritó el abuelo.

Era el rey asante desde hacía tantos años que su voz, en lugar de parecer humana, se asemejaba más al rugido de un león.

En aquel momento, James agachó la cabeza pensando que Kwame lo delataría: era un forastero que sólo iba a la ciudad cada ciertos años. Kwame era el que tenía que vivir allí con su abuelo el león y su ira implacable. Sin embargo, su primo no dijo nada. No abrió la boca siquiera cuando sus respectivas madres se los pusieron en el regazo y comenzaron a azotarlos al unísono.

—Kwame, necesito encontrar a una chica —explicó James.

—Primo, has venido al lugar ideal —respondió Kwame con una carcajada—. Conozco a todas las muchachas que pisan esta ciudad. Descríbemela.

Así lo hizo y, cuando acabó, su primo le dijo quién era y dónde encontrarla. De modo que James salió a las calles de una ciudad que apenas conocía a buscar a una joven que había visto una sola vez. Sabía que su primo le guardaría el secreto.

Cuando la vio, ella cargaba con un cubo de agua en la cabeza y se dirigía a la choza de su familia.

No pareció sorprenderse al verlo, y James se convenció de que, cualquiera que fuese el sentimiento que había experimentado al conocerla, era compartido por ella.

—¿Me dejas que te ayude con eso? —se ofreció James, y señaló el balde.

Ella se negó, horrorizada.

—No, por favor. No deberías hacer este tipo de trabajo.

—Llámame James.

—James —repitió ella. Dio vueltas en la boca a aquel nombre extraño, saboreándolo como si fuera un pedazo de melón amargo en la parte trasera de la lengua—. James.

—¿Y tú te llamas...?

—Akosua Mensah —contestó.

Continuaron caminando. Los pocos vecinos que reconocían a James se detenían a mirar o a hacer una reverencia, pero la mayoría seguía con sus asuntos, yendo a por agua o acarreando leña para el fuego.

Quince kilómetros separaban el riachuelo de la choza de Akosua, en el bosque, a las afueras de la ciudad, y James estaba decidido a averiguar todo lo que pudiera sobre ella.

—¿Por qué no me diste la mano en el funeral de mi abuelo?

—Ya te lo dije. Me niego a estrecharle la mano a un fante que vende esclavos.

—Entonces, ¿yo trato con esclavos? —preguntó James, intentando que la rabia no le permease la voz—. Si soy fante, ¿no soy también asante? ¿Acaso mi abuelo no era tu rey?

Ella sonrió.

—Yo soy una de trece hermanos y hermanas, pero sólo quedamos diez. Cuando era pequeña, hubo una guerra entre mi aldea y otra. Se llevaron a tres de mis hermanos.

Durante unos minutos, avanzaron en silencio. James lamentaba que hubiese perdido a sus hermanos, pero también sabía que eso formaba parte de la vida. Incluso su madre, que era tan importante, había sido capturada: se la habían robado a su familia y la habían plantado en otra.

—Si tu familia hubiese ganado esa guerra, ¿no os habríais llevado a tres hermanos de otra persona? —preguntó James, incapaz de contenerse.

Akosua apartó la mirada. Llevaba el cubo con tal estabilidad que James no sabía qué haría falta para derribarlo. ¿Una corriente de aire? ¿Un insecto?

—Sé lo que estás pensando —contestó ella al final—. Todos formamos parte de esto. Los asante, los fante, los ga. Los británicos, los holandeses y los americanos. Y no te equivocas. Nos enseñan a pensar así. Pero yo no quiero pensar así. Cuando se llevaron a mis hermanos y a los demás, mi aldea lloró la pérdida mientras redoblábamos nuestro potencial militar. ¿Qué significa eso? ¿Que vengamos las vidas perdidas matando a más personas? Para mí eso no tiene sentido.

Se detuvieron para que ella pudiera ajustarse el pareo. Por segunda vez aquel día, James intentó por todos los medios no mirarle los pechos. Ella continuó:

—Yo amo a mi gente, James.

El sonido de su nombre en boca de aquella mujer era de un dulzor indescriptible.

—Estoy orgullosa de ser asante y segura de que tú también lo estás de ser fante. Pero después de perder a mis hermanos, decidí que en lo que a mí, Akosua, respecta, yo sería mi propia nación.

Escuchando su discurso, James notó que algo le invadía el pecho, algo que no había sentido antes. Si pudiese, se pasaría el resto de la vida escuchándola. Si ella se lo permitía, se uniría a esa nación de la que hablaba.

Caminaron un poco más. El sol iba bajando y James sabía que le sería imposible regresar a su casa antes del anochecer. Aun así, aminoraron tanto el paso que sus pies no parecían moverse en absoluto; era más bien como si se deslizaran despacio, como si los mosquitos que sentían zumbar y revolotear a su alrededor los hubieran levantado del suelo para llevarlos torpemente en volandas.

—¿Estás prometida? —preguntó James.

Akosua le dirigió una mirada tímida.

—Mi padre no está de acuerdo con prometer a las jóvenes antes de que su cuerpo demuestre que están listas, y yo aún no he recibido la sangre.

James pensó en la futura esposa que lo esperaba en su aldea, la que habían seleccionado para él por su estatus. Jamás sería feliz con ella; tendría un matrimonio tan cáustico y desprovisto de amor como el de sus padres. No obstante, sabía que ellos no aprobarían un matrimonio con Akosua, ni siquiera como tercera o cuarta esposa. No tenía nada ni venía de ninguna parte.

«Nada, de ninguna parte.» Algo que su abuela Effia decía las noches en que parecía más triste, aunque James no recordaba ni un solo día en que no viese a su abuela vestida de negro, ni una noche en que no la oyera llorar quedamente.

Cuando él era aún muy pequeño había pasado un fin de semana con Effia en la casa que ella tenía junto al castillo. Se despertó en mitad de la noche y la oyó llorar en su habitación. Fue a verla y la abrazó con toda la fuerza que le permitían sus bracitos.

—¿Por qué lloras, *mama*? —le preguntó, y le acarició la cara para atrapar una de las lágrimas, pedir un deseo y soplar como hacía a veces su madre cuando él lloraba.

—¿Has oído la historia de Baaba, mi historia? —contestó ella.

Lo sentó en su regazo y lo acunó.

Ésa fue la primera vez que James la escuchó, pero no la última.

Entonces, cogió a Akosua de la mano y la hizo detenerse. El cubo que llevaba en la cabeza se tambaleó y ella levantó las manos para estabilizarlo.

—Quiero casarme contigo —anunció James.

Estaban a tan sólo unos pasos de la choza de la joven. Se veía entre los árboles. Había niños luchando en el barro, con la cara cubierta por una película marrón. Un hombre cortaba la hierba alta con un machete; cada vez que la hoja golpeaba el suelo, la tierra temblaba. James creyó sentir la vibración bajo los pies.

—¿Cómo vas a casarte conmigo, James? —preguntó ella.

Parecía preocupada y se le iba la mirada hacia el lugar donde su familia esperaba. Si llegaba demasiado tarde con el agua, su madre la azotaría y no dejaría de gritarle hasta el amanecer. Nadie iba a creer que había estado con el nieto del rey asante, y aun en el caso de que los convenciese, se olerían los problemas.

—Cuando empieces a sangrar, no se lo digas a nadie. Debes esconderlo. Me voy mañana, pero volveré a buscarte y nos marcharemos juntos de esta ciudad. Empezaremos una nueva vida en un pueblo pequeño donde nadie nos conozca.

Akosua seguía mirando a su familia, y él era consciente tanto de que aquello parecía una locura como del tamaño de la renuncia que le estaba pidiendo. Los ritos de pubertad de los asante eran un asunto muy serio: la ceremonia para bendecir a la joven que acababa de convertirse en mujer duraba una semana y, a partir de ahí, había normas muy estrictas. Cuando menstruaban, las mujeres no tenían permiso para entrar en la sala de los taburetes y tampoco podían cruzar determinados ríos. Vivían en casas separadas y durante los días que sangraban se pintaban las muñecas con arcilla blanca. Si alguien descubría que una mujer había sangrado sin decírselo a nadie, el castigo era duro.

—¿Confías en mí? —preguntó James sabiendo que no tenía derecho a hacerlo.

—No —respondió Akosua al final—. La confianza debe ganarse. No confío en ti. He visto lo que el poder hace a los hombres, y la tuya es una de las familias más poderosas.

A James le daba vueltas la cabeza. Se sentía desfallecer, a punto de caer.

—Sin embargo —continuó Akosua—, si vuelves a por mí, te habrás ganado mi confianza.

James asintió despacio, pues comprendía lo que ella decía. A finales de mes estaría de regreso en su aldea, y a finales de año, celebrando su boda. La guerra continuaría y nada, ni su vida ni su corazón, tenía garantizada la supervivencia. Pero mientras oía hablar a Akosua, supo que encontraría el modo.

*

James no podía explicarle a Amma por qué no quería dormir en su choza. Llevaban tres meses casados y estaba quedándose sin pretextos. La noche de bodas le había dicho que estaba enfermo y durante toda la semana siguiente su cuerpo se había ocupado de proporcionar las excusas, pues todas las veces que fue con ella, incluso cuando su esposa se trenzaba el pelo como a él le gustaba y se untaba aceite de coco en los pechos y entre los muslos, el pene se le había quedado flácido entre las piernas. Después de esa semana, había pasado dos más fingiendo estar demasiado avergonzado para ir a verla, pero esa evasiva también había acabado por fallar.

—Debes ir a ver a la boticaria. Hay hierbas que pueden ayudarte con esto. Si no me quedo embarazada pronto, la gente empezará a pensar que me pasa algo —arguyó Amma.

James se sentía mal por ella. Era cierto. Cuando una pareja no conseguía concebir, siempre se daba por hecho que la culpa era de la mujer: un castigo por su infidelidad o por una moral relajada. Sin embargo, durante ese corto periodo, James había llegado a conocer muy bien a su esposa. Pronto le contaría a todo el pueblo que era a él a quien le pasaba algo, y su padre y su madre acabarían enterándose de que no había cumplido con su deber marital. Ya oía a su madre: «Ay, Nyame, ¿qué he hecho yo para merecer esto? ¡Primero un marido débil, y después un hijo igual!» James sabía que si quería mantenerse fiel al recuerdo de Akosua, debía hacer algo pronto.

Se aferraba a ese recuerdo como a un clavo ardiendo. Había pasado casi un año desde que le había hecho la promesa de regresar a por ella, pero no estaba más cerca de cumplirla que el primer día, cuando urdió un plan. Los asante ganaban batalla tras batalla contra los británicos, y los habitantes de la aldea fante de James habían empezado a murmurar que tal vez los asante vencieran al hombre blanco. Y después de eso, ¿qué? ¿Llegarían más hombres blancos para reemplazar a los que habían muerto? Si los asante cargaban contra ellos para vengar los agravios que Abeeku Badu y Fiifi les habían causado, ¿quién los protegería? La alianza con los británicos era tan antigua que tal vez los blancos ya la hubiesen olvidado.

James, sin embargo, no había olvidado a Akosua. La veía todas las noches mientras dormía; sus labios y sus ojos y sus piernas y sus nalgas cruzaban los campos que eran sus párpados cerrados. En la choza que tenía para él solo, en un extremo de la casa que había hecho construir para él, para Amma y las demás esposas que en principio debían seguirla. No había olvidado cuánto había disfrutado visitando la ciudad de su abuelo, estando entre los asante, la calidez que le había demostrado el pueblo de su madre. Cuanto más tiempo permanecía en la tierra de los fante, más ganas tenía de escapar; llevar una vida sencilla como granjero, igual que el padre de Akosua, y no de político como Quey, cuyo trabajo para los británicos y los fante, tanto tiempo atrás, le había dejado una herencia de poder y dinero, pero poco más.

—¿Me estás escuchando, James? —preguntó Amma.

Estaba removiendo una olla de sopa de chile con un pareo enrollado alrededor de la cintura y el tronco inclinado hacia delante; parecía a punto de meter los pechos desnudos en el guiso.

—Sí, cariño, tienes razón —contestó James—. Mañana iré a ver a Mampanyin.

Amma asintió satisfecha. Mampanyin era la mejor boticaria en cientos de kilómetros a la redonda. Las segundas y terceras esposas acudían a ella cuando querían matar a la primera sin que nadie se enterase. Los hijos pequeños la visitaban cuando deseaban que los escogieran como sucesores antes que a sus hermanos mayores. Desde la orilla del mar hasta los bosques del interior, la gente la buscaba cuando las oraciones no bastaban para solucionar sus problemas.

James fue a verla un jueves. Su padre, igual que muchos otros, decía que aquella mujer era una bruja y, desde el punto de vista físico, ella parecía haber encarnado ese papel. Le faltaban todos los dientes excepto los cuatro de delante, que tenía espaciados a intervalos regulares, como si hubiesen echado al resto de sus compañeros de la boca y se hubieran reunido en el centro con ademán triunfal. Caminaba con la espalda permanentemente encorvada y se ayudaba de un bastón hecho de madera noble de color negro, tallado de modo que pareciese que tenía una serpiente enrollada alrededor. Uno de sus ojos lo esquivaba en todo momento y, por mucho que James lo intentase moviendo la cabeza a un lado y a otro, no fue capaz de convencer a ese ojo de que lo mirara.

—¿Qué hace aquí este hombre? —preguntó Mampanyin al aire.

James carraspeó; no estaba seguro de si debía hablar.

Mampanyin escupió en el suelo, más flema que saliva.

—¿Qué quiere de Mampanyin este hombre? ¿Es que no puede dejarla en paz? Ni siquiera cree en sus poderes.

—Tía Mampanyin, he venido desde mi aldea porque me lo ha pedido mi esposa. Quiere que tome hierbas para que podamos hacer un hijo.

El discurso que había ensayado durante el trayecto decía que quería hacer feliz a su esposa y así ser feliz él también, pero una vez allí no dio con las palabras. Él mismo captó la incertidumbre y el miedo que transpiraba su voz, y se maldijo.

—¿Cómo? ¿Me llama tía? Aquel cuya familia vende a nuestra gente a los blancos de allende el mar se atreve a llamarme tía...

—Eso fue obra de mi padre y de mi abuelo, no mía.

No añadió que gracias a ese trabajo él no necesitaba tener un oficio y podía vivir de su apellido y de su poder.

Ella lo miró con el ojo bueno.

—En tu cabeza me llamas bruja, ¿eh?

—Todos te llaman bruja.

—Dime, ¿es Mampanyin la que se tumbó para que el hombre blanco le abriese las piernas? Tal vez los hombres blancos se habrían marchado si no hubieran probado a nuestras mujeres.

—El hombre blanco se quedará hasta que no haya más dinero que ganar.

—¿Ahora hablas de dinero? Mampanyin ya ha dicho que sabe cómo gana dinero tu familia: enviando a tus hermanos y hermanas a Aburokyire para que los traten como animales.

—América no es el único sitio donde hay esclavos —repuso James en voz baja.

Había oído a su padre decírselo a David cuando hablaban de las atrocidades del sur de América que había leído en los periódicos británicos abolicionistas. «Hermano, la forma en que tratan a los esclavos en América —había dicho David— es impensable. Incomprensible. La esclavitud aquí no es así. No es así.»

James empezó a notar que se le acaloraba, pese a que el sol ya se había escondido bajo la tierra. Quería dar media vuelta y marcharse de allí. El ojo perdido de Mampanyin se posó primero sobre un árbol en la distancia, después miró hacia el cielo y, por último, pasó junto a la oreja izquierda de James.

—No quiero hacer el trabajo de mi familia. No quiero ser uno con los británicos.

Ella escupió de nuevo y, de pronto, fijó el ojo errante en él. James empezó a sudar. Cuando Mampanyin hubo terminado, el ojo retomó su merodeo, satisfecho con lo que había visto en James.

—No te funciona el pene porque no quieres que funcione. Mis medicinas son sólo para los que las necesitan. Tú hablas de lo que no quieres, pero hay algo que sí deseas.

No era una pregunta. James no podía fiarse de ella y, no obstante, se dio cuenta de que la mujer lo había visto con el ojo malo. Al verdadero James. Y como él solo no había conseguido mover la Tierra, decidió confiar en la bruja para que le ayudase a hacerlo.

—Quiero dejar a mi familia y marcharme a la tierra de los asante. Quiero casarme con Akosua Mensah y trabajar como campesino o algo pequeño, pequeño.

Mampanyin se echó a reír.

—El hijo del gran hombre quiere vivir pequeño, pequeño, ¿eh?

Lo dejó plantado fuera y entró en la choza. Salió cargando dos ollas de barro pequeñas con moscas revoloteando alrededor de las tapas. James las olió desde donde estaba. La mujer se sentó en una silla y empezó a remover una de las dos con el dedo. Lo sacó y se lo lamió. James sintió náuseas.

—Si no quieres a tu esposa, ¿por qué te casaste con ella? —preguntó Mampanyin.

—Tuve que hacerlo para que nuestras familias pudieran unirse al fin —explicó James.

¿Acaso no era evidente? Ella misma lo había dicho: era el hijo de un gran hombre. Había cosas que debía hacer. Cosas que la gente debía ver que hacía para que nadie dudara de que su familia continuaba siendo importante. Pero lo que él deseaba, lo que más anhelaba, era desaparecer. Su padre tenía otros siete hijos que podían cargar con el legado de los Otcher-Collins. Él anhelaba ser un hombre sin nombre.

—Quiero dejar a mi familia sin que ellos se den cuenta de que los he abandonado —dijo.

Mampanyin escupió en la olla y removió de nuevo. Miró a James con el ojo bueno.

—¿Es eso posible?

—Tía, dicen que tú haces posible lo imposible.

La mujer soltó otra carcajada.

—Ah, pero eso también lo dicen de Anansi, de Nyame y del hombre blanco. Yo sólo puedo hacer que lo posible esté a tu alcance. ¿Entiendes la diferencia?

Él respondió que sí con la cabeza y ella sonrió: la primera sonrisa que le ofrecía desde su llegada. Le hizo un gesto para que se acercase y él obedeció con la esperanza de que no le pidiera que se comiese aquello tan apestoso que había en la olla. La mujer le indicó que se sentase delante de ella y él lo hizo sin mediar palabra. A sus padres no les habría gustado ver que, sentada en su asiento, ella quedaba más alta que James y en consecuencia parecía de cuna superior. Oyó la voz de su madre ordenándole: «¡Levanta!», pero permaneció de rodillas. Tal vez Mampanyin consiguiera que ni la voz de su madre ni la de su padre sonasen de nuevo en su cabeza.

—Has venido a preguntarme qué hacer, pero tú ya sabes cómo marcharte sin que nadie se dé cuenta —afirmó la mujer.

James guardó silencio. Era cierto, se le habían ocurrido maneras de hacer que su familia pensase que había ido a Asamando cuando en realidad habría viajado a otra parte. La mejor opción y también la más peligrosa era enrolarse en la interminable guerra entre los asante y los británicos. Todo el mundo había oído hablar de esa guerra, sabían que parecía no tener fin y que los hombres blancos eran más débiles de lo que todos creían, pese a su enorme castillo de piedra.

—Las personas creen que vienen a verme buscando consejo —dijo Mampanyin—, pero en realidad buscan permiso. Si quieres hacer algo, hazlo. Los asante llegarán pronto a Efutu, eso lo sé.

Ya no lo estaba mirando, sino que concentraba toda su atención en el contenido de la olla. Era imposible que aquella mujer conociese los planes de los asante. El suyo era el ejército más poderoso de toda África. Se decía que cuando los hombres blancos se toparon por primera vez con los guerreros asante y les vieron el pecho desnudo y los paños anchos que llevaban, se echaron a reír. «¿No son éstos los trapos que llevarían nuestras mujeres?», dijeron. Los blancos presumieron de sus armas y de sus uniformes: las chaquetas con botones y los pantalones. Y entonces los asante mataron a cientos de ellos y se comieron el corazón de los líderes militares para ganar fuerzas. Después de eso, se vio a más de un soldado británico con los pantalones mojados —esos mismos que tanto habían ensalzado— mientras huía de los hombres que antes habían subestimado.

Si todo lo que decían del ejército asante era cierto, parecía imposible que estuviesen tan mal organizados como para permitir que una bruja fante se enterase de sus planes. James sabía que el ojo errante había llegado hasta Efutu, hasta el futuro, y allí lo había visto a él, de la misma manera que acababa de vislumbrar sus deseos más profundos.

Sin embargo, James no partió hacia Efutu. Cuando llegó a casa, Amma lo estaba esperando.

—¿Qué te ha dicho Mampanyin? —le preguntó su esposa.

—Que debes ser paciente conmigo —respondió, y ella soltó un resoplido de insatisfacción.

James era consciente de que Amma pasaría el resto del día cuchicheando con sus amigas acerca de él.

Estuvo cabizbajo durante toda una semana. Empezó a tener dudas sobre Akosua, sobre sus propios deseos de vivir una vida pequeña. ¿Tan mala era la que tenía? Podía quedarse en el pueblo, continuar el trabajo de su padre.

Cuando ya estaba resuelto a seguir así, su abuela fue a cenar a su casa.

Effia era una anciana, pero debajo de las muchas arrugas del rostro aún era posible adivinar a la joven que había sido. Había insistido en vivir en Costa del Cabo, en la casa que le había construido su marido, incluso después de que Quey se convirtiese en alguien destacado en su aldea. Decía que jamás regresaría a vivir a aquel poblacho construido a golpe de maldad.

Mientras cenaban al aire libre en casa de Quey, James sentía que su abuela no le quitaba ojo. Incluso cuando los sirvientes ya habían recogido los platos y los padres de James se habían retirado para acostarse, siguió notando la mirada insistente de su abuela.

—¿Qué pasa, hijo mío? —preguntó ella en cuanto se quedaron a solas.

James no respondió. El *fufu* que acababan de comer le pesaba como una losa en el fondo del estómago y pensó que iba a enfermar. Miró a su abuela. Corría el rumor de que en otra época había sido tan bella que el gobernador del castillo habría quemado la aldea entera para conseguirla.

Ella acarició el colgante de piedra negra que llevaba en el cuello y tendió la mano para tomar la de su nieto.

—¿No estás contento?

James sintió en los ojos la presión de las lágrimas, que amenazaban con abrirse paso. Apretó la mano de su abuela.

—Toda la vida he oído a mi madre decir que mi padre es débil. ¿Qué pasa si yo soy igual? —James esperó una reacción de su abuela, pero ella permaneció en silencio—. Quiero ser mi propia nación.

Sabía que ella no podía comprender lo que le estaba diciendo, pero le escuchaba. Le escuchaba, pese a que apenas había hablado en un susurro.

Al principio, su abuela lo miró sin pronunciar una palabra.

—La mayor parte del tiempo, todos somos débiles —afirmó al final—. Fíjate en los bebés. Un niño nace de su madre, y ella le enseña a comer, a caminar, a hablar, a cazar, a correr. Él no inventa maneras nuevas de hacer todo eso. Sigue usando las viejas. Así es como llegamos todos al mundo, James: débiles y necesitados, desesperados por aprender a ser personas. —Effia sonrió—. Si no nos gusta la persona que hemos aprendido a ser, ¿crees que debemos quedarnos sentados delante del *fufu* sin hacer nada? James, yo pienso que quizá sea posible inventar una nueva manera.

Seguía sonriendo. El sol se ponía por detrás de ellos, y James se permitió llorar delante de su abuela.

Al día siguiente, dijo a su familia que regresaba a Costa del Cabo con Effia, pero en realidad se fue a Efutu. Allí encontró trabajo con un médico que su abuela conocía de cuando ella vivía en el castillo y él trabajaba para los británicos. A James le bastó con contarle que era nieto de James Collins para obtener de inmediato un empleo y un lugar donde vivir.

El médico era escocés y tan anciano que a duras penas podía caminar erguido, y mucho menos tratar enfermedades sin contagiarse. Se había mudado a Efutu después de trabajar para la Compañía durante tan sólo un año. Hablaba fante con fluidez, se había construido una casa con sus propias manos y había permanecido soltero a pesar de que muchas de las mujeres de la zona le habían ofrecido a sus hijas. Para los vecinos era un misterio, pero le habían cogido cariño y, con mucho afecto, lo habían apodado «el Médico Blanco».

James se encargaba de mantener limpia la sala de las medicinas. La choza donde el Médico Blanco pasaba consulta estaba junto a su vivienda y en realidad era tan pequeña que no necesitaba la ayuda de James. Pero él barría, organizaba los medicamentos y lavaba los trapos. A veces, a última hora de la tarde cocinaba un plato sencillo para los dos, y se sentaban juntos en el patio, mirando hacia la carretera de tierra, mientras el médico contaba historias de cuando estaba en el castillo.

—Eres igual que tu abuela. ¿Cómo la llamaban los lugareños? —Se rascó la cabellera fina y blanca—. La Bella. Effia la Bella, ¿verdad?

James respondió que sí con la cabeza y trató de verla a través de los ojos del viejo.

—Tu abuelo estaba entusiasmado con la boda. Recuerdo que la noche anterior a la llegada de Effia al castillo, cuando ya caía el sol, llevamos a James al almacén de la Compañía y dimos cuenta de casi toda una remesa de licor. Tuvo que decir a sus jefes de Inglaterra que el barco que lo había traído se había hundido o que lo habían abordado los piratas. Algo así les contó. Fue una noche fabulosa para todos. Un poco de jaleo en África.

Al anciano se lo veía sumido en una ensoñación, y el joven se preguntó si el médico habría llegado a vivir las aventuras que parecía haber ido a buscar a la Costa del Oro.

Al cabo de un mes, James conseguiría lo que iba buscando. La llamada llegó en mitad de la noche. Un jadeo rápido y agudo, alaridos; los vigías de Efutu iban de choza en choza gritando que se acercaban los asante. Los ejércitos británico y fante destacados en la zona enviaron mensajeros para pedir refuerzos, pero por el pánico en la mirada de los vigías, James supo que los asante estaban más cerca que cualquier ayuda que pudiese llegar. En esa época, las aldeas de las tierras de los fante, los ga y los denkyira ya vivían atemorizadas por los posibles asaltos de los asante. Había destacamentos de soldados británicos dispuestos de manera intermitente en las aldeas y los pueblos que rodeaban Costa del Cabo. Su misión era impedir que atacasen el castillo si los asante avanzaban con éxito, pero Efutu, a tan sólo una semana de viaje de la costa, quedaba demasiado cerca para que estuviesen tranquilos.

—¡Huye! —gritó James al Médico Blanco.

El anciano tenía una lámpara de aceite de palma encendida junto a la cama y leía un libro encuadernado en cuero con los anteojos colocados en la punta de la nariz.

—En cuanto te vean, te matarán. No les importará que seas viejo.

El médico pasó la página. Ni siquiera miró a James cuando le dijo adiós con la mano.

James negó con la cabeza y abandonó la choza. Mampanyin le había dicho que cuando llegase el momento sabría qué hacer; sin embargo, allí estaba, tan asustado que apenas

144

podía respirar. Mientras corría, sintió que un líquido caliente le recorría las piernas. No podía pensar; no era capaz de hacerlo con la velocidad suficiente para concebir un plan y, antes de que se diese cuenta, empezaron a sonar los disparos a su alrededor. Los pájaros echaron a volar en una nube ascendente de alas negras y rojas y azules y verdes. James quiso esconderse. Ya no recordaba por qué su antigua vida era tan horrible; podía aprender a amar a Amma. Había pasado tanto tiempo siendo testigo del mal matrimonio de sus padres que había llegado a la conclusión de que debía de existir algo mejor, pero ¿y si no era así? Había encomendado su felicidad a una bruja. Su vida. Y ahora estaba seguro de que moriría.

James despertó entre los matorrales de un bosque desconocido. Tenía los brazos y las piernas doloridos, y en la cabeza, una sensación como si lo hubieran golpeado con una piedra. Permaneció sentado y desorientado durante incontables minutos y, de pronto, un guerrero asante apareció a su lado. Se le había acercado con tanto sigilo que no reparó en él hasta que lo tuvo encima.

—¿No estás muerto? —preguntó el guerrero—. ¿Estás herido?

¿Cómo iba a decirle a un soldado como aquél que le dolía la cabeza? Respondió que no.

—Eres el nieto de Osei Bonsu, ¿verdad? Te reconozco del funeral; nunca se me olvida una cara.

A James le habría gustado que bajase la voz, pero no dijo nada.

—¿Qué hacías en Efutu? —preguntó el guerrero.

—¿Sabe alguien que estoy vivo? —repuso James sin responder a su pregunta.

—No. Un guerrero te dio en la cabeza con una roca. Como no te movías, te echaron al montón de los muertos. Se supone que no debemos tocarlo, pero te reconocí y te saqué de allí para enviar tu cadáver a tu gente. Te he escondido aquí para que nadie se diese cuenta de que he tocado a los muertos. No sabía que aún estabas vivo.

—Escúchame: yo he muerto en esta guerra —aseveró James.

El hombre abrió los ojos de tal manera que parecían ecos de la luna.

—¿Qué?

—Debes decir a todos que he muerto en esta guerra. ¿Harás eso por mí?

El guerrero negó con la cabeza. Respondió que no una y otra vez, pero terminaría haciendo lo que le pedía. James lo sabía. Y cuando lo hiciese, ésa habría sido la última vez que James utilizaba su poder para imponer su voluntad a otra persona.

Durante el resto de ese mes, James viajó hacia la tierra de los asante. Dormía en cuevas y se escondía entre los árboles. Cuando se encontraba con alguien en los bosques, pedía ayuda y decía que era un humilde granjero que se había perdido. Y cuando por fin llegó hasta Akosua, el cuadragésimo día de trayecto, la encontró esperándolo.

Kojo

Alguien había entrado a robar en el *Alice*, y eso quería decir que la policía asomaría las narices por el barco para preguntar a todos los trabajadores si sabían algo del asunto. La reputación de Jo era impecable: llevaba casi dos años trabajando en las naves de Fell's Point y nunca había causado ningún problema. Sin embargo, cada vez que alguien robaba en una de ellas, reunían a todos los trabajadores negros de los astilleros y los interrogaban. Jo ya estaba cansado de aquello. La policía, o cualquiera con uniforme, lo ponía nervioso. Hasta el punto de que un día la aparición del cartero lo hizo correr a esconderse detrás de una cortina de encaje. Ma Aku decía que había sido así desde la época de los bosques, cuando iban de pueblo en pueblo, huyendo de los que cazaban a los esclavos fugitivos, hasta que llegaron a la casa segura de Maryland.

—Oye, Poot, ¿te importaría cubrirme? —pidió Jo a su amigo.

En cualquier caso, sabía que la policía no lo echaría de menos, porque no distinguían a un negro de los demás. Poot contestaría cuando lo nombrasen y también cuando llamasen a Jo, y ellos no se darían ni cuenta.

Jo bajó del barco de un salto y se volvió para contemplar la hermosura de la bahía de Chesapeake, las naves grandes

147

e imponentes que atestaban los astilleros de Fell's Point. Le encantaba esa imagen y también saber que había ayudado a construir y a mantener esas embarcaciones con sus manos, pero Ma Aku siempre le decía que le producía yuyu que él y el resto de los negros liberados trabajasen en los barcos. Según ella, que los negros construyesen esas cosas que los habían llevado a América, los mismos artefactos que habían intentado subyugarlos, tenía algo de maldad.

Jo bajó por Market Street y compró unas manitas de cerdo en la tienda de Jim, en la esquina, junto al museo. Cuando salía de allí, un caballo se soltó de su calesa, salió en estampida y estuvo a punto de arrollar a una anciana blanca que justo en ese momento se estaba levantando la falda, a punto de poner el pie en la calzada.

—¿Está bien, señora? —preguntó Jo, que había corrido hasta allí para ofrecerle el brazo.

Durante unos segundos, pareció aturdida, pero enseguida le sonrió.

—Sí, estoy bien, gracias —respondió.

Así que continuó el paseo. Anna aún debía de estar limpiando la casa con Ma Aku. Sabía que debería ir y ayudarlas, porque Anna estaba embarazada de nuevo y Ma Aku era tan vieja que tenía dolores constantes y ya no paraba de toser, pero hacía mucho tiempo que no se permitía disfrutar de Baltimore, de la brisa fresca del mar, de los negros —algunos esclavos, pero otros libres como el viento— que trabajaban, vivían y jugaban en su entorno. Jo había sido esclavo. Aunque en aquella época no era más que un bebé, cada vez que veía a un esclavo en Baltimore se sentía como si estuviera ante un recuerdo. Cada vez que Jo veía un esclavo en Baltimore, se veía a sí mismo, veía cómo habría sido su vida si Ma Aku no lo hubiese llevado a la libertad. En la documentación que certificaba su liberación figuraba como Kojo Freeman. *Free man.* Hombre libre. La mitad de los antiguos esclavos que había en la ciudad compartían el mismo apellido. Si repites una mentira las suficientes veces, se convertirá en verdad.

El único Sur que Jo conocía era el de las historias que Ma Aku le contaba, y lo mismo le ocurría con su madre y su padre, Ness y Sam. Eran cuentos, nada más. No añoraba algo que no había vivido, algo que no podía palpar con las manos o sentir en el corazón. En cambio, Baltimore era tangible. No era una sucesión infinita de cultivos y azotes. Era el puerto, la fundición, el ferrocarril. Estaba presente en las manitas de cerdo que Kojo se estaba comiendo, en las sonrisas de sus siete hijos y en el octavo que venía en camino. Era Anna, que se había casado con él cuando tenía sólo dieciséis años y él diecinueve y había trabajado cada día de los diecinueve años transcurridos desde entonces.

Pensando en Anna una vez más, decidió pasar por casa de los Mathison, donde Ma Aku y ella estaban limpiando ese día. Compró una flor en el puesto de la Vieja Bess, en la esquina de North y la calle Dieciséis y, con ella en la mano, sintió que al fin podía olvidarse de la visita de la policía al barco.

—Pero mira quién viene por ahí. ¡Mi marido, Jo! —exclamó Anna al verlo.

Estaba barriendo el porche con una escoba que parecía nueva. El mango tenía un color marrón muy bonito, apenas unos tonos más oscuros que el de la piel de su esposa, y todas las cerdas estaban tiesas. A Ma Aku le encantaba recordarles que en la Costa del Oro las escobas no tenían mango: el cuerpo hacía esa función y se doblaba y se movía con mucha más facilidad que cualquier palo.

—Te traigo una cosa —anunció, y le dio la flor.

Ella la cogió, inspiró su aroma y sonrió. El tallo le rozaba el vientre, justo donde empezaba a abultarse bajo el vestido. Jo se lo acarició con la mano.

—¿Dónde está Ma? —preguntó.

—Dentro, haciendo la cocina.

Jo dio un beso a su esposa y le cogió la escoba.

—Ve a ayudarla —dijo, y la envió para dentro con un pellizco en el trasero y un empujoncito.

Ese trasero lo había conquistado hacía diecinueve años, y aún conservaba su poder sobre él. Jo lo había visto doblar la esquina desde Strawberry Alley y había caminado cuatro manzanas tras él. La forma en que se movía era hipnotizadora; era independiente del resto del cuerpo, como si operase bajo la influencia de otro cerebro, y una nalga chocaba contra la otra y la hacía rebotar antes de repetir el movimiento en la dirección contraria.

Cuando tenía siete años, Jo había preguntado a Ma Aku qué debía hacer un hombre si le gustaba una mujer, y ella se había echado a reír. Su Ma nunca había sido como el resto de las madres. Era un poco rara, algo distraída, pues aún soñaba con el país del que la habían arrancado tantos y tantos años antes. A menudo la veían mirando el agua como si pretendiese ir a tirarse de cabeza para buscar el camino de regreso a casa.

—Pues verás, Kojo, en la Costa del Oro dicen que si te gusta una mujer tienes que visitar a su padre y hacerle una ofrenda.

En aquella época, Jo estaba enamorado de una niña llamada Mirabel, así que el domingo siguiente fue a la iglesia con una rana que había cazado junto a la orilla la noche anterior y se la dio a su padre. Ma Aku no podía parar de reír. Se rió tanto que al final el pastor y el padre dijeron que estaba educando a Jo según la vieja brujería africana y los expulsaron de la congregación.

En el caso de Anna, Jo se limitó a seguir el bamboleo de sus nalgas hasta que se detuvieron. Entonces levantó la mirada y le vio la cara. La piel de dulce caramelo y la cabellera negra, negra, tan larga y oscura como la cola de un caballo, y siempre recogida en una trenza. Le dijo que se llamaba Jo y le preguntó si podía acompañarla un rato. Ella respondió que sí y recorrieron todo Baltimore. No fue hasta meses después cuando Jo se enteró de que esa noche la madre de Anna la había reñido, pues no había hecho ninguno de los recados a los que se había comprometido.

Los Mathison eran una familia blanca de abolengo. La casa del padre del señor Mathison había sido una de las estaciones de la red clandestina para esclavos fugitivos que llamaban «el Ferrocarril Subterráneo», y él había enseñado a sus hijos a prestar siempre su ayuda. La señora Mathison era quien había heredado la fortuna familiar, y cuando los dos se juntaron, compraron una casa grande y emplearon a Anna, a Ma Aku y a muchos otros negros de la zona de Baltimore.

La vivienda tenía dos pisos y diez habitaciones. La limpieza duraba horas y a los Mathison les gustaba que estuviese impecable. Ese día, Kojo se ocupó de parte del trabajo y, mientras se afanaba con las ventanas del salón, escuchó la conversación del señor Mathison con otros abolicionistas.

—Si California se incorpora a la Unión como estado no esclavista, el presidente Taylor va a estar muy ocupado con los secesionistas del Sur —aventuró Mathison.

—Y Maryland estará en medio, en una situación complicada —oyó decir a otra voz.

—Por eso tenemos que hacer todo lo posible por emancipar más esclavos en Baltimore.

Podían estar así durante horas. Al principio, a Jo le gustaba escucharlos hablar. Ver que aquellos blancos con poder se ponían de su parte y de la de su raza le daba esperanza. Pero cuantos más años pasaban, más consciente era de que ni siquiera la gente de buen corazón como la que visitaba la casa de los Mathison era capaz de conseguir gran cosa.

Cuando acabaron de limpiar la casa, Jo, Anna y Ma Aku regresaron a su pequeño apartamento de la calle Veinticuatro.

—Ay, cómo tengo la espalda... —dijo Ma, y se llevó las manos a una parte del cuerpo que le dolía desde hacía años—. ¡Qué cansados estamos! —exclamó en twi para Jo.

Era un dicho viejo y gastado que respondía a una sensación igual de vieja y gastada. Jo asintió y le ofreció la mano para ayudarla a subir la escalera.

En casa, los niños jugaban. Agnes, Beulah, Cato, Daly, Eurias, Felicity y Gracie. Parecía que Anna y él fuesen a tener un hijo por cada letra del alfabeto. Les enseñarían a leer esas letras y los educarían para que fuesen la clase de personas capaces de instruir a otras. Y entretanto, mientras esperaban a que el nuevo bebé naciese y llevase con él su nombre, todos lo llamaban «H».

Jo sentía que ser buen padre era algo que debía a sus progenitores, que no habían conseguido ser libres. Antaño acostumbraba a pasar muchas noches tratando de recuperar una imagen de su padre. ¿Era valiente? ¿Alto? ¿Amable? ¿Inteligente? ¿Era un hombre bueno y justo? ¿Habría sido buen padre de haber tenido la oportunidad como hombre libre?

Ahora, en cambio, las pasaba casi todas con la oreja pegada a la barriga incipiente de su esposa, intentando conocer un poco a H antes de su llegada. Había prometido a Anna que siempre estaría disponible para ellos, algo que su padre no había podido hacer por él. Y Anna, que nunca había deseado que su padre estuviese disponible —pues sabía el tipo de hombre que era y los problemas que causaba su presencia—, sonreía y le daba palmaditas en la espalda.

Pero Jo hablaba en serio. Durante las pocas horas que veía a sus hijos por la noche antes de que se acostasen, o por la mañana antes de marcharse al astillero, los estudiaba. Agnes era la que más ayudaba, y él jamás se había topado con un espíritu tan amable y considerado. Más que Anna y, sin duda, más que su madre hastiada. Beulah era toda una belleza, pero aún no lo sabía. Cato era excesivamente blando para ser un niño, y Jo trataba de fortalecerlo día a día. Daly era un luchador, y Eurias, demasiado a menudo, su objetivo. Felicity era tan tímida que si le preguntabas cómo se llamaba no respondía, y Gracie era una bolita de amor. La vida que tenía con ellos, con Anna, Ma y los niños, era todo lo que había querido durante su infancia solitaria, que había pasado yendo de una casa de seguridad a otra y de un trabajo a otro, intentando apoyar a la mujer a la que llamaba «madre» en una maternidad que no había pedido, pero de la que tampoco se quejaba.

Ma Aku se arrancó a toser y Agnes se acercó de inmediato para ayudarla a meterse en la cama. El apartamento tenía dos dormitorios: uno para Jo y Anna, separado por una cortina, y otro para todos y todo lo demás. Ma Aku se dejó caer en el colchón con un fuerte suspiro, y en cuestión de minutos tosía y roncaba con el mismo empeño.

Gracie, la benjamina, estaba tirando a Jo del pantalón.

—¡Papi! ¡Papi!

Él se agachó y la levantó con un brazo con absoluta facilidad, como si fuera la caja de herramientas que había dejado en el barco. Muy pronto, sería demasiado mayor para seguir tratándola como a un bebé. Probablemente el momento coincidiría con la llegada de la nueva criatura.

Agnes y Anna no tardaron en acostar a los niños y la mayor de sus hijos también se durmió enseguida. Jo estaba sentado en el cuarto, con la cortina corrida, cuando entró Anna acariciándose el vientre. De momento, tan poco abultado que era apenas una sensación.

—Hoy ha ido la policía al barco. Dicen que alguien ha entrado a robar —explicó Jo.

Anna estaba quitándose la ropa y doblándola para colocarla en la silla que tenían junto al colchón. Al día siguiente se pondría las mismas prendas: esa semana no le había dado tiempo de hacer la colada y la semana anterior no le había alcanzado el dinero. Sólo cabía esperar que los niños no oliesen mal cuando fuesen a la escuela cristiana.

—¿Has tenido miedo? —preguntó ella.

Jo se levantó como una exhalación, la estrechó entre sus brazos y la tumbó en el colchón con él.

—No tengo miedo de nada, mujer —respondió Jo mientras ella se reía y forcejeaba como si quisiera soltarse.

Se besaron, y él se encargó en un instante de las prendas que Anna no se había quitado aún. La saboreó y sintió el placer que recorría el cuerpo de su esposa como una corriente eléctrica aunque no lo oyera, porque ella ahogaba los gemidos para que los niños no se despertasen. Después de muchas noches y siete hijos, era toda una experta. Se apresuraron en silencio con la esperanza de que la oscuridad ocultase sus movimientos si uno de los críos se desvelaba y miraba a través de la cortina. Jo se aferró a las nalgas de Anna con sus manos hambrientas. Mientras él viviese, siempre sería un placer y un regalo poder llenárselas con el peso de la carne de su mujer.

A la mañana siguiente, Jo regresó a trabajar en el *Alice*. Poot se acercó a compartir el desayuno con él: un poco de pan de maíz y pescado.

—¿Pasaron por aquí? —preguntó Jo.

Un rato antes había preparado la estopa para la cubierta, empapando el cáñamo en brea. La había enrollado como si fuese una cuerda y la había colocado en las junturas de las tablas. Llevaba trabajando con las mismas herramientas desde que empezó a calafatear. El cincel y el mazo eran suyos. Le encantaba el sonido que hacían cuando metía la estopa en las junturas y daba golpecitos suaves en el cincel para que la fibra se asentase, las grietas se llenaran de brea y el barco no tuviera filtraciones.

—Sí, vinieron. Y preguntaron lo de siempre. No estuvo mal. Me han dicho que ya han encontrado al que lo hizo.

Poot había nacido libre y vivido en Baltimore toda la vida. Llevaba alrededor de un año trabajando en el *Alice*, aunque antes lo había hecho en casi todas las naves del puerto. Era uno de los mejores calafateadores que había, y de él contaban que pegaba la oreja a la madera y el propio barco le decía dónde necesitaba la brea. Jo había sido su aprendiz y gracias a eso sabía prácticamente todo lo que había que saber sobre barcos.

Sellaba el casco extendiendo brea caliente por toda la estructura y cubriéndola después con placas de cobre. En sus inicios, Jo había estado a punto de morir mientras calentaba la resina. Había un fuego espléndido y tan caliente que era como el aliento del diablo, pero sin que él se diese cuenta, las llamas empezaron a extenderse por la madera de la cubierta. Miró la extensión de agua que flotaba en la bahía y después el fuego que amenazaba con hundir el barco entero, y pidió un milagro. El milagro fue Poot: rápido como un rayo, sofocó las llamas y aplacó al jefe diciéndole que si Jo tenía que marcharse, él también lo haría. Desde entonces, siempre que Jo encendía un fuego en cubierta, sabía cómo controlarlo.

Jo estaba secándose el sudor de la frente tras acabar de embrear el casco cuando vio a Anna haciéndole señales desde el muelle. No era habitual que fuese a buscarlo después del trabajo, pues él solía terminar antes que ella, pero se alegró de verla.

En cuanto cogió las herramientas y echó a caminar hacia su esposa, se dio cuenta de que algo andaba mal.

—El señor Mathison dice que vayas a su casa lo antes posible —explicó Anna.

Estaba estrujando un pañuelo entre las manos, un tic que Jo detestaba, porque sólo de verlo se ponía nervioso él también.

—¿Ma está bien? —preguntó.

Le cogió las manos y las sacudió hasta que por fin ella dejó quieto el pañuelo.

—Sí.

—Entonces, ¿de qué se trata?

—No lo sé —contestó ella.

La miró con suspicacia, pero vio que decía la verdad. Estaba nerviosa porque Mathison nunca había pedido hablar con Jo, ni una sola vez en los siete años que Anna y Ma llevaban trabajando para él, y no sabía qué podía significar que quisiera hacerlo en ese momento.

Recorrieron tan deprisa los pocos kilómetros hasta la casa que se oía el quejido incómodo de las herramientas dentro de la caja al chocar contra las paredes. Él iba unos pasos por delante y captaba el tamborileo de los pies pequeños de Anna mientras ella intentaba seguir el ritmo de sus zancadas.

Al llegar, Ma Aku los esperaba en el porche y los recibió con un arranque de tos. Ella y Anna llevaron a Jo al salón, donde Mathison y unos cuantos hombres blancos estaban sentados en los lujosos sofás blancos. Los cojines eran tan mullidos que parecían colinas pequeñas o el lomo de un elefante.

—¡Kojo! —lo saludó Mathison, y se levantó para estrecharle la mano.

En una ocasión había oído que Ma Aku lo llamaba así y les había preguntado qué significaba. Cuando ella le explicó que Kojo era el nombre asante para un niño que nacía en lunes, el hombre había aplaudido como si escuchase una buena canción y desde entonces insistía en llamarlo por el nombre completo siempre que lo veía. «Quitarte el nombre es el primer paso», había dicho con ademán triste. Tanto que a Jo no le pareció prudente preguntar a qué se refería. ¿El primer paso hacia qué?

—Señor Mathison.

—Siéntate, por favor —dijo él, y señaló una silla blanca que estaba vacía.

De pronto, Jo se puso nervioso. Tenía los pantalones cubiertos de brea seca y tan negra que parecía que estuvieran estampados con cientos de agujeros. Le preocupaba manchar la tapicería y que Anna y Ma Aku tuvieran trabajo extra al día siguiente. Si es que aún tenían que ir.

—Siento mucho hacerte venir hasta aquí, pero mis compañeros me han alertado de algo muy inquietante.

Uno de ellos, un hombre algo más corpulento, carraspeó. Mientras hablaba, Jo observó el movimiento de su papada.

—Hace un tiempo que oímos decir que los del Sur y los del partido del Suelo Libre están preparando una ley y, si la aprueban, los agentes encargados de su cumplimiento estarán obligados a arrestar a cualquier sospechoso de ser un esclavo fugitivo, aunque esté en el Norte, y devolverlo al Sur, sin importar cuánto tiempo haya pasado desde su huida.

Como los hombres lo miraban esperando una reacción, asintió.

—Me preocupáis tú y tu madre —aclaró el señor Mathison.

Jo miró hacia la puerta, donde momentos antes estaba Anna. Supuso que habría vuelto a sus tareas, inquieta por lo que fuese a decirle el señor a su marido.

—Como fugitivos, vosotros dos podríais tener más problemas que Anna y los niños, porque ellos son libres por derecho.

Jo asintió. No se le ocurría quién podría estar buscándolos después de tantos años. Ni siquiera sabía cómo se llamaba su antiguo amo ni qué aspecto tenía. Lo único que Ma recordaba era que Ness lo llamaba «el Diablo».

—Deberías llevar a tu familia más hacia el norte —sugirió el señor Mathison—. A Nueva York o incluso hasta Canadá. Si la ley entra en vigor, no hay forma de saber el caos que desatará.

—¿Van a despedirme? —preguntó Anna.

Estaban sentados en el colchón, por la noche, con los niños ya dormidos, y por fin Jo pudo explicarle para qué lo había llamado el señor Mathison.

—No. Querían avisarnos, eso es todo.

—Pero el antiguo amo de tu Ma ya murió. Nos lo dijo Ruthie, ¿te acuerdas?

Jo lo recordaba. Ruthie, la prima de Anna, había enviado un mensaje de plantación en plantación hasta llegar a una de las casas de seguridad y, finalmente, a oídos de Ma Aku: el hombre a quien había pertenecido había muerto. Y aquella noche todos respiraron con mayor tranquilidad.

—El señor Mathison dice que eso no importa. Los suyos pueden llevársela si quieren.

—¿Y a mí y a los niños?

Jo se encogió de hombros. El amo de Anna le había hecho de padre, y las había liberado a ella y a su madre. La documentación que certificaba su libertad era auténtica, no falsa como la suya o la de Ma Aku. Sus hijos habían nacido libres en Baltimore, nadie los buscaría.

—Los únicos que tenemos que preocuparnos somos Ma y yo. No pienses más en el tema.

Él sabía que Ma Aku se negaría a salir de la ciudad. A menos que pudiera regresar a la Costa del Oro, ya no habría más países nuevos para ella: ni Canadá ni el Paraíso siquiera, aunque éste se hallara en la Tierra. Cuando la mujer había decidido ser libre, también había resuelto permanecer libre. De niño, Jo se maravillaba del cuchillo que Ma Aku llevaba siempre escondido en el pareo y que guardaba allí desde sus días de esclava de los asante, luego de los americanos y, por último, como mujer libre. Cuanto más mayor se hacía, mejor entendía Jo a la mujer a quien llamaba «madre». Y que, a veces, seguir siendo libre requería un sacrificio inimaginable.

En en cuarto contiguo, Beulah empezó a gemir en sueños. La criatura sufría terrores nocturnos, y los episodios ocurrían a intervalos impredecibles: entre ellos podía transcurrir un mes o dos días. A veces eran tan traumáticos que la despertaban sus propios chillidos, o se encontraba los brazos arañados por las batallas invisibles que había librado. Otras, dormía quieta como un muerto, pero con las mejillas surcadas de lágrimas, y al día siguiente, cuando le preguntaban qué había soñado, siempre se encogía de hombros y respondía: «Nada.»

Ese día, Jo echó un vistazo y vio que estaba moviendo las piernas. Doblaba la rodilla, sacaba el pie hacia fuera y repetía la secuencia. Beulah había echado a correr. Tal vez todo empezase allí, pensó Jo. Quizá las noches en que tenía esas pesadillas, Beulah viese algo con mayor claridad: una niña negra forcejeando en sueños contra un oponente a quien por la mañana no podía nombrar, porque a plena luz del día tenía el mismo aspecto que el mundo que la rodeaba. Un mal intangible. Una injusticia incalificable. Beulah corría dormida, corría como si hubiera robado algo, cuando en realidad no había hecho más que esperar la paz y la claridad que acompañaba a los sueños. Sí, pensó Jo, allí era donde empezaba todo; pero ¿cuándo y dónde terminaría?

*

Jo decidió no mover a la familia de allí. El embarazo de Anna estaba demasiado avanzado para arrancarla de la ciudad donde todos habían echado raíces, y Baltimore aún daba la impresión de ser un lugar seguro. La gente seguía cuchicheando sobre la ley. Unas cuantas familias incluso tomaron precauciones, hicieron las maletas y se dirigieron al norte por miedo a que la aprobasen. La Vieja Bess, que vendía flores en North Street, se mudó. Igual que Everett, John y Dothan, que trabajaban en el *Alice*.

—Qué vergüenza —se lamentó Poot el día que tres irlandeses se subieron al barco para reemplazarlos.

—¿Alguna vez te has planteado largarte? —preguntó Jo.

Poot soltó una risotada.

—A mí me enterrarán en Baltimore, Jo. Sea como sea. Mi cadáver acabará en la bahía de Chesapeake.

Jo sabía que hablaba en serio. Poot siempre decía que Baltimore era una gran ciudad para los negros. Allí había mozos, maestros, predicadores y mercachifles negros; un hombre libre no tenía por qué ser sirviente ni cochero. Podía fabricar algo con las manos, arreglar cosas, vender artículos. Podía construir algo de la nada y enviarlo al mar. Poot se había iniciado en el calafateado siendo adolescente, y a menudo bromeaba con que lo único que le gustaba tener en las manos más que un mazo era una mujer. Aunque estaba casado, no tenían hijos, así que no había heredero a quien enseñar el oficio. Los barcos eran su orgullo. Jamás abandonaría aquel lugar.

En su mayoría, los de Baltimore no se movieron de allí. Estaban hartos de huir y acostumbrados a esperar, así que aguardaron a ver qué ocurría.

El vientre de Anna continuó abultándose. El bebé al que llamaban «H» se hacía notar a diario con patadas y puñetazos feroces en la barriga.

—H será boxeador —dijo Cato, el niño de diez años, con la oreja pegada a la tripa.

—De eso nada —repuso Anna—. En esta casa no habrá violencia.

Cinco minutos más tarde, Daly le propinó a Eurias una patada en la espinilla, y Anna lo azotó con tanta fuerza que durante el resto del día el chico se estremecía cada vez que se sentaba.

Agnes cumplió dieciséis años y consiguió trabajo limpiando la iglesia metodista de Caroline Street. A partir de ese momento, Beulah disfrutó de su nuevo papel: todas las tardes durante una hora, era la mayor de la casa, hasta que Agnes regresaba del trabajo.

—Timmy dice que él y el pastor John no se van a ninguna parte —anunció Agnes una noche.

Era agosto de 1850 y en Baltimore hacía un calor pegajoso. La joven llegaba a casa cada tarde con una película de sudor adherida al labio, el cuello, la frente. Timmy era el hijo del pastor, y Jo y el resto de la familia recibían a diario un informe de lo que había pensado, hecho o dicho ese día.

—Entonces, eso querrá decir que tú tampoco —respondió Anna con una sonrisita burlona.

La joven salió de casa soltando bufidos. Dijo que iba a por chocolate para los niños, pero todos sabían que Anna había metido el dedo en la llaga.

Ma Aku se rió al oír el portazo.

—¿Qué sabrá esa cría sobre el amor?

La risa se convirtió en un ataque de tos y tuvo que inclinarse hacia delante para que se le pasara.

Jo le dio un beso en la frente a Anna y miró a Ma.

—¿Qué sabes tú del amor, Ma? —preguntó, y siguió con la risa justo donde ella la había dejado.

Ma lo señaló meneando el índice.

—A mí no me preguntes lo que sé y lo que no —protestó—. No eres el único que ha dado o recibido caricias en la vida.

Esa vez fue Anna quien se echó a reír, y Jo soltó la mano que le sostenía con cierta sensación de traición.

—¿Quién, Ma?

Ella negó con la cabeza, despacio.

—Da igual.

Dos semanas después, Timmy fue al astillero a pedir la mano de Agnes.

—¿Tienes algún oficio, chico? —preguntó Jo.

—Voy a ser predicador, como mi padre —respondió Timmy.

Jo gruñó. Desde el día que a Ma y a él los expulsaron por brujería, sólo había entrado en una iglesia en una ocasión: el día de su boda. Pero si Agnes se casaba con el hijo del pastor, tendría que ir de nuevo para la ceremonia de su hija y quién sabía cuántas veces más.

El día que recorrieron a pie los ocho kilómetros de vuelta a casa desde la iglesia baptista, después de entregarle la rana al padre de Mirabel, Jo iba llorando sin parar. Ma Aku lo dejó hacer durante unos minutos, hasta que lo agarró de la oreja, lo arrastró a un callejón, lo miró con enfado y dijo:

—¿Por qué lloras?

—El pastor dice que hacemos brujería africana.

No tenía edad suficiente para saber qué significaba eso, pero sí para conocer la vergüenza, una sensación que ese día lo llenaba hasta las cejas.

Ma Aku escupió detrás de su hombro izquierdo, algo que sólo hacía cuando estaba verdaderamente indignada.

—¿Quién te ha dicho que hay que llorar por eso? —preguntó.

El chico se encogió de hombros y trató de impedir que se le cayesen los mocos, porque eso parecía enfadarla aún más.

—Voy a decirte una cosa: si ellos no hubiesen escogido el dios del hombre blanco en lugar de los dioses de los asante, no podrían decirme esas cosas.

Jo sabía que debía darle la razón, y eso hizo.

—El dios del hombre blanco —continuó ella— es igual que el hombre blanco. Se cree que es el único dios, de la misma manera que el hombre blanco se cree que es el único hombre. Pero sólo hay un motivo por el cual Dios es él, y no Nyame o Chukwu o quien sea: porque nosotros se lo permitimos. No nos rebelamos. Ni siquiera lo cuestionamos. El hombre blanco nos dijo que él era el camino y lo aceptamos. Pero ¿cuántas veces nos ha dicho el hombre blanco que algo era bueno para nosotros y después lo ha sido de verdad? Dicen que eres un brujo africano, ¿y qué? ¿Qué más da? ¿Qué sabrán ellos sobre la brujería?

Jo había parado de llorar, así que Ma Aku le frotó las manchas blancas de sal de las mejillas con el dobladillo del vestido. Lo tomó del brazo, lo sacó de nuevo a la calle y no paró de farfullar en todo el camino.

A Timmy le temblaban las manos, y Jo observó las sacudidas. Era un chico flaco y desgarbado de manos suaves que nunca se habían quemado con brea caliente ni tenían callos de las herramientas de calafatear. Descendía de una familia libre: nacido y criado en Baltimore por padres que también habían nacido y se habían criado en la ciudad.

—Si eso es lo que quiere Aggie... —respondió Jo al final.

La pareja se casó al mes siguiente, la misma mañana en que aprobaron la Ley de Esclavos Fugitivos. Por las noches, Anna le confeccionaba el vestido a la luz de una vela; por las mañanas, Jo la encontraba con los ojos rojos y cargados de sueño, parpadeando para no quedarse dormida mientras se preparaba para ir a casa de los Mathison. El bebé H había crecido tanto dentro de su vientre que ya no podía caminar sin bambolearse, y tenía los pies tan hinchados que, cuando los metía en las zapatillas de trabajar, la carne le salía por arriba como la masa de pan con demasiada levadura se desborda del molde.

La boda se celebró en la iglesia del padre de Timmy y entre todas las mujeres de la congregación prepararon una comida digna de un rey, aunque cuchicheaban que el joven se había casado con una chica cuya familia no asistía a los servicios, ni siquiera a los de sus rivales metodistas, al otro lado de la calle.

Beulah, con su vestido morado, estaba junto a Agnes, y el hermano de Timmy, John Júnior, al lado de él. Los casó el padre, el pastor John, y en lugar de concluir la ceremonia de la manera habitual, declarando el matrimonio y diciéndoles que se besaran, hizo que la congregación tendiese las manos hacia la pareja mientras les daba la bendición. Y justo cuando pronunciaba «el pueblo de Dios dijo...», un niño entró por la puerta y chilló:

—¡Han aprobado la ley! ¡Han aprobado la ley!

Y se oyó algún que otro «Amén» apagado e insincero, pero muchos no dijeron nada. Algunos se revolvieron en el asiento e incluso hubo una persona que se fue. Se levantó tan rápido que todo el banco se tambaleó.

Agnes miró a Jo con una sombra de inquietud en los ojos, y él le sostuvo la mirada con toda la tranquilidad que fue capaz de reunir. Entonces, a medida que el miedo colectivo aumentaba, el de ella se desvaneció. El pastor John acabó de casarlos y entre todos dieron cuenta del banquete que Anna, Ma y las demás mujeres habían preparado.

Al cabo de dos semanas corrió la voz de que James Hamlet, un fugitivo de Baltimore, había sido secuestrado y condenado en la ciudad de Nueva York. Los blancos lo publicaron en el *New York Herald* y el *Sun* de Baltimore. Era el primero, pero todos sabían que no sería el último, así que cientos de personas empezaron a emigrar a Canadá. Una semana, Jo fue a Fell's Point y lo que antes era un mar de rostros negros con el azul verdoso de la bahía de fondo ya no era nada. Mathison se había encargado de que toda la familia de Jo tuviera los papeles en regla, pero conocía a otros que habían huido pese a disponer del certificado de libertad.

El señor Mathison habló de nuevo con Jo:

—Quiero estar seguro de que sabes lo que está en juego, Jo. Si te cogen, te llevarán a juicio, pero tú no tendrás derecho a decir nada. Será la palabra del hombre blanco contra la de nadie. Asegúrate de que los tuyos siempre lleven los papeles encima, ¿entiendes?

Jo asintió.

Por todo el Norte se celebraban protestas y concentraciones, y no sólo entre los negros. Los blancos participaban con un entusiasmo que Jo jamás les había visto demostrar por nada más. El Sur había llevado aquella lucha hasta el felpudo de las puertas del Norte, pese a que la mayoría de sus habitantes no quería tener nada que ver con ella. Ahora se podía multar a los blancos por dar de comer a un negro, ofrecerle empleo o alojamiento, siempre que la ley dijese que era un fugitivo. ¿Y cómo iban a saber quién lo era y quién no? El Sur había creado una situación insostenible, y aquellos que habían tenido intención de nadar entre dos aguas se encontraron en dique seco.

Por las mañanas, antes de que Jo y Anna saliesen a trabajar, él practicaba con sus hijos cómo enseñar la documentación. Hacía de alguacil federal y, con los brazos en jarras, se acercaba a ellos uno a uno, incluso a la pequeña Gracie, y decía con toda la seriedad que podía: «¿Adónde vas?» Ellos metían la mano en el bolsillo que Anna les había cosido en el vestido o el pantalón y, sin decir una palabra, siempre en silencio, le entregaban los papeles.

Al principio los niños rompían a reír pensando que se trataba de un juego. Ignoraban que Jo tenía pavor a los hombres de uniforme y tampoco sabían qué se sentía al estar tendido en silencio, casi sin respirar, bajo las tablas del suelo de una familia cuáquera mientras oías retumbar justo encima de la cabeza el tacón de la bota del cazador de esclavos que te perseguía. Jo se había esforzado mucho para que sus hijos no heredasen su miedo, pero en aquellos momentos deseaba que sintieran al menos un ápice de temor.

— Te preocupas demasiado —le decía Anna—. Nadie anda buscando a los críos. Ni a nosotros.

El bebé estaba a punto de nacer y Jo notaba que su esposa estaba de peor humor que nunca, pues lo reprendía por cualquier cosa. Tenía antojo de pescado y limón, caminaba con las manos en la riñonada y se le olvidaban las cosas. Un día eran las llaves; otro, la escoba. A Jo le preocupaba que les llegase el turno a los papeles. Un día la había visto dejarlos arrugados y manoseados en su lado del colchón al salir al mercado, y él le había gritado por ello. Dio voces hasta que ella se echó a llorar y, por muy mal que se sintiese, supo que así no volvería a dejárselos.

Y entonces, un día Anna no regresó a casa. Jo corrió al dormitorio para ver si la documentación estaba allí, pero no la encontró por ninguna parte. Oyó la voz dulce de Anna diciéndole al oído: «Te preocupas demasiado. Te preocupas demasiado.» Beulah llegó a casa con sus hermanos en ristra y Jo les preguntó si habían visto a su madre.

—Papá, ¿ya viene el bebé H? —preguntó Eurias.

—Puede ser —respondió Jo distraído.

Entonces Ma Aku entró en casa frotándose la nuca con las manos. No tardó en hacer un reconocimiento de la sala.

—¿Y Anna? Me ha dicho que iba a por unas sardinas de camino a casa —explicó la anciana, pero Jo ya estaba saliendo por la puerta.

Fue a la verdulería, a la tienda de comestibles, a la de telas. Fue al mercado de pescado, al zapatero y al hospital. A los astilleros, al museo, al banco.

—¿Anna? No, hoy no ha venido por aquí —respondía una persona tras otra.

Así que, por primera vez en la vida, Jo fue a llamar a la puerta de un hombre blanco cuando ya era de noche. Le abrió Mathison en persona.

—No ha vuelto a casa desde esta mañana —explicó Jo con la voz estrangulada.

Llevaba mucho tiempo sin llorar y no quería hacerlo delante de un hombre blanco, aunque éste lo hubiera ayudado.

—Ve a casa con tus hijos, Kojo. Voy a salir a buscarla ahora mismo. Tú ve a casa.

Jo respondió que sí con la cabeza y, mientras caminaba aturdido hacia su hogar, pensó en cómo sería la vida sin su esposa, sin la mujer a quien quería tanto y desde hacía tanto tiempo. Todo el mundo estaba al corriente de lo que ya se conocía como «la Ley del Sabueso» y habían oído hablar de los perros, de los secuestros, de los juicios. Lo habían oído todo, pero ¿acaso no se habían ganado la libertad? Los días de correr por los bosques y de vivir bajo suelos de madera: ¿no era ése el precio que habían pagado por ella? Jo se resistía a aceptar lo que empezaba a saber con certeza. Que Anna y el bebé H habían desaparecido para siempre.

Jo no podía quedarse esperando mientras Mathison buscaba a Anna. Tal vez el caballero tuviera todos los contactos con ricos y blancos que un hombre podía desear, pero Jo conocía a los negros y a los inmigrantes blancos y pobres de Baltimore, y de noche, cuando terminó de trabajar en el astillero, fue a hablar con ellos para recabar información.

Adondequiera que fuese, la respuesta era siempre la misma. Habían visto a Anna esa mañana, el día anterior, hacía tres noches. El día de su desaparición había estado en casa de los Mathison hasta las seis de la tarde. Después de eso, nada. Nadie la había visto.

Timmy, el flamante marido de Agnes, era buen dibujante. Hizo de memoria un retrato de Anna que se le parecía más que cualquier otro que su marido hubiera visto. Por la mañana, Jo se lo llevó a Fell's Point. Subió a todos y cada uno de los barcos que había en los astilleros y mostró a todo el mundo el rostro de Anna dibujado a carboncillo.

—Lo siento, Jo —fue la única respuesta.

Llegó al *Alice* con la foto y, pese a que el resto de los trabajadores ya sabían qué aspecto tenía su esposa, accedieron a estudiar el retrato con atención antes de decir lo que él ya sabía: tampoco la habían visto.

Se acostumbró a llevar el dibujo en el bolsillo durante la jornada. Se perdía en el sonido del mazo al golpear el cincel, en ese ritmo uniforme que conocía tan bien. Le ofrecía consuelo. Un día, mientras preparaba la estopa, el retrato se le cayó del bolsillo y, para cuando lo atrapó, la parte inferior de la hoja ya estaba empapada de brea. Intentó limpiarla, pero la resina se le pegó a los dedos, y al secarse el sudor de la frente, acabó con toda la cara brillante.

—Tengo que irme —anunció a Poot.

Agitaba el dibujo con desesperación, esperando que el aire lo secase.

—No puedes faltar más días, Jo —respondió su compañero—. Le ofrecerán tu puesto a uno de esos irlandeses y entonces ¿qué? ¿Quién dará de comer a tus críos?

Jo ya corría hacia tierra firme.

Cuando llegó a la tienda de muebles de Aliceanna Street, ya estaba mostrando el retrato a todo aquel con quien se cruzaba. No sabía lo que se hacía cuando se la puso delante de la cara a la mujer blanca que salía del almacén.

—Por favor, señora, ¿ha visto a mi esposa? Estoy buscándola.

La mujer se alejó de él despacio. El miedo le agrandaba los ojos y, sin embargo, los mantenía clavados en Jo, como si temiera que al volver la cara, él fuese a quedarse libre para atacarla.

—No te acerques —le advirtió, y estiró el brazo.

—Estoy buscando a mi esposa. Por favor, señora, fíjese en el dibujo. ¿La ha visto?

Ella negó con la cabeza y estiró la otra mano. No llegó a mirar el retrato.

—Tengo hijos —rogó ella—. Por favor, no me hagas daño.

¿Estaba escuchando lo que él decía? De pronto, Jo sintió un par de brazos fuertes que lo agarraban desde atrás.

—¿Está molestándola este negro? —preguntó una voz.

—No, agente. Muchas gracias —contestó la mujer respirando con menor esfuerzo, y se marchó.

El policía lo rodeó y se plantó delante de él. Jo tenía tanto miedo que no era capaz de levantar la mirada, así que alzó el dibujo.

—Por favor, señor, es mi esposa. Está de ocho meses y hace días que no la vemos.

—Así que ésta es tu mujer... —dijo el agente, y le arrancó el papel de las manos—. Qué negra más guapa, ¿no?

Jo seguía sin poder mirarlo.

—¿Qué tal si me llevo el dibujo?

Jo negó con la cabeza. Ya había estado a punto de quedarse sin él ese día y no sabía qué haría si lo perdía de verdad.

—Por favor, señor, es la única imagen de ella que tengo.

Entonces Jo oyó el sonido del papel rasgándose. Alzó la vista y vio la nariz, las orejas y los mechones de Anna volando; pedazos de papel al viento.

—Estoy harto de estos negros fugitivos que se creen por encima de la ley. Si tu mujer era una fugitiva, tiene lo que se merece. ¿Y tú? ¿Tú también escapaste? Porque puedo enviarte con ella.

Jo miró al policía a los ojos con la sensación de que le temblaba todo el cuerpo. No lo veía, sino que lo notaba en su interior: una sacudida incontenible.

—No, señor.

—Habla más alto.

—No, señor. Nací libre aquí, en Baltimore.

El agente esbozó una sonrisa burlona.

—Vete a casa —le ordenó, y dio media vuelta y se marchó.

El temblor que se escondía en los huesos de Jo empezó a filtrarse hacia fuera, hasta que tuvo que sentarse en el suelo duro para tratar de recobrar la compostura.

—Cuéntale lo que me has dicho —pidió Mathison.

Habían pasado tres semanas y Jo estaba en el salón de la casa del caballero. Ma Aku había enfermado y ya no podía trabajar, pero Jo todavía pasaba por allí de regreso del trabajo para ver si el hombre tenía noticias sobre Anna.

Ese día, Mathison tenía las manos apoyadas en los hombros de un atemorizado niño negro. No debía de ser mucho mayor que Daly y estaba tan asustado de que un hombre blanco lo hubiera convocado a su casa que, de haber estado sólo un poco más asustado, su piel, negra como la brea fría, se habría vuelto gris.

Estaba de pie y se quedó mirando a Jo con un temblor en las manos.

—Vi a un blanco meter a una embarazada en un carruaje. Dijo que así ya no podía ni caminar, que él la llevaba.

Jo se agachó y miró al niño espantado a los ojos. Le cogió la barbilla con una mano para que lo mirase y le escrutó el rostro durante unos segundos que parecieron días. Para ser exactos, tres semanas de búsqueda de Anna.

—La han vendido —aseguró Jo a Mathison, y se puso en pie.

—Bueno, eso no lo sabemos, Jo. Puede que tuviesen que llevarla de urgencia al hospital. Anna es libre por derecho propio y estaba embarazada —respondió Mathison, pero no parecía seguro.

Habían ido a todos los hospitales y hablado con todas las comadronas, incluso con las curanderas. Nadie había visto a Anna ni al bebé H.

—La han vendido, y al crío también —afirmó Jo.

Antes de que Jo y Mathison pudieran impedírselo o darle las gracias, el niño se soltó y salió de la casa como alma que lleva el diablo. Seguro que se lo contaría a todos sus amigos: había estado en la enorme casa de un blanco que andaba preguntando por una negra. En el relato él quedaría mejor, diría que había respondido con firmeza, erguido; que el tipo le había ofrecido una moneda de veinticinco centavos y le había estrechado la mano.

—Seguiremos buscando, Jo —dijo Mathison mientras observaba el espacio vacío que había dejado el chico—. Esto no se ha terminado: la encontraremos. Si hace falta, iré a los tribunales. Te lo prometo.

Jo ya no lo oía. El viento entraba por la puerta que el niño había dejado entreabierta; sorteaba las columnas blancas que sostenían la casa, las rodeaba y se retorcía hasta caber en el espacio estrecho de su canal auditivo. Aparecía para decirle que el otoño había llegado a Baltimore y que tendría que pasarlo solo, cuidar de su Ma enferma y de sus siete hijos sin su Anna.

Cuando llegó a casa, los niños lo esperaban. Agnes estaba allí con Timmy. En ese momento se dio cuenta de que la joven estaba embarazada, aunque apenas se le notaba, pero supo que su hija tenía miedo de decírselo, de herirlo a él u ofender la memoria de su madre, desaparecida tan sólo tres semanas antes, de que aquella pequeña alegría fuese casi motivo de vergüenza.

—¿Jo? —lo llamó Ma Aku.

Le había cedido la habitación en cuanto los dolores habían empeorado. Se acercó a ella, que estaba tendida boca arriba con las manos cruzadas en el pecho. La anciana volvió la cabeza hacia él y habló en twi, algo que hacía a menudo cuando él era niño, pero que había abandonado casi por completo desde que él se había casado con Anna.

—¿Se ha ido para siempre? —preguntó Ma, y Jo asintió. La mujer suspiró—. Jo, saldrás de ésta. Nyame no hace a los asante débiles, y eso es lo que eres. Da igual quién intente borrar esa parte de ti, da igual que sea blanco o negro, porque no pueden. Tu madre descendía de personas fuertes y poderosas. Gente que no se doblega.

—Tú eres mi madre —respondió Jo.

Con gran esfuerzo, Ma Aku giró el cuerpo hacia él y abrió los brazos. Jo se tumbó con ella. Apoyó la cabeza en su pecho y lloró como no había hecho desde que era pequeño. En aquel tiempo lloraba por Sam y Ness. Lo único que lo consolaba era escuchar historias sobre ellos, por muy desagradables que fuesen. Así que Ma Aku le contaba que Sam apenas hablaba, pero cuando lo hacía, era afectuoso y sabio, y que Ness tenía las cicatrices de látigo más horribles que había visto en la vida. A menudo, a Jo le preocupaba que la línea que trazaba su familia se hubiese interrumpido, perdido para siempre. Que no pudiera llegar a saber quiénes eran los suyos, y los antepasados de los suyos, y que, si había historias que contar sobre su procedencia, se quedase sin oírlas. Cuando se sentía así, Ma Aku lo estrechaba entre sus brazos y, en lugar de historias de familias, le contaba historias de naciones. Los fante de la costa, los asante del interior, los akán.

Y en aquel momento, tumbado junto a aquella mujer, supo que él pertenecía a alguien y que, tiempo atrás, le había bastado con eso.

Pasaron diez años. Ma Aku se fue con ellos. Agnes tuvo tres hijos, Beulah se quedó embarazada y Cato y Felicity se casaron. Eurias y Gracie, los más jóvenes, buscaron un trabajo con alojamiento en cuanto pudieron. Decían que era para no ser una carga, pero Jo sabía cuál era la verdad: sus hijos ya no soportaban estar con él y, por mucho que odiase reconocerlo, él tampoco aguantaba estar con ellos.

El problema era Anna. En Baltimore la veía por todas partes: en todas las tiendas, en todas las calles. De vez en cuando se cruzaba con un par de nalgas voluminosas y las seguía durante manzanas y manzanas. Una vez lo habían abofeteado por hacerlo. Era invierno y la mujer, de piel tan clara que parecía leche con una gotita de café, se detuvo al doblar una esquina y lo esperó. Le propinó una bofetada tan rápida que él ni siquiera cayó en quién le había pegado hasta que la mujer dio media vuelta y él volvió a ver el generoso bamboleo de sus caderas.

Se mudó a Nueva York. No importaba que se hubiese convertido en uno de los mejores calafateadores que se habían visto en la bahía Chesapeake: no podía ni mirar los barcos. No era capaz de levantar un cincel ni de oler estopa, cáñamo o brea sin acordarse de su vida anterior, de la esposa y los hijos que había tenido. La mera idea lo superaba.

En Nueva York hacía lo que podía. Trabajaba sobre todo de carpintero, de fontanero cuando tenía oportunidad, aunque solían pagarle mal. Alquilaba una habitación a una anciana negra que le hacía la comida y le lavaba la ropa sin que él lo pidiese. La mayoría de las noches las pasaba en el bar para negros.

Un día tormentoso de diciembre entró en el local, se sentó en su lugar habitual y acarició la suave madera de la barra con la mano. La factura era impecable, y siempre había sospechado que era obra de un negro, tal vez durante sus primeros días de libertad en Nueva York, tan contento de hacer algo para sí mismo en lugar de para los demás que se había dedicado en cuerpo y alma.

El camarero, un hombre con una cojera casi imperceptible, le sirvió antes de que él pidiera nada y le puso el vaso delante. El cliente de al lado sacó el periódico de la mañana, que ya estaba arrugado y mojado por la humedad de la barra o las pocas gotas que él había derramado.

—Hoy se ha separado Carolina del Sur —anunció el tipo a nadie en particular. Al no recibir respuesta, levantó la vista del diario y miró a las personas que estaban presentes—. Va a haber una guerra.

El camarero se puso a limpiar la madera con un trapo que, según veía Jo, estaba más sucio que la barra.

—No, no va a haber una guerra —repuso como si nada.

Hacía años que Jo oía hablar de guerra. No significaba gran cosa para él y, siempre que podía, trataba de desviar la conversación, receloso de los simpatizantes del Sur que había en el Norte o, aún peor, de los blancos norteños que, además de ser demasiado entusiastas, pretendían que él se enfadase más, gritase más y defendiese su derecho a la libertad.

Pero Jo no sentía esa rabia. Ya no. Y tampoco sabía si ésa era la emoción que lo había invadido antes. Ya no le servía para nada: no tenía ninguna utilidad, y aún menos significado. En todo caso, lo que Jo sentía era cansancio.

—Hacedme caso, esto es mala señal. Uno de los estados del Sur se separa, y ya veréis como los otros van detrás. Si la mitad se van, no podemos ser los Estados Unidos de América. Acordaos de esto: habrá una guerra.

El camarero entornó los ojos con resignación.

—Ya me acordaré yo de lo que quiera. Y a menos que lleves dinero para otro whisky, creo que va siendo hora de callar y marcharse.

El tipo soltó un bufido y enrolló el diario. Cuando pasó junto a Jo, le dio un golpecito con él en el hombro, y cuando éste se volvió hacia él, le guiñó el ojo como si estuvieran conchabados, como si ambos supiesen algo que el mundo ignoraba. Sin embargo, Jo no tenía ni idea de qué podía ser.

Abena

De regreso a la aldea con las semillas nuevas en la mano, Abena pensó una vez más en su edad. Una mujer soltera de veinticinco años era lo nunca visto, tanto en su población como en cualquier otra del mismo continente, o del continente vecino. Sin embargo, donde ella vivía había muy pocos hombres y ninguno quería probar fortuna con la hija de Sin Suerte. La cosecha del padre de Abena nunca crecía. Año tras año, una estación después de otra, la tierra escupía plantas podridas y, en ocasiones, nada. A saber de dónde provenía tanto infortunio.

Abena notaba las semillas en la palma de la mano: pequeñas, redondas y duras. ¿Quién iba a imaginar que tenían el poder de convertirse en un campo entero? Se preguntó si ese año cumplirían esa función para su padre. Estaba segura de haber heredado aquello que a él le había valido su mote. Lo llamaban «el hombre sin nombre». Lo apodaban «Sin Suerte». Y los problemas que él tenía también la perseguían a ella. Ni siquiera Ohene Nyarko, su mejor amigo de la infancia, la aceptaba como segunda esposa. Aunque él jamás lo diría, ella sabía lo que Ohene pensaba: que no valía la pena pagar los ñames y el vino del precio de la novia. En ocasiones, mientras dormía en la choza que su padre había construido para su uso particular, se preguntaba si no sería ella la maldición. No la tierra sin labrar que los rodeaba, sino ella.

—Anciano, he traído las semillas que pedías —anunció Abena al entrar en la choza de sus padres.

Había ido hasta la aldea vecina porque a su padre se le había ocurrido, una vez más, que un cambio de semillas podría mudar su suerte.

—Gracias —respondió él.

La madre de Abena estaba encorvada barriendo el suelo de la choza; tenía una mano en los riñones y con la otra sujetaba bien fuerte las hojas de palma mientras se mecía al son de una música que sólo ella oía.

Abena carraspeó.

—Me gustaría visitar Kumasi —anunció—. Me gustaría ver la ciudad al menos una vez antes de morir.

Su padre levantó la mirada al instante y la observó con severidad. Momentos antes estaba examinando las semillas, dándoles la vuelta en la mano, acercándoselas a la oreja como si pudiera oírlas y a los labios como si quisiera averiguar su sabor.

—No —respondió con determinación.

Su madre no se irguió, pero dejó de barrer. Abena ya no percibía el ruido de las hojas sobre la arcilla endurecida.

—Es hora de que haga el viaje —dijo Abena sin apartar la mirada—. Es hora de que conozca a personas de otros pueblos. Pronto seré una anciana sin hijos y no habré visto nada más allá de esta aldea y la vecina. Quiero ir a Kumasi. Ver cómo es una ciudad grande, pasar por delante del palacio del rey asante.

Al oír las palabras «rey asante», su padre apretó los puños con tal fuerza que machacó las semillas y el polvo fino se le escapó entre los dedos.

—Ver el palacio del rey asante ¡¿para qué?! —gritó.

—¿Acaso no soy asante? —preguntó ella.

Estaba retándolo a que le contara la verdad. A que le explicase por qué él tenía acento fante y la piel clara.

—¿No es cierto que mi familia viene de Kumasi? Me has hecho prisionera de tu mala suerte. Te llaman «Sin Suerte», pero deberías llamarte «Vergüenza» o «Miedo» o «Mentira». ¿Cuál de ellas, Anciano?

Su padre le atizó una buena bofetada en la mejilla izquierda, y el polvo de las semillas le manchó la cara. Abena se tocó donde le dolía; su padre nunca le había pegado. Cualquier otro niño de la aldea recibía palizas por algo tan poco importante como derramar agua de un cubo o tan significativo como acostarse con alguien antes del matrimonio. En cambio, sus padres jamás la habían tocado, sino que la trataban como a una igual, le pedían su opinión y discutían los planes con ella. Lo único que le habían prohibido era ir a Kumasi, tierra del rey asante, y también a la de los fante. Y a pesar de que Abena no respetaba a los fante y la costa la traía sin cuidado, su orgullo de asante era grande. Y aumentaba a diario, a medida que llegaban los rumores sobre las batallas que los valerosos soldados asante libraban contra los británicos, sobre su fuerza y las esperanzas de un reino libre.

Hasta donde le alcanzaba la memoria, sus padres habían inventado una excusa tras otra: era demasiado joven. No había empezado a sangrar. No estaba casada. Nunca se casaría. Abena se había convencido de que sus padres habían asesinado a alguien en Kumasi o de que los buscaba la guardia del rey, quizá incluso el rey en persona. Pero ya nada de eso le importaba.

La joven se limpió el polvo de semilla de la cara y apretó el puño, pero antes de que pudiera usarlo, su madre se acercó desde atrás y la agarró del brazo.

—Ya basta —dijo.

El anciano salió de la choza cabizbajo, y cuando el aire fresco del exterior le dio en la nuca desnuda, Abena se echó a llorar.

—Siéntate —mandó su madre, y señaló el taburete que su padre acababa de dejar vacío.

La hija obedeció y contempló a su madre, una mujer de sesenta y cinco años que no parecía más vieja que ella y seguía siendo tan hermosa que los chicos del lugar cuchicheaban y silbaban cuando se agachaba a coger agua.

—Tu padre y yo no somos bienvenidos en Kumasi —explicó.

Hablaba como quien se dirige a una mujer mayor cuyos recuerdos, aquello que antes eran crisálidas compactas, se habían convertido en mariposas para alzar el vuelo y no regresar jamás.

—Yo soy de Kumasi y cuando era joven desobedecí a mis padres para casarme con el tuyo. Vino a buscarme. Vino desde la tierra de los fante.

Abena negó con la cabeza.

—¿Por qué no quería tu familia que te casaras con él?

Akosua posó una mano sobre la de su hija y se la acarició.

—Tu padre era... —se detuvo para buscar la palabra adecuada.

Abena sabía que su madre no quería revelar un secreto que no le pertenecía.

—Era el hijo de un gran hombre, nieto de dos hombres aún más importantes, pero quería vivir su propia vida, en lugar de la que habían escogido para él. Quería que sus hijos pudieran hacer lo mismo. Es todo lo que puedo decir. Ve a visitar Kumasi: tu padre no te lo impedirá.

Su madre salió de la choza en busca del viejo, y ella se quedó mirando las paredes de adobe rojizo que la rodeaban. Su padre debería haber sido alguien importante, pero había preferido aquello: un muro de arcilla roja en forma de círculo, un techo de paja, una choza tan pequeña que en ella no cabía apenas nada más que unos cuantos taburetes hechos con tocones de árbol. Fuera, la tierra baldía de una granja que nunca había merecido tal nombre. La decisión de su padre había significado vergüenza para ella; la vergüenza de vivir sin marido ni hijos. Decidió ir a Kumasi.

• • •

Por la noche, cuando estuvo segura de que sus padres se habían dormido, Abena entró a hurtadillas en la casa de Ohene Nyarko. Mefia, su primera esposa, hervía agua fuera de su choza y la humedad del aire y el vapor de la olla la hacían sudar.

—Hermana Mefia, ¿está tu marido? —preguntó Abena.

Mefia entrecerró los ojos con incredulidad y señaló la puerta.

Todos los años, los campos de Ohene Nyarko daban fruto. Aunque la aldea no ocupaba más de tres kilómetros cuadrados y a pesar de que allí no había nadie a quien llamar jefe ni Gran Hombre, de tan poca importancia que tenía su territorio, todo el mundo respetaba a Ohene. Era un hombre a quien, de no haber nacido allí, le hubiese ido bien en cualquier otra parte.

—Tu esposa me odia —se lamentó Abena.

—Porque cree que todavía me acuesto contigo —respondió Ohene Nyarko con un brillo de malicia en los ojos.

A ella le dieron ganas de pegarle.

Cuando pensaba en lo que había ocurrido entre ellos dos, se estremecía. Entonces no eran más que niños. Inseparables y traviesos. Ohene había descubierto que el palito que tenía entre las piernas podía hacer cosas y, un día, mientras los padres de Abena habían salido como todas las semanas a suplicar una porción de la comida de los ancianos, Ohene le enseñó unos cuantos trucos.

—¿Lo ves? —preguntó él.

Estaban observando cómo se levantaba cuando ella lo tocaba. Los dos habían visto a sus respectivos padres así; Ohene los días que el suyo iba de la choza de una esposa a la de la otra, y Abena, antes de tener choza propia. Pero no se habían imaginado que el de Ohene fuera capaz de algo similar.

—¿Qué notas? —quiso saber ella.

Él se encogió de hombros, sonrió, y ella supo que era algo bueno. Había nacido con padres que le permitían decir lo que pensaba y perseguir lo que quería, incluso si era algo restringido a los varones. Y entonces quiso aquello.

—¡Ponte encima de mí! —ordenó.

Se acordaba de lo que había visto hacer a sus padres tantas veces. En la aldea, todos se reían de ellos; decían que Sin Suerte era tan pobre que no podía tener otra esposa, pero Abena sabía la verdad. Esas noches, cuando aún dormía en el otro extremo de la pequeña choza y fingía no estar escuchando, oía a su padre susurrar: «Akosua, tú eres la única para mí.»

—¡No podemos hacer eso hasta después de nuestro casamiento! —contestó Ohene, avergonzado.

Todos los niños habían oído las fábulas sobre las personas que yacían juntas antes de la ceremonia de matrimonio: aquélla tan exagerada acerca de los hombres cuyos penes se convertían en árboles mientras estaban dentro de la mujer y echaban ramas en el estómago de ella para que no pudieran volver a salir, y otras más sencillas sobre destierros, multas, escarnios.

Al final, aquella noche Abena convenció a Ohene y él se revolvió con torpeza, empujando la entrada hasta que consiguió abrirse paso y ella sintió una punzada de dolor por dentro; un empujón, dos y después nada. Ni asomo de los suspiros ni los gemidos que escapaban de la boca de sus respectivos padres. Ohene salió igual que había entrado, sin más.

Entonces ella era la fuerte, la de voluntad inquebrantable, la que lo convencía de cualquier cosa, pero ahora Abena miraba a Ohene Nyarko, de hombros amplios y sonrisa burlona, mientras él esperaba a oír la petición que sabía que ella tenía en la punta de la lengua.

—Necesito que me lleves a Kumasi —anunció ella.

Como era soltera, no era sensato que viajase sola, y sabía que su padre no la acompañaría.

Ohene Nyarko se echó a reír, un sonido exuberante y lleno de energía.

—Querida, ahora no puedo llevarte a Kumasi. El viaje dura más de dos semanas y pronto vendrán las lluvias. Debo ocuparme de mis tierras.

—Tus hijos hacen casi todo el trabajo —repuso ella.

Aborrecía que la llamase «querida». Se lo decía siempre en inglés, tal como le había enseñado ella de pequeña después de habérselo oído decir a su padre y de preguntarle qué significaba. Odiaba que Ohene Nyarko la llamase «querida» cuando su esposa estaba fuera haciéndole la cena y sus hijos, trabajando en los campos. No le parecía correcto que la dejase pasear su vergüenza por ahí como había hecho todos aquellos años; no cuando ella sabía sólo con ver los campos de Ohene que éste pronto tendría suficientes riquezas para una segunda esposa.

—Eh, pero ¿quién supervisa a mis hijos? ¿Algún fantasma? Si los ñames no crecen, no podré casarme contigo.

—Si no lo has hecho ya, no lo harás —susurró Abena, y se sorprendió al ver la rapidez con que se le había formado un nudo en la garganta.

Le molestaba mucho que se tomara en broma la posibilidad de casarse con ella.

Ohene Nyarko chasqueó la lengua y estrechó a Abena entre sus brazos.

—Venga, no llores —pidió—. Te llevaré a ver la capital asante, ¿de acuerdo? No llores, querida mía.

Ohene Nyarko era un hombre de palabra, y a finales de esa semana partieron hacia Kumasi, el hogar del *asantehene*, el monarca de los asante.

Para Abena todo era nuevo. Las casas eran auténticos complejos, construcciones de piedra que reunían cinco o seis chozas en lugar de una o dos como mucho. Y éstas eran tan altas que resucitaron la imagen de los gigantes de tres metros de los cuentos que le contaba su madre. Gigantes que se agachaban desde las alturas y arrancaban a los niños de la tierra arcillosa cuando se portaban mal. Abena imaginó las familias de gigantes que vivían en la ciudad yendo a por agua y encendiendo hogueras para hacer sopa con los niños malos.

Kumasi se extendía más allá de lo que alcanzaba la vista. Abena nunca había estado en un lugar donde no supiera cómo se llamaba todo el mundo, jamás había pisado una granja que no pudiera abarcar con la mirada; así de pequeñas eran las parcelas de las familias en su aldea. Pero allí las tierras de labranza eran amplias y fértiles, y estaban llenas de hombres trabajando. La gente vendía sus productos en el centro de la ciudad, cosas que ella no había visto en la vida, reliquias de la época en que el comercio con los británicos y los holandeses aún era pujante.

Por la tarde, pasaron frente al palacio del *asantehene*. El recinto era tan largo y ancho que resultaba evidente que dentro cabían más de cien personas: esposas, hijos, esclavos y demás.

—¿Podemos ver el taburete de oro? —preguntó Abena.

Ohene Nyarko la llevó a la sala donde lo guardaban. Estaba protegido por una pared de cristal para que nadie lo tocase.

Era el taburete que contenía la *sunsum*, el alma de toda la nación asante. Recubierto de oro puro, había descendido del cielo y aterrizado en el regazo del primer *asantehene*, Osei Tutu. Nadie tenía permiso para sentarse en él, ni siquiera el rey. Abena no pudo evitar que se le llenasen los ojos de lágrimas: llevaba toda la vida oyendo hablar a los ancianos de su aldea del taburete, pero no lo había visto.

Cuando acabaron de visitar el palacio, salieron de él por las puertas doradas. Justo en ese momento, entraba un hombre no mucho más viejo que el padre de Abena, vestido con un *kente* enrollado al cuerpo y caminando con la ayuda de un bastón. Se detuvo y observó el rostro de Abena con atención.

—¿Eres un fantasma? —le preguntó casi a voces—. ¿Eres tú, James? Dijeron que habías muerto en la guerra, pero ¡yo sabía que no podía ser!

Tendió la mano derecha y le acarició la mejilla a Abena con tal familiaridad y durante tanto rato que al final Ohene Nyarko tuvo que apartársela.

—Anciano, ¿no ves que es una mujer? Aquí no hay ningún James.

El hombre meneó la cabeza como si quisiera aclararse la vista, pero cuando miró de nuevo a Abena, no halló más que confusión.

—Lo siento —se disculpó antes de marcharse renqueando.

Cuando se hubo ido, Ohene Nyarko la hizo salir de allí con un empujoncito. Traspasaron las puertas y se adentraron en el barullo de la ciudad.

—Seguro que el viejo estaba medio ciego —murmuró mientras alejaba a Abena de allí agarrándola del brazo.

—¡Calla! —le pidió ella, aunque era imposible que el hombre los oyese—. Es probable que fuese alguien de la realeza.

Y Ohene Nyarko soltó un bufido.

—Si él lo es, entonces tú también —dijo, y se echó a reír.

Siguieron caminando. Antes de regresar, él quería visitar a unos hombres de Kumasi para comprar aperos de labranza, pero Abena no soportaba la idea de perder el tiempo con personas a las que no conocía cuando tenía la oportunidad de disfrutar de la ciudad, así que cada uno se fue por su lado y acordaron reencontrarse antes del anochecer.

Ella caminó hasta que las plantas de los pies empezaron a quemarle, y entonces se detuvo un momento a solazarse bajo una palmera.

—Disculpa, *ma*. Me gustaría hablar contigo del cristianismo.

Abena levantó la vista. El hombre era oscuro y enjuto, y su twi, pobre u oxidado, no sabía si una cosa o la otra. Lo observó, pero no fue capaz de asociar aquel rostro con ninguna de las tribus que conocía.

—¿Cómo te llamas? —le preguntó ella—. ¿Cuál es tu pueblo?

El hombre sonrió y meneó la cabeza.

—Mi nombre y mi pueblo no importan. Ven, deja que te enseñe el trabajo que hacemos aquí.

Como era una persona curiosa, Abena lo siguió.

El hombre la llevó a un descampado, un claro que esperaba, o casi suplicaba, que alguien construyese algo allí para que las edificaciones de alrededor no pareciesen un círculo roto. Al principio Abena no vio gran cosa, pero entonces otros hombres oscuros de rasgos ilocalizables se acercaron al claro con tocones de árbol que usaron como taburetes. Después llegó un hombre blanco. Era el primero que Abena veía, porque, a pesar de que todos cuchicheaban que su padre tenía una parte blanca, a ella siempre le había parecido una versión algo más clara de sí misma.

Allí estaba aquello de lo que realmente hablaban los aldeanos, el hombre que había desembarcado en la Costa del Oro buscando esclavos y oro a cualquier precio. Ya fuese robando, mintiendo o prometiendo una alianza a los fante y poder a los asante, el hombre blanco siempre hallaba el modo de conseguir lo que quería. Pero el comercio de esclavos había llegado a su fin, y con él dos guerras entre los ingleses y los asante. El hombre blanco, a quien llamaban «*abro ni*», el malvado, por todos los problemas que les había causado, ya no era bienvenido.

Y, sin embargo, Abena lo vio, sentado en el tocón de un árbol talado, hablando a aquellos hombres oscuros que no tenían tribu.

—¿Quién es? —preguntó al que estaba a su lado.

—¿El blanco? —contestó él—. Es el Misionero.

El Misionero estaba mirándola sonriente e hizo un gesto para que se acercasen. Pero el sol ya se ponía. Empezaba a esconderse tras las coronas de las palmeras que señalaban el oeste de la ciudad, y Ohene Nyarko estaría esperándola.

—Tengo que irme —dijo, y echó a caminar.

—¡Por favor! —exclamó el hombre oscuro.

Detrás de él, el Misionero se levantó dispuesto a seguirla.

—Estamos intentando construir iglesias por toda la región asante. Si alguna vez nos necesitas, por favor, ven a buscarnos.

Abena asintió, pero ya estaba corriendo. Cuando llegó al punto de encuentro, Ohene Nyarko estaba comprando los ñames asados que vendía una chica del bosque. Una chica que, como Abena, había llegado de alguna pequeña aldea asante con la esperanza de ver algo nuevo y cambiar su situación.

—Eh, mujer de Kumasi —llamó Ohene Nyarko.

La chica se había vuelto a colocar la gran olla de barro llena de ñames en la cabeza y se alejaba marcando el paso con el bamboleo de las caderas.

—Llegas tarde.

—He visto a un hombre blanco —explicó con la mano apoyada en la pared de una casa, tratando de recuperar el aliento—. Un hombre de la Iglesia.

Ohene Nyarko escupió en el suelo y chasqueó la lengua.

—¿Es que los europeos no han aprendido a dejar nuestro territorio en paz? ¿No acabamos de derrotarlos en una guerra? ¡Sea lo que sea lo que intentan traernos, no lo queremos! Que vayan con su religión a los fante antes de que acabemos con ellos.

Abena asintió, ausente. Los hombres de su aldea hablaban a menudo del conflicto entre los asante y los británicos; decían que los fante simpatizaban con los ingleses, y que el hombre blanco no podía entrar en la tierra de los asante y decirles que ésta ya no les pertenecía. Eran aldeanos, granjeros que no habían visto la guerra; la mayoría de ellos ni siquiera habían visto la Costa del Oro que tanto querían proteger.

Una de aquellas noches, Papa Kwabena, uno de los hombres más ancianos de su aldea, había empezado a hablar del comercio de esclavos.

—Yo tenía un primo en el norte al que se llevaron de su choza en mitad de la noche. ¡Puf! Desapareció, sin más. No sabemos quién lo hizo. ¿Un guerrero asante? ¿Un fante? No se sabe. Tampoco sabemos adónde lo llevaron.

—Al castillo —respondió el padre de Abena, y todos se volvieron hacia él.

Sin Suerte, que en las reuniones de la aldea siempre se sentaba al fondo con su hija en el regazo, como si fuera un chico. Se lo permitían porque le tenían lástima.

—¿Qué castillo? —preguntó Papa Kwabena.

—En la costa de la tierra de los fante hay un lugar que se llama el castillo de Costa del Cabo. Allí es donde metían a los esclavos antes de enviarlos a Aburokyire: América, Jamaica. Los comerciantes asante llevaban allí a los cautivos. Había intermediarios fante, ewe y ga que los tenían presos un tiempo y después los vendían a los británicos, a los holandeses o a quien pagase el mejor precio en aquel momento. Todo el mundo tenía su parte de responsabilidad. Todos la teníamos... y la tenemos.

Los hombres asintieron, aunque no sabían qué era un castillo ni qué, América, pero tratándose de Sin Suerte, no querían pasar por tontos.

Ohene Nyarko escupió un pedazo quemado de ñame y descansó la mano en el hombro de Abena.

—¿Estás bien? —le preguntó.

—Estaba pensando en mi padre —respondió ella.

Él esbozó una sonrisa.

—Claro, Sin Suerte. ¿Qué diría si te viera ahora conmigo? Su querido «hijo», Abena, haciendo algo que él le ha prohibido tantas veces —bromeó, y se rió—. Venga, que te llevo a casa con él.

• • •

Viajaron deprisa y en silencio. El cuerpo fuerte y robusto de Ohene Nyarko iba abriendo el paso y trazando un camino por un terreno en cuyos peligros Abena no se atrevía a pensar. Tras la segunda semana, divisaron el perfil de su aldea en el horizonte, pese a lo pequeña que era.

—¿Por qué no descansamos aquí? —propuso Ohene Nyarko, e indicó un lugar justo delante de ellos.

Abena vio señales de que otros habían acampado allí. Los árboles caídos habían formado una cueva pequeña y alguien había limpiado el terreno.

—¿No podemos seguir? —preguntó Abena.

Empezaba a añorar a sus padres. Se lo había contado todo desde el día que pronunció su primera palabra y estaba ansiosa por explicarles todo aquello, aun sabiendo que su padre continuaría enfadado con ella. De todos modos, él querría escucharla. Sus padres se hacían viejos, y ella sabía que no les quedaba tiempo para resentimientos.

Ohene Nyarko ya estaba dejando sus enseres en el suelo.

—Es un día más de viaje —dijo—, y yo estoy demasiado cansado, querida.

—No me llames así —protestó Abena, que soltó también sus cosas en el suelo y se sentó en la covacha de árboles.

—Es lo que eres.

Ella no quería decirlo. Más bien quería obligar a las palabras a permanecer dentro de la boca, pero notó cómo le subían por la garganta y hacían presión contra los labios.

—Entonces ¿por qué no te casas conmigo?

Ohene Nyarko se sentó a su lado.

—Ya lo hemos hablado. Me casaré contigo después de la siguiente buena cosecha. Mis padres solían decirme que no debía casarme con una mujer cuyo clan no conociese; decían que tú no traerías más que deshonra para mis hijos, si es que llegábamos a tenerlos. Pero ellos ya no hablan por mí. No me importa lo que digan los aldeanos. No me importa que todos pensasen que tu madre era estéril hasta que tú

186

naciste. Me da igual que seas la hija de un hombre sin nombre. Me casaré contigo en cuanto la tierra me diga que estoy listo para ello.

Abena no era capaz de mirarlo. Tenía la vista clavada en la corteza de las palmeras, en el entramado de rombos redondeados. Cada forma era distinta, pero todas iguales.

Ohene Nyarko la tomó por la barbilla y la obligó volverse hacia él.

—Ten paciencia.

—He sido paciente mientras te casabas con tu primera esposa. Mis padres son tan viejos que se les encorva la espalda. Pronto caerán como estos árboles; y entonces, ¿qué?

No supo si fue por imaginarse sin sus padres o por lo sola que se sentía en aquel momento: las lágrimas surcaron sus mejillas sin darle tiempo a evitarlo.

Ohene Nyarko le cogió la cara y se las secó con los pulgares, pero caían más rápido de lo que él podía retirarlas, así que usó los labios para besar el rastro salino que dejaban.

Pronto los labios de ella se acercaron a los de él. No eran los que recordaba de la niñez, finos y siempre secos porque él se negaba a ponerse aceite. Se habían vuelto gruesos, una trampa para los suyos y su lengua.

Se tendieron a la sombra de la cueva. Abena se quitó el pareo y oyó a Ohene Nyarko aguantar la respiración antes de quitarse el suyo. Al principio lo único que hicieron fue observarse, contemplar sus cuerpos, compararlos con lo que conocían de antes.

Él estiró la mano para acariciarla y ella dio un respingo. Se acordaba de la última vez que Ohene la había tocado, de yacer en el suelo de la choza de sus padres mirando el techo de paja y preguntándose si aquello era todo, porque el dolor superaba tanto al placer que no comprendía por qué ocurría en las chozas de toda la aldea, de Asante, del mundo.

Ohene Nyarko le sujetó los brazos contra la arcilla roja y dura del suelo. Ella le mordió la mano, y él gruñó y la soltó, hasta que Abena lo abrazó y lo atrajo hacia ella. Él actuó como si supiera qué escenas se reproducían dentro de la cabeza de la joven. Abena le permitió entrar. Y se permitió olvidarse de todo menos de él.

Al acabar, sudorosos, agotados y sin aliento, le apoyó la cabeza en el pecho, una almohada jadeante, y oyó el martilleo de su corazón.

Una vez, Abena había pasado un día entero yendo a buscar agua para los campos de su padre. Iba al riachuelo, hundía el cubo en él, regresaba y llenaba la cuba. Empezaba a hacerse de noche y no importaba cuánta agua hubiese llevado ya: nunca parecía suficiente. A la mañana siguiente, las plantas habían muerto, convertidas en hojas marrones y marchitas esparcidas por la tierra, delante de su choza.

Entonces tenía cinco años. No comprendía que las cosas podían morir por mucho que uno se esforzase en mantenerlas con vida. Lo único que sabía era que todas las mañanas su padre cuidaba de las plantas, rezaba por ellas, y que todas las temporadas, cuando ocurría lo inevitable, su padre, un hombre a quien nunca había visto llorar, capaz de recibir cada golpe de mala suerte como una oportunidad nueva, levantaba la cabeza y empezaba de nuevo. Pero esa vez, ella lloró por él.

Su padre la encontró en la choza y se sentó a su lado.

—¿Por qué lloras? —preguntó.

—Se han muerto todas las plantas, ¡y yo podría haber ayudado! —explicó ella entre sollozos.

—Abena, si hubieses sabido que las plantas iban a morir, ¿qué habrías hecho de otra manera?

Ella reflexionó un momento, se secó la nariz con el dorso de la mano y respondió:

—Habría traído más agua.

El padre asintió.

—Entonces, el próximo día trae más agua, pero no llores por lo que ha pasado hoy. Que no haya sitio en tu vida para las lamentaciones. Si al obrar sentiste claridad y certeza, ¿por qué arrepentirte después?

188

Ella respondió que sí con la cabeza a pesar de que no comprendía sus palabras, pues supo, incluso entonces, que su padre hablaba más bien para sí mismo.

Pero en aquel momento, sintiendo que su cabeza se movía al compás de la respiración y el corazón de Ohene Nyarko, y el goteo lento del sudor combinado de ambos escurriéndose entre ellos, recordó esas palabras y no se arrepintió de nada.

*

El año que Abena visitó Kumasi, todas las cosechas de su aldea fueron malas. Y también el siguiente. Y los cuatro años posteriores. Algunos aldeanos empezaron a mudarse y los había tan desesperados que se dirigieron hacia el temido norte y cruzaron el Volta en busca de alguna tierra sin dueño, una tierra que no los hubiera desamparado.

El padre de Abena era tan viejo que ya no podía enderezar la espalda ni los dedos de las manos. No podía cultivar la tierra. Así que Abena lo hacía por él y observaba mientras la tierra arruinada escupía muerte año tras año. Los aldeanos no comían. Decían que era un acto de penitencia, pero sabían que no tenían elección.

Hasta los campos de Ohene Nyarko, antaño tan exuberantes, se habían tornado baldíos. La promesa de casarse con Abena después de la siguiente cosecha buena había quedado relegada.

Continuaron viéndose. El primer año, antes de que supiesen qué les depararía la cosecha, lo hicieron con descaro.

—Abena, ándate con cuidado —decía su madre por las mañanas, después de que Ohene Nyarko saliese a hurtadillas de su choza—. Esto traerá mal yuyu.

Pero a Abena le daba igual. ¿Y qué si la gente se enteraba? ¿Qué importaba si se quedaba embarazada? Pronto sería la esposa de Ohene Nyarko, no sólo una vieja amiga convertida en amante.

Sin embargo, ese año las plantas de Ohene Nyarko fueron las primeras en echarse a perder, y los vecinos se rascaban la cabeza preguntándose el porqué. Hasta que ellos mismos perdieron su cosecha y decidieron que debía de haber una bruja en la aldea. ¿Tanto habían tardado en llegar los males que siempre habían creído que Sin Suerte les acarrearía? Una mujer llamada Aba fue la primera en ver a Ohene Nyarko regresando de la choza de Abena al final del segundo mal año.

—¡Es Abena! —gritó Aba en la siguiente reunión de la aldea. Entró dando voces en la sala llena de hombres viejos con una mano sujetándose el torso palpitante—. Ella ha traído el mal a Ohene Nyarko, ¡y ahora está extendiéndose al resto!

Los ancianos les pidieron explicaciones a ambos y después, durante ocho horas seguidas, debatieron qué hacer. Que él hubiera prometido casarse con Abena después de la siguiente buena cosecha era razonable. No veían ningún problema con eso. Pero tampoco podían dejar que la fornicación permaneciera impune, no fuese que los niños crecieran pensando que esas cosas eran aceptables, y que los más supersticiosos de la aldea continuasen culpando a Abena por las deficiencias de la cosecha. Lo único que sabían era que, como ella no había concebido, debía de ser tan estéril como la tierra, y que, si la desterraban de la aldea, Ohene Nyarko estaría demasiado enfadado para ayudarlos a conseguir que los cultivos se recuperasen tras la marcha de Abena. Al final, tomaron una decisión y se la comunicaron a todos. Abena tendría que abandonar la aldea cuando concibiese un hijo o después de siete años malos. Si antes de uno de esos dos términos se daba una buena cosecha, le permitirían permanecer allí.

—¿Está tu marido en casa? —preguntó Abena a la esposa de Ohene Nyarko el tercer día del sexto año malo.

El cielo se había desplomado alrededor de ella mientras recorría el corto paseo, pero al llegar allí ya había parado.

Mefia no la miró y tampoco le contestó. De hecho, la primera esposa de Ohene Nyarko no le había dirigido la palabra desde la noche en que discutió con su marido y le suplicó que pusiera fin al romance, que terminase con la vergüenza que suponía para la familia, y él había contestado que no pensaba retirar una promesa. Aun así, Abena aprovechaba cualquier oportunidad que se le presentaba para intentar ser amable con ella.

Al final, cuando el silencio se hizo demasiado incómodo para Abena, entró en la choza de Ohene Nyarko. Lo encontró metiendo cosas en un saco de *kente*.

—¿Adónde vas? —preguntó desde la entrada.

—A Osu. Dicen que allí hay alguien que tiene una planta nueva. Que aquí crecerá bien.

—¿Y qué hago yo mientras estés en Osu? Me echarán en cuanto te vayas —dijo ella.

Ohene Nyarko dejó las cosas en el suelo y levantó a Abena hasta que estuvieron a la misma altura.

—Entonces tendrán que vérselas conmigo cuando regrese.

La posó en el suelo. Fuera, sus hijos arrancaban la corteza del árbol llamado *tweapia*; con ella hacían unas tiras que se masticaban para limpiarse los dientes, las llevaban a Kumasi y las vendían a cambio de comida. Abena sabía que él se avergonzaba de eso; no de que sus hijos hubieran encontrado una actividad útil, sino de que lo hicieran porque él no podía alimentarlos.

Ese día hicieron el amor deprisa, y él partió poco después. Abena regresó a casa, donde sus padres asaban cacahuetes sentados frente al fuego.

—Ohene Nyarko dice que en Osu tienen una planta nueva que crece bien. Ha ido a por ella para traérnosla.

Su madre asintió. Su padre se encogió de hombros. Abena era consciente de que los había humillado. Al anunciarse el futuro exilio de la joven, ellos habían acudido a los ancianos para razonar con ellos, para que reconsiderasen su decisión. En aquel momento, Sin Suerte ya era el hombre más viejo de la aldea, y aún seguía siéndolo, así que lo trataban con deferencia aunque no tuviese derecho a ser uno de ellos por no haber nacido allí.

—Es nuestra única hija —argumentó el padre de Abena, pero los ancianos volvieron la cara.

—¿Qué has hecho? —preguntó su madre durante la cena, y se tapó las lágrimas con las manos antes de alzarlas hacia el cielo—. ¿Qué he hecho para merecer una hija así?

Sin embargo, en ese momento sólo llevaban dos años malos, y Abena les aseguró que las buenas cosechas regresarían y Ohene Nyarko se casaría con ella. Ahora su único consuelo eran los indicios de que la hija había heredado la supuesta esterilidad de la madre o la maldición de la familia paterna, o lo que fuera que le impidiese concebir un hijo.

—Aquí no crecerá nada —dijo el viejo—. Esta aldea no tiene futuro. Nadie puede vivir así. No sobreviviremos otro año comiendo cacahuetes y corteza de árbol. Los demás piensan que te van a desterrar solo a ti, pero en realidad esta tierra nos ha condenado a todos al exilio. Ya lo verás. Es sólo cuestión de tiempo.

Ohene Nyarko regresó una semana después con las semillas nuevas. Dijo que la planta se llamaba «cacao» y aseguró que las cosas cambiarían. Según él, los akuapem de la región del este ya estaban cosechando los beneficios de la planta, vendiéndosela a los blancos de allende los mares a un precio que recordaba al antiguo comercio.

—¡No sabéis cuánto han costado estas semillitas! —exclamó con la palma abierta para que todos a su alrededor las vieran, palpasen y olieran—. Pero valdrá la pena, confiad en mí. Tendrán que dejar de llamarnos la Costa del Oro para llamarnos la Costa del Cacao.

Y tenía razón. En cuestión de unos meses, los árboles de cacao de Ohene Nyarko habían brotado y ya daban su fruto dorado, verde y anaranjado. Los aldeanos jamás habían visto cosa igual y sentían tal curiosidad, tanta ansia por tocar las vainas y abrirlas antes de que estuviesen listas, que Ohene Nyarko y sus hijos habían empezado a dormir al raso para montar guardia.

—Pero ¿esto nos dará de comer? —preguntaban los vecinos cuando los hijos los echaban de allí o él les gritaba.

Durante los primeros meses del cultivo, Abena lo veía cada vez menos, pero la ausencia la consolaba: cuanto más trabajase Ohene en los campos, antes tendría una buena cosecha, y cuanto antes hubiera una buena cosecha, antes se casarían. Los días que se veían, él no hablaba más que del cacao y de lo mucho que le había costado. Tenía ese olor nuevo en las manos, un aroma dulce y oscuro y terroso, y después de despedirse, ella aún se lo olía allí donde él la había acariciado: los círculos oscuros y voluptuosos de los pezones, detrás de las orejas. La planta los afectaba a todos.

Por fin, Ohene Nyarko anunció que había llegado el momento de recoger los frutos, y todos los hombres y las mujeres de la aldea acudieron a seguir sus instrucciones, las que le habían transmitido los granjeros de la región del este. Abrieron los frutos para revelar la pulpa blanca y dulce que rodeaba los pequeños granos de color púrpura, los sacaron, los colocaron sobre un lecho de hoja de plátano y los cubrieron con más hojas. Al acabar, Ohene Nyarko los mandó a casa.

—No viviremos de esto —susurraban los aldeanos de regreso a casa.

Algunas de las familias ya habían empezado a empaquetar el contenido de sus chozas, desanimados por lo que habían visto en el interior de las vainas de cacao. En cambio, los demás regresaron al cabo de cinco días para esparcir las habas fermentadas al sol y dejarlas secar. Cada vecino donó sus sacos de *kente* y, una vez secas, las metieron en ellos.

—Y ahora ¿qué? —se preguntaban entre ellos, mirando a su alrededor mientras Ohene Nyarko guardaba los sacos en su choza.

—Ahora descansamos —anunció al grupo que aguardaba fuera—. Mañana iré al mercado y venderé lo que pueda.

Esa noche durmió en la choza de Abena, con la misma naturalidad y descaro que si llevaran cuarenta años o más siendo marido y mujer, y eso alentó la esperanza de Abena de que pronto lo serían. Sin embargo, el hombre que yacía en el suelo a su lado no era la persona confiada que había prometido redención a todos sus vecinos. En sus brazos, aquel que ella conocía desde antes de que se cubriesen el cuerpo con telas temblaba.

—¿Y si no funciona? ¿Qué pasará si no las vendo? —preguntaba con la cabeza hundida en el pecho de Abena.

—Sshh, no digas eso. Las venderás. Tienes que venderlas.

Él continuó llorando y temblando, y ella no lo oyó cuando dijo:

—De eso también tengo miedo.

Y aunque lo hubiera oído, no lo habría entendido.

Cuando ella despertó por la mañana, Ohene Nyarko ya se había marchado. Los aldeanos encontraron una cabra joven y canija y la sacrificaron para celebrar su regreso. Durante días, cocinaron la carne tiesa lo mejor que pudieron, esperando que se ablandara. Cuando sus madres no miraban, los chicos más pequeños —que se creían listos y rápidos— trataban de arrancar pedazos de carne a medio cocinar de los huesos. Pero ellas, que habían nacido con un sexto sentido para las travesuras de los hijos, les daban un palmetazo, los cogían de la muñeca y les sujetaban la mano encima del fuego hasta que chillaban y prometían que se comportarían.

Ohene Nyarko no regresó esa noche ni la siguiente, sino la tarde del tercer día. Detrás de él, sujetas con una cuerda, iban cuatro cabras gordas y obstinadas, balando como si oliesen el hierro del cuchillo de sacrificar. Devolvió a cada uno los sacos que se había llevado con las habas de cacao, pero repletos de ñames y nueces de cola, de aceite de palma fresco y mucho vino de palma.

Los aldeanos festejaron como no lo habían hecho desde hacía años, y en la celebración hubo bailes y gritos y pechos desnudos brincando. Los ancianos y las ancianas danzaron el *adowa* con un suave balanceo de las caderas, alzando las manos como si se preparasen para recibir de la tierra y devolverle lo recibido.

Al parecer, se les había encogido el estómago y la comida los satisfizo enseguida, pero aprovecharon los huecos para el dulce vino de palma.

Sin Suerte y Akosua estaban tan felices de que hubiera llegado el fin de los años malos que se abrazaron y contemplaron cómo bailaban los demás y cómo los niños se daban palmadas en el vientre lleno al compás de la música.

En mitad de la celebración, Abena miró a Ohene Nyarko, que observaba, con el rostro rebosante de orgullo, a la gente de aquella aldea que todos amaban tanto. Y con algo más que no alcanzaba a identificar.

—Te felicito —dijo ella al acercarse.

Él llevaba toda la noche manteniendo las distancias, y Abena lo había atribuido a que no quería atraer las miradas de los aldeanos hacia ellos durante la celebración ni que éstos empezasen a elucubrar qué supondría aquello en lo que al exilio de Abena se refería. Sin embargo, ella no pensaba en otra cosa. Todavía no se lo había dicho a nadie, pero tenía un retraso de cuatro días. Y a pesar de que ya le había pasado otras veces en la vida e imaginaba que ocurriría de nuevo antes de su muerte, se preguntó si esa vez sería la especial.

Quería que Ohene Nyarko declarase su amor por ella a los cuatro vientos. Que dijera: «Ahora que toda la aldea ha comido y festejado, me casaré contigo. Y no mañana, sino hoy. En este día. Esta celebración será la nuestra.»

En lugar de eso, él dijo:

—Hola, Abena. ¿Has comido suficiente?

—Sí, gracias.

Él asintió y bebió de una calabaza llena de vino de palma.

—Lo has hecho muy bien, Ohene Nyarko —afirmó Abena, y tendió la mano para tocarle el hombro, pero no rozó más que aire. Él se negó a mirarla—. ¿Por qué te has movido? —preguntó ella, y se apartó.

—¿Qué?

—No digas «¿qué?» como si estuviera loca. He intentado tocarte y te has movido.

—Calla, Abena, no montes una escena.

Ella obedeció. Dio media vuelta y echó a caminar; pasó junto a los bailarines, dejó atrás a sus padres, que lloraban, y anduvo hasta que encontró el suelo de su choza y se tumbó, aferrándose el corazón con una mano y el vientre con la otra.

Así la hallaron los ancianos al día siguiente cuando fueron a anunciarle que podía permanecer en la aldea. Los años malos habían tocado a su fin antes del séptimo de su adulterio y ella aún no había concebido un hijo. Además, dijeron, la cosecha de Ohene Nyarko había sido tan provechosa que por fin podría cumplir su promesa.

—No va a casarse conmigo —repuso Abena desde el suelo.

Rodaba hacia un costado y hacia el otro, sujetándose el vientre y el corazón: los dos lugares que le dolían.

Los ancianos se rascaron la cabeza y se miraron. ¿Había acabado enloqueciendo después de tantos años de espera?

—¿Qué significa esto? —preguntó uno de los hombres.

—No va a casarse conmigo —repitió ella, y les dio la espalda.

Los ancianos se apresuraron a la choza de Ohene Nyarko, que ya estaba preparándose para la siguiente temporada. Organizaba y separaba las semillas para repartirlas entre los demás granjeros de la aldea.

—Así que os lo ha contado —dijo.

No levantó la vista, sino que siguió trabajando con las semillas. Un montón para los Sarpong, otro para los Gyasi, otro para los Asare y uno más para los Kankam.

—¿Qué ocurre, Ohene Nyarko?

Por la tarde, cuando hubo terminado las porciones, todos los cabezas de familia fueron a recogerlas para sembrarlas en sus pequeñas parcelas y esperar a que esos árboles nuevos y extraños brotasen del suelo y crecieran, y que pronto la aldea volviera a ser lo que había sido, o incluso mejor.

—Para conseguir las plantas de cacao, tuve que prometerle a un hombre de Osu que me casaría con su hija. He de gastar todo lo que me queda de la venta del cacao para pagar el precio de la novia. No puedo casarme con Abena ahora. Tendrá que esperar.

En su choza, Abena, que por fin se había levantado del suelo duro y se había sacudido el polvo de las rodillas y de la espalda, resolvió que no esperaría.

—Me marcho, Anciano —anunció Abena—. No puedo quedarme aquí para que se burlen de mí. Ya he sufrido suficiente.

Su padre bloqueó la salida con el cuerpo, pero era tan viejo y frágil que Abena sabía que con sólo tocarlo lo derribaría, el camino quedaría libre y ella podría seguir adelante.

—No puedes marcharte —aseguró él—. Todavía no.

Muy despacio, se apartó de la entrada sin quitarle ojo, vigilando que no se moviese de allí. Al ver que su hija no escapaba, cogió la pala, se dirigió a un punto en el límite de su parcela y se puso a cavar.

—¿Qué haces? —preguntó Abena.

Sin Suerte sudaba. Se movía tan despacio que ella sintió lástima. Le cogió la pala y cavó.

—¿Qué buscas? —quiso saber.

Su padre se arrodilló y empezó a rastrillar la tierra con ambas manos. La sostenía unos instantes y después dejaba que le cayese entre los dedos. Cuando paró, en las palmas tenía un collar con una piedra negra.

Abena se arrodilló a su lado y miró el colgante. Brillaba con destellos dorados y era frío al tacto.

Su padre resopló fuerte, tratando de recobrar el aliento.

—Esto perteneció a mi abuela, tu bisabuela Effia. A ella se lo dio su madre.

—Effia —repitió Abena.

Era la primera vez que oía el nombre de uno de sus ancestros y quiso saborearlo. Anhelaba pronunciarlo una y otra vez. Effia. Effia.

—Mi padre trataba con esclavos, era un hombre muy adinerado. Cuando decidí dejar atrás la tierra de los fante, lo hice porque no quería participar en el trabajo de mi familia: quería trabajar para mí mismo. Nuestros vecinos me llaman Sin Suerte, pero todas las temporadas me siento afortunado de tener este pedazo de tierra, de dedicarme a este trabajo honrado y no a la labor vergonzosa de mi familia. El día que los aldeanos me dieron esta parcela pequeña, me alegré tanto que enterré la piedra aquí para dar las gracias.

»Si quieres irte, no te lo impediré. Pero, por favor, llévatela. Espero que te ayude tanto como a mí.

Abena se puso el colgante y abrazó a su padre. Su madre estaba en la entrada de la choza, contemplándolos allá fuera, en la tierra. Abena se levantó y abrazó también a su madre.

A la mañana siguiente partió hacia Kumasi y, cuando llegó a la iglesia de los misioneros, acarició el colgante que llevaba al cuello y dio las gracias a sus ancestros.

SEGUNDA PARTE

H

Hicieron falta tres policías para derribar a H y cuatro para encadenarlo.

—¡No he hecho nada! —gritó en cuanto lo metieron en la celda.

Pero ya sólo hablaba para el vacío que los agentes habían dejado atrás. Nunca había visto a nadie alejarse tan deprisa, y se dio cuenta de que los había asustado.

H sacudió los barrotes con la certeza de que, si lo intentaba, conseguiría partirlos o al menos doblarlos.

—Déjalo ya. Aún te matarán —le advirtió su compañero de celda.

H conocía al tipo de haberlo visto por la ciudad. Tal vez incluso hubiese compartido con él tareas de aparcero en alguna de las granjas del campo.

—A mí no me mata nadie —contestó H.

Todavía trataba de forzar los barrotes y oía el ruido que hacía el metal al empezar a ceder entre sus dedos. Entonces notó las manos de su compañero de celda en el hombro. Se volvió tan rápido que el otro no tuvo tiempo de apartarse ni de pensar antes de que él lo levantara, cogido del cuello. H medía casi dos metros, y lo alzó tan alto que la cabeza le rozaba el techo. Si llega a subirlo un poco más, habría hecho un agujero.

—No vuelvas a tocarme —lo avisó H.

—¿Qué te crees, que los blancos no van a matarte? —repuso el hombre.

Sus palabras salían despacio y en voz baja.

—¿Qué he hecho?

H dejó al tipo en el suelo y éste cayó de rodillas, dando grandes bocanadas.

—Dicen que estabas vigilando a una blanca.

—¿Quién ha dicho eso?

—Los de la policía. Les he oído discutir sobre qué dirían antes de salir a por ti.

H se sentó junto al hombre.

—¿A quién dicen que estaba vigilando?

—A Cora Hobbs.

—De eso nada, yo no estaba vigilando a ninguna Hobbs —negó H con rabia renovada.

Si corrían rumores acerca de él y una mujer blanca, esperaba que al menos lo emparejasen con una más guapa que la hija de su viejo terrateniente.

—Pero mírate, chico —dijo el compañero de celda con una mirada tan maliciosa que de pronto, y sin saber por qué, H tuvo miedo de aquel hombre más viejo y pequeño que él—. Da igual lo que hayas hecho o dejado de hacer. Ellos sólo tienen que afirmar que es cierto. Nada más. ¿Te crees que por ser tan grande y musculoso estás a salvo? Pues no: esa gente blanca no quiere ni verte. Porque vas por ahí libre como el viento, y nadie quiere ver a un negro pavoneándose de acá para allá. Como si no tuvieras ni una pizca de miedo en el cuerpo.

El hombre apoyó la cabeza en la pared de la celda y cerró los ojos un segundo.

—¿Cuántos años tenías cuando acabó la guerra?

H intentó calcularlo, pero no se le daban bien las cuentas y había pasado tanto tiempo desde la guerra que los números que sabía no le alcanzaban.

—No estoy seguro. Trece o así, supongo —contestó.

—Ajá, eso pensaba. Eras joven. Ya ni te acuerdas de la esclavitud, ¿eh? Pues por si no te lo ha dicho nadie, ya te lo cuento yo: puede que la guerra haya acabado, pero todo sigue igual.

El hombre cerró los ojos de nuevo. Hizo rodar la coronilla por la pared, hacia un lado y hacia el otro, con cara de cansancio. H se preguntó cuánto tiempo llevaría sentado en esa celda.

—Me llamo H —dijo al final, para hacer las paces.

—H no es ni un nombre ni nada —respondió el otro sin abrir los ojos.

—Es el único que tengo —apuntó H.

Pronto el viejo se quedó dormido. H escuchó los ronquidos y observó cómo le subía y bajaba el pecho. El día del fin de la guerra, H había dejado atrás la plantación de su antiguo amo y había echado a caminar desde Georgia hasta Alabama. Quería nutrir su reciente libertad de vistas y sonidos nuevos, y estaba muy contento de ser un hombre libre. Todos sus conocidos se alegraban de ser hombres libres. Pero la cosa no duró mucho.

H pasó los siguientes cuatro días en el calabozo del condado. El segundo día, los guardias se llevaron a su compañero de celda; adónde, no lo sabía. Cuando por fin regresaron a por él, no le dijeron de qué lo acusaban, sólo que debía pagar una multa de diez dólares antes del amanecer.

—Sólo tengo ahorrados cinco dólares.

Le había costado casi diez años de aparcería acumular esa cantidad.

—A lo mejor tu familia puede ayudarte —respondió el ayudante del jefe de policía, pero ya se encaminaba hacia el siguiente.

—No tengo familia —contestó H al vacío.

Había recorrido el trayecto entre Georgia y Alabama sin compañía. Se había acostumbrado a estar solo, pero Alabama había convertido su soledad en una especie de presencia física. Cuando se acostaba por las noches, podía abrazarse a ella. Estaba presente en el mango de su azada, en las bolas de algodón que flotaban en el aire.

Cuando conoció a Ethe, su mujer, tenía dieciocho años. Para entonces ya era tan corpulento que nadie se atrevía a molestarlo. Entraba en cualquier parte y veía que hombres y mujeres se apartaban para hacerle sitio. Pero Ethe siempre defendió su territorio. Era la mujer más sólida que había conocido, y su relación con ella, la más larga que había tenido con ninguna otra persona. Le habría pedido ayuda de no ser porque ella no le dirigía la palabra desde el día que la había llamado por el nombre de otra. Engañarla había sido una equivocación, y mentir, aún peor. No podía recurrir a Ethe con el peso de esa culpa cerniéndose sobre él. Había oído hablar de las mujeres negras que acudían al calabozo a buscar a sus hijos o esposos; los agentes las llevaban a un cuarto y les explicaban que había otras maneras de pagar una multa. No, pensó H, Ethe estaría mejor sin él.

Cuando salió el sol a la mañana siguiente, un sofocante día de julio de 1880, lo encadenaron a otros diez hombres y el estado de Alabama lo vendió para trabajar en las minas de carbón de las afueras de Birmingham.

—¡El siguiente! —gritó el jefe del pozo.

El ayudante del jefe de policía puso a H delante de él con un empujón.

H los había estado observando mientras examinaban a cada uno de los diez hombres con los que había viajado encadenado en el tren. Ni siquiera estaba seguro de poder llamarlos hombres a todos. Uno de ellos era un niño de no más de doce años que temblaba en un rincón. Cuando lo habían colocado frente al jefe del pozo, se había orinado encima y se había puesto a llorar de tal manera que hasta pareció que él mismo iba a derretirse en el charco que tenía a los pies. Era tan joven que lo más probable era que el chico jamás hubiera visto un látigo como el que tenía el jefe sobre la mesa y que sólo hubiera oído hablar de ellos cuando sus padres relataban las pesadillas de antes de la guerra.

—Es grande, ¿eh? —dijo el ayudante del jefe de policía.

Le apretó los hombros a H para que el capataz viese lo firmes que los tenía. H era el hombre más alto y fuerte de aquel cuarto. Había pasado todo el viaje en tren tratando de encontrar la manera de romper sus cadenas.

El jefe del pozo soltó un silbido. Se levantó de la silla y dio una vuelta alrededor del preso. Le cogió un brazo y H se abalanzó sobre él, aunque los grilletes lo frenaron. No había conseguido romper las cadenas, pero sabía que, si lo alcanzaba con las manos, no tardaría ni un segundo en partirle el pescuezo.

—¡Vaya! —exclamó el jefe del pozo—. A éste habrá que enseñarle modales. ¿Cuánto quieres por él?

—Veinte dólares al mes —respondió el ayudante.

—Pero tú ya sabes que no pagamos más de dieciocho, ni siquiera por uno de primera clase.

—Tú mismo has dicho que era enorme. Apuesto a que te durará una temporada. No se te morirá en el tajo como los demás.

—¡No podéis hacer esto! —gritó H—. ¡Soy libre! ¡Soy un hombre libre!

—Nah... —respondió el jefe.

Miró a H con atención y sacó un cuchillo de dentro del abrigo. Se puso a afilarlo con una siderita que tenía en la mesa.

—Los negros libres no existen.

Se acercó despacio a H y le acercó la hoja afilada al cuello para que sintiese el filo frío e irregular que pedía penetrar la piel.

El jefe del pozo se volvió hacia el policía.

—Por éste os daremos diecinueve.

Y con la punta del cuchillo le trazó una línea en el cuello al hombre encadenado. Una línea de la que brotó sangre, limpia, recta y fina, que parecía subrayar las palabras del jefe.

—Será grande, pero sangra igual que los demás.

Pese a la cantidad de años que H había trabajado en plantaciones, nunca se le había ocurrido que bajo el suelo hubiese nada más que tierra, agua, bichos y raíces. Ahora sabía que había toda una ciudad subterránea, más grande y extensa que cualquier condado en el que hubiese vivido o trabajado, y esa ciudad estaba ocupada casi en su totalidad por hombres y niños negros. Una ciudad con pozos en lugar de calles y cámaras por casas. Y en cada una de esas cámaras, por todas partes, había carbón.

Los primeros quinientos kilos fueron los más difíciles de mover con la pala. H pasaba horas, días enteros, de rodillas. Tras el primer mes, la pala le parecía una extensión del brazo, y en efecto, el volumen de los músculos de su espalda había empezado a aumentar alrededor de los omoplatos, abultándose para adaptarse al peso añadido.

Acompañados de esas palas que ya formaban parte de ellos, a H y al resto de los hombres los bajaban doscientos metros por la caña del pozo hasta una de las galerías. Una vez en la ciudad subterránea, caminaban cinco, ocho y hasta once kilómetros para alcanzar el tajo donde debían trabajar aquel día. H era grande pero ágil; capaz de tumbarse de costado y deslizarse por cualquier grieta o ranura. Se arrastraba a gatas por túneles de roca volada hasta llegar a la cámara que le tocase.

Una vez allí, H paleaba más de catorce mil libras de carbón: agachado, de rodillas, tendido boca abajo o de lado. Y cuando él y los demás prisioneros salían de la mina, iban cubiertos de una capa de polvo negro y tenían los brazos encendidos. Al rojo vivo. A veces, H pensaba que la quemazón prendería el carbón y que todos morirían allí abajo por culpa de ese dolor. Sin embargo, sabía que no era sólo el dolor lo que podía matar a un hombre en la mina. Más de una vez, algún guardia de la prisión había azotado a un minero con el látigo por no cubrir su cupo de diez toneladas. H había visto a un hombre de tercera sacar 11.829 libras de carbón que el jefe del pozo hizo pesar al final del día. Al ver que faltaban 171 libras, lo hizo ponerse con las manos contra la pared de piedra y le dio latigazos hasta matarlo. Los guardias blancos no lo sacaron de allí esa noche y tampoco al día siguiente, sino que dejaron que el polvo cubriera el cadáver a modo de advertencia para el resto de los convictos. En otras ocasiones una galería se hundía y enterraba vivos a los prisioneros. Demasiado a menudo, las explosiones de polvo se llevaban por delante a cientos de hombres y niños. Un día H trabajaba con el hombre al que lo habían encadenado la noche anterior; al siguiente, éste podía haber muerto de Dios sabía qué.

H solía fantasear con mudarse a Birmingham. Había sido aparcero desde el fin de la guerra y había oído decir que Birmingham era el lugar donde un hombre negro podía labrarse un futuro. Quería mudarse allí y empezar a vivir de una vez. Pero ¿qué clase de vida era ésa? Cuando era esclavo, al menos a su amo le convenía mantenerlo con vida si quería recuperar la inversión. Ahora, si moría allí, simplemente arrendarían a otro. Hasta una mula tenía más valor que él.

H apenas recordaba haber sido libre, y no sabía si lo que añoraba era la libertad en sí o la capacidad de recordar. A veces, cuando regresaba al cuarto que compartía con otros cincuenta hombres —todos engrilletados unos a otros en largas literas de madera, de modo que no podían moverse mientras dormían a menos que lo hiciesen todos a una—, trataba de acordarse de qué era recordar. Se forzaba a pensar en todo lo que su mente aún fuera capaz de invocar: sobre todo, en Ethe. Su cuerpo grueso, la expresión de sus ojos el día que la llamó por otro nombre, el miedo que tuvo a perderla, lo arrepentido que estaba. A veces, mientras dormía, las cadenas le rozaban los tobillos de tal manera que le recordaba la sensación del contacto de las manos de Ethe, algo que siempre lo sorprendía, porque el metal no tiene la textura de la piel.

Los presidiarios que trabajaban en la mina eran casi todos como él: negros, esclavos antaño, más tarde libres y esclavos de nuevo. A Timothy, uno de los que estaban encadenados a H, lo habían arrestado junto a la casa que se había construido después de la guerra. Un perro se había pasado la noche aullando en un campo vecino y él había salido a la calle a decirle que callase. A la mañana siguiente, la policía lo arrestó por causar molestias. También estaba Solomon, un presidiario arrestado por robar una moneda de cinco centavos. Su condena era de veinte años.

Alguna que otra vez, uno de los guardias aparecía con un hombre blanco de tercera clase. Encadenaban al nuevo con un negro y, durante esos primeros minutos, el blanco no hacía más que quejarse. Decía que era mejor que los negros y suplicaba a los guardias, sus hermanos blancos, que se apiadasen de él y le ahorrasen esa vergüenza. Renegaba, gritaba y armaba un escándalo, pero luego todos bajaban a la mina y el preso blanco aprendía pronto que, si quería vivir, debía tener fe en un hombre negro.

En una ocasión, pusieron a H con un blanco de tercera llamado Thomas, a quien le temblaban tanto los brazos que no era capaz de levantar la pala. Era su primera semana, pero ya se había enterado de que si no llegaba al cupo le darían latigazos a él y a su compañero, a veces hasta la muerte. H lo había visto mover unos pocos kilos de carbón con los brazos temblorosos antes de perder la fuerza y dejarse caer al suelo entre sollozos, tartamudeando que no quería morir allí abajo sin más testigos que un puñado de negros.

Sin mediar palabra, H cogió la pala. Con la suya en una mano y la del blanco en la otra, cubrió el cupo de ambos mientras el jefe del pozo lo vigilaba.

—Nunca nadie había paleado a dos manos —dijo el jefe al acabar, con la voz teñida de respeto.

H se limitó a responder que sí con la cabeza, y el jefe le dio un puntapié a Thomas, que continuaba lloriqueando en el suelo.

—Este negro te ha salvado la vida —le advirtió.

Thomas miró a H, pero H no habló.

Esa noche, tumbado con un hombre encadenado a cada lado y la litera de arriba a medio metro de la cara, H se dio cuenta de que no podía mover los brazos.

—¿Qué pasa? —preguntó Joecy al darse cuenta de que aquella quietud no era normal.

—No me siento los brazos —susurró H, asustado.

Joecy asintió.

—No quiero morir, Joecy. No quiero morir. No quiero morir. No quiero morir.

Incapaz de dejar de repetir las mismas palabras, enseguida se dio cuenta de que estaba llorando, y eso tampoco podía pararlo. El polvo de carbón que tenía debajo de los ojos se le corrió por la cara, y él prosiguió en silencio: «No quiero morir. No quiero morir.»

—Tranquilo —dijo Joecy, y lo abrazó como pudo, con las cadenas haciendo ruido cada vez que se movía—. Esta noche no se muere nadie. Esta noche no.

Ambos miraron a su alrededor para ver si habían despertado a alguien con el ruido. Todos habían escuchado la historia de cómo H había salvado al blanco de tercera, pero sabían que no por eso el jefe del pozo mostraría piedad alguna. Al día siguiente, H tendría que cumplir su cuota.

Al día siguiente, H tenía asignado el turno de mañana, de nuevo emparejado con Thomas. Él y el resto de los hombres de su cuadrilla despertaron cuando la luna aún estaba en lo más alto del cielo: una raja fina vuelta hacia arriba, como una sonrisa torcida y de dientes blancos en una noche de piel negra. Fueron al comedor a por una taza de café y un pedazo de carne. Allí les dieron el paquete del almuerzo y después los bajaron al vientre de la mina, a sesenta metros de profundidad por debajo de la superficie terrestre. Desde ese punto, H y Thomas descendieron a pie tres kilómetros hacia el interior de la mina, y al fin se detuvieron en el tajo donde trabajarían ese día. Lo habitual era que en cada cámara hubiese sólo dos hombres, pero ésa tenía una dificultad particular y el jefe había emparejado a H y a Thomas con Joecy y con su hombre de tercera clase: un prisionero llamado Bull que se había ganado el apodo no por su cuerpo fornido, achaparrado e imponente, sino porque una noche los del Ku Klux Klan le habían quemado la cara —marcado como a un animal, dijeron— para que todo el mundo supiese que no era de fiar.

Hasta ese momento, con los brazos doloridos anclados a los costados, H había hecho el esfuerzo mínimo; había rechazado el café y la carne, no había recogido el paquete del almuerzo porque no podía sujetarlo y había ido directo a la jaula del pozo. Estaba pasando la mañana tratando de no llamar la atención, intentando ahorrar energías para cuando tuviera que empezar a trabajar.

Ese día le tocaba picar a Joecy. Era pequeño, pues medía poco más de metro sesenta, pero comprendía las vetas de la roca como ningún otro con quien H hubiese trabajado. Era un hombre de primera a quien todos respetaban y, en el séptimo año de los ocho que tenía de condena, se empleaba con el mismo empeño ferviente que en el primero. A menudo decía que cuando fuese libre trabajaría en la mina a cambio de un sueldo, como habían hecho otros negros. No podían azotar a un minero libre.

El espacio entre las paredes de roca donde estaban ese día apenas se elevaba un palmo y medio. H había visto a hombres deslizarse por espacios así de estrechos para después echarse a temblar e hiperventilar de tal manera que tenían que salir. Hubo uno que llegó hasta la mitad y allí se detuvo, demasiado asustado para moverse hacia delante o hacia atrás; demasiado asustado para respirar. Llamaron a Joecy para que intentase sacarlo de allí, pero cuando llegó, el hombre ya había muerto.

Joecy miró el coladero sin parpadear siquiera, arrastró su figura menuda entre ambas paredes, se tumbó boca arriba y empezó a picar la veta para debilitarla. Cuando terminó, escuchó la roca, como a él le gustaba decir, para encontrar un punto donde barrenar sin que la pared le cayese encima de golpe y lo matase. Con el agujero ya hecho, Joecy metió la dinamita y la encendió. Voló el carbón, y entonces Thomas y Bull cogieron las picas y se pusieron a partir los pedazos en otros más manejables para que todos pudieran cargarlos en el vagón.

H intentó levantar la pala, pero sus brazos se resistían a moverse. Probó de nuevo, concentrando toda su energía y el poder de su mente en el hombro, el antebrazo, la muñeca, los dedos. Pero no ocurrió nada.

Al principio, Bull y Thomas lo miraron anonadados, pero antes de que se diesen cuenta, Joecy estaba paleando el carbón de H, y enseguida se le unió Bull. Al final, después de lo que parecieron horas, Thomas también hizo su parte y entre todos los que estaban en la cámara cubrieron sus propias cuotas y también la de H.

—Gracias por ayudarme el otro día —dijo Thomas cuando hubieron acabado.

H seguía con los brazos doloridos; los sentía como si fueran de piedra inamovible, forzados a permanecer pegados a sus costados por la acción de la gravedad. Respondió a Thomas con una inclinación de la cabeza. Antes soñaba con matar a hombres blancos igual que ellos mataban a los negros; soñaba con cuerdas y látigos, árboles y minas.

—¿Por qué te llaman «H»?

—No lo sé —contestó.

Antes no pensaba más que en escapar de la mina. De vez en cuando observaba la ciudad subterránea y se preguntaba si habría algún modo de escabullirse, algún lugar por donde salir y ser libre.

—Venga ya, alguien te habrá puesto ese nombre.

—Mi antiguo amo dice que mi madre me llamaba así. Antes de que pariese, le pidieron que me pusiera un nombre como está mandado, pero ella no quiso. Se mató. El amo me contó que tuvieron que rajarle la tripa para sacarme antes de que muriera.

Thomas no contestó, se limitó a inclinar la cabeza de nuevo en señal de agradecimiento. Un mes después, cuando murió de tuberculosis, H no recordaba su nombre; sólo su expresión cuando le cogió la pala para trabajar por él.

Así era la vida en la mina. H ya no sabía dónde estaba Bull. Tarde o temprano, a muchos los trasladaban, los contrataba una de las compañías nuevas o los absorbía otra. Hacer amigos era fácil; mantenerlos, imposible. Lo último que H supo de Joecy fue que había terminado su condena, y ahora los demás prisioneros contaban historias del viejo amigo que por fin se había convertido en uno de esos mineros libres de los que todos habían oído hablar, pero en los que ninguno de ellos había soñado en convertirse.

*

H paleó sus últimos quinientos kilos de carbón como preso en 1889. Llevaba casi toda su condena trabajando en Rock Slope, y gracias a su empeño y su destreza había conseguido que le rebajasen un año de la pena. El día que subió en la jaula hacia la luz y el guardia de la prisión le quitó los grilletes de los tobillos, H levantó el rostro hacia el sol e hizo acopio de sus rayos, por si un giro cruel del destino lo devolvía a la ciudad subterránea. No dejó de mirar hasta que el sol se convirtió en una docena de puntos amarillos que le nublaron la vista.

Se planteó regresar a casa, pero cayó en la cuenta de que desconocía qué lugar era ése. En las viejas plantaciones donde había trabajado no quedaba nada para él, y no podía decirse que tuviera familia. La primera noche de su segunda libertad caminó tan lejos como pudo, caminó hasta que no hubo minas a la vista ni olor de carbón que le impregnase las fosas nasales. Entró en el primer bar donde vio personas negras y, con el poco dinero que tenía, pidió que le diesen de beber.

Esa mañana se había duchado y había intentado borrarse las rozaduras de los grilletes de los tobillos, el hollín de debajo de las uñas. Se había mirado al espejo hasta estar convencido de que nadie se percataría de que había estado en una mina.

Mientras bebía, H se fijó en una mujer. Lo único que podía pensar era que tenía la piel del color de los tallos del algodón, y él añoraba ese tono, pues durante casi diez años no había conocido más que la negrura absoluta del carbón.

—Disculpe, señorita, ¿podría indicarme dónde estoy? —preguntó.

No hablaba con una mujer desde el día que había llamado a Ethe por un nombre que no era el suyo.

—¿Es que no ha mirado el cartel antes de entrar? —repuso ella con una sonrisa.

—Parece ser que no.

—Está en el bar de Pete, señor...

—Me llaman «H».

—Señor Me llaman H.

Hablaron durante una hora. Él averiguó que ella se llamaba Dinah y vivía en Mobile, pero estaba en Birmingham de visita, en casa de una prima: una mujer muy cristiana a quien no le haría ninguna gracia ver a alguno de sus parientes bebiendo. H casi tenía entre ceja y ceja pedirle que se casase con él, cuando de pronto se les acercó otro hombre.

—Vaya, menudo fortachón estás hecho —observó el tipo.

H asintió.

—Supongo que sí.

—¿Cómo lo has conseguido? —preguntó.

H se encogió de hombros.

—Venga —dijo el tipo—, levántate la manga. Enseña músculo.

H se echó a reír, pero después miró a Dinah, y por el brillo de su mirada entendió que tal vez no le importaría echar un vistazo. Así que se remangó.

Al principio, los dos asintieron impresionados, pero entonces el hombre se acercó más.

—¿Qué es eso?

Tiró de la manga justo donde le tocaba la espalda, hasta que rasgó la tela y, de tan barata que era, se deshizo toda la costura.

—¡Santo Dios! —exclamó Dinah, y se cubrió la boca.

H estiró el cuello tratando de verse la espalda, pero pronto recordó y supo que no le hacía falta verlo. Habían pasado casi veinticinco años desde la abolición de la esclavitud, y se suponía que los hombres libres no tenían cicatrices recientes en la espalda, muescas de latigazos.

—¡Lo sabía! —soltó el hombre—. Sabía que era uno de esos prisioneros de las minas. ¿Qué otra cosa iba a ser? Dinah, no pierdas más tiempo hablando con este negro.

Y así fue. La mujer se marchó con el tipo al otro extremo de la barra. H se bajó la manga y se dio cuenta de que no podía regresar al mundo de los libres marcado de aquella manera.

Se mudó a Pratt City, la ciudad integrada por ex presidiarios, blancos y negros por igual. Mineros presos convertidos en mineros libres. La primera noche que pasó en Pratt City, le bastó con dedicar unos minutos a preguntar por ahí para encontrar a Joecy y a su esposa e hijos, que se habían mudado a la ciudad para estar con él.

—¿No tienes a nadie? —le preguntó la esposa mientras freía cerdo en salmuera para H.

Se esforzaba para compensar los diez años, tal vez más, que llevaba sin comer un plato decente.

—Hace mucho tiempo estuve con una mujer que se llamaba Ethe, pero no creo que ahora quiera saber nada de mí.

La mujer de Joecy lo miró con lástima, y H comprendió lo que estaba pensando: que ya conocía la historia de Ethe, pues también ella se había casado con un hombre a quien luego los blancos habían etiquetado como criminal.

—¡Pequeño Joe! —gritó la mujer una y otra vez hasta que apareció un niño—. Éste es nuestro hijo, el Pequeño Joe. Sabe escribir y todo.

H lo miró. No podía tener más de once años. Rodillas huesudas y mirada clara. Se parecía mucho a su padre, pero al mismo tiempo era muy distinto de Joecy. Tal vez no acabase siendo la clase de hombre que sólo podía ganarse el pan con su esfuerzo físico. Quizá fuera un nuevo tipo de hombre negro, uno que tuviese la oportunidad de usar la cabeza.

—Va a escribir a tu mujer —dijo la esposa.

—Nah —respondió H, pensando en que la última vez que estuvieron juntos Ethe había salido de la habitación como alma que lleva el diablo—. No hace falta.

La mujer chasqueó la lengua dos veces, tres.

—De eso ni hablar. Alguien tiene que saber que eres libre. Aunque sea nada más una persona en el mundo, alguien tiene que enterarse.

—Con todo respeto, señora, me tengo a mí mismo. Y no necesito más.

La esposa de Joecy no le quitó ojo durante un buen rato, y H notó la compasión y la rabia en su mirada. Pero le daba igual. No dio su brazo a torcer, y al final, tuvo que ceder ella.

A la mañana siguiente, H acompañó a Joecy a la mina para intentar conseguir trabajo como jornalero libre.

El jefe se llamaba señor John. Le pidió que se quitara la camisa. Le inspeccionó los músculos de la espalda y los brazos, y soltó un silbidito.

—Un hombre capaz de trabajar diez años en Rock Slope y vivir para contarlo es digno de ver. ¿Qué has hecho, un pacto con el diablo? —preguntó el señor John con una mirada penetrante y azul.

—Sólo es un trabajador serio, señor —explicó Joecy—. Además de listo.

—Joecy, ¿respondes por él? —quiso saber el señor John.

—El único mejor que él soy yo.

H salió de allí con un pico entre las manos.

La vida en Pratt City no era fácil, pero sí mejor que la que H había conocido en cualquier otro lugar. Nunca había visto nada parecido: hombres blancos y sus familias viviendo puerta con puerta con hombres negros y las suyas. Los dos colores unidos en los sindicatos, luchando por lo mismo. En la mina habían aprendido que debían confiar unos en otros si querían sobrevivir, y al fundar el campamento habían llevado consigo esa mentalidad, porque eran conscientes de que nadie como un compañero de la mina, otro antiguo presidiario, sabía lo que era vivir en Birmingham y tratar de hacer algo con un pasado que preferirías olvidar.

H hacía el mismo trabajo, sólo que ahora cobraba por él. Un salario de verdad, pues como trabajador de primera clase las empresas del carbón habían pagado por él diecinueve dólares mensuales a la prisión del estado. Y ahora que ese dinero iba a su bolsillo, a veces la cantidad alcanzaba los cuarenta dólares en un solo mes. Recordaba lo poco que había ahorrado en los dos años como aparcero en la plantación Hobbs, y se daba cuenta de que, por retorcido y siniestro que pareciese, la mina era una de las mejores cosas que le habían sucedido. Allí había aprendido un oficio, uno muy valioso, y no tendría que volver a recoger algodón o arar la tierra en su vida.

Joecy y Jane, su esposa, habían tenido la cortesía de hacerle sitio en su casa, pero H se había cansado de vivir de los demás y con sus familias, así que durante buena parte de su primer mes en Pratt City, al llegar de la mina se iba directo a la parcela vecina para empezar a construirse una casa.

Estaba allí una noche, martillando tablones, cuando recibió la visita de Joecy.

—¿Por qué no te has apuntado al sindicato todavía? —le preguntó—. Nos iría bien alguien con tu carácter.

Había conseguido buena madera de otro viejo amigo de la mina, y el único momento del día en que podía trabajar en la casa era entre las ocho de la tarde y las tres de la madrugada. Fuera de eso, todas las horas que pasaba despierto estaba en la mina.

—Ya no soy así —respondió H.

Aunque no le había quedado cicatriz de aquel día en que el jefe le había rebanado el cuello, de vez en cuando se frotaba la zona con las manos para recordarse que el hombre blanco aún podía matarlo por cualquier cosa.

—Ah, ¿no? ¿No eres así? Venga ya, H. Luchamos por cosas que tú también necesitas. Y tampoco es que tengas a nadie que te haga compañía en esta casa que estás haciéndote. El sindicato te hará bien.

El primer día que fue a una reunión, H se sentó en la última fila con los brazos cruzados. Al frente de la sala, un médico hablaba sobre la enfermedad de los mineros.

—Ese polvo mineral que tenéis por todo el cuerpo al salir, bueno, también se os mete por dentro. Os hace enfermar. Jornadas más cortas, mejor ventilación: ésas son las cosas por las que deberíais luchar.

Había costado casi un mes, pero no fueron sólo las charlas de Joecy lo que finalmente había convencido a H de unirse al sindicato. Lo cierto era que tenía miedo de morir en la mina, y ese temor no había desaparecido con la libertad. Siempre que lo bajaban a una galería, imaginaba su propia muerte. Había hombres con enfermedades que nunca había visto y de las que jamás había oído hablar, y ahora que era libre podía hacer que ese peligro tuviera algún valor.

—Lo que deberíamos hacer es luchar por más dinero —intervino H.

Un murmullo recorrió la sala mientras los asistentes estiraban el cuello para ver quién había hablado.

—Ha venido H, el Dos Palas.

—¿Ése es Dos Palas?

Hacía mucho tiempo que no asistía a una reunión.

—No hay modo de no respirar el polvo, doctor —observó H—. Qué demonios, la mayoría de los hombres de esta sala ya va de camino al cementerio. Casi mejor que nos paguen bien antes de que nos llegue el día.

Detrás de H, se oyó el crujido de la puerta y un chico al que faltaba una pierna entró renqueando. No parecía tener más de catorce años, pero H sintió que podía imaginar toda la trayectoria vital del chico. Tal vez hubiese empezado de separador, sentado con la cabeza gacha sobre varias toneladas de carbón, tratando de separarlo de las piedras y la pizarra. Más tarde, puede que los jefes lo pusieran a cargo de los vagones, porque un día lo habían visto corriendo fuera y se fijaron en que era rápido. Tenía que correr junto a los raíles y trabar las ruedas de las vagonetas con maderos para frenarlas, pero puede que una de ellas no frenase. Quizá esa vagoneta descarriló y se llevó por delante la pierna del chico y, con ella, su futuro. Quizá lo más triste para el muchacho, cuando el médico le aserró la pierna, fue saber que jamás llegaría a ser un minero de primera clase como su padre.

El médico miró a H, después al chico lisiado y, por último, de nuevo a H.

—El dinero se agradece, no me malinterpretéis. Pero el trabajo puede ser mucho más seguro de lo que es. También merece la pena luchar por las personas.

Carraspeó y continuó describiendo los síntomas del pulmón negro.

Esa noche, de camino hacia su casa, H pensó en el cojo y en lo fácil que le había resultado recomponer su historia. En lo sencillo que era que la vida fuese en una dirección y no en otra. Aún recordaba haberle dicho a su compañero de celda que nada podía matarlo; en cambio, ahora veía su propia mortalidad por todas partes. ¿Qué habría pasado de no haber sido un joven tan arrogante? ¿Y si hubiese tratado bien a su amada? ¿Y si no lo hubieran arrestado? A esas alturas ya debería tener hijos; debería tener una granja pequeña y una vida plena.

De pronto, H se sintió incapaz de respirar, como si el polvo de toda una década le saliese de los pulmones, le taponase la garganta y lo ahogase. Se agachó y empezó a toser y a toser, y cuando ya no tenía más que toser, se tambaleó hasta casa de Joecy y llamó a la puerta.

El Pequeño Joe abrió con ojos somnolientos.

—Mi papá no ha vuelto todavía de la reunión, tío H.

—No he venido por tu padre, chico. Necesito... Necesito que me escribas una carta. ¿Puedes?

El chico respondió que sí, entró en la casa y volvió a salir con todo lo necesario. Según H iba dictándole, escribió:

Qerida Ethe. Soy H. Ya soy livre i bivo en Pratt City.

A la mañana siguiente, H la envió.

—Lo que hay que hacer es convocar una huelga —propuso un sindicalista blanco.

H estaba sentado en primera fila en la casa parroquial donde se celebraban las reuniones del sindicato. La lista de problemas era interminable, y la primera solución era la huelga. H escuchó con interés mientras un murmullo de aprobación se extendía por la sala, un mero susurro.

—¿Y a quién va a importarle un comino nuestra huelga? —preguntó H, que empezaba a participar más en las reuniones.

—Bueno, les diremos que no vamos a trabajar hasta que nos suban el salario o podamos hacerlo con mayor seguridad. Tendrán que escucharnos —dijo el blanco.

H soltó un resoplido.

—¿Desde cuándo los blancos escuchan a los negros?

—Bueno, yo estoy aquí, ¿no? Estoy escuchando.

—Tú eres ex presidiario.

—Como tú.

H miró a su alrededor: allí había unos cincuenta hombres y más de la mitad eran negros.

—¿Qué delito cometiste? —preguntó H con la vista clavada en el hombre blanco.

Al principio, éste no quería contestar. Mantuvo la cabeza gacha y carraspeó tantas veces que H se preguntó si aún le quedaría algo en la boca.

—Maté a un hombre —admitió al final.

—Ah, mataste a un hombre. ¿Sabes por qué trincaron a éste, a mi amigo Joecy? Por no cruzar la calle cuando una mujer blanca pasaba por su lado. Sólo por eso le cayeron nueve años. Y a ti, por matar a uno te cae lo mismo. Así que nosotros no somos ex presidiarios como tú.

—Pero ahora tenemos que trabajar juntos —insistió el blanco—, igual que en la mina. No podemos ser abajo de una manera y de otra aquí arriba.

Nadie abrió la boca, sino que se volvieron hacia H para ver qué hacía o respondía. Todos habían oído la historia del día que había cogido la segunda pala.

Al final, H asintió, y al día siguiente comenzó la huelga.

El primer día, sólo se presentaron cincuenta personas y entregaron a los jefes una lista de peticiones: mejor salario, mejores cuidados para los enfermos y menos horas de trabajo. La lista la habían escrito los miembros blancos del sindicato, pero el Pequeño Joe, el chico de Joecy, la había leído en voz alta para que los negros pudieran comprobar que decía lo que ellos pensaban que decía. Los jefes contestaron que sería muy fácil reemplazar a los mineros libres por presidiarios, y una semana después apareció un coche lleno de presos negros, todos menores de dieciséis años y con tal cara de miedo que a H le entraron ganas de abandonar la huelga si con ello impedía que arrestaran a nadie más para compensar las bajas. A finales de semana, las partes sólo habían logrado ponerse de acuerdo en que no habría muertes.

Sin embargo, seguían reuniendo convictos y llevándolos a la mina. H se preguntaba si aún quedaría algún negro en el Sur al que no hubiesen metido en la cárcel en un momento u otro, de tantos que acudían a ocupar sus puestos. Sustituían incluso a los jornaleros libres que no hacían huelga, así que pronto éstos se unieron a la lucha. H pasaba horas en casa de Joecy y Jane haciendo carteles con el Pequeño Joe.

—¿Qué dice ahí? —preguntaba H, y señalaba el madero pintado con alquitrán que el chico tenía a un lado.

—Dice: «Más dinero» —respondía el chico.

—¿Y qué dice ahí?

—Dice: «No más tuberculosis.»

—¿Dónde aprendiste a leer así? —quiso saber H.

Le había cogido mucho cariño al Pequeño Joe, pero ver al hijo de su amigo sólo servía para hacerlo suspirar por la descendencia que él no tenía.

El olor del alquitrán que el Pequeño Joe usaba para escribir se le pegaba a los pelos de la nariz. H tosió un poco y un hilillo de mucosa negra le colgó de los labios.

—En Huntsville fui un poco a la escuela, antes de que se llevasen a mi padre. Cuando lo arrestaron, dijeron que a los de mi familia se nos estaban subiendo los humos y que por eso mi padre no había cruzado la calle cuando pasó la mujer blanca.

—¿Qué opinas tú?

El Pequeño Joe se encogió de hombros.

Al día siguiente, Joecy y H llevaron los carteles a la huelga. Había unos ciento cincuenta hombres esperando al aire libre, y hacía frío. Todos vieron llegar una nueva remesa de presos que tuvieron que esperar a que los bajasen a la mina.

—¡Soltad a esos críos! —vociferó H.

Uno de los chicos se había hecho pis esperando la jaula, y de pronto H se acordó de aquel que había viajado encadenado a él en el tren; el que se mojó los pantalones delante del jefe del pozo y no paraba de llorar.

—¡No son más que críos! ¡Dejadlos marchar!

—¿Vais a dejaros de tonterías y a volver al trabajo? —fue la única respuesta.

Entonces, de pronto, el joven que acababa de orinarse echó a correr. H no vio más que un borrón con el rabillo del ojo, pero oyó el disparo.

Y los huelguistas rompieron filas y se abalanzaron sobre los pocos jefes blancos que estaban montando guardia. Destrozaron las jaulas y volcaron el carbón de las vagonetas antes de hacerlas añicos también. H cogió a un blanco por el cuello y lo zarandeó sobre el agujero ancho de la caña del pozo.

—Un día el mundo va a saber lo que habéis hecho aquí —le advirtió al hombre, cuyos ojos azules, a punto de saltársele de las cuencas de lo fuerte que lo tenía agarrado, delataban su miedo.

H quería lanzarlo al pozo para que conociese la ciudad de debajo de la tierra, pero se reprimió. Él no era el delincuente que le habían dicho que era.

Hicieron falta seis meses más de huelga para que los jefes claudicasen. Todos recibirían cincuenta céntimos más. El chico que había echado a correr fue la única víctima de la lucha y, aunque la subida de sueldos era una victoria pequeña, todos la aceptaron. El día que murió el joven que había echado a correr, los huelguistas ayudaron a recoger los destrozos de la trifulca. Cogieron las palas, encontraron al chico derribado por el disparo y lo enterraron en la fosa común. H no sabía en qué pensaban los demás cuando los restos del muchacho por fin descansaron junto a los de otros cientos de presos sin nombre que habían muerto allí, pero él se sentía agradecido.

Después de la reunión del sindicato en la que se anunció el aumento, H regresó caminando con Joecy. Se despidió de su amigo al llegar a su casa y se fue directo a la suya, justo al lado. Al llegar, vio que la puerta estaba abierta de par en par y que de dentro salía un olor extraño. Aún cargaba con el pico, cubierto de tierra y de carbón de la mina; lo levantó por encima de la cabeza, seguro de que algún jefe del pozo había ido a verlo. Entró a hurtadillas, preparado para lo que pudiese pasar.

Era Ethe. Llevaba el delantal atado a la cintura y la cabeza envuelta en un pañuelo. Estaba cocinando verdura en la estufa de leña; se volvió y lo miró.

—Más te vale que dejes eso en el suelo —le advirtió.

H se miró las manos. Tenía el pico justo por encima de la cabeza, así que lo bajó a un costado y luego al suelo.

—Recibí tu carta —dijo Ethe.

H asintió, y los dos se quedaron allí plantados, contemplándose, hasta que Ethe recuperó la voz.

—Tuve que pedirle a la señorita Benton, la del final de la calle, que me la leyese. Primero la dejé en la mesa. Todos los días pasaba por su lado y pensaba: «¿Qué voy a hacer?» Así pasaron dos meses.

El tocino de la olla había empezado a chisporrotear, pero H no sabía si Ethe lo oía, porque aún no le había quitado ojo, y él a ella tampoco.

—Debes entender, H, que el día que me llamaste por el nombre de esa otra, yo pensé: «¿Es que no he aguantado suficiente? ¿Es que no me han quitado ya todo lo que he tenido en la vida? Mi libertad, mi familia. Mi cuerpo. ¿Y ahora ya no puedo conservar mi propio nombre? ¿Es que no merezco ser Ethe, por lo menos contigo?» Me lo puso mi madre, y pasé seis buenos años con ella antes de que me vendiesen para trabajar en las cañas de azúcar de Luisiana. Lo único que me quedaba de ella era el nombre. Lo único que me quedaba de mí misma. Y tú querías arrebatármelo también.

Empezó a salir humo de la olla. Subió cada vez más, hasta que se formó una nube alrededor de la cabeza de Ethe que le besó los labios.

—Tardé mucho tiempo en estar dispuesta a perdonártelo, pero para entonces los blancos estaban pidiéndote cuentas por algo que sé que no habías hecho, y nadie me decía cómo sacarte de allí. ¿Qué se suponía que debía hacer, H? Dímelo tú. ¿Qué se suponía que debía hacer?

Ethe se volvió y se acercó a la olla. Se puso a rascar el fondo y lo que sacó con la cuchara era lo más negro que H había visto en su vida.

Se acercó a ella, estrechó ese cuerpo entre sus brazos y se permitió el lujo de sentir su peso. Era distinto que el del carbón, esa montaña de roca negra que llevaba casi un tercio de su vida trasladando de un lado a otro. Ethe no cedió con la misma facilidad. No se abrazó a él hasta que la olla quedó limpia.

Akua

Siempre que Akua metía un ñame cortado a cuartos en aceite de palma hirviendo, el ruido la sobresaltaba. Era un sonido hambriento, el del aceite devorando cualquier cosa que le ofreciesen.

Le estaba creciendo una oreja. Había aprendido a distinguir sonidos que jamás había escuchado antes. Después de criarse en la escuela de las misiones, donde le habían enseñado a acudir a Dios con todas sus preocupaciones, problemas y temores, llegó a Edweso y vio y oyó cómo el fuego se tragaba vivo a un hombre blanco, así que se sacudió el polvo de las rodillas, se postró y le entregó esa imagen y esos sonidos a Dios, pero Él se negó a quedárselos. Todas las noches le devolvía el miedo en forma de pesadillas horribles en las que las llamas lo consumían todo: desde la costa de la tierra de los fante hasta Asante. En esos sueños, el fuego tenía la forma de una mujer que estrechaba a dos bebés contra el pecho. La mujer de las llamas cargaba con las dos niñas hasta los bosques de la tierra del interior, pero allí las criaturas se desvanecían y la tristeza de la mujer lanzaba lenguas de fuego azul y naranja y rojo que lamían hasta el último árbol y arbusto a la vista.

Akua no recordaba la primera vez que había visto el fuego, pero sí la primera vez que había soñado con él. Fue en 1895, dieciséis años después de que su madre, Abena, se presentase con el vientre abultado en la misión de Kumasi y quince después de su muerte. Aquel día, el fuego que apareció en los sueños de Akua no fue más que un breve resplandor de color ocre. En cambio, ahora la mujer ardía con furia.

Le estaba creciendo una oreja y de noche dormía boca arriba o boca abajo, pero nunca de lado, pues temía aplastar el peso nuevo. Estaba convencida de que los sueños le entraban por la oreja creciente, que se aferraban al chisporroteo de las cosas que freía durante el día y por las noches se le incrustaban en la mente. Por eso no dormía de costado: para dejarles paso. Porque, por mucho miedo que le dieran los nuevos sonidos, era consciente de que necesitaba oírlos.

Esa noche, cuando se despertó chillando, Akua se dio cuenta de que había vuelto a tener el mismo sueño. El sonido le escapaba de la boca como el aliento, como el humo de una pipa. Su marido, Asamoah, se desveló a su lado y no perdió un instante en alcanzar el machete que guardaba junto al lecho. Echó un vistazo a su alrededor buscando a los niños y miró hacia la puerta buscando un intruso. Por último, se fijó en su esposa.

—¿Qué significa esto? —preguntó él.

Akua, que de pronto tenía frío, se echó a temblar.

—Ha sido el sueño.

No se percató de que estaba llorando hasta que Asamoah la atrajo hacia sí y la abrazó.

—Los demás líderes y tú no deberíais haber quemado a ese hombre blanco —se lamentó con la cara pegada a su pecho.

Su marido la apartó.

—¿Estás de su parte?

Ella negó con la cabeza de inmediato. Desde que lo eligió para el matrimonio, sabía que su marido temía que, por haber pasado tanto tiempo con los misioneros, ella pudiera ser más débil o, en cierta medida, menos asante.

—No es eso —repuso ella—. Es el fuego. No dejo de soñar con fuego.

Asamoah chasqueó la lengua. Había vivido en Edweso toda la vida; tenía en la mejilla la marca de los asante y la nación era su mayor orgullo.

—¿Qué me importa el fuego cuando han exiliado al *asantehene*?

Akua no tenía respuesta. Durante años, el rey Prempeh I había impedido que los británicos se hiciesen con el reino de los asante, pues insistía en que el pueblo no debía perder su soberanía. Por eso lo arrestaron y lo obligaron a exiliarse, así que la indignación que llevaba tiempo destilándose por toda la nación aumentó. Akua sabía que sus sueños no evitarían que esa rabia anidase en el corazón de su marido, así que decidió no compartirlos con él, dormir boca arriba o boca abajo y no dejar que Asamoah la oyese chillar nunca más.

Akua pasaba los días en la casa con su suegra, Nana Serwah, y sus hijas, Abee y Ama Serwah. Todas las mañanas empezaba barriendo, una tarea que siempre había disfrutado por su naturaleza repetitiva, apacible. También era uno de sus deberes en la escuela de las misiones, aunque allí el Misionero se reía al verla, maravillado porque el suelo era de arcilla. «¿A quién se le ocurre barrer el polvo del polvo?», decía, y Akua se preguntaba qué aspecto tendrían los suelos de donde él venía.

Después de barrer, ayudaba a las demás mujeres a cocinar. Abee tenía sólo cuatro años, pero le gustaba sujetar la mano gigante del mortero y hacer como que ayudaba.

—¡Mira, mamá! —decía abrazada al palo largo.

Lo alzaba por encima de la cabeza y el peso amenazaba con derribarla. La pequeña, Ama Serwah, de ojos grandes y brillantes, dirigía la mirada desde la punta del palo del *fufu* hasta su hermana, que lo sostenía temblando, antes de fijarse en su madre.

—¡Qué fuerte eres! —exclamaba Akua, y Nana Serwah chasqueaba la lengua.

—Se va a caer y se hará daño —advertía la suegra.

Entonces le quitaba el palo del mortero a Abee y negaba con la cabeza. Akua sabía que no le caía bien a Nana Serwah, quien a menudo decía que una mujer cuya madre la había dejado en manos de hombres blancos para que la educasen no sabría criar a sus propios hijos. Más o menos a esa hora, Nana Serwah acostumbraba a enviarla al mercado a por más ingredientes para la comida que prepararían más tarde para Asamoah y el resto de los hombres que pasaban los días al aire libre, manteniendo reuniones, planificando.

Le gustaba caminar hasta el mercado. Podía pensar, al fin, sin la mirada inquisitiva de las mujeres y los ancianos, que estaban todo el día alrededor de la casa burlándose de ella porque permanecía mucho rato contemplando un mismo punto de la pared de la choza.

—No está bien —decían de ella en voz alta.

Sin duda, se preguntaban por qué Asamoah había escogido casarse con Akua, pero lo cierto era que ella no estaba contemplando la nada. Escuchaba todos los sonidos que el mundo le ofrecía, escuchaba a las personas que habitaban esos espacios invisibles para los demás. Dejaba vagar la mente.

De camino al mercado, a menudo se detenía en el lugar donde los vecinos habían quemado al blanco. Un hombre anónimo, un trotamundos que fue a parar al pueblo equivocado en el momento equivocado. Al principio estuvo a salvo, tumbado bajo un árbol, protegiéndose la cara del sol con un libro. Pero entonces Kofi Poku, un niño de tan sólo tres años, apareció delante de Akua justo cuando ella estaba a punto de preguntar al hombre si se había perdido o si necesitaba ayuda, lo señaló con un índice diminuto y gritó: «*Obroni!*»

La palabra llamó la atención de Akua. La primera vez que la había oído estaba en Kumasi: un niño que no iba a la escuela de la misión llamó así al Misionero, y éste se puso rojo como un sol ardiente y se marchó. Entonces Akua tenía sólo seis años y para ella la palabra no significaba más que «hombre blanco»; no entendía por qué el Misionero se había ofendido tanto, y en momentos como aquél, deseaba ser capaz de recordar a su madre, porque a ella tal vez le hubiese ofrecido una respuesta. A falta de madre, esa noche Akua se escabulló hasta la choza de un chamán que vivía en las afueras y de quien decían que llevaba en el mundo desde que el hombre blanco llegó a la Costa del Oro.

—Piénsalo —dijo el hombre cuando ella le contó lo ocurrido.

En la escuela de las misiones, a los blancos los llamaban «maestro» o «reverendo» o «señorita». Cuando Abena murió, el Misionero crió a Akua; fue el único que quiso hacerse cargo de ella.

—Al principio no era *«obroni»*. Empezó siendo dos palabras: *«abro ni»*.

—¿«Hombre malvado»? —preguntó Akua.

El chamán asintió.

—Para los akán es el hombre malo, el que hace daño. Para los ewe, los del sudeste, se llama «Perro Astuto», el que finge ser bueno pero muerde.

—El Misionero no es malo —anunció Akua.

El chamán tenía frutos secos en el bolsillo. Así era como Akua lo había conocido: tras la muerte de su madre, se había quedado llorando en la calle. Aún no comprendía lo que era la pérdida. Lloraba como siempre que su madre la dejaba sola para ir al mercado o para salir al mar. Llorar su ausencia era algo común, pero en esa ocasión el llanto le había durado toda la mañana y su madre no había regresado para hacerla callar, cogerla en brazos, besarle la cara. El chamán la vio llorar ese día y le dio una nuez de cola. Masticarla la tranquilizó un rato.

Ese día le dio otra nuez.

—¿Por qué dices que no es malvado?

—Es un hombre de Dios.

—¿Y los hombres de Dios no son malos? —preguntó él.

Akua respondió que no con la cabeza.

—¿Y yo soy malo? —preguntó el chamán, pero Akua no sabía qué debía responder.

El día que lo conoció, cuando él le dio la nuez de cola, salió el Misionero y la vio con él. La agarró de la mano, se la llevó aparte y le advirtió que no hablase con chamanes. Que lo llamaban así porque no había dejado de rezar a los ancestros ni de danzar o recoger plantas y rocas y huesos y sangre con los que hacer ofrendas canónicas, porque no estaba bautizado. Ella era consciente de que debería considerarlo malvado, de que si los misioneros descubrían que aún iba a visitarlo se vería en un mar de problemas, pero aun así se daba cuenta de que su amabilidad, su amor, era distinto del de las personas de la escuela. Era, en cierto sentido, más cálido y verdadero.

—No, tú no eres malo —respondió.

—Akua, sólo a partir de sus actos puedes decidir si alguien es malvado. Y el hombre blanco se ha ganado el nombre que tiene aquí. No lo olvides.

No lo olvidaba. Lo recordó incluso cuando Kofi Poku señaló al blanco que dormía bajo el árbol y se puso a gritar *«Obroni!»*. Lo recordó mientras se formaba una muchedumbre y la indignación que llevaba meses gestándose en el pueblo se materializaba por fin. El hombre se despertó en el momento en que lo ataban al árbol. Hicieron una fogata a su alrededor y lo quemaron. Y él no dejaba de gritar en inglés: «Por favor, si alguien me entiende, ¡soltadme! Soy sólo un viajero. ¡No me envía el gobierno! ¡No soy del gobierno!»

Akua no era la única entre el gentío que entendía el inglés. Y tampoco fue la única que no hizo nada por ayudar.

Cuando Akua regresó a la casa, se encontró con un gran alboroto. Percibió el caos en el aire, que parecía más denso y pesado de tanto miedo y ruido, del humo de freír comida y del zumbido de los insectos. Nana Serwah estaba bañada en una película de sudor y amasaba *fufu* a gran velocidad con sus manos arrugadas para servírselo a todos los hombres que habían acudido. Levantó la mirada y vio a Akua.

—Akua, ¿se puede saber qué te pasa? ¿Qué haces ahí parada? Ven a ayudarme. Hay que dar de comer a estos hombres antes de la siguiente reunión.

Akua se sacudió el aturdimiento en el que estaba sumida y se sentó junto a su suegra a hacer bolas perfectas de masa de mandioca para pasárselas a la mujer que llenaba los cuencos de sopa.

Los hombres voceaban tanto y tan alto que era casi imposible distinguir lo que decía uno de lo que opinaban los demás: todos los sonidos eran el mismo. Indignación. Rabia. Akua veía a su marido, pero no se atrevía a mirarlo. Sabía que su lugar estaba con su suegra y con el resto de las mujeres y los ancianos, que no debía suplicarle explicaciones con la mirada.

—¿Qué está pasando? —susurró a Nana Serwah.

La mujer estaba aclarándose las manos en la calabaza de agua que tenía al lado, y después se las secó en el pareo.

Contestó entre murmullos, sin apenas mover los labios.

—Frederick Hodgson, el gobernador británico, ha estado hoy en Kumasi. Ha dicho que no dejarán que el rey Prempeh I regrese del exilio.

Akua chasqueó la lengua. Era lo que todo el mundo temía que ocurriese.

—Espera, que todavía es peor —continuó su suegra—: también dice que debemos entregarle el taburete dorado; quiere sentarse en él o regalárselo a su reina.

A Akua empezaron a temblarle las manos; el cuenco donde las tenía resonó con un golpeteo grave y la bolita de *fufu* quedó irregular. En ese caso, la situación era peor de lo que esperaban, peor que una nueva guerra, peor que unos cientos de muertos más. Eran un pueblo de guerreros, y la guerra era lo que conocían, pero si un hombre blanco se quedaba el taburete dorado, el espíritu de los asante acabaría muriendo, y eso no podían tolerarlo.

Nana Serwah estiró el brazo y le tocó la mano. Era uno de los pocos gestos amables que le había dedicado la madre de Asamoah desde los días de su cortejo y su matrimonio. Ambas sabían qué se avecinaba y qué significaba.

La semana siguiente, los líderes asante ya se habían reunido en Kumasi. Según las historias que corrieron después, los hombres que acudieron no pecaron en exceso de indecisos, no se pusieron de acuerdo en qué decir a los británicos ni en qué hacer. Fue Yaa Asantewaa, la mismísima reina madre de Edweso, quien se puso en pie y les exigió que luchasen. Dijo que si los hombres no lo hacían, lo harían las mujeres.

Por la mañana, la mayoría de los guerreros ya había partido. Asamoah besó a sus hijas y, a continuación, besó a Akua y la abrazó un instante. Ella lo miró mientras se vestía. Los vio partir. Con él marcharon otros veinte hombres del pueblo. Unos cuantos permanecieron en la casa esperando a que les diesen de comer.

El marido de Nana Serwah, suegro de Akua, había dormido todas las noches de su vida con un machete de mango dorado al lado, y cuando murió, su viuda lo guardó en el sitio donde él se acostaba. Un machete en lugar de un cuerpo. Cuando la llamada a las armas de la reina madre llegó a Edweso, Nana Serwah sacó el arma del lecho y la llevó adonde estaban los demás. Y todos los hombres que no habían salido ya a luchar por los asante echaron un vistazo a la anciana que empuñaba aquel cuchillo tan grande y partieron. Y así empezó la guerra.

El Misionero siempre tenía una vara larga y fina en el escritorio.

—Ya no irás a clase con los demás niños —dijo.

Habían pasado sólo unos días desde que un niño había llamado «obroni» al Misionero, pero Akua apenas lo recordaba. Esa misma mañana había aprendido a escribir su nombre inglés: Deborah. Era más largo que cualquier otro nombre del resto de los niños de la clase, y había tenido que esforzarse mucho para escribirlo.

—A partir de ahora —continuó él—, yo te daré clases, ¿entendido?

—Sí —respondió ella.

Supuso que le había llegado la noticia de que había conseguido escribir su nombre. De ahí el tratamiento especial.

—Siéntate —mandó el Misionero.

Akua obedeció.

El hombre levantó la vara de la mesa y la señaló con ella. Le puso la punta a unos centímetros de la nariz. Si se ponía bizca, la veía con claridad. Fue entonces cuando le entró miedo.

—Eres una pecadora infiel —dijo él.

Akua asintió. Los maestros ya se lo habían dicho a los niños en otras ocasiones.

—Cuando tu madre vino aquí, a mí, embarazada y suplicando ayuda, no tenía marido. La ayudé porque eso es lo que Dios habría querido, pero era una pecadora y una infiel, igual que tú.

Una vez más, Akua asintió. El miedo empezaba a hacerse hueco en su estómago y le provocaba náuseas.

—Todas las personas del continente negro deben abandonar el paganismo y abrirse a Dios. Dad las gracias porque los británicos estemos aquí para mostraros cómo llevar una vida buena y virtuosa.

Esa vez, Akua no asintió. Miró al Misionero y no supo cómo describir la mirada que él le devolvía. Después de que él le dijese que se pusiera de pie y se echase hacia delante, después de que le diera cinco azotes y le ordenase arrepentirse de sus pecados y repetir «Dios bendiga a la reina», después de que le diese permiso para salir de allí y después de que por fin ella vomitase el miedo, la única palabra que le vino a la cabeza fue «hambriento». El Misionero parecía hambriento; tanto que, si pudiera, se la comería.

Todos los días, Akua despertaba a sus hijas cuando el sol aún dormía. Se envolvía en el pareo y se dirigía con las niñas hacia los caminos donde Nana Serwah, Akos, Mambee y el resto de las mujeres de Edweso ya habían comenzado a congregarse. Su voz era la más fuerte, así que ella lideraba el cántico:

Awurade Nyame kum dom
Oboo adee Nyame kum dom
Ennee yerekokum dom afa adee
Oboo adee Nyame kum dom
Soso be hunu, megyede be hunu

Recorrían las calles cantando y la pequeña de Akua, Ama Serwah, cantaba más alto y desafinado que las demás, los versos poco más que una ristra de galimatías hasta que la canción llegaba a su frase favorita, momento en que, más que cantar, chillaba: «Dios creador, ¡derrota a las tropas!» A veces las mujeres la ponían al frente del grupo, y ella marchaba pateando el suelo con valentía hasta que Akua la cogía en brazos y cargaba con ella el resto del camino.

Después de cantar, Akua regresaba para lavarse ella y a las niñas, untarse el cuerpo de arcilla blanca como símbolo de apoyo a los guerreros, comer y, de nuevo, salir a cantar. Cocinaban por turnos para los hombres, de modo que siempre tenían algo que enviar al frente. Por las noches, Akua dormía sola y aún soñaba con el fuego. Ahora que Asamoah se había ido, chillaba de nuevo.

Akua y Asamoah llevaban cinco años casados. Él era comerciante y hacía negocios en Kumasi. La había visto un día en la escuela de las misiones y se había detenido a hablar con ella. A partir de entonces, lo hizo todos los días y al cabo de dos semanas regresó para preguntarle si quería casarse con él e ir a vivir a Edweso, pues sabía que ella era huérfana y no tenía adónde ir.

Para Akua, Asamoah no tenía nada destacable. No era guapo como el hombre que se llamaba Akwasi, que acudía a la iglesia todos los domingos y, como era tímido, se quedaba de pie al fondo de la nave fingiendo no darse cuenta de que todas las madres prácticamente le arrojaban a sus hijas. Asamoah tampoco parecía poseer una gran inteligencia mental, pues toda su vida giraba en torno a la inteligencia del cuerpo: aquello que era capaz de cazar o construir o levantar para llevárselo al mercado. Una vez lo vio vender dos *kente* por el precio de uno por no saber contar bien el dinero. Asamoah no era la mejor elección, pero al menos sí la más segura, y Akua aceptó su propuesta de buen grado. Hasta ese día, había pensado que tendría que quedarse con el Misionero para siempre, jugando a su extraño juego de alumna y maestro, infiel y salvador; en cambio, con su futuro marido su vida tal vez fuese algo distinto de lo que siempre había imaginado.

—Te lo prohíbo —dijo el Misionero cuando se lo contó.

—No puedes prohibírmelo —respondió Akua.

Ahora que tenía un plan y la esperanza de salir de allí, estaba envalentonada.

—Tú... eres una pecadora —susurró el Misionero con la cabeza entre las manos—. Eres una infiel —aseveró en voz más alta—. Debes pedirle a Dios que te perdone los pecados.

Akua no respondió. Durante casi diez años, había saciado el hambre del Misionero. Ahora quería ocuparse de la suya.

—¡Pide a Dios que te perdone los pecados! —chilló el Misionero, y le lanzó la vara.

La alcanzó en el hombro izquierdo. Akua contempló cómo caía la vara al suelo y, después, salió de allí con calma. A su espalda oyó al Misionero que decía:

—Él no es un hombre de Dios. No es un hombre de Dios.

Sin embargo, Akua no tenía tiempo para Dios. Había cumplido dieciséis años, y el chamán había muerto tan sólo uno antes. Hasta entonces lo visitaba siempre que lograba zafarse del Misionero y le contaba que cuanto más le enseñaba él sobre Dios, más preguntas tenía ella. Cuestiones importantes, como que si Dios era tan grande y todopoderoso, ¿por qué necesitaba al hombre blanco para llegar hasta ellos? ¿Por qué no podía hablar con ellos directamente, manifestar su presencia como hacía en la época de la que se hablaba en el Libro, con arbustos ardientes y muertos que caminaban? ¿Por qué, de entre toda la gente, había acudido su madre a esos misioneros, a esos hombres blancos? ¿Por qué no había tenido familia ni amigos? Siempre que le planteaba esas preguntas al Misionero, él se negaba a contestar. Según el chamán, tal vez el dios cristiano fuese una pregunta, una gran espiral de porqués. Pero esa respuesta nunca la satisfizo, y cuando el chamán murió, Dios también dejó de satisfacerla. Asamoah era de verdad. Tangible. Sus brazos eran gruesos como ñames, y su piel, igual de marrón. Si Dios era una pregunta, Asamoah era un sí rotundo.

Ahora que les había llegado el momento de ir a la guerra, Akua se dio cuenta de que Nana Serwah era más amable que nunca con ella. Todos los días llegaban noticias de la muerte de uno u otro hombre y ambas estaban expectantes, seguras de que era cuestión de tiempo que el nombre que saliese de la boca del mensajero fuera el de Asamoah.

Edweso estaba vacío. La ausencia de los hombres tenía presencia propia. A veces Akua pensaba que no eran tantas las cosas que habían cambiado, pero entonces se fijaba en los campos vacíos, en los ñames podridos, en las mujeres que lloraban. Los sueños de Akua estaban empeorando; en ellos, la mujer del fuego montaba en cólera por haber perdido a sus hijas. A veces le hablaba a ella, parecía que la llamaba. Su aspecto le resultaba familiar y Akua quería hacerle preguntas; quería saber si conocía al hombre blanco al que habían quemado. Si aquellos a los que el fuego había tocado formaban parte de un mismo mundo. Si estaban llamándola a ella. Pero Akua no decía nada. Se despertaba gritando. En medio de aquel caos, Akua estaba embarazada. Calculaba que al menos de seis meses, por la forma y el peso de su vientre.

Un día, cuando la guerra había superado ya su ecuador, Akua estaba hirviendo ñame para enviar a los soldados y no podía apartar la vista del fuego.

—¿Ya estás otra vez así? —preguntó Nana Serwah—. Creía que tu holgazanería se había terminado. ¿Crees que los nuestros están luchando por ahí para que tú puedas mirar el fuego y gritar por las noches para que te oigan tus hijas?

—No, Ma —respondió Akua, y sacudió la cabeza para salir del estupor.

Pero al día siguiente ocurrió de nuevo, y su suegra la riñó otra vez. Lo mismo sucedió al día siguiente, y al otro, y al otro, hasta que Nana Serwah decidió que Akua estaba enferma y que debía permanecer en su choza hasta que la enfermedad le saliese del cuerpo. Las niñas se quedarían con ella hasta que Akua sanase por completo.

El primer día de su exilio en la choza, Akua agradeció el cambio. No había descansado desde la partida de los hombres, siempre marchando por el pueblo mientras cantaba canciones de guerra o sudando de pie junto a un gran caldero. El plan era no dormir hasta que cayese la noche. Acostarse en el lado de la choza donde solía tumbarse Asamoah y tratar de evocar su olor para que le hiciese compañía hasta que anocheciera y esa horrible oscuridad entrase en la habitación. Pero en cuestión de unas horas, Akua se quedó dormida y la mujer del fuego reapareció.

Iba aumentando de tamaño y su melena era una mata salvaje de color ocre y azul. Cada vez era más atrevida: ya no sólo quemaba las cosas que la rodeaban, sino que además reconocía la presencia de Akua. La veía.

—¿Dónde están tus hijas? —preguntó.

Akua estaba demasiado asustada para contestar. Sentía su cuerpo tendido en la cama. Sabía que estaba soñando, pero no tenía control sobre esa sensación. No podía ordenarle a esa certeza que le creciesen manos y la despertase de una sacudida. No podía pedirle que le echase agua a la mujer del fuego y la extinguiera de sus sueños.

—Debes saber dónde están tus hijas en todo momento —continuó la mujer, y Akua se estremeció.

Al día siguiente trató de salir de la choza, pero Nana Serwah había hecho que el Gordo se sentase a la puerta. Su cuerpo, demasiado pesado para luchar en la guerra que libraban sus congéneres, era de la medida exacta para encerrar a Akua en la choza.

—¡Por favor! —gritaba ella—. ¡Dejadme ver a mis hijas!

Pero el Gordo no se apartaba. Nana Serwah, que estaba junto a él, contestó a voces:

—¡Las verás cuando ya no estés enferma!

Akua luchó el resto del día. Empujó, pero el hombre gordo no se movía. Gritó, pero él no contestaba. Aporreó la puerta, pero él no escuchaba.

Cada cierto tiempo, Akua oía que Nana Serwah iba a verlo y le llevaba comida y agua. Él le daba las gracias, pero nada más. Era como si creyese que había encontrado la manera de ser útil: la guerra había llegado a la puerta de Akua.

Cuando cayó la noche, Akua no se atrevía a hablar. Se acurrucó en un rincón de la choza y rezó a todos los dioses que había conocido en su vida. Al dios cristiano a quien los misioneros siempre habían descrito con palabras de ira y amor al mismo tiempo. A Nyame, el dios akán que todo lo amaba y todo lo veía. También rezó a Asase Yaa y a sus hijos Bia y Tano. Rezó incluso a Anansi, a pesar de que no era más que el embaucador que la gente metía en los cuentos para divertirse. Rezó en voz alta y con fervor para no quedarse dormida, así que por la mañana estaba demasiado débil para luchar con el Gordo, demasiado débil para saber siquiera si el hombre continuaba allí fuera.

Así pasó una semana. Nunca había entendido que los misioneros dijeran que a veces podían pasarse el día entero orando, pero ahora sí lo entendía. Rezar no era algo sagrado; las oraciones no se recitaban en twi ni en inglés. Tampoco había que arrodillarse ni juntar las manos. Para Akua, rezar era un cántico frenético, un lenguaje para aquellos deseos del corazón que ni siquiera la mente sabía que existían. Era frotar el suelo de arcilla con sus palmas oscuras. Acurrucarse en la penumbra de una habitación. Era la palabra de dos sílabas que escapaba de sus labios sin cesar.

Fuego. Fuego. Fuego.

El Misionero no permitía que Akua se marchase del orfanato para casarse con Asamoah. Desde el día que ella le habló de la proposición, había dejado de darle clases, de decirle que era una infiel y de pedirle que se arrepintiese de sus pecados y repitiese: «Dios bendiga a la reina.» Lo único que hacía era mirarla.

—No puedes obligarme a estar aquí —dijo Akua.

Estaba en su habitación recogiendo sus últimas pertenencias. Asamoah regresaría a buscarla antes del anochecer. Edweso los esperaba.

El Misionero se puso delante de la puerta con la vara en la mano.

—¿Qué vas a hacer? ¿Azotarme hasta que me quede? —le preguntó ella—. Tendrás que matarme para conseguirlo.

—Voy a hablarte de tu madre —contestó al final el Misionero.

Dejó caer la vara al suelo y se acercó tanto a ella que Akua percibió un leve olor a pescado en su aliento. A lo largo de diez años, él nunca se había aproximado más que la longitud de la vara. A lo largo de diez años, se había negado a responder a preguntas sobre su familia.

—Voy a hablarte de tu madre. Todo lo que quieras saber.

Akua dio un paso atrás. Él hizo lo mismo y bajó la mirada.

—Tu madre, Abena, se negaba a arrepentirse —explicó el Misionero—. Llegó aquí embarazada, y tú eres su pecado, pero ella no se arrepentía. Escupía a los británicos. Era beligerante y siempre estaba enfadada. Creo que se enorgullecía de sus pecados. Creo que no lamentaba haberte tenido ni se avergonzaba de tu padre, a pesar de que él no se preocupó de ella como debería haber hecho un hombre.

El Misionero hablaba en voz baja. Tanto que Akua ni siquiera estaba segura de estar oyendo lo que decía.

—Después de que nacieses, la llevé al agua a bautizarla. Ella no quería ir, pero yo la... la obligué. La llevé a cuestas por el bosque, hasta el río, y durante todo el camino no paró de retorcerse y de dar patadas. Tampoco cuando la metí en el agua. Agitaba brazos y piernas sin parar, pataleaba, y al final se quedó quieta.

El Misionero alzó la cabeza y por fin la miró.

—Yo sólo quería que se arrepintiese. Sólo quería que se arrepintiese...

El hombre se echó a llorar. No fue ver las lágrimas lo que llamó la atención a Akua, sino el sonido. El sonido terrible de los sollozos, como si estuvieran arrancándoselos de la garganta.

—¿Dónde está su cuerpo? —preguntó Akua—. ¿Qué hiciste con él?

El sonido cesó. El Misionero habló.

—Lo quemé en el bosque. Lo quemé con todas sus cosas. ¡Que Dios me perdone! ¡Que Dios me perdone!

Los sollozos volvieron, esta vez acompañados de un estremecimiento, de unas sacudidas tan fuertes que el Misionero no tardó en caer al suelo.

Akua tuvo que pasar por encima de él para marcharse.

• • •

Asamoah regresó a finales de esa semana. Akua lo oía con su oreja creciente, pero aún no lo veía. Sentía un lastre que la pegaba a la tierra; sus brazos y piernas, troncos pesados en el suelo de un bosque oscuro.

Junto a la puerta, Nana Serwah sollozaba y gritaba:

—¡Mi hijo! ¡Ay, mi hijo! ¡Mi hijo!

Y entonces la oreja creciente de Akua percibió un sonido nuevo. Pisada fuerte, vacío; pisada fuerte, vacío.

—¿Qué hace el Gordo aquí? —preguntó Asamoah.

Hablaba tan alto que Akua pensó en moverse, pero era como si estuviera una vez más en el mundo de los sueños, incapaz de hacer que su cuerpo respondiera a las órdenes de su mente.

Nana Serwah estaba tan ocupada llorando y desgañitándose que no pudo contestar a su hijo. El hombre gordo se apartó; su enorme contorno, una roca que rodaba para revelar la puerta. Asamoah entró en el cuarto, pero Akua seguía sin ser capaz de levantarse.

—¡¿Qué significa esto?! —rugió Asamoah, y Nana Serwah se sobresaltó tanto que dejó de sollozar.

—Estaba enferma. Estaba enferma, y la...

Se le apagó la voz, y Akua oyó el ruido de nuevo: pisada fuerte, vacío; pisada fuerte, vacío; pisada fuerte, vacío. Su marido estaba delante de ella, pero en lugar de dos piernas, le vio sólo una.

Asamoa se agachó con cuidado para mirarla a los ojos y mantuvo el equilibrio con tal habilidad que Akua se preguntó cuánto tiempo habría pasado desde que él viera por última vez la pierna que le faltaba. Parecía muy cómodo con el vacío que había dejado.

Su marido reparó en el vientre abultado y se estremeció. Le tendió la mano. Akua la miró. Llevaba una semana sin dormir. Las hormigas habían empezado a pasarle por encima de los dedos y ella quería sacudírselas o dárselas a Asamoah, entrelazar sus dedos pequeños con los de él, mucho más grandes.

Asamoah se irguió y se volvió hacia su madre.

—¿Dónde están las niñas? —preguntó.

Y Nana Serwah, que se había echado a llorar de nuevo, aunque esa vez por ver a Akua atrapada en el suelo, corrió a buscarlas.

Ama Serwah y Abee entraron en la choza. A Akua le pareció que no habían cambiado; ambas seguían chupándose el pulgar a pesar de que su abuela les ponía pimienta picante en las yemas de los dedos todas las mañanas, tardes y noches para evitarlo. Estaban acostumbrándose al sabor del picante. De la mano de su abuela y sin sacar el dedo de la boca, miraron a Asamoah y después a Akua. Entonces, sin decir ni una palabra, Abee se abrazó a la pierna de su padre con todo el cuerpo, como si fuera un tronco; como si fuera el palo para hacer *fufu* que tanto le gustaba sujetar, más fuerte que ella, más robusto. La pequeña, Ama Serwah, se acercó a Akua y ésta vio que la niña había estado llorando. Tenía la boca abierta y de la nariz le colgaba un hilo grueso de mocos que le llegaba hasta el labio. Parecía una babosa saliendo de una gruta para meterse en una caverna. Le tocó la rodilla a su padre, pero no se detuvo hasta llegar al lugar donde estaba su madre. Se tumbó a su lado. Akua sintió su corazoncito latiendo al tiempo que el de ella, aunque lo tenía roto. Acarició a su hija, la abrazó y entonces se levantó y echó un vistazo a su alrededor.

*

La guerra terminó en septiembre, y la tierra que los rodeaba empezó a mostrar señales de la pérdida de los asante. Había tal sequía que en la arcilla roja que rodeaba la casa de Akua aparecieron grietas largas; las cosechas perecían y faltaba el alimento, pues habían dado todo lo que tenían a los hombres que estaban luchando. Lo habían entregado con la certeza de que se les devolvería en la abundancia de la libertad. Yaa Asantewaa, la guerrera reina madre de Edweso, se había exiliado a las islas Seychelles, y los que vivían en el pueblo jamás volverían a verla. De vez en cuando, en uno de sus paseos, Akua pasaba por delante de su palacio y se preguntaba: «¿Qué habría pasado si...?»

El día que se levantó del suelo, no quiso hablar y tampoco permitió que ni sus hijas ni Asamoah se apartasen de su vista. Así que los miembros de aquella familia quebrada se apoyaron unos en otros con la esperanza de que la presencia de los demás llenase la herida que les había dejado su guerra personal.

Al principio, Asamoah no quería tocarla ni ella quería que lo hiciese. El espacio donde antes estaba la pierna representaba un desafío, y de noche, cuando yacían en la cama, Akua no sabía cómo adaptar su cuerpo al de su esposo. En el pasado, se acurrucaba junto a él y entrelazaba un pierna con las suyas; ahora, en cambio, no conseguía estar cómoda y su agitación alimentaba la de él. Akua dejó de dormir por las noches, pero Asamoah odiaba verla despierta y sufriendo, así que fingía estar dormida y hacía que las olas de sus pechos subiesen y bajasen al ritmo que marcaba la corriente de su respiración. A veces, él se volvía hacia ella y la observaba; Akua lo sentía estudiándola mientras fingía dormir, y si se despistaba, si abría los ojos o si inspiraba a destiempo, la voz atronadora de su marido le ordenaba que durmiese. Pero si lo convencía, Akua esperaba a que la respiración de Asamoah se acompasara con el ritmo forzado de la suya y se quedaba tendida, deseando que la mujer del fuego no apareciese. Si lograba dormir, era a duras penas. Hundía el cucharón del sueño en la poza somera de los sueños con la esperanza de no ver a la mujer del fuego antes de poder despertar.

Un día, Asamoah no quería seguir durmiendo. Acercó la cara al cuello de su mujer.

—Sé que estás despierta —dijo—. Akua, sé que ahora ya no duermes.

Pero ella trató de continuar con su engaño y, en lugar de hacer caso del aliento cálido que sentía en la piel, se quedó quieta y siguió respirando igual.

243

—Akua.

Él se había vuelto y tenía la boca junto a la oreja de su mujer, y el sonido de su nombre fue como el golpe fuerte de un palo en un tambor hueco.

Él repitió su nombre varias veces, pero ella no contestó. El día que salió de la casa tras su semana de exilio, los vecinos del pueblo apartaban la mirada al verla, avergonzados por haber permitido que Nana Serwah la tratase de ese modo. Su suegra tampoco podía mirarla sin romper a llorar, y sus sollozos ensordecían sus súplicas de perdón. El único que la miró fue Kofi Poku, el niño que había señalado al hombre blanco, al hombre malo, y lo había condenado a la hoguera. Él la vio, sumida en su silencio, y susurró: «La mujer loca.» La Loca. La esposa del Tullido.

Esa noche, el Tullido tumbó a la Loca de espaldas y la penetró, al principio con fuerza, y después con timidez. Ella abrió los ojos y lo vio moverse más despacio de lo que acostumbraba, ayudándose de los brazos para empujar adelante y atrás. De la nariz le caían gotas de sudor que aterrizaban en la frente de Akua y formaban un reguero hasta el suelo.

Cuando terminó, Asamoah le dio la espalda y lloró. Sus hijas dormían al otro lado de la choza, con los pulgares en la boca. Akua también se dio la vuelta y, exhausta, durmió. Por la mañana, al darse cuenta de que no había soñado con fuego, pensó que se pondría bien. Y unas semanas después, cuando Nana Serwah le arrancó al bebé Yaw de entre las piernas con una mano y cortó el cordón con la otra, cuando Akua oyó su lloro alto y lastimero, supo que su hijo también se las arreglaría.

Poco a poco, Akua empezó a hablar más. Rara vez dormía, pero cuando lo hacía, echaba a caminar. Algunos días se despertaba a la entrada de la choza; otros, acurrucada entre sus hijas. Los momentos de sueño eran breves, rápidos, y en cuanto llegaba a otra parte, se desvelaba. Regresaba junto a

Asamoah y contemplaba la paja y el adobe del tejado que los cubría hasta que el sol empezaba a abrirse paso entre las grietas. De vez en cuando, Asamoah se despertaba en mitad de un sueño y la sorprendía en sus paseos nocturnos. Buscaba el machete, pero enseguida recordaba que le faltaba una pierna y se daba por vencido. Derrotado, pensaba Akua, por su esposa y su propia tristeza.

Akua recelaba de los demás habitantes del pueblo, y las únicas personas que le proporcionaban alegrías eran sus hijos. Ama Serwah ya pronunciaba palabras de verdad e iba dejando atrás el habla atropellada y sin sentido del inicio de los dos años. Nadie cuestionaba a Akua cuando quería dar largos paseos con sus hijos; no la cuestionaban cuando pensaba que un palo era una serpiente o cuando olvidaba la comida en el fuego y se le quemaba. Si susurraban que estaba loca, tenían que hacerlo a espaldas de Nana Serwah, porque si ella los oía, el rapapolvo que les echaba escocía casi tanto como un azote de verdad.

Akua empezaba los paseos preguntando a sus hijas adónde les apetecía ir. Se ataba al bebé Yaw a la espalda con un pareo y esperaba a que las niñas dirigiesen la marcha. A menudo respondían lo mismo: querían pasar por delante del palacio de Yaa Asantewaa. El edificio había sido conservado en su honor, y a las niñas les gustaba cantar las canciones de la posguerra junto a la valla. Su favorita era:

> *Koo koo hin koo*
> *Yaa Asantewaa ee!*
> *Obaa basia*
> *Ogyina apremo ano ee!*
> *Waye be egyae*
> *Na Wabo Mmoden*

A veces Akua las acompañaba en voz baja, acunando a Yaw al ritmo de la música mientras alababa a la mujer que había luchado ante los cañones.

Las niñas necesitaban descansar a menudo, y su lugar favorito era debajo de cualquier árbol. Akua pasaba largas tardes durmiendo junto a ellas en las estrechas rodajas de sombra que les proporcionaban aquellos árboles de tamaño imposible.

—¡Cuando sea vieja, quiero ser como Yaa Asantewaa! —declaró Ama Serwah uno de esos días.

Las niñas estaban demasiado cansadas para seguir caminando y el único árbol a la vista era aquel donde habían quemado al hombre blanco. La negrura de la corteza calcinada parecía trepar desde las raíces hasta las ramas más bajas. Al principio Akua se mostró reacia a detenerse allí, pero el peso del bebé la hacía sentir como si cargase con diez manojos de ñame. Al final, accedió a parar, se tumbó de espaldas y la pequeña montaña de su vientre aún sin desinflar le impedía ver a las niñas, que estaban a sus pies mientras Yaw yacía a su lado.

—¿También cantarán canciones sobre ti, cariño? —preguntó Akua, y Ama Serwah rompió a reír.

—¡Sí! Dirán: «Mira a la anciana Ama Serwah. Mira qué guapa y qué fuerte es.»

—¿Y tú, Abee? —preguntó Akua protegiéndose los ojos del sol de mediodía con la mano.

—Yaa Asantewaa era la reina madre, hija de un gran hombre —respondió Abee—. Por eso le escribieron canciones. Ama Serwah y yo sólo somos las hijas de una Loca que se crió con los blancos.

Akua no se movía con la misma presteza que antes. No sabía si era culpa del bebé que le había crecido en la barriga y había reclamado su comida y su energía, o si era consecuencia de la semana que había pasado exiliada en el suelo de su choza. Quería levantarse de un brinco y mirar a su hija a los ojos, pero lo único que consiguió fue retorcer un poco la espalda, primero hacia la izquierda y después hacia la derecha, hasta que consiguió reunir la fuerza suficiente para incorporarse y ver a Abee, que jugaba con la corteza pelada del árbol.

—¿Quién te ha dicho que estoy loca? —preguntó.

La niña, que aún no sabía si estaba metiéndose en un lío, se encogió de hombros. Akua quería enfadarse, pero no halló la energía necesaria en todo su cuerpo. Necesitaba dormir. Dormir de verdad. Dos días antes, se había olvidado de los pedazos de ñame que acababa de meter en el aceite; los olvidó mientras sus ojos dormían. Cuando Nana Serwah la despertó de una sacudida, la comida estaba carbonizada. Su suegra no había dicho nada.

—Todo el mundo lo dice —contó la niña—. A veces Nana les chilla, pero lo dicen igualmente.

Akua apoyó la cabeza en una roca y no habló hasta oír la respiración suave y adormilada de las niñas revoloteando a su alrededor como un par de mariposas.

Esa noche, Akua llevó a sus hijos a casa. Cuando llegaron, Asamoah estaba cenando en el centro del patio.

—¿Cómo están mis niñas? —preguntó cuando ellas corrieron a abrazarlo.

Akua se quedó atrás y las siguió con la mirada mientras entraban en la choza. Había sido un día caluroso, y Ama Serwah iba deshaciéndose del pareo al tiempo que corría. Volaba detrás de la niña como una bandera.

—¿Y cómo está mi hijo? —preguntó a la espalda de Akua, donde Yaw colgaba envuelto en un capullo de tela.

Ella se acercó a su marido para que éste pudiese acariciar al bebé.

—Está bien, Nyame mediante —respondió ella, y Asamoah emitió un gruñido de aprobación.

—Ven a comer algo —dijo él.

Llamó a su madre y ésta apareció en un abrir y cerrar de ojos. En su vejez no había perdido la prontitud ni la capacidad que tenían sus oídos de identificar la llamada necesitada de su hijo mayor. Salió y saludó a Akua inclinando la cabeza; hacía tan sólo unos días que había dejado de llorar al verla.

—Debes comer para que tu leche sea buena —dijo, y hundió las manos en el cuenco de lavar para empezar a hacer el *fufu*.

Akua comió hasta que se le abultó el vientre. De tan redondo, parecía que uno pudiese pinchárselo o que fuese a salirle leche dulce del ombligo, y eso era lo único que le venía a la cabeza mientras se lavaba las manos: leche fluyendo bajo sus pies como un río. Dio las gracias a Nana Serwah y se levantó como pudo del taburete donde había estado sentada. Tendió las manos a Asamoah para que él también pudiese alzarse, cogió al bebé, y los tres entraron en la choza.

Las niñas ya dormían. Akua las envidiaba. Envidiaba la facilidad con que se adentraban en el mundo de los sueños. Aún se chupaban los pulgares sin inmutarse por la pimienta que su abuela les ponía todas las mañanas.

A su lado, Asamoah dio una vuelta y después otra. Él también estaba durmiendo mejor que en los primeros días tras su regreso. A veces, en mitad de la noche, se echaba la mano al fantasma de la pierna y, al encontrar un espacio vacío, lloraba en silencio. Akua nunca se lo explicaba cuando se despertaba.

Tumbada boca arriba en la choza, Akua se permitió cerrar los ojos. Imaginó que estaba en la arena de las playas de Costa del Cabo. El sueño la alcanzó como una ola. Primero le lamió los dedos, los pies hinchados, los tobillos doloridos. Cuando le llegó a la boca, la nariz y los ojos, ya no le tenía miedo.

Entró en la tierra de los sueños; estaba en la misma playa. La había visitado sólo una vez, con los misioneros: querían fundar una escuela nueva en una aldea cercana, pero los vecinos del lugar no los recibieron bien. A Akua le fascinó el color del agua, para el que no encontró una palabra, ya que en su mundo no había nada parecido. No era verde como un árbol ni azul como el cielo, no podía compararlo

248

con una piedra ni con un ñame ni con la arcilla. En la tierra de los sueños, Akua se acercó a la orilla del mar embravecido; metió el dedo gordo del pie en el agua y estaba tan fresca que pensó que podía saborearla, como si la brisa le llegase a la garganta. Entonces ese mismo aire se volvió caliente, pues el mar se había incendiado. La brisa que tenía en la garganta empezó a arremolinarse, a dar vueltas y más vueltas, cada vez más deprisa, hasta que Akua no pudo contenerla en la boca y tuvo que escupirla. La ráfaga que soltó empezó a agitar el mar en llamas, a refugiarse en sus profundidades hasta que el remolino de viento y el océano ardiente se convirtieron en la mujer que Akua conocía tan bien.

Sin embargo, esa vez la mujer no estaba enfadada. Le hizo señas para que se metiese en el mar y, a pesar del miedo, Akua dio el primer paso. Los pies le quemaban. Cada vez que levantaba uno, desde abajo le llegaba el olor de su propia carne. Pero aun así caminó y siguió a la mujer de fuego hasta un lugar que parecía su propia choza. En brazos de la mujer vio a las mismas dos niñas de fuego que la acompañaban la primera vez que soñó con ella. Sujetaba a una en cada brazo, y ellas le apoyaban la cabeza en el pecho. Sus gritos eran sordos, pero Akua veía brotar el sonido desde sus labios como las bocanadas de humo que soltaba el chamán cuando fumaba su pipa favorita. Akua sintió el impulso de cogerlas en brazos y tendió las manos hacia ellas. Las llamas le alcanzaron las manos, pero aun así las acarició. Pronto estuvo acunándolas con sus propias manos ardientes, jugando con las cuerdas trenzadas de fuego que era su pelo y con sus labios negros como el carbón. Estaba tranquila, incluso feliz, de que la mujer del fuego hubiese encontrado por fin a sus hijas. Y mientras las tenía en brazos, la mujer no protestaba. No intentó arrebatárselas, sino que las observó llorando de alegría. Y las lágrimas eran del color del agua marina en la tierra de los fante: ese color que no era verde ni azul y que Akua recordaba de la niñez. Pero el color comenzó a ganar intensidad: azul y más azul. Verde y más verde. Hasta que el torrente de lágrimas empezó a apagar las llamas de las manos de Akua. Hasta que las niñas empezaron a desaparecer.

—¡Akua la Loca! ¡Akua la Loca!

Sintió el sonido de su propio nombre creciéndole en la boca del estómago, un peso como el de una preocupación. Abrió los ojos y a su alrededor vio Edweso. La llevaban a cuestas. Al menos diez hombres cargaban con ella por encima de sus cabezas. Todo eso lo percibió antes de notar el dolor, antes de mirarse los pies y las manos y descubrir que los tenía quemados.

Detrás de los hombres iban las mujeres llorando.

—¡Malvada! —vociferaban unas.

—¡Vil mujer! —chillaban otras.

Asamoah estaba detrás de ellas, dando saltitos a la pata coja con el bastón, tratando de no quedarse atrás.

La ataron al árbol de quemar a gente. Entonces Akua encontró la voz.

—Por favor, hermanos, ¡decidme qué está pasando!

Antwi Agyei, uno de los ancianos, se puso a dar alaridos:

—¡Quiere saber qué está pasando! —bramó a todos los que se habían reunido allí.

Le rodearon las muñecas con una cuerda. Las quemaduras gritaron primero, y después lo hizo ella.

Antwi Agyei continuó.

—¿Qué clase de ser maligno no se conoce a sí mismo? —preguntó.

La muchedumbre pateó el suelo duro.

Le pasaron la cuerda por la cintura.

—La conocíamos como la Loca, y ahora se nos ha revelado: la mujer vil, la mujer malvada. La criaron los blancos, y ahora morirá como uno de ellos.

Asamoah se abrió paso hasta la primera fila.

—Por favor —rogó.

250

—¡¿Estás de su parte? ¿Del lado de la mujer que ha matado a tus hijos?! —voceó Antwi Agyei.

Su ira se hizo eco entre los gritos del gentío, en las pisadas y palmas, en el ululato de las mujeres.

Akua no comprendía. ¿La mujer que había matado a sus hijos? ¿La mujer que había matado a sus hijos? Estaba dormida. Aún debía de estar durmiendo.

Asamoah se echó a llorar. Miró a Akua a los ojos, y ella le suplicó respuestas con la mirada.

—Yaw todavía está vivo. Lo cogí antes de que muriese, pero yo sólo podía cargar con uno —explicó sin apartar la mirada de Akua, aunque hablaba a sus vecinos—. Mi hijo la necesitará. No podéis arrebatármela.

Miró a Antwi Agyei y después a la gente de Edweso. Aquellos que estaban durmiendo ya se habían despertado y se habían unido a los demás, esperando a ver arder a aquella mujer malvada.

—¿Es que no he perdido suficientes partes de mí? —les preguntó Asamoah.

No tardaron en cortar las cuerdas. Los dejaron regresar solos a su choza. Nana Serwah y el doctor estaban atendiendo las heridas de Yaw, y el llanto del bebé parecía salir de algún lugar fuera de su cuerpo. No quisieron decirle a Akua dónde habían enterrado a Abee y a Ama Serwah. No quisieron decir nada.

Willie

Era sábado, otoño. Willie estaba de pie al fondo de la iglesia, con el cantoral abierto con una mano para poder llevar el ritmo dándose palmadas en la pierna con la otra. La hermana Bertha y la hermana Dora eran las soprano y contralto solistas, mujeres de pecho amplio y generoso, convencidas de que el Rapto estaba a punto de llegar.

—Willie, chica, lo que tienes que hacer es soltarte y cantar —recomendó la hermana Bertha.

Willie había ido directa desde la casa donde limpiaba. Al entrar se había quitado el delantal deprisa, pero no se había dado cuenta de que aún tenía una mancha de grasa de pollo en mitad de la frente.

Carson estaba sentado entre el público. Aburrido, supuso Willie. No paraba de preguntarle por la escuela, pero ella no podía dejarlo ir hasta que la pequeña Josephine también tuviese edad de asistir. Cuando le respondía eso, él entornaba los ojos y Willie a veces fantaseaba con enviarlo al sur con su hermana, Hazel. Tal vez a ella no le importase criar a un niño con tanto odio flotando en la mirada. Sin embargo, sabía que no sería capaz de hacerlo. En las cartas que enviaba a casa, escribía que las cosas iban bien, que Robert estaba prosperando. Hazel contestaba que pronto la visitaría, pero

252

Willie sabía que no lo haría. El Sur era suyo. No quería tener nada que ver con el Norte.

—Sí, lo que te hace falta es dejar que el Señor cargue con esa cruz que llevas encima —dijo la hermana Dora.

Willie sonrió. Tarareó la melodía de la contralto.

—¿Estás listo? —preguntó a Carson cuando bajó del escenario.

—Hace rato —respondió él.

Los dos salieron de la iglesia. Era un día frío de otoño y el viento cortante del río les venía de cara. En la calle había algún que otro coche, y Willie vio a una mujer rica con la piel de color caoba pasar por su lado con un abrigo de mapache que parecía suave como una nube. En Lenox, la mitad de los letreros de los locales anunciaban que Duke Ellington tocaría allí: jueves, viernes, sábado.

—Vamos a caminar un poco más —propuso Willie.

Carson se encogió de hombros, pero sacó las manos de los bolsillos y aligeró el paso, y así Willie supo que por fin había dicho lo que tenía que decir.

Se detuvieron para dejar pasar unos coches, y cuando Willie levantó la mirada, descubrió a seis niños pequeños que la miraban desde la ventana de un apartamento. Era una pirámide de críos, con los mayores y más altos en la fila de atrás y los más jóvenes, delante. Los saludó con la mano, pero una mujer los hizo apartarse y corrió las cortinas. Carson y ella cruzaron la calle con la sensación de que ese día en Harlem había cientos de personas paseando. Tal vez miles. Las aceras se hundían bajo todo ese peso, y algunas incluso llegaban a agrietarse. Willie vio a un hombre del color del té con leche cantando en la calle; a su lado, una mujer de corteza de árbol daba palmas y seguía el ritmo moviendo la cabeza. Harlem era como una gran banda de negros con tantos instrumentos pesados que el escenario de la ciudad se desmoronaba.

Torcieron hacia el sur al llegar a la Séptima y pasaron por delante de la barbería donde Willie barría de vez en cuando para ganarse unos centavos, por delante de unos cuantos bares y de una heladería. Willie hurgó en el monedero hasta que tocó metal. Le lanzó una moneda de cinco centavos al chico y éste le sonrió por primera vez en lo que parecían años. Pero la dulzura de esa sonrisa era también amarga, porque le recordaba los días en que su hijo no dejaba de llorar. Los días en que no había nadie en el mundo más que ellos dos y Willie no era suficiente para él. Apenas se bastaba a sí misma. El chico corrió a comprar un cucurucho y, cuando salió con él en la mano, los dos continuaron caminando.

Si Willie hubiese tenido la opción de seguir hacia el sur por la Séptima Avenida hasta llegar a Pratt City, seguramente lo habría hecho. Carson lamía el helado con cuidado, esculpiendo la bola. Recorría todo el contorno con la lengua, la miraba con atención y repetía. Willie no se acordaba de la última vez que lo había visto tan feliz ni de lo fácil que era conseguirlo: sólo hacían falta cinco centavos y un paseo. Si seguían caminando para siempre, tal vez ella también alcanzase la felicidad. Quizá acabara por olvidar cómo había ido a parar a Harlem, lejos de Pratt City, lejos de casa.

Willie no era negra como el carbón. Había visto el suficiente carbón en la vida para estar segura de ello. Pero el día que Robert Clifton fue con su padre a la reunión del sindicato a oírla cantar, no pudo sino pensar que era el joven negro más blanco que había visto en la vida, y por eso su propia piel empezó a recordarle cada vez más a lo que su padre llevaba todos los días a casa desde la mina, pegado a la ropa e incrustado debajo de las uñas.

Para entonces llevaba un año y medio cantando el himno nacional en las reuniones del sindicato del que H, su padre, era líder. No le había costado mucho convencerlo de que la dejase cantar.

El día que Robert entró en la iglesia, Willie estaba en el cuarto de atrás, practicando escalas.

—¿Estás lista? —preguntó su padre.

En aquellas reuniones no se entonaba el himno hasta que ella suplicó que la dejaran cantar.

Willie asintió y salió al presbiterio, donde esperaban los del sindicato. Era joven, pero ya sabía que era la que mejor cantaba de Pratt City, tal vez incluso de todo Birmingham. Allí, todos —mujeres y niños también— asistían a las reuniones sólo para escuchar esa voz tan hastiada salir del cuerpo de una niña de diez años.

—Por favor, levantaos para escuchar el himno —pidió H a la concurrencia, y todos obedecieron.

La primera vez que lo cantó, a su padre se le llenaron los ojos de lágrimas, y al acabar Willie oyó a un hombre decir: «Mira al viejo Dos Palas. Cada vez más blando, ¿verdad?»

Volvió a cantarlo y el público la miró con sonrisas radiantes en la cara. Willie imaginaba que el sonido provenía de una cueva en lo más hondo de su vientre; que igual que su padre y todos los hombres que tenía delante, ella era una minera que desenterraba algo valioso de las profundidades. Cuando acababa, todos los que estaban presentes en la sala se ponían en pie y aplaudían y silbaban, y así era como ella sabía que había alcanzado la roca del fondo de la cueva. Después los mineros proseguían con la reunión, y ella se sentaba aburrida en el regazo de su padre, deseando que la dejaran cantar otra vez.

—Willie, esta noche has cantado la mar de bonito —la felicitó un hombre al final de la reunión.

Ella estaba fuera de la iglesia con su hermana pequeña, Hazel, viendo a la gente marcharse mientras H cerraba. No reconocía al hombre; era nuevo, un antiguo presidiario que había trabajado en el ferrocarril antes de ir a cavar en las minas como hombre libre.

—Quiero presentarte a mi hijo Robert —dijo el tipo—. Es muy tímido, pero le fascina oírte cantar.

Robert salió de detrás de su padre.

—Id a jugar un rato —mandó el hombre y, antes de marcharse a casa, obligó a Robert a dar un paso adelante.

El padre era del color del café, pero el chico tenía el color de la crema. Willie estaba acostumbrada a ver a blancos y a negros juntos en Pratt City, pero nunca había visto ambas cosas en una familia, ambas en una persona.

—Tienes una voz muy bonita —dijo Robert. Hablaba mirando el suelo, y dio una patada al polvo—. He venido varias veces a escucharte cantar.

—Gracias —respondió ella.

Por fin, él la miró y sonrió, aliviado, por lo visto, de haber confesado. A Willie le sorprendieron sus ojos.

—¿Por qué tienes los ojos así? —preguntó mientras su hermana Hazel se escondía detrás de su pierna y contemplaba a Robert desde detrás de su rodilla.

—Así ¿cómo? —preguntó él.

Willie buscó la palabra, pero se dio cuenta de que no había una que los describiese. Se parecían a muchas cosas: a charcos claros en mitad del barro como esos en los que a Hazel y a ella les gustaba meterse, o al cuerpo reluciente de la hormiga dorada que un día vio transportando una brizna de hierba por una colina. Los ojos del chico mudaban ante ella, pero no sabía cómo explicárselo, así que se encogió de hombros, sin más.

—¿Eres blanco? —preguntó Hazel, y Willie dio un empujoncito a su hermana.

—No, pero mi madre dice que tenemos mucho blanco en la sangre. A veces tarda un poco en verse por fuera.

—Eso no está bien —respondió la pequeña, y negó con la cabeza.

—Tu padre es más viejo que Matusalén. Eso tampoco está bien —contestó Robert.

Y antes de que Willie tuviese ocasión de darse cuenta de lo que hacía, le había dado un empellón. Él dio un traspié, cayó de culo y la miró desde el suelo con esos ojos marrones, verdes y dorados llenos de sorpresa. Pero a ella no le importó. Su padre era uno de los mejores mineros que la ciudad de Birmingham había visto. Era la luz de su vida, y ella la de él. Le contaba una y otra vez que había esperado y esperado y esperado a tenerla, y que cuando llegó, él se alegró tanto que su gran corazón de carbón se derritió.

Robert se puso en pie y se sacudió el polvo de la ropa.

—¡Anda! —exclamó Hazel, y se volvió hacia Willie, pues nunca perdía la oportunidad de avergonzarla—. ¡A mamá vas!

—No —intervino Robert—. No pasa nada. —Miró a Willie—. Da igual.

El empujón había derribado algún tipo de barrera entre ambos, y de ese día en adelante, Robert y Willie fueron uña y carne. A los dieciséis ya eran pareja, a los dieciocho se casaron y con veinte tuvieron un hijo. La gente de Pratt City hablaba de ellos como si fueran uno, sus nombres unidos en uno sólo: RobertyWillie.

Un mes después del nacimiento de Carson falleció el padre de Willie, y al mes siguiente lo siguió su madre. Los mineros no vivían mucho tiempo. Willie tenía amigas cuyos padres habían muerto cuando ellas aún nadaban en el vientre de sus madres, pero saber eso no aliviaba su pena.

Durante los primeros días no había quien la consolase. No quería mirar a Carson ni tenerlo en brazos. Robert la acunaba por las noches y besaba su eterno mar de lágrimas mientras el bebé dormía. «Te quiero, Willie», susurraba, y a veces ese amor también dolía y la hacía llorar aún más, porque le costaba creer que aún quedasen cosas buenas en el mundo cuando sus padres ya no estaban en él.

Willie fue la solista en la procesión funeraria, y los lloros y lamentos de todos los dolientes llevaron el sonido hasta el interior de las minas. Nunca había conocido una pena como aquélla, y tampoco la plenitud de que cientos de personas se reuniesen para despedir a sus padres. Cuando empezó a cantar, le tembló la voz. Sacudió algo en su interior.

«Llevaré una corona», cantó Willie, y su voz resonó en el fondo de la mina, rebotó y el eco salió de nuevo a recibirlos mientras caminaban entre los pozos. Enseguida pasaron por delante del campo donde estaba la vieja fosa común en la que habían enterrado a cientos de hombres y chicos sin nombre ni rostro, y Willie se alegró de que al menos su padre hubiese muerto siendo libre. Al menos, eso.

«Llevaré una corona», cantó de nuevo con Carson en brazos. El llanto desgarrador del bebé era su único acompañamiento, y los latidos de su corazón, el metrónomo. Mientras cantaba, veía las notas salir de entre sus labios y revolotear como pequeñas mariposas que se llevaban parte de su tristeza. Y entonces supo por fin que sobreviviría a la pena.

Pronto empezó a notar que Pratt City era como una mota de polvo en el ojo de la que no lograba deshacerse. Y era consciente de que Robert también estaba impaciente por salir de allí. Siempre había sido demasiado delicado para la minería del carbón. Al menos eso era lo que los jefes pensaban cada vez que él decidía acudir a pedir trabajo a una mina, cosa que ocurría más o menos una vez al año desde que cumplió los trece. En lugar de como minero, trabajaba de dependiente en la tienda de la ciudad.

Tras el nacimiento de Carson, de repente a Robert le pareció que no tenía suficiente con la tienda. Era capaz de pasarse semanas enteras quejándose.

—No hay ningún honor en ese trabajo —le dijo a Willie una noche. Ella estaba sentada con el pequeño Carson encima, y el niño trataba de atrapar la luz que reflejaban sus pendientes—. En la minería sí que lo hay —continuó Robert.

Willie siempre había pensado que si algún día a su marido le daban la oportunidad de bajar a la mina, moriría allí abajo. Su padre había dejado de extraer carbón muchos años antes de su muerte, y además era el doble de grande que Robert y diez veces más fuerte que él. Aun así, no paraba de toser, y de cuando en cuando se le escapaba por la boca un hilo de mucosidad negra. En esas ocasiones se le contraía el rostro y se le salían los ojos de las cuencas, y Willie lo veía como si un hombre invisible, desde atrás, le rodeara con las manos el tronco grueso que tenía por cuello y lo estrangulara. Y a pesar de que ella amaba a Robert más de lo que creía posible amar a una persona, cuando lo miraba no veía a un hombre capaz de soportar esas manos alrededor del cuello. No obstante, jamás se lo dijo.

Robert se puso a dar vueltas por el salón. El reloj de la pared iba retrasado cinco minutos y Willie pensó que el clic de la manecilla de los segundos sonaba como un hombre dando palmas a destiempo en una misa de avivamiento. Horrible, pero inexorable.

—Deberíamos mudarnos. Ir al norte, a alguna parte donde pueda aprender un oficio nuevo. Ahora que tus padres ya no están, en Pratt City no queda nada para nosotros.

—A Nueva York —respondió Willie sin pensárselo dos veces—. A Harlem.

El nombre del barrio le vino a la cabeza como un recuerdo repentino. A pesar de que jamás había estado allí, intuía su presencia en su vida. Una premonición. Un recuerdo del futuro.

—Nueva York, ¿eh? —repuso Robert con una sonrisa.

Cogió a Carson en brazos, y el niño gritó sobresaltado, buscando la luz.

—Tú podrías buscar un trabajo y yo podría cantar.

—Así que vas a cantar...

Movió el dedo delante de los ojos de Carson, y éste lo siguió con la mirada. Primero hacia un lado, después hacia el otro.

—¿Qué te parece eso, Sonny? Mamá quiere cantar.

Robert llevó el dedo hasta la suave barriga del bebé y le hizo cosquillas. Carson soltó una carcajada.

—Creo que le gusta la idea, *mama* —dijo Robert, y también se echó a reír.

Todo el mundo conocía a alguien que iba a marcharse al norte, así como a alguien que ya estaba allí. Willie y Robert conocían a Joe Turner de cuando no era más que el Pequeño Joe, el hijo listo de Joecy en Pratt City. Ahora era maestro de escuela en Harlem y los acogió en su casa de la calle Ciento Treinta y Cuatro Oeste.

Hasta el fin de sus días, Willie no olvidaría la sensación de estar en Harlem por vez primera. Pratt City era una ciudad minera y allí todo giraba en torno a lo que había bajo el suelo, pero en Harlem lo importante era el cielo. Willie no había visto en su vida edificios tan altos como aquéllos, y además había muchos, tensos, hombro con hombro. La primera bocanada de aire que respiró en Harlem era limpia, sin rastro del polvo del carbón que le entraba por la nariz y del que acababa notando el sabor en la garganta. El simple hecho de respirar le resultaba emocionante.

—Lo primero que tenemos que hacer es encontrar un sitio donde cantar, Pequeño Joe. He oído a unas mujeres en una esquina y sé que lo hago mejor que ellas. Estoy convencida.

Acababan de entrar con la última de sus tres maletas y por fin iban a instalarse en el pequeño apartamento. Joe no podía permitírselo él solo, y les dijo que estaba encantado de tener viejos amigos con quienes compartirlo.

Joe se echó a reír.

—Más te vale hacerlo mejor que las chicas que cantan en la calle, Willie. Si no, ¿cómo vas a lograr meter el pie en los locales?

Robert tenía a Carson en brazos y lo mecía para que no se quejase.

—Eso no es lo primero que hay que hacer; lo primero es conseguirme un trabajo. Que no se te olvide que yo soy el hombre.

—Ay, vaya... él es el hombre, qué bien —repuso Willie con un guiño.

Joe entornó los ojos.

—Ni se os ocurra traer más bebés a esta casa —los avisó.

Esa noche, y muchas otras después de aquélla, Willie, Robert y Carson durmieron en el mismo colchón, tendidos en el salón diminuto, en la cuarta planta de un edificio alto de ladrillo. En el techo, justo encima de la cama, había una mancha grande y marrón; la primera noche que pasaron allí, Willie pensó que hasta ese círculo de suciedad era hermoso.

En el edificio donde vivía el Pequeño Joe no había nadie que no fuese negro y casi todos acababan de llegar de Luisiana, Misisipi o Texas. Al entrar, Willie oyó las vocales arrastradas características de los de Alabama: un hombre estaba intentando meter a presión un sofá ancho por una puerta estrecha. Al otro lado del quicio se oía una voz similar dando instrucciones: «Más a la izquierda, un poco a la derecha.»

A la mañana siguiente, Willie y Robert dejaron a Carson con el Pequeño Joe para dar un paseo por Harlem y ver si en el vecindario había carteles en los que se ofrecieran puestos de trabajo. Estuvieron caminando durante horas, observando a la gente y charlando, absorbiendo todo lo que allí era diferente y lo que era igual.

En un momento dado, doblaron una esquina y, al pasar por delante de una heladería, vieron uno de esos carteles en la puerta de una tienda, así que decidieron entrar para que Robert hablase con alguien. Al traspasar el umbral, Willie tropezó con el marco de la puerta y Robert la atrapó entre sus brazos. La ayudó a erguirse y, cuando ella estuvo de pie, sonrió y le dio un beso rápido en la mejilla. Entonces la mirada de Willie topó con la del tendero. La joven sintió una corriente fría recorrer la línea que unía sus ojos con los de él y llegarle a la boca de mina de su estómago.

—Disculpe, señor —dijo Robert—. He visto el cartel que tienen fuera.

—¿Está casado con una mujer negra? —preguntó el dependiente sin quitarle ojo a Willie.

Robert la miró. Y respondió con voz suave.

—Ya he trabajado en una tienda, en el sur.

—Aquí no tenemos trabajo —respondió el hombre.

—Le digo que tengo experiencia en...

—No tenemos trabajo —repitió con aún menos amabilidad.

—Vámonos, Robert —pidió Willie.

Para cuando el hombre abrió la boca por segunda vez, ella ya casi había llegado a la puerta.

Caminaron dos manzanas sin decirse ni una palabra. Pasaron por delante de un restaurante con un cartel, aunque a Willie no le hizo falta mirar a su marido para saber que pasarían de largo. No tardaron en regresar a casa del Pequeño Joe.

—¿Ya estáis aquí? —preguntó éste al verlos entrar.

Carson estaba acurrucado en el colchón, durmiendo.

—Willie quería ver cómo estaba el bebé. Quería darte un descanso. ¿Verdad que sí, Willie?

Antes de contestar, Willie notó la mirada de Joe.

—Sí, eso es.

Robert dio media vuelta y salió por la puerta en un abrir y cerrar de ojos.

Ella se sentó junto al bebé. Lo observó dormir. Se preguntó si podría pasar el día entero viéndolo dormir y decidió intentarlo, pero al cabo de un rato le entró un pánico extraño e impotente cuyo origen no supo identificar. Pánico a que en realidad el bebé no estuviese respirando; a que, por no reconocer su propia sensación de hambre, no llorase para que pedir comida; a que no la distinguiese de cualquier otra mujer en aquella ciudad grande y nueva. Lo despertó con el único fin de oírlo llorar. Y sólo entonces, cuando el niño rompió en un llanto suave al principio, convertido después en un chillido que le salía del vientre, logró relajarse.

—Joe, han creído que era blanco —explicó Willie.

Notaba que él la vigilaba mientras ella miraba a su hijo. Joe asintió.

—Entiendo —respondió con seriedad, y se marchó para dejarla a solas.

Willie esperó ansiosa el regreso de su marido. Se preguntó por primera vez si habían cometido un error saliendo de Pratt City. Pensó en Hazel, de quien no sabía nada desde que partieron, y una ola de añoranza desesperada y triste la abofeteó. Le vino a la cabeza otro recuerdo del futuro, esta vez un sentimiento de soledad. Notó que se aproximaba, que sería un estado con el que tendría que acostumbrarse a vivir.

Robert regresó al apartamento. Había ido al barbero y llevaba el pelo muy corto. También se había comprado ropa nueva, sin duda con sus últimos ahorros, pensó Willie; no vio ni rastro de lo que su marido llevaba puesto al salir de casa. Él se sentó en la cama junto a ella, le frotó la espalda al niño. Ella lo contempló. No parecía el mismo.

—¿Te has gastado el dinero? —preguntó Willie.

Robert se resistía a mirarla a los ojos, y ella no recordaba la última vez que había hecho algo así. Desde el primer día que habían jugado juntos —incluso en aquel momento en que ella lo había empujado, incluso mientras caía—, Robert siempre le había sostenido la mirada con un apetito casi voraz por ella. Sus ojos eran lo primero que le había llamado la atención de su marido, y lo primero que había amado.

—No voy a ser como mi padre, Willie —dijo Robert sin apartar la mirada de su hijo—. No seré de esos hombres que sólo pueden hacer una cosa. Voy a construirnos una vida. Sé que soy capaz. —Al final, la miró. Le acarició la mejilla y le puso la mano en la nuca—. Ahora estamos aquí, Willie —imploró—. Hagamos las cosas como se hacen aquí.

Para Willie, «hacer las cosas como se hacían allí» significó lo siguiente: todas las mañanas Willie y Robert se despertaban y ella preparaba a Carson para bajárselo a una mujer mayor que se llamaba Bess y que, por un poco de dinero, cuidaba de todos los niños de la escalera. Robert se afeitaba, se peinaba, se abrochaba la camisa. Entonces los dos salían a Harlem a buscar trabajo; Robert con su traje elegante, y Willie con su ropa de diario.

Hacer las cosas como se hacían allí significaba que ya no caminaban juntos por la acera. Robert siempre lo hacía unos pasos por delante de ella, y nunca se tocaban. Ella ya no lo llamaba. Aunque tropezase en la calle o un hombre le robase el bolso o un coche se abalanzase sobre ella, sabía que no debía gritar su nombre. Ya lo había hecho una vez: Robert se había vuelto hacia ella, y todo el mundo los había mirado.

Al principio, ambos buscaron trabajo en Harlem. Robert consiguió empleo en un comercio, pero al cabo de una semana hubo un malentendido cuando un cliente blanco se le acercó y le preguntó al oído cómo lo hacía para resistir la tentación de agenciarse alguna de las clientas negras que frecuentaban la tienda. Esa noche Robert regresó a casa llorando y le dijo a Willie que aquel hombre podría haber estado hablando de ella, que por eso había dejado el puesto.

Al día siguiente, los dos salieron a buscar de nuevo; caminaron juntos hacia el sur, pero enseguida se separaron y Willie perdió a Robert en la muchedumbre de Manhattan. Su marido tenía ya tal aspecto de blanco que apenas tardó unos segundos en extraviarlo, uno más de tantos rostros pálidos que se aglomeraban en las aceras. Tras dos semanas en Manhattan, Robert encontró empleo.

Willie tardó tres meses más en encontrar el suyo, pero para diciembre ya era el ama de llaves de los Morris, una familia negra adinerada que vivía en el extremo sur de Harlem. Como aún no se habían resignado a su propia negritud, se habían acercado a la gente blanca tanto como la ciudad se lo permitía. Pero no podían ir más allá: su piel era demasiado oscura para conseguir un apartamento en la siguiente calle.

Durante el día, Willie cuidaba del hijo de los Morris. Le daba de comer, lo bañaba y lo acostaba para que durmiese la siesta. Entonces limpiaba la vivienda de arriba abajo sin olvidarse de pasar el paño por debajo de los candelabros, porque la señora Morris siempre lo comprobaba. Por la tarde, empezaba a cocinar. Los Morris llevaban en Nueva York desde antes de la gran migración, pero comían como si el Sur fuese un lugar dentro de su cocina en vez de estar a kilómetros y kilómetros de distancia. La señora Morris solía ser la primera en llegar. Trabajaba de costurera y a menudo tenía pinchazos y manchas de sangre en las manos. En cuanto ella volvía a casa, Willie se marchaba a hacer audiciones.

Era demasiado oscura para cantar en el Jazzing. Eso fue lo que le dijeron la noche que llegó allí dispuesta a hacer una prueba. Un hombre alto y muy delgado le puso una bolsa de papel junto a la mejilla.

—Demasiado oscura —declaró.

Willie negó con la cabeza.

—Pero sé cantar, mire.

Abrió la boca, respiró hondo y llenó el globo de la barriga, pero el hombre la tocó con dos dedos y le sacó el aire.

—Demasiado oscura —repitió—. El Jazzing es sólo para chicas de piel clara.

—Acabo de ver a un hombre negro como la medianoche entrar con un trombón.

—He dicho «chicas», cielo. Si fueses hombre, tal vez.

«Si fuese Robert», pensó Willie. Su marido podía conseguir cualquier trabajo que se propusiese, pero ella sabía que Robert estaba demasiado asustado para intentarlo siquiera. Lo asustaba que lo descubriesen o no tener suficiente educación. Unas noches antes, le había contado que un hombre le había preguntado por qué hablaba «de esa manera», y por eso ahora tenía miedo de hablar. No quería explicarle exactamente qué hacía para ganarse la vida, pero regresaba a casa oliendo a mar y a carne, y ganaba más dinero en un mes del que ella había visto en toda la vida.

Robert era precavido, pero ella era salvaje. Siempre habían sido así. La primera vez que se acostaron, él estaba tan nervioso que el pene se le quedó flácido sobre la pierna izquierda: un tronco en el río que era su muslo tembloroso.

—Tu padre me va a matar —había dicho él.

Tenían dieciséis años, y sus padres estaban en una reunión del sindicato.

—Robert, ahora mismo no estoy pensando en mi padre —había replicado ella tratando de enderezar el tronco.

Se había metido sus dedos en la boca uno a uno y le había mordido las yemas sin apartar la vista de él. Lo había ayudado a entrar en ella y se había movido sobre él hasta que lo tuvo suplicando: que parase, que no parase, que fuese más deprisa, más despacio. Cuando él cerraba los ojos, ella le ordenaba abrirlos y mirarla. Le gustaba ser la estrella del espectáculo.

Y eso era lo que deseaba en ese momento, mientras seguía pensando en Robert. Cómo aprovecharía ella esa piel clara; en su lugar, no sería tan precavida. Si pudiese, pondría su voz en el cuerpo de su marido, en su piel. Se plantaría en el escenario del Jazzing y oiría el clamor que le devolvería el público, como solía ocurrir cuando cantaba sentada a la mesa de sus padres. «Vaya, chico, no veas qué pulmones. No mentías, no.»

—Mira, si te interesa, tenemos un trabajo limpiando por las noches —dijo el hombre alto y esbelto, sacando a Willie de aquellos pensamientos, justo antes de que se volviesen demasiado oscuros.

»El sueldo está bien. A lo mejor te sirve para conseguir otra cosa más adelante.

Aceptó el puesto sin pensárselo dos veces, y al llegar a casa le dijo a Robert que los Morris la necesitaban por las noches. No le quedó claro si él se lo había creído o no, pero había respondido que sí con la cabeza. Esa noche, Carson durmió en su cama, entre ellos dos. El niño empezaba a decir algunas palabras y unos días antes, al recogerlo del apartamento de Bess para llevarlo al de Joe, lo había oído llamar «mamá» a la anciana. Un nudo terrible e inamovible se le había formado en la garganta mientras subía la escalera con él aferrado entre los brazos.

—El sueldo está bien —dijo a Robert, y le sacó el pulgar de la boca a Carson.

El niño se echó a llorar y le gritó:

—¡No!

—Oye, Sonny —intervino Robert—, no le hables así a mamá.

Carson se chupó el pulgar de nuevo y miró a su padre.

—No nos hace falta el dinero —explicó él—. Ya nos va bien, Willie. Dentro de poco incluso podremos tener nuestra propia casa. No hace falta que trabajes.

—¿Y dónde crees que vamos a vivir? —espetó Willie.

No había querido sonar tan desagradable. La idea la atraía: su propio apartamento, más tiempo para dedicar a Carson. Pero sabía que no estaba hecha para una vida así. Sabía que esa vida no estaba hecha para ellos.

—Hay muchos sitios, Willie.

—¿Cuáles? ¿En qué mundo crees que vivimos, Robert? Me asombra que salgas por esa puerta a este mundo sin que nadie te tumbe de un puñetazo por acostarte con esa neg...

—¡Basta! —exclamó Robert.

Willie nunca lo había oído hablar con semejante fuerza en la voz.

—No hagas eso.

Robert se volvió hacia la pared y Willie se quedó boca arriba, mirando el techo. La mancha marrón empezaba a parecerle blanda, como si se le fuese a caer encima en cualquier momento.

—Yo no he cambiado, Willie —dijo Robert a la pared.

—No, pero tampoco eres el mismo —repuso ella.

No hablaron más en toda la noche. Tumbado entre ambos, Carson se puso a roncar cada vez más fuerte, como si por la nariz se le escapase un estruendo del estómago. Parecía la música de fondo del derrumbe del techo, y Willie empezó a asustarse. Si el niño hubiese sido aún un bebé, si todavía hubieran estado en Pratt City, lo habría despertado. Pero allí, en Harlem, no era capaz de moverse. No le quedaba más remedio que permanecer tumbada, inmóvil, con el estruendo, el derrumbe, el terror.

La limpieza del Jazzing no era complicada. Willie dejaba a Carson en casa de Bess antes de la cena y se dirigía al 644 de la avenida Lenox.

Era lo mismo que hacía para los Morris, pero diferente. El público del Jazzing se componía sólo de blancos. Las artistas que aparecían todas las noches en el escenario eran como las había descrito el hombre esbelto: altas, bronceadas y fabulosas. Por lo que ella veía, eso quería decir que medían metro sesenta y cinco, tenían la piel clara y eran jóvenes. Willie sacaba la basura, barría, fregaba los suelos y miraba a los hombres contemplar el espectáculo. Y todo le resultaba muy extraño.

En uno de los números, un actor fingía estar perdido en una jungla africana. Llevaba una falda de paja y tenía marcas pintadas en la cabeza y en los brazos. En lugar de hablar, gruñía. De vez en cuando, sacaba pectorales y se golpeaba el pecho; entonces cogía a una de las chicas altas, bronceadas y fabulosas, y se la subía al hombro como si fuese una muñeca de trapo. El público no paraba de reír.

Una vez, escudada en su trabajo, Willie vio un espectáculo que pretendía representar el Sur. Los tres actores, los más negros que había visto hasta el momento en el club, recogían algodón sobre el escenario. Uno de los tres empezaba a quejarse; decía que el sol calentaba demasiado y el algodón era demasiado blanco. Se sentó en el borde del escenario balanceando las piernas con pereza, atrás y adelante, atrás y adelante.

Los otros dos se acercaron y le pusieron las manos en los hombros. Rompieron a cantar una canción que Willie nunca había oído y que hablaba sobre lo agradecidos que deberían estar todos de tener amos tan buenos que los cuidaban tan bien. Cuando terminó la música, ya estaban recogiendo algodón de nuevo.

Ése no era el Sur que Willie conocía. Tampoco el que habían conocido sus padres, pero era evidente por el acento de los hombres del público que ni uno solo de ellos había puesto un pie allí abajo. Lo único que buscaban era reírse, beber y silbar a las chicas. Y Willie casi se alegró de ser la que limpiaba el escenario en lugar de cantar sobre él.

Llevaba trabajando allí dos meses, y desde el día que le había preguntado a Robert dónde iban a vivir, las cosas no marchaban demasiado bien entre ellos. La mayoría de las noches, él no regresaba a casa. Cuando ella llegaba del club unas horas antes del amanecer, encontraba a Carson durmiendo solo en el colchón. Joe lo recogía de casa de Bess al terminar las clases y lo acostaba todas las noches. Entonces Willie se tendía junto al niño y, con los ojos bien abiertos, esperaba a oír el ruido de las botas de Robert acercarse por el pasillo, el pum pum pum que significaba que esa noche tendría a su marido a su lado. Si lo oía, si él volvía, cerraba los ojos deprisa y los dos jugaban a fingir, a actuar como los del escenario del club. El papel de Robert era meterse en la cama sin hacer ruido, y el de ella no preguntar nada, permitir que él pensase que aún creía en él. En ellos.

Willie salió del club para sacar la basura y, cuando entró de nuevo, su jefe echó a andar hacia ella. Parecía molesto, pero nunca lo había visto con otra cara. Había estado en la guerra y tenía un andar renqueante que, según le gustaba decir, le impedía conseguir un trabajo más respetable. Lo único que al parecer lo hacía feliz era salir afuera y apoyarse en la pared irregular de ladrillos a fumar un cigarrillo tras otro.

—Alguien ha vomitado en el servicio de caballeros —la avisó de camino hacia la calle.

Willie respondió con una inclinación de cabeza. Ocurría al menos una vez a la semana, así que no hacía falta que le dijesen qué tenía que hacer. Cogió el cubo y la fregona y se dirigió hacia allá. Llamó a la puerta con los nudillos una vez, y después otra, pero no hubo respuesta.

—Voy a entrar —advirtió con energía.

Semanas antes había descubierto que era mejor irrumpir en los baños con decisión que de manera vacilante, porque estando borrachos los hombres tendían a quedarse sordos.

Era evidente que el que se encontraba allí dentro ese día no oía nada. Estaba encorvado, hablando solo, con la cabeza en el lavamanos.

—Lo siento —se disculpó Willie.

Cuando se volvió para salir de allí, el hombre levantó la cabeza y alcanzó a verla por el espejo.

—¿Willie? —dijo.

Ella identificó la voz de inmediato, pero no se volvió. No contestó. Lo único que podía pensar en aquel momento era que no lo había reconocido.

Hubo una época, cuando empezaron a salir juntos, y también de recién casados, en que Willie llegó a creer que conocía a Robert mejor que a sí misma. No se trataba sólo de saber cuál era su color favorito o qué quería para cenar sin que él tuviese que decírselo, sino de conocer las cosas que él ni siquiera se había permitido averiguar de sí mismo. Por ejemplo, que no era de los que podían soportar la presión de unas manos alrededor del cuello. Que el nacimiento de Carson lo había cambiado, y no para bien. Que lo había convertido en alguien muy temeroso de sí mismo que siempre cuestionaba sus propias decisiones y jamás estaba a la altura de sus propias expectativas: una altura señalada por el amor generoso de su padre, que había labrado un futuro para él y para su madre aun a costa de un precio altísimo. Que supiese reconocer todo eso en Robert, pero fuese incapaz de identificar su espalda encorvada, su cabeza colgando, asustó a Willie.

Dos hombres blancos entraron sin reparar en ella. Uno llevaba un traje gris, y el otro, uno azul. Willie aguantó la respiración.

—¿Sigues ahí, Rob? Las chicas están a punto de salir al escenario —dijo el de azul.

Robert miró a su esposa con desesperación, y el de gris, que aún no había hablado, siguió la dirección de la mirada hasta ella. La repasó de arriba abajo y esbozó una sonrisa muy despacio.

Robert meneó la cabeza.

—Venga, chicos. Vamos.

Trató de sonreír, pero las comisuras de los labios tiraron hacia abajo casi de inmediato.

—Parece que Robert ya se ha buscado una chica —dedujo el de gris.

—Sólo ha venido a limpiar —respondió Robert.

Willie se dio cuenta de que su marido le suplicaba con la mirada, y sólo en ese momento fue consciente de que se había metido en un lío.

—A lo mejor no hace falta que salgamos de aquí —propuso el de gris.

Relajó los hombros y se apoyó en la pared.

El del traje azul sonrió de oreja a oreja.

Willie agarró la fregona con fuerza.

—Debería irme. Mi jefe estará buscándome —dijo.

Intentó cambiar la voz como había hecho Robert. Intentó sonar como ellos.

El del traje gris apartó la fregona.

—Aún tienes que limpiar —dijo.

Le acarició la cara. Empezó a bajar las manos por su cuerpo, pero antes de que llegase a tocarle el pecho ella le escupió en la cara.

—¡Willie, no!

Los dos hombres de traje se volvieron hacia Robert, y el de gris se limpió la saliva.

—¿La conoces? —preguntó el de azul, pero el de gris ya estaba dos pasos por delante.

Willie vio cómo el hombre conectaba todas las pistas: el atardecer de la piel de Robert, la voz grave, las noches que pasaba fuera de casa. El tipo le clavó una mirada fulminante.

—¿Es tu mujer? —preguntó.

A Robert se le llenaron los ojos de lágrimas. Estaba pálido de haber vomitado y parecía a punto de volver a hacerlo en cualquier momento. Asintió.

—Bueno, pues entonces ¿por qué no vienes y le das un beso? —preguntó el de gris.

Ya se había bajado la cremallera con la mano izquierda y con la derecha se acariciaba el pene.

—No te preocupes, no voy a tocarla —dijo.

Y cumplió su palabra. Esa noche Robert hizo todo el trabajo mientras el de azul vigilaba la puerta. No fueron más que unos cuantos besos mojados de lágrimas y un toqueteo de manos cuidadosas. El del traje gris se corrió, todo temblores y respiración entrecortada, sin tiempo siquiera de pedir a Robert que la penetrase. Inmediatamente después, se aburrió del juego.

—Rob, mañana no te molestes en venir a trabajar —se despidió al irse, acompañado del del traje azul.

Willie sintió la corriente suave de la puerta al cerrarse y se le puso el vello de punta. Tenía el cuerpo rígido como un tablón. Robert fue a tocarla, y ella tardó un segundo en darse cuenta de que aún tenía el control de su cuerpo. Él ya la rozaba cuando ella se apartó.

—Me marcharé esta misma noche —anunció Robert.

Lloraba de nuevo y sus ojos marrones, verdes y dorados resplandecían detrás de las lágrimas.

Salió de allí antes de que Willie pudiera decirle que ya se había marchado hacía tiempo.

*

Carson seguía lamiendo el helado. Lo sujetaba con una mano. Con la otra sostenía la de Willie, y a ella le bastó el contacto de la piel de su hijo para que le brotasen las lágrimas. Quería seguir caminando, hasta Midtown si hacía falta. No recordaba la última vez que había visto a su hijo tan feliz.

Después de aquel día con Robert, Joe se había ofrecido a casarse con ella, pero Willie no podía siquiera considerarlo. Se llevó a Carson en mitad de la noche y a la mañana siguiente encontró otro lugar lo suficientemente lejos como para estar segura de no volver a ver a nadie conocido nunca más. Sin embargo, no podía salir de Harlem y tuvo la sensación de que esa esquinita de la gran ciudad empezaba a asfixiarla. Veía a Robert en todos los rostros y no lo reconocía en ninguno.

Carson no paraba de llorar. Durante semanas enteras, el niño pareció incapaz de hacer otra cosa. Como en el apartamento nuevo no había una Bess que pudiera ocuparse de él, cuando se iba a trabajar lo dejaba solo, no sin antes cerrar puertas y ventanas y esconder los objetos afilados. Por la noche lo encontraba dormido, con el colchón empapado de sus lágrimas inacabables.

Willie trabajaba aquí y allá, sobre todo limpiando, pero de vez en cuando iba a alguna audición. Y todas acababan igual: subía al escenario sintiéndose segura de sí misma y abría la boca, pero de ella no salía ningún sonido. Y de pronto estaba llorando y pidiendo perdón a la persona que tuviera delante. El organizador de una de esas pruebas le dijo que si lo que buscaba era perdón, más le valía ir a una iglesia.

Así que eso fue lo que hizo. No había asistido a un servicio desde que vivía en Pratt City, pero de repente no parecía cansarse de ellos. Todos los domingos arrastraba a Carson, que acababa de cumplir cinco años, hasta la iglesia baptista de la calle Ciento Veintiocho Oeste, entre Lenox y la Séptima. Allí conoció a Eli.

Él sólo acudía a los servicios de vez en cuando, pero los feligreses lo llamaban «hermano Eli», porque pensaban que llevaba consigo el fruto del Espíritu. Willie no sabía qué fruto era ése. Ella iba desde hacía un mes y se sentaba en la última fila con Carson en el regazo, a pesar de que era demasiado mayor para eso y ya pesaba tanto que le dolían las piernas. Eli entró con una bolsa de manzanas. Se apoyó en la puerta de atrás.

El predicador recitó:

—«Ha caído un rayo del cielo que ha quemado y consumido a las ovejas y a los pastores. Sólo yo pude escapar para contártelo.»

—Amén —respondió Eli.

Willie se fijó en él y enseguida miró de nuevo al predicador, que decía:

—«...cuando un huracán cruzó el desierto y embistió por los cuatro costados la casa, que se derrumbó sobre los jóvenes y los mató. Sólo yo pude escapar para contártelo.»

—Bendito sea Dios —dijo Eli.

Se oyó el crujido de la bolsa y, al levantar la mirada, Willie lo vio sacar una manzana de dentro. Eli le guiñó el ojo al tiempo que daba un mordisco, y ella volvió la cabeza de golpe al oír:

—«El Señor me lo dio, el Señor me lo quitó; bendito sea el nombre del Señor.»

—Amén —murmuró Willie.

Como Carson empezaba a inquietarse, Willie lo hizo botar un poco sobre sus piernas, pero sólo consiguió que se revolviera aún más. Eli le dio una manzana y el niño la cogió y abrió la boca todo lo que pudo para dar apenas un bocado minúsculo.

—Gracias —dijo Willie.

Eli inclinó la cabeza hacia la puerta.

—Vamos a dar un paseo —susurró.

Ella no le hizo caso, sino que ayudó a Carson a sujetar la manzana para que no se le cayera al suelo.

—Ven a dar un paseo conmigo —insistió Eli, esa vez en voz más alta.

Uno de los voluntarios de la iglesia lo mandó callar y, temerosa de que repitiera la invitación, pero a voces, Willie se levantó de su asiento y se marchó con él.

Eli caminaba de la mano de Carson. En Harlem era imposible no pasar por la avenida Lenox; era allí donde estaban todas las cosas sucias, feas, rectas y hermosas. El Jazzing seguía allí y Willie se estremeció al pasar por delante.

—¿Qué pasa? —preguntó Eli.

—Nada, me ha dado frío —respondió ella.

Willie tenía la impresión de haber recorrido todo Harlem. No recordaba la última vez que había andado tanto, y le costaba creer que hubiesen llegado tan lejos sin que Carson se echase a llorar. Mientras paseaban, su hijo continuó mordisqueando la manzana, y parecía tan feliz que a Willie le entraron ganas de abrazar a aquel hombre por haberle proporcionado ese poco de paz.

—¿A qué te dedicas? —le preguntó cuando por fin encontraron un lugar donde sentarse.

—Soy poeta —respondió él.

—¿Has escrito algo bueno?

Eli sonrió y cogió el corazón de la manzana, que colgaba de las manos de Carson.

—No, pero escribo muchas cosas malas.

Willie se rió.

—¿Cuál es tu poema favorito?

Eli se acercó un poco más a ella en el banco y Willie sintió que se quedaba sin respiración, algo que no le había pasado con un hombre desde el día que besó a Robert por primera vez.

—La Biblia es el mejor poema que existe —respondió Eli.

—Entonces, ¿por qué no te veo en la iglesia más a menudo? Por lo que dices, deberías estar estudiando las Escrituras.

Esa vez fue él quien se echó a reír.

—Un poeta debe dedicar más tiempo a vivir que a estudiar —contestó.

Willie descubrió que Eli hacía mucho de eso que él llamaba «vivir». Al principio ella también lo llamaba así, porque estar con él era emocionante. La llevaba por toda la ciudad de Nueva York, a lugares adonde jamás habría soñado ir antes de conocerlo. Él quería comer de todo, probarlo todo. No le importaba que no tuviesen dinero. Cuando se quedó embarazada, el espíritu aventurero de Eli, lejos de disminuir, aumentó. Era lo opuesto de Robert, a quien el nacimiento de Carson hizo que quisiera echar raíces; a Eli, el de Josephine le dio alas.

El bebé apenas había salido del vientre de Willie cuando Eli echó a volar. La primera vez, fueron tres días.

Regresó a casa oliendo a alcohol.

—¿Cómo está mi bebé? —preguntó.

Meneó los dedos delante de Josephine y ella los siguió con los ojos bien abiertos.

—¿Dónde has estado, Eli? —quiso saber Willie.

Trató de no parecer furiosa, aunque no sentía otra cosa que furia. Recordaba que las noches que Robert volvía a casa después de haber estado por ahí un tiempo, ella se quedaba callada. No tenía intención de cometer el mismo error dos veces.

—Anda, ¿no estarás enfadada?

Carson le tiró de la pernera.

—Eli, ¿tienes manzanas?

El niño comenzaba a tener el mismo aspecto que Robert, y Willie no lo soportaba. Le había cortado el pelo esa misma mañana, y parecía que cuanto más pelo perdía, más afloraba Robert. Mientras se lo cortaba, Carson no había parado de llorar, chillar y dar patadas. Había conseguido callarlo con unos azotes, pero después el niño la había fulminado con la mirada y su madre no estaba segura de qué era peor. Tenía la sensación de que su hijo empezaba a odiarla tanto como ella se esforzaba por no odiarlo a él.

—Claro que te he traído una manzana, Sonny —respondió Eli, y sacó una de un bolsillo.

—No lo llames así —lo reprendió Willie entre dientes, pues le recordaba al hombre que pretendía olvidar.

Eli se quedó parado un momento. Se pasó las manos por los ojos.

—Lo siento, Willie. ¿Vale? Perdona.

—¡Me llamo Sonny! —gritó Carson, y mordió la manzana—. ¡Me gusta ser Sonny! —exclamó con el jugo de la fruta saliéndole de la boca.

Josephine rompió a llorar y Willie la cogió en brazos y la acunó.

—Mira lo que has conseguido —dijo.

Eli continuó frotándose los ojos.

Los niños crecieron. A veces Willie veía a Eli todos los días durante un mes. Eso era cuando los poemas fluían y no iban demasiado mal de dinero. Willie volvía de limpiar una casa u otra y encontraba montones de hojas y pedazos de papel esparcidos por todo el apartamento. En algunas de las páginas había escrita tan sólo una palabra, como «vuelo» o «jazz». Otras contenían poemas enteros. Halló una en la que aparecía su nombre a modo de título y eso la hizo pensar que quizá Eli fuese a quedarse para siempre.

Pero entonces se marchaba. Dejaba de haber dinero. Al principio, Willie se llevaba a Josephine al trabajo con ella, pero así perdió dos empleos, de modo que empezó a dejarla con Carson, a quien no había manera de mantener escolarizado. Los desahuciaron tres veces en seis meses, aunque por aquel entonces a todos sus conocidos los habían echado a la calle y habían acabado compartiendo casa, o incluso cama, con veinte extraños. Cada vez que los desahuciaban, cargaba con lo poco que tenían hasta una manzana más allá como mucho. Willie le decía al nuevo casero que su marido era un poeta famoso, aunque sabía muy bien que no tenía nada de marido ni de famoso. Una vez que él apareció por casa para quedarse sólo una noche, ella le gritó. «Los poemas no se comen, Eli», le dijo y no volvió a verlo durante casi tres meses.

Cuando Josephine tenía cuatro años y Carson diez, Willie se unió al coro de la iglesia. Había querido hacerlo desde el primer día que los había oído cantar, pero los escenarios, incluso si estaban junto al altar, le recordaban al Jazzing. Y después de conocer a Eli había dejado de ir a los servicios. Cuando él se marchaba, ella volvía a la iglesia. Al final empezó a asistir a los ensayos, pero se quedaba de pie al fondo, en silencio, moviendo los labios sin que de ellos escapase sonido alguno.

Willie y Carson estaban llegando a la frontera de Harlem. El chico mordió el cucurucho, la miró con escepticismo y ella esbozó una sonrisa tranquilizadora, aunque sabía, igual que él, que pronto tendrían que dar media vuelta. En cuanto los colores empezasen a cambiar, deberían regresar.

Pero no lo hicieron. Y se vieron rodeados de tantos blancos que Willie se asustó. Cogió a Carson de la mano. Los días de integración de Pratt City quedaban tan lejos que casi tenía la impresión de haberlos soñado. Allí, ese día, trató de menguar encogiendo los hombros y agachando la cabeza, y notó que su hijo hacía lo mismo. Así caminaron dos manzanas más allá del punto donde el mar negro de Harlem se convertía en la corriente blanca del resto del mundo, y entonces se detuvieron en un cruce.

Había tanta gente andando a su alrededor que Willie se sorprendió de haber reparado en él, pero aun así lo vio.

Era Robert. Estaba agachado, atándole el zapato a un niño que no debía de tener más de tres o cuatro años. Al otro lado del pequeño, una mujer le sostenía la mano. Tenía el pelo rubio, peinado con ondas al agua y tan corto que los mechones más largos apenas le llegaban a la barbilla. Robert se levantó. Le dio un beso a la mujer, y durante un momento el niño quedó atrapado entre ambos. Entonces él alzó la mirada. Sus ojos y los de Willie se encontraron.

Los coches pasaban, y Carson le tiró de la manga.

—¿Vamos a cruzar, mamá? Ya no hay coches, podemos pasar.

Al otro lado de la calle, la mujer rubia movía los labios. Le tocó el hombro a Robert.

Willie le sonrió, y sólo después de esbozar esa sonrisa se dio cuenta de que lo había perdonado. Sintió que el gesto había abierto una válvula, como si la presión de la rabia y la tristeza y la confusión y la pérdida se aliviase como un chorro de vapor que salía despedido hacia el cielo, y se iba lejos. Lejos.

Robert le devolvió la sonrisa, pero enseguida se volvió hacia la mujer y los tres continuaron en otra dirección.

Carson siguió la mirada de su madre hasta donde antes estaba Robert.

—¿Mamá? —repitió.

Willie negó con la cabeza.

—No, Carson. No podemos seguir, creo que ya es hora de regresar.

Ese domingo la iglesia estaba llena. El libro de poemas de Eli se publicaría en primavera, y él estaba tan contento que llevaba sin moverse de casa más tiempo del que Willie recordaba en cualquier otra ocasión. Estaba sentado en uno de los bancos del centro con Josephine en el regazo y Carson a su lado. El pastor se acercó al púlpito y dijo:

—Feligreses, Dios es grande, ¿no creéis?

Y los feligreses respondieron:

—Amén.

—Feligreses, Dios es grande, ¿no creéis?

Y los feligreses respondieron:

—Amén.

—Os digo que hoy Dios me ha llevado al otro lado. He posado la cruz y no volveré a cargar con ella.

—¡Gloria, aleluya! —contestaron al unísono.

Willie estaba en la última fila del coro con el cantoral entre las manos cuando empezaron a temblarle. Pensó en su padre, que todas las noches regresaba a casa de la mina con el pico y la pala a cuestas. Los dejaba en el porche y se quitaba las botas antes de entrar, porque si manchaba de polvo de carbón la casa que Ethe mantenía tan limpia, le caería una buena reprimenda. Él decía que la mejor parte del día era cuando posaba la pala y, al entrar, encontraba a sus chicas esperándolo.

Willie miró hacia los bancos. Eli hacía saltar a Josephine sobre las rodillas y la niña sonreía enseñando las encías. A la mujer aún le temblaban las manos y, en un momento de silencio total, se le escurrió el cantoral, que cayó al entarimado con un estruendo que resonó en toda la iglesia. Todos los que estaban en el santuario, los feligreses y el pastor, las hermanas Dora y Bertha y el coro al completo, se volvieron hacia ella. Willie dio un paso adelante, aún temblorosa, y cantó.

Yaw

El harmattan empezaba a soplar. Yaw lo veía levantar el polvo de la arcilla dura y transportarlo hasta la ventana de su aula, en la segunda planta de la escuela de Takoradi, donde llevaba diez años dando clase. Se preguntó si ese año los vientos serían muy fuertes. Cuando él tenía cinco y aún vivía en Edweso, soplaron con tal fuerza que partían los troncos de los árboles. Había tanto polvo en el aire que si abría los dedos delante de la cara, los veía desaparecer.

Yaw ordenó los papeles. Había acudido al aula el fin de semana previo al inicio del segundo semestre para pensar, tal vez escribir. Miró el título de su libro: *Que África pertenezca a los africanos*. Había escrito doscientas páginas y tirado a la basura otras tantas. Ahora hasta el título lo ofendía. Lo guardó sabiendo que, de lo contrario, cometería una imprudencia. Abrir la ventana, quizá. Dejar que la corriente se llevase las hojas.

—Lo que necesitas es una esposa, señor Agyekum. No esa tontería de libro.

Yaw estaba cenando en casa de Edward Boahen por sexta noche esa semana. El domingo lo haría por séptima vez. A la esposa de Edward le gustaba quejarse de que estaba casada con dos hombres, pero como Yaw solía alabar sus platos, sabía que ella continuaría recibiéndolo con gusto.

—¿Para qué quiero una esposa cuando te tengo a ti? —preguntó Yaw.

—Oye, ándate con cuidado —protestó Edward y, por primera vez desde que su esposa le había puesto el cuenco delante, dejó de meterse comida en la boca durante un momento.

Edward era profesor de matemáticas en la misma escuela católica de Takoradi donde Yaw enseñaba historia. Se habían conocido en la escuela Achimota de Accra y Yaw valoraba su amistad por encima de la mayoría de las cosas.

—La independencia está al caer —dijo Yaw.

La señora Boahen soltó uno de sus suspiros a pulmón lleno.

—Si está al caer, que caiga, porque yo ya estoy harta de oíros hablar de ella —se quejó—. ¿De qué te servirá a ti si no tienes nadie que te haga la cena?

Corrió a buscarles agua al pequeño edificio de piedra, y Yaw rompió a reír. Ya se imaginaba el subtítulo que pondrían debajo de su nombre en los papeles de la revolución: «Típica mujer de la Costa del Oro que se preocupa más por la cena que por la libertad.»

—Lo que deberías hacer es ahorrar para ir a Inglaterra o a América a seguir estudiando. No puedes liderar una revolución desde un pupitre de maestro —afirmó Edward.

—Ya soy demasiado mayor para ir a América. Y también para hacer la revolución. Además, si recurrimos al hombre blanco para formarnos, sólo aprenderemos lo que el hombre blanco quiere que aprendamos. Regresaremos y construiremos el país que ellos quieren: uno que continúe a su servicio. Jamás seremos libres.

Edward negó con la cabeza.

—Eres demasiado rígido, Yaw. Hay que empezar por alguna parte.

—Pues empecemos por nosotros mismos.

De eso trataba su libro, pero no dijo más, pues ya sabía de qué acabarían discutiendo. Los dos habían nacido en la

282

época en que la colonia británica absorbió a los asante. Los padres de ambos habían luchado por la libertad en las diversas guerras. Los dos querían las mismas cosas, pero tenían ideas diferentes sobre cómo conseguirlas. A decir verdad, Yaw no se creía capaz de liderar una revolución desde ninguna parte. Aunque lo terminase, nadie leería su libro.

La señora Boahen apareció con un cuenco grande de agua y los hombres se lavaron las manos.

—Señor Agyekum, conozco a una chica muy agradable. Aún está en edad de tener hijos, así que no tienes que preocuparte por...

—Bueno, ya es hora de que me vaya —la interrumpió Yaw.

Estaba siendo descortés y lo sabía. Al fin y al cabo, la señora Boahen no se equivocaba: no tenía ninguna obligación de cocinar para él, pero Yaw opinaba que tampoco le correspondía darle lecciones. Estrechó la mano de Edward y también la de la señora Boahen, y regresó a la casita donde vivía, en los terrenos de la escuela.

Mientras recorría el kilómetro y medio de campus, vio a unos niños jugando al fútbol. Eran ágiles y tenían pleno control de su cuerpo. Sus movimientos eran de una fuerza que él no había tenido a su edad. Se detuvo un momento a mirarlos y la pelota no tardó en volar hacia él. La atrapó y agradeció la oportunidad de ejercitarse un poco.

Los niños agitaron la mano y enviaron a un alumno nuevo a por la pelota; éste se acercó sonriendo, pero a medida que iba aproximándose, perdió la sonrisa y la sustituyó una mirada de temor. Se quedó plantado delante de Yaw sin decir nada.

—¿Quieres la pelota? —preguntó Yaw.

El niño asintió rápido, sin apartar la vista de él. El maestro la lanzó con más fuerza de la que pretendía, y el niño la cogió y salió corriendo.

—¿Qué le pasa en la cara? —oyó que preguntaba al reunirse con los demás, pero antes de que respondiesen, Yaw ya se había marchado.

• • •

Aquél era el décimo año que daba clase en esa escuela. Todos los cursos eran iguales. La nueva cosecha de alumnos adornaba el patio de la escuela: pelo recién cortado, uniformes acabados de planchar. Llevaban consigo los horarios, los libros, el poco dinero que sus padres o los habitantes de la aldea habían conseguido reunir para ellos, y se preguntaban unos a otros a quién tenían para esta asignatura y aquélla, y siempre que uno de ellos respondía el nombre del señor Agyekum, otro contaba la historia que su hermano mayor o su primo había oído sobre el profesor de historia.

El primer día del segundo semestre, Yaw observó cómo los estudiantes nuevos entraban sin prisa. Siempre eran niños obedientes, escogidos para asistir a aquella escuela por su inteligencia o su patrimonio, para aprender el libro del hombre blanco. Por los caminos de losas del patio, en dirección a su aula, armaban tal escándalo que uno podía imaginárselos en sus aldeas, luchando y cantando y bailando, antes de saber siquiera lo que era un libro, antes de que sus familias comprendiesen que un libro era un objeto que un niño podía querer, e incluso necesitar. Sin embargo, al llegar a la clase, cuando posaban los libros de texto sobre los pequeños pupitres de madera, se quedaban en silencio, embelesados. El primer día estaban tan callados que Yaw oía a los polluelos del alféizar suplicando alimento.

—¿Qué pone en la pizarra? —preguntó.

Enseñaba a alumnos de secundaria, casi todos de entre catorce y quince años, que ya habían aprendido a leer y escribir en inglés en los cursos anteriores. Cuando acababa de acceder al puesto, Yaw le había argumentado al director que debería poder dar clase en las lenguas regionales de los chicos, pero éste se había reído de él. Yaw sabía que era una esperanza vana: había demasiados idiomas para intentarlo siquiera.

Yaw los observó. Siempre era capaz de adivinar qué chaval levantaría la mano primero por la forma en que se echaba hacia delante en el asiento y miraba a los lados para ver si algún otro desafiaba su deseo de ser el primero en hablar. En esa ocasión, la alzó un chico muy menudo llamado Peter.

—Pone: «La historia es contar historias» —respondió Peter.

Sonrió, y la emoción contenida empezó a liberarse.

—«La historia es contar historias» —repitió Yaw.

Recorrió los pasillos entre las hileras de pupitres asegurándose de mirar a todos los alumnos a los ojos. Cuando acabó, se quedó al fondo del aula para que los chicos tuviesen que volver la cabeza para verlo, y preguntó:

—¿Quién quiere contar la historia de por qué tengo esta cicatriz?

Los alumnos se revolvieron en los asientos, sus brazos y piernas flácidos y temblorosos. Se miraban, tosían, apartaban la vista.

—No seáis tímidos —instó Yaw con una sonrisa, y asintió para animarlos.

»¿Peter?

El chico, que hacía apenas unos segundos estaba tan dispuesto a hablar, le lanzó una mirada suplicante. El primer día con un nuevo grupo de alumnos siempre era el favorito de Yaw.

—¿Señor Agyekum?

—¿Qué historia has oído contar acerca de mi cicatriz? —preguntó el maestro sin dejar de sonreír y con la esperanza de aliviar el miedo creciente del niño.

Peter carraspeó y agachó la cabeza.

—Dicen que usted nació del fuego —empezó—. Y por eso es tan listo. Porque el fuego lo iluminó.

—¿Alguien más?

Un chico que se llamaba Edem alzó la mano con timidez.

—Dicen que su madre estaba luchando contra los espíritus malignos de Asamando.

Entonces habló William:

—Yo he oído que su padre estaba tan apenado por la pérdida de los asante que maldijo a los dioses y éstos se vengaron.

Otro llamado Thomas:

—A mí me han dicho que se lo hizo usted mismo para tener algo de que hablar el primer día de clase.

Todos los chicos rompieron a reír, y Yaw también tuvo que disimular lo gracioso que le había parecido. Sabía que se había corrido el rumor sobre aquella clase; los mayores contaban a los más jóvenes qué esperar de él.

Aun así, continuó y regresó hacia el frente de la clase para mirar a sus alumnos, los chicos más inteligentes de la incierta Costa del Oro, que estaban allí para aprender el libro de los blancos de un hombre con la cara marcada.

—¿Cuál de todas es la historia correcta? —les preguntó a todos.

Los demás escudriñaron a los que habían respondido la pregunta anterior como si al sostener una mirada pudiesen decidir a quién serían leales, emitiendo su voto con los ojos.

Al final, cuando los murmullos se acallaron, Peter levantó la mano.

—Señor Agyekum, no podemos saber cuál es la correcta. —Miró a sus compañeros, que empezaban a comprender—. No podemos saber cuál es la verdadera, porque no estábamos allí.

Yaw asintió. Se sentó en la silla al frente de la clase y estudió a los jóvenes que tenía delante.

—Ése es el problema de la historia. No podemos conocer aquello que no hemos visto y vivido de primera mano. Tenemos que fiarnos de la palabra de los demás. Los que estuvieron presentes en los días de antaño contaban historias a sus hijos para que ellos pudiesen contárselas a los suyos, y así durante generaciones. Pero ahora nos encontramos ante el problema de las versiones contradictorias. Kojo Nyarko decía que cuando los soldados fueron a su aldea, llevaban chaquetas rojas, pero Kwame Adu contaba que eran azules. ¿Qué historia debemos creer?

Los niños guardaron silencio y lo miraron, a la espera.

—Creemos al que tiene el poder. Él es quien consigue escribir su historia. Por eso cuando estudiáis historia, siempre debéis preguntaros: «¿De quién es la versión que no me han contado? ¿Qué voz fue silenciada para que ésta se oyese?» Cuando hayáis respondido a eso, debéis encontrar también esa otra historia. A partir de ahí, empezaréis a haceros una idea más clara, aunque aún imperfecta, de la situación.

En el aula no se movía ni un alma. Los polluelos del alféizar todavía esperaban el alimento y seguían llamando a su madre. Yaw dejó a los chicos un tiempo para pensar en lo que acababa de decirles y reaccionar, pero al ver que ninguno lo hacía, continuó:

—Abramos el libro por la página...

Uno de los alumnos tosió. Yaw levantó la mirada y vio que William había alzado la mano, así que le hizo una seña con la cabeza para que hablase.

—Señor Agyekum, todavía no nos ha explicado de dónde viene la cicatriz.

Yaw notó las miradas de todos los chicos clavadas en él, pero siguió sin levantar la cabeza. Resistió el impulso de llevarse la mano a la mitad izquierda del rostro, palpar la piel abultada y dura, con unas líneas y ondas que, cuando tan sólo era un niño, le recordaban a un mapa. Quería que ese mapa le mostrase la manera de salir de Edweso y, hasta cierto punto, era lo que había hecho. Los vecinos de la aldea a duras penas se atrevían a mirarlo y habían reunido dinero para enviarlo a la escuela a aprender, pero también, según sospechaba Yaw, para no tener aquel recordatorio constante de su vergüenza. En otros aspectos, el mapa de la piel cicatrizada de Yaw no lo había conducido a ninguna parte. No se había casado. No quería abanderar ningún movimiento. Edweso aún lo acompañaba.

No se tocó la cicatriz, sino que dejó el libro con cuidado sobre la mesa y se recordó que debía sonreír.

—No era más que un bebé. Sólo sé lo que me han contado.

Lo que le habían contado: que la Loca de Edweso, la Caminante, su madre, Akua, había prendido fuego a la choza mientras sus hermanas y él, que aún era un bebé, dormían. Que su padre, Asamoah, el Cojo, sólo había conseguido salvar a uno: al hijo varón. Que el Cojo había impedido que quemasen a la Loca. Que juntos se habían exiliado a las afueras del pueblo. Que cuando todavía era tan pequeño que aún no había olvidado el sabor de la teta de su madre, los vecinos habían recolectado dinero para enviar al hijo de las cicatrices a estudiar a una escuela. Que el Cojo había muerto cuando el hijo aún estaba allí. Que la Loca seguía viva.

Yaw no había regresado a Edweso desde el día en que partió hacia la escuela. Durante muchos años, su madre le había enviado cartas, cada una de ellas con la caligrafía de la persona a quien hubiera convencido ese día para que se la escribiera. En ellas le suplicaba que fuese a visitarla, pero él nunca contestaba, así que al final ella dejó de enviárselas. Cuando aún estudiaba, Yaw pasaba las vacaciones en casa de la familia de Edward, en Oseim. Ellos lo aceptaron como uno de los suyos, y Yaw los quería como si perteneciese a la familia. Era un amor acérrimo e incondicional, igual que el del perro callejero que sigue al hombre a casa todas las noches, feliz de que lo deje caminar a su lado. En Oseim, Yaw conoció a la primera chica que despertó su interés. En la escuela, los poetas románticos eran sus favoritos, y en Oseim llegó a pasar noches copiando versos de Wordsworth y Blake en hojas de árbol que esparcía junto a la orilla del río, justo donde ella iba a por agua.

Pasó una semana entera haciéndolo, a sabiendas de que las palabras de unos ingleses blancos no significarían nada para ella, que no podría leerlas. Consciente de que tendría que acudir a él para saber qué decían. Pensaba en ello todas las noches, en que la chica le llevase un puñado de hojas para que él le recitase «Un sueño» o «Un pensamiento nocturno».

Sin embargo, la chica recurrió a Edward. Fue él quien le leyó los versos y después le reveló que las hojas eran obra de Yaw.

—Le gustas, ¿sabes? —dijo Edward—. A lo mejor un día te pide que te cases con él.

Pero la chica negó con la cabeza y chasqueó la lengua con desagrado.

—Si me caso con él, mis hijos serán feos —sentenció.

Esa noche, tumbado junto a Edward en su habitación, Yaw escuchó a su mejor amigo contarle que le había explicado a la chica que las cicatrices no se heredaban.

Y ahora, cuando se acercaba su quincuagésimo cumpleaños, Yaw ya no estaba seguro de que fuese así.

El semestre pasó. En junio, Kwame Nkrumah, un líder político de Nkroful, fundó el Partido de la Convención del Pueblo y Edward no tardó en unirse a él.

—La independencia está al caer, hermano —le decía Edward. Le gustaba repetírselo siempre que Yaw iba a cenar con él y con su esposa. Era algo cada vez menos frecuente: la señora Boahen esperaba el quinto hijo y el embarazo estaba siendo difícil. Tanto que los Boahen dejaron de invitar a gente a su casa. Primero a los demás profesores y a los amigos que habían hecho en la ciudad, pero al cabo de un tiempo Yaw también notó que ya no era tan bien recibido.

Así que buscó ayuda doméstica. Hasta donde le alcanzaba la memoria, se había resistido a meter a otras personas en su casa. Sabía cocinar unos cuantos platos suficientemente bien, podía ir a por agua y lavarse la ropa él mismo. No tenía la casa tan ordenada como le obligaban a mantener la habitación de la escuela, pero eso no lo molestaba. Prefería el desorden y las comidas sencillas a tener que compartir la casa con otra persona que lo mirase.

—¡Eso es ridículo! —exclamó Edward—. Eres maestro: hay gente mirándote todo el día.

Pero para Yaw eso era distinto. Delante de la clase no era él mismo. Era un intérprete que seguía la tradición de los bailarines y cuentistas que iban de pueblo en pueblo. Sólo en su casa era él de verdad. Tímido y solitario, enfadado y avergonzado. No quería que nadie lo viese allí.

Edward se ocupó de entrevistar a todas las candidatas y al final Yaw acabó con Esther, una ahanta de la misma ciudad de Takoradi.

Era una joven normalita. Puede que incluso fea. Tenía los ojos demasiado grandes para su cabeza y ésta demasiado grande para el resto del cuerpo. El primer día de trabajo, Yaw le mostró el cuarto donde dormiría al fondo de la casa y le dijo que él pasaba la mayor parte del tiempo escribiendo. Le pidió que no lo molestase y fue a sentarse al escritorio.

El libro se le estaba rebelando. Los líderes políticos del movimiento por la independencia de la Costa del Oro, los Seis Grandes, habían estudiado en Estados Unidos y en Inglaterra, y que Yaw supiese, eran todos como Edward: pacientes pero contundentes, convencidos de que la independencia terminaría por llegar. Yaw leía cada vez más sobre el movimiento libertario de los negros de América, y sentía atracción por la rabia incendiaria que acompañaba hasta la última línea de sus libros. Quería conseguir lo mismo con el que estaba escribiendo: desatar el furor académico. Y sin embargo, no parecía capaz de producir más que un lamento denso e interminable.

—Discúlpeme, señor.

Yaw levantó la mirada del libro. Tenía a Esther delante, con la larga escoba hecha a mano que había insistido en llevar consigo a pesar de que Yaw le había dicho que en su casa había muchas.

—No hace falta que hables en inglés —dijo Yaw.

—Sí, señor, pero mi hermana dice que usted es profesor y que por eso tengo que hablar inglés.

Parecía aterrada, con los hombros hundidos y aferrándose a la escoba con tanta fuerza que Yaw vio que la piel de los nudillos empezaba a tensarse y enrojecerse. Le habría gustado poder taparse la cara para tranquilizar a la joven.

—¿Entiendes el twi? —le preguntó en su lengua natal, y Esther asintió—. Entonces, habla con libertad. Ya oímos suficiente inglés.

Fue como si hubiese abierto unas compuertas. El cuerpo de la joven adoptó una postura más relajada y Yaw se dio cuenta de que no era su cicatriz lo que la aterraba, sino el problema del idioma: un indicador de su educación, de su clase, comparada con la de él. Había estado muerta de miedo pensando que tendría que hablar la lengua de los blancos con el maestro del libro blanco. En cambio ahora, liberada del inglés, Esther le ofreció la sonrisa más amplia que Yaw había visto en mucho tiempo. Vio el espacio ancho y desvergonzado que se abría como una puerta entre sus incisivos, y de pronto notó que se concentraba en esa entrada como si a través de ella pudiera verle la garganta, las entrañas, el hogar de su alma.

—Señor, he acabado de limpiar la habitación. Ahí dentro tienes muchos libros, ¿lo sabías? ¿Los has leído todos? ¿Sabes leer en inglés? Señor, ¿dónde guardas el aceite de palma? En la cocina no lo he encontrado. Es una cocina bonita. ¿Qué quieres para cenar? ¿Quieres que vaya al mercado? ¿Qué estás escribiendo?

¿Acaso respiraba? Si lo hacía, Yaw no lo oyó ni una vez. Pasó las páginas del libro adelante y atrás y luego lo dejó a un lado mientras pensaba qué decir.

—Para cenar, haz lo que quieras. No me importa.

Ella asintió. No parecía descontenta porque hubiese contestado sólo a una de sus preguntas.

—Haré sopa de cabra y guindilla —anunció ella con la cabeza gacha.

291

Se movía a un lado y a otro, como si buscara en el suelo algún pensamiento que se le hubiera caído.

—Hoy iré al mercado. —Levantó la mirada—. ¿Te gustaría venir conmigo?

De repente, Yaw se sintió enfadado o nervioso. Como no sabía cuál de las dos cosas era, optó por responder con rabia.

—¡¿Para qué querría ir al mercado contigo?! ¡¿No trabajas para mí?! —gritó.

Ella cerró la boca y el portal que llevaba a su alma quedó oculto. Ladeó la cabeza y lo miró como si acabase de caer en que Yaw tenía rostro, y su rostro, una cicatriz. Lo estudió un segundo más y después sonrió de nuevo.

—Creía que a lo mejor querrías descansar un rato de tanto escribir. Mi hermana dice que los maestros son muy serios porque hacen todo su trabajo pensando, y que a veces hay que recordarles que también deben usar el cuerpo. Si vamos al mercado, usarás el cuerpo, ¿no?

Entonces le tocó sonreír a él. Esther se echó a reír con la boca bien abierta y de pronto Yaw sintió el extraño impulso de meter la mano y sacar algo de esa felicidad para sí, para llevarla siempre consigo.

Fueron al mercado. Había mujeres gordas con bebés enganchados a los pechos que vendían sopa, maíz, ñames, carne. Los hombres y los chicos jóvenes regateaban. Algunos vendían alimentos; otros, tallas y tambores de madera. Yaw se detuvo en el puesto de un chico que aparentaba unos trece años y estaba usando un cuchillo muy fino para tallar símbolos en un tambor mientras su padre lo miraba con atención. Yaw reconoció al hombre de la festividad del Kundum del año anterior: era uno de los mejores percusionistas que había visto en la vida, y mientras éste miraba a su hijo, Yaw vio con claridad que deseaba que el muchacho fuese aún mejor.

—¿Te gusta tocar? —preguntó Esther.

Yaw no era consciente de que ella había estado observándolo. Se le hacía muy raro tener que reparar en otras personas. Al final no se había enfadado; sólo se había puesto nervioso.

—¿A mí? No, no. Nunca he aprendido.

Ella asintió. Llevaba la cabra que acababan de comprar atada con una cuerda, y de vez en cuando el animal se ponía terco, clavaba las pezuñas en la tierra y daba cabezazos al aire, momento en que sus cuernos reflejaban la luz. Ella tiraba con fuerza y la cabra balaba, tal vez quejándose de Esther. Aunque quizá habría balado de todos modos.

Yaw se dio cuenta de que debía decir algo. Carraspeó y la miró, pero no tenía palabras. Ella sonrió.

—La sopa de cabra me sale muy buena —afirmó ella.

—¿De verdad?

—Sí, es tan buena que pensarás que la ha hecho tu madre. ¿Dónde está tu madre? —preguntó ella con esa forma suya de hablar sin respirar.

La cabra se plantó y chilló. Esther se enrolló la cuerda una vez más alrededor de la muñeca y tiró de ella. Yaw pensó que debería ofrecerse a llevar la cabra, pero no lo hizo.

—Mi madre vive en Edweso. No la he visto desde el día que cumplí seis años —explicó, e hizo una pausa—. Ella fue la que me hizo esto.

Señaló la cicatriz y giró el cuerpo para que Esther pudiese verla mejor.

La mujer se detuvo, así que él también. Lo miró, y durante un segundo Yaw temió que fuese a estirar el brazo y a tratar de tocarle la cara, pero no lo hizo.

—Sientes mucha rabia —dijo en su lugar.

—Sí —respondió él.

Era algo que apenas se admitía a sí mismo, y mucho menos a los demás. Cuanto más se miraba al espejo, cuanto más tiempo vivía solo, cuanto más tiempo permanecía colonizado el país que amaba, más rabia sentía. Y el objeto misterioso y nebuloso de aquella rabia era su madre: una mujer cuyo rostro apenas recordaba, pero que se reflejaba en su cicatriz.

—Pues no te sienta bien —dijo Esther.

Dio otro buen tirón a la cabra y Yaw la oyó balar mientras las dos caminaban delante de él.

Estaba enamorado de ella. Pasaron cinco años antes de que fuese consciente de ello, aunque tal vez lo supiese desde el primer día. Era verano y no se quitaban de encima la neblina persistente del calor, constante como un rumor bajo, un calor que podía oírse. Yaw no tenía que dar clase en el semestre de verano, así que disponía de horas, días enteros para sentarse a leer y escribir. Pero en lugar de eso, observaba a Esther desde su escritorio mientras ella limpiaba. Fingía enfadarse cuando ella descargaba sobre él su lista interminable de preguntas, pero desde aquel primer día, las contestaba todas, una por una. Cuando no llovía, se sentaba a la sombra de un mango grande y frondoso, mientras ella sacaba agua del pozo. La mujer cargaba con el agua hasta la casa usando dos cubos, y los músculos de los brazos se le abultaban y se volvían brillantes por el sudor. Esther sonreía al pasar por delante de él y a Yaw el hueco entre sus dientes le parecía tan adorable que le daban ganas de llorar.

Todo le daba ganas de llorar. Veía las diferencias entre ambos como barrancos insalvables: él era viejo, ella joven. Él había estudiado, ella no. Él tenía una cicatriz, ella estaba entera. Cada una de las diferencias ensanchaba aún más el barranco. No había modo.

Por eso no hablaba. Por las tardes, ella le preguntaba qué quería para cenar, en qué estaba trabajando, si había oído alguna novedad sobre el movimiento por la independencia, si aún estaba pensando en viajar para seguir formándose.

Y él decía lo que era necesario, pero nada más.

—Hoy el *banku* ha salido demasiado pegajoso —se lamentó ella una noche mientras cenaban.

Al principio, Esther insistía en comer aparte, pues según ella no sería apropiado que lo hiciesen juntos, y tampoco le faltaba razón. Pero a Yaw la idea de que estuviese sola en su habitación sin nadie a quien dirigir todas sus preguntas le parecía la peor opción de todas. Así que ahora, esa noche y todas las demás, ella cenaba sentada a la misma mesa pequeña de madera que él.

—Está bueno —respondió él.

Sonrió. Le habría gustado ser un hombre bello con la piel lisa como la arcilla, pero no era de los que podían ganarse a una mujer con su mera presencia: tendría que hacer algo.

—No, otras veces lo he hecho mucho mejor. No te preocupes, no tienes que comértelo si no quieres. Te haré otra cosa. ¿Te apetece sopa?

Ya estaba recogiéndole el plato, pero él se lo impidió.

—Esto ya está bien —repitió él con mayor contundencia.

No sabía qué hacer para ganársela. Durante los últimos cinco años, Esther había conseguido que cada vez se abriese más. Le hacía preguntas sobre su educación, sobre Edward, sobre el pasado.

—¿Quieres ir a Edweso conmigo? —le propuso Yaw—. A visitar a mi madre.

En cuanto lo dijo, se arrepintió. Esther llevaba años incitándolo a ir, pero él desviaba la conversación o no hacía caso. Sin embargo, ahora el amor que sentía lo desesperaba. Ni siquiera sabía si la Loca de Edweso seguía con vida.

Ella no parecía muy segura.

—¿Quieres que vaya contigo?

—Por si necesito que alguien cocine durante el viaje —se apresuró a decir, tratando de despistar.

Ella lo pensó un momento y asintió. Por primera vez desde que la conocía, no tuvo más preguntas.

*

Entre Takoradi y Edweso había doscientos seis kilómetros. Yaw lo sabía porque sentía cada uno de ellos como si fuese una piedra atravesada en su garganta. Doscientas seis piedras acumuladas en la boca que le impedían hablar. Ni siquiera cuando Esther le preguntaba algo —como cuánto quedaba de viaje, cómo explicaría su presencia a los del pueblo y qué le diría a su madre cuando la viese—, las piedras permitían el paso a las palabras. Al cabo de un tiempo, Esther también acabó por guardar silencio.

Recordaba tan poco de Edweso que no sabría decir si había cambiado. Cuando llegaron al pueblo, los recibió un calor sofocante; los rayos del sol se estiraban como un gato después de la siesta. Ese día había apenas unas cuantas personas en la plaza, pero los presentes los observaron sin reservas, impactados por la visión del vehículo o de los desconocidos.

—¿Qué miran? —susurró Esther, abatida.

Estaba preocupada por sí misma, por si la gente pensaba que no era decoroso que viajasen juntos sin estar casados. Ella aún no se lo había dicho, pero Yaw lo veía por cómo bajaba la mirada y caminaba detrás de él.

No pasó mucho tiempo antes de que un niño que no debía de tener más de cuatro años y se agarraba a la cola del pareo de su madre señalase a Yaw con un índice diminuto y dijera:

—Mamá, ¡mírale la cara! ¡Mira la cara!

El padre, que estaba a su lado, le apartó la mano.

—¡Basta de tonterías! —ordenó.

Pero entonces siguió la línea que el niño había trazado con el dedo.

Se acercó a Yaw y a Esther, que se habían quedado plantados sin saber qué hacer, cada uno con una pieza de equipaje en la mano.

—¿Yaw? —preguntó.

Éste dejó la bolsa en el suelo y caminó hasta el hombre.

—Sí —respondió—. Aunque lamento decir que no te recuerdo.

Levantó la mano por encima de las cejas para protegerse del sol, pero no tardó en extenderla de nuevo y ofrecérsela al hombre.

—Me llaman Kofi Poku —respondió el hombre al estrecharle la mano—. Yo debía de tener diez años cuando te marchaste. Ésta es mi esposa, Gifty, y éste mi hijo Henry.

Yaw estrechó la mano de toda la familia y se volvió hacia Esther.

—Ésta es mi... Es Esther —dijo.

Y ella también les dio la mano a todos.

—Supongo que has venido a ver a la Loca —soltó Kofi Poku antes de darse cuenta del error que estaba cometiendo. Se cubrió la boca—. Lo siento. Quería decir Ma Akua.

Por la mirada perdida de Kofi Poku y lo mucho que tardó en pronunciar esas palabras, Yaw se dio cuenta de que hacía años que aquel hombre no había tenido que llamar a su madre por su verdadero nombre. Tal vez nunca. Hasta donde él sabía, la Loca de Edweso podía haberse ganado el título mucho antes de su nacimiento.

—Por favor, no te preocupes —pidió Yaw—. Sí, hemos venido a ver a mi madre.

Justo entonces, la esposa se acercó a Kofi Poku y le susurró algo al oído; el hombre enarcó las cejas y se le iluminó la cara. Cuando habló, lo hizo como si la idea se le hubiera ocurrido a él.

—Tu esposa y tú debéis de estar muy cansados del viaje. Por favor, a mi mujer y a mí nos gustaría que os quedaseis con nosotros. Os prepararemos la cena.

Yaw empezó a decir que no con la cabeza, pero Kofi Poku agitó la mano como si tratase de contrarrestar un movimiento con otro.

—Insisto. Además, tu madre tiene un horario poco habitual. No es buena idea que vayas a verla hoy. Espera hasta mañana por la tarde y mandaremos a alguien a avisar de que vas.

¿Cómo podían negarse? Yaw y Esther tenían pensado ir directos a casa de Akua para alojarse allí, pero en lugar de eso, caminaron algo más de un kilómetro desde la plaza del pueblo hasta la casa de los Poku. Al llegar, el resto de su prole, tres hijas y un hijo, empezaba a hacer la cena. Una de las chicas, la más alta y esbelta, estaba sentada delante de un mortero enorme. El chico sujetaba el palo, que era casi el doble de alto que él. Lo levantaba y lo dejaba caer con fuerza justo cuando su hermana acababa de dar la vuelta al *fufu* en el recipiente, así que escapaba del impacto por los pelos.

—¡Hola, hijos! —voceó Kofi Poku.

Los cuatro dejaron lo que estaban haciendo para saludar a sus padres, pero al ver a Yaw, se quedaron mudos y con los ojos bien abiertos.

La que parecía más pequeña, con dos coletas redondas a cada lado de la cabeza, tiró a su hermano de los pantalones.

—El hijo de la Loca —susurró.

Pero todos la oyeron y Yaw supo con certeza que en su pueblo natal su historia se había convertido en una leyenda.

Todos permanecieron inmóviles un momento, avergonzados, hasta que Esther, con sus brazos grandes y musculosos, le quitó el palo al chico y golpeó el *fufu* en el mortero sin dar tiempo a que ninguno de ellos pensara o reaccionase. La bola de masa quedó plana, y el palo cayó sobre el suelo de arcilla con un ruido sordo.

—¡Ya basta! —gritó cuando todos se habían vuelto a mirarla—. ¿Acaso este hombre no ha sufrido suficiente y tiene que soportar esto al volver a casa? —preguntó.

—Por favor, disculpa a mi hija —dijo la señora Poku, que por primera vez desde que se habían conocido usaba su propia voz para hablar en lugar de la de su marido—. Es que han oído todas las historias. Pero no volverán a cometer este error.

Se volvió, miró a cada uno de sus cinco hijos, incluso al pequeño, que tenía a los pies, y todos comprendieron rápidamente y sin necesidad de más explicaciones.

Kofi Poku carraspeó y les indicó por señas que lo siguiesen hasta las sillas. Por el camino, Yaw susurró:

—Gracias.

Esther se encogió de hombros.

—Que piensen que soy yo la que está loca.

Se sentaron a comer. Los niños les sirvieron, asustados pero amables. Kofi Poku y su esposa les explicaron qué podían esperar de la madre de Yaw.

—Vive sola con una chica que la ayuda en casa en la vivienda que tu padre le construyó en las afueras. Apenas sale, aunque de vez en cuando se la ve por fuera, cuidando del jardín. Tiene un jardín precioso. Mi esposa va a menudo a admirar las flores.

—Cuando la ves, ¿habla? —preguntó Yaw a la señora Poku.

Ella dijo que no con la cabeza.

—No, pero siempre ha sido amable conmigo. A veces incluso me da flores para que me las lleve a casa. Se las pongo a las niñas en el pelo para ir a la iglesia, y creo que eso les traerá buena suerte para el matrimonio.

—No te preocupes —dijo Kofi Poku—, estoy seguro de que te reconocerá. Su corazón te reconocerá.

La esposa y Esther asintieron, y Yaw apartó la mirada.

Había caído la noche en el patio, pero la temperatura no; sólo se había transformado en un zumbido de mosquitos y de bichos.

Yaw y Esther terminaron de cenar y dieron las gracias. Los acompañaron a su habitación, donde Esther insistió en dormir en el suelo mientras a Yaw le tocaba el colchón: una cosa dura y llena de muelles que le atacaba la espalda. Y así durmieron.

Pasaron la mañana preparándose, paseando por Edweso y comiendo muchas veces. Les habían dicho que la madre de Yaw apenas dormía y que, al parecer, prefería las tardes a las mañanas. Así que se tomaron su tiempo. Esther sólo había salido de Takoradi una vez en la vida, y a Yaw le encantaba ver la expresión maravillada de sus ojos al absorber la extrañeza de aquel lugar nuevo.

Todo el mundo creía que estaban casados. Yaw no los sacó de su error, y se alegró mucho de que Esther tampoco lo hiciera, aunque no sabía si lo que la movía era la cortesía o el deseo. No se atrevía a preguntárselo.

Pronto el cielo empezó a oscurecer, y, con cada nueva tonalidad, Yaw sentía más tensión en el estómago. Esther lo miraba con atención y le estudiaba el rostro como si en él pudiera encontrar las instrucciones de cómo debía sentirse ella.

—No tengas miedo —lo tranquilizó.

Desde el día que se conocieron, cinco años antes, ella lo había animado a regresar a casa. Le decía que tenía algo que ver con el perdón, pero Yaw no estaba seguro de creer en él. Era una palabra que oía sobre todo en las pocas ocasiones en que iba a la iglesia de los blancos con Edward y la señora Boahen o, a veces, con Esther. Por eso había empezado a parecerle una palabra que los blancos habían llevado consigo al llegar a África. Un truco que los cristianos habían aprendido y del que hablaban a voces y con libertad a la gente de la Costa del Oro. «Perdón», clamaban mientras cometían sus injusticias. Cuando era más joven, Yaw se preguntaba por qué no se limitaban a predicar que las personas debían evitar hacer el mal. Pero cuanto más mayor se hacía, mejor lo comprendía. El perdón era un acto que tenía lugar después de actuar, un pedazo del futuro de la mala obra. Y si consigues que la gente mire al futuro, tal vez no se dé cuenta de lo que estás haciendo para herirlos en el presente.

Cuando por fin cayó la tarde, Kofi Poku los llevó a casa de la madre de Yaw, en las afueras del pueblo. Yaw la reconoció de inmediato por las plantas exuberantes que crecían en su jardín. Coronando los tallos largos y verdes que se mecían a causa de la brisa o de las criaturas pequeñas que se movían entre ellas, florecían colores que él nunca había visto.

—Yo os dejo aquí —dijo Kofi Poku.

No habían llegado siquiera a la puerta. En cualquier otra familia, en ése y en muchos otros pueblos, se habría considerado descortés que un vecino estuviese tan cerca de la vivienda de alguien y no saludase al señor o la señora de la casa; pero Yaw le adivinaba el malestar en el rostro y por eso se despidió con la mano. Mientras su anfitrión se alejaba le dio las gracias de nuevo.

La puerta estaba abierta, pero Yaw llamó con los nudillos dos veces. Esther esperó detrás de él.

—¿Hola? —se oyó a una voz que sonaba confundida.

Una mujer que parecía mayor que Yaw asomó por una esquina con un cuenco de arcilla en las manos. Cuando vio a Yaw y reparó en la cicatriz, ahogó un pequeño grito y el cuenco se hizo añicos contra el suelo. Los pedazos de barro rojizo se esparcieron desde la puerta hasta el jardín. Trozos diminutos que ya no encontrarían y que acabarían absorbidos por la misma tierra de la que procedían.

La mujer daba voces.

—¡Damos gracias a Dios por su misericordia! Damos gracias porque esté vivo. A nuestro Dios, ¡el que no duerme!

Se puso a danzar por toda la habitación.

—¡Anciana, Dios te ha traído a tu hijo! Anciana, Dios te ha traído a tu hijo para que no tengas que irte a Asamando sin verlo. Anciana, ¡ven a ver! —gritaba.

Detrás de él, Yaw oyó que Esther daba palmas, rezando su propia oración. No se volvió, pero supo que sonreía de oreja a oreja, y ese pensamiento cálido le confirió suficiente valentía para adentrarse un poco más en la vivienda.

—¿Es que no me oye la vieja? —musitó la mujer, y se volvió rápidamente hacia el cuarto.

Yaw no se detuvo; al principio siguió a la mujer, pero enseguida continuó hasta llegar al salón. Su madre estaba sentada en un rincón.

—Así que por fin regresas a casa —dijo ella, y sonrió.

De no haber sabido de antemano que la mujer de aquella casa era su madre, no lo habría adivinado. Yaw tenía cincuenta y cinco años, lo que quería decir que ella debía de tener setenta y seis, aunque parecía más joven. Sus ojos poseían la mirada libre y ligera de los jóvenes, y su sonrisa era generosa y sabia. Cuando se levantó, vio que tenía la espalda erguida, que sus huesos aún no se habían torcido bajo el peso de los años. Caminó hacia él con movimientos fluidos en lugar de rígidos, sin que se le trabasen las articulaciones. Y cuando lo tocó, cuando tomó las manos de Yaw entre las suyas —cicatrizadas y destrozadas—, cuando le acarició el dorso con los pulgares retorcidos, Yaw sintió la suavidad de sus quemaduras, su absoluta suavidad.

—El hijo regresa a casa por fin. Los sueños no fallan, siempre se hacen realidad. No fallan.

No le soltó las manos. Desde la entrada, la sirvienta carraspeó, y Yaw se volvió y la vio junto a Esther, ambas sonriendo de oreja a oreja.

—Anciana, ¡vamos a preparar una cena! —gritó entonces la mujer.

Yaw se preguntó si siempre hablaba así de alto o si el volumen era en su honor.

—Por favor, no queremos molestar.

—¿Cómo? ¿Que el hijo regresa a casa después de todos estos años y la madre no va a matar una cabra?

Chasqueó la lengua de camino hacia la puerta.

—¿Y tú? —preguntó Yaw a Esther.

—¿Quién hervirá el ñame mientras la mujer mata la cabra? —repuso Esther con picardía.

Yaw las miró marcharse y por primera vez se puso nervioso. De pronto, sintió algo que no había sentido en mucho mucho tiempo.

—¡¿Qué haces?! —gritó.

Su madre le había cubierto la cicatriz con la mano y acariciaba con los dedos la piel lesionada que sólo él había tocado en casi medio siglo.

Ella continuó sin inmutarse por la indignación de su hijo. Con los dedos quemados, fue desde el lugar donde en su día había estado la ceja hasta los pliegues de la mejilla y la barbilla cicatrizada. Lo palpó todo, y hasta que hubo acabado Yaw no se echó a llorar.

Ella tiró de él para que se sentara con ella en el suelo, lo estrechó contra su pecho y empezó a canturrear en voz baja.

—¡Mi hijo, oh, hijo mío! ¡Mi hijo, oh, hijo mío!

Estuvieron así un buen rato y, cuando Yaw hubo derramado más lágrimas que en toda su vida, después de que su madre dejase de cantarle su nombre al mundo, se separó de ella para poder mirarla.

—Cuéntame la historia de mi cicatriz.

Ella suspiró.

—¿Cómo puedo contarte la historia de la cicatriz sin narrar primero la de mis sueños? ¿Y cómo hablar de mis sueños sin mencionar a mi familia? A nuestra familia.

Yaw esperó. Su madre se levantó del suelo y le indicó que hiciese lo mismo. Señaló una silla que había a un lado de la sala y se sentó en la de enfrente. Miró la pared que había detrás de la cabeza de su hijo.

—Antes de que tú nacieses, empecé a tener pesadillas. Todas comenzaban igual: con la visita de una mujer hecha de fuego que llevaba a dos niñas en brazos. Las niñas, que también eran de fuego, desaparecían, y la mujer dirigía su rabia contra mí.

»Incluso antes de que los sueños empezaran, yo no estaba bien. Mi madre había muerto a manos del Misionero, en la escuela de Kumasi. ¿La conoces?

Yaw respondió que no con la cabeza. No había oído la historia y, aun en caso contrario, habría sido demasiado pequeño para recordarla.

—A mí me crió el Misionero. Mi único amigo era un chamán. Siempre fui una niña triste, porque no sabía que había otras formas de vivir. Cuando me casé con tu padre pensé que podía ser feliz, y cuando tuve a tus hermanas...

De pronto, se le estranguló la voz, pero levantó los hombros y empezó de nuevo.

—Cuando tuve a tus hermanas, creí que era feliz. Pero entonces vi cómo quemaban a un hombre en la plaza de Edweso y empecé a tener esos sueños. Más tarde se declaró la guerra y las pesadillas empeoraron. Cuando tu padre regresó con una pierna de menos, empeoraron aún más. Te tuve a ti, y la tristeza no desapareció. Yo trataba de no dormir, pero soy humana y el sueño no lo es. No era un combate justo. Una noche, mientras dormía, prendí fuego a la choza. Dicen que tu padre sólo pudo salvar a uno: a ti. Pero eso no es del todo cierto, porque también me salvó a mí de la gente del pueblo. Durante muchos años deseé que no lo hubiera hecho.

»Sólo me dejaban verte para darte de comer. Después te enviaron a alguna parte y se negaron a decirme adónde. Desde ese día, he vivido en esta casa con Kukua.

Como si la hubiese llamado, Kukua, la vieja sirvienta, entró con un poco de vino. Sirvió primero a Yaw y después a su madre, pero ésta rehusó la bebida. Kukua se marchó sin hacer ningún ruido, igual que había entrado.

Yaw se bebió el vino como si fuese agua. Cuando posó el vaso vacío en el suelo, devolvió la atención a su madre, que respiró hondo y reanudó el relato.

—No dejé de tener sueños. Ni después del fuego ni hasta hoy. Empecé a conocer a la mujer del fuego. A veces, como la noche que incendié la casa, ella me llevaba al mar en Costa del Cabo. Otras, a una granja de cacao o a Kumasi. No sabía por qué. Yo buscaba respuestas, así que regresé a la escuela de las misiones de Kumasi a preguntar por la familia de mi madre. El Misionero me dijo que habían quemado todas las pertenencias de mi madre, pero era mentira. Se había quedado con una cosa.

Su madre cogió el colgante que llevaba al cuello y se lo mostró a Yaw. Era el de Effia, negro y reluciente. Yaw lo tocó y sintió su suavidad.

—Llevé el collar al hijo del chamán para hacer una ofrenda a nuestros ancestros y que dejasen de castigarme. Entonces Kukua debía de tener catorce años. Iniciamos el ritual, pero el hijo del chamán paró de repente; soltó el collar y dijo: «¿Sabes que tu linaje alberga un mal?» Creí que se refería a mí, a las cosas que yo había hecho, por eso asentí. Pero entonces continuó: «Este objeto que llevas no te pertenece.» Cuando le hablé de mis sueños, respondió que la mujer del fuego era la visita de un antepasado, que la piedra negra le había pertenecido y por eso él notaba que se le calentaba en las manos. Dijo que si escuchaba a esa mujer, ella me diría de dónde venía yo. Que debería alegrarme de haber sido la elegida.

Yaw se enfadó una vez más. ¿Por qué debería alegrarse su madre cuando su vida era una ruina, igual que la de él? ¿Cómo podía alegrarse de eso?

Akua debió de percibir su enfado. Era muy vieja, pero se acercó y se postró ante él. Yaw supo que estaba llorando porque le mojó los pies.

Ella lo miró y dijo:

—Nunca me perdonaré lo que hice. Jamás. Pero cuando oí las historias de la mujer de fuego, supe que el chamán tenía razón: hay maldad en nuestro linaje. Hay personas que hicieron cosas malas porque no veían las consecuencias de sus actos. No tenían unas manos quemadas a modo de advertencia.

Las tendió hacia su hijo, y él las observó con atención. Reconoció que esa piel era la suya propia.

—Esto es lo que sé ahora, hijo mío: el mal engendra el mal. Crece. Muda para que a veces no seas capaz de ver que los males del mundo comenzaron siendo los males de tu propia casa. Siento que hayas sufrido. Siento que tu sufrimiento proyecte una sombra sobre tu vida, sobre la mujer con la que aún has de casarte y los hijos que aún no tienes.

Yaw la miró con sorpresa, pero ella sonrió, sin más.

—Cuando alguien comete una injusticia, ya seas tú o yo, madre o padre, ya sean los hombres de la Costa del Oro o el hombre blanco, es como cuando un pescador lanza una red al agua: se queda tan sólo con uno o dos pescados, los que necesita para comer, y devuelve el resto al agua pensando que sus vidas regresarán a la normalidad. Pero los que han sido cautivos no lo olvidan, aunque sean libres de nuevo. Aun así, Yaw, debes permitirte ser libre.

Yaw levantó a su madre del suelo y la abrazó mientras ella rezaba: «Sé libre, Yaw. Sé libre.» La abrazó y se sorprendió de lo ligera que era.

Esther y Kukua no tardaron en llegar con una olla tras otra de comida. Sirvieron a Yaw y a su madre hasta bien entrada la noche y comieron hasta que salió el sol.

Sonny

En el calabozo, Sonny tuvo tiempo para leer. Aprovechó las horas hasta que su madre pagó la fianza para hojear *Las almas del pueblo negro*. Ya lo había leído cuatro veces, pero todavía no se cansaba de él. Reafirmaba sus motivos para estar allí, en un banco de hierro, en una celda con barrotes. Siempre que sentía que su trabajo en la Asociación Nacional para el Progreso de las Personas de Color era en vano, ojeaba las páginas desgastadas del libro y eso reforzaba su determinación.

—¿No estás harto de esto? —preguntó Willie al irrumpir en la comisaría.

Sujetaba el abrigo raído en una mano y una escoba en la otra. Llevaba limpiando casas en el Upper East Side desde que Sonny tenía memoria, y como no confiaba en las escobas de los blancos, siempre cargaba con la suya de una estación de metro a otra, de la calle a las casas. Cuando era adolescente, ver a su madre arrastrarla por ahí como si fuese una cruz lo avergonzaba una barbaridad. Si él estaba jugando en las canchas de baloncesto con sus amigos y ella lo llamaba con la escoba en la mano, la negaba como Pedro.

«¡Carson!», gritaba ella, y él respondía con su silencio y sentía que tenía motivos para no contestar, pues hacía mucho tiempo que se hacía llamar Sonny. Dejaba que chillara

307

su nombre completo unas cuantas veces más antes de soltar un simple «¿Qué?». Sabía que pagaría por ello al llegar a casa. Sabía que su madre sacaría la Biblia y se pondría a rezar a voces delante de él, pero lo hacía de todos modos.

Sonny cogió *Las almas del pueblo negro* mientras el agente abría la puerta, saludó a los demás hombres que habían sido arrestados durante la marcha con una inclinación de la cabeza y pasó a su madre de largo.

—¡¿Cuántas veces tendrán que meterte en el calabozo?! —le gritó Willie a la espalda, pero Sonny no se detuvo.

No era que él mismo no se hubiera hecho esa pregunta en un centenar de ocasiones o más: ¿cuántas veces sería capaz de levantarse del suelo sucio de una celda? ¿Cuántas horas podía pasar en una marcha? ¿Cuántas magulladuras de la policía coleccionaría? ¿Cuántas cartas podía enviar al alcalde, al gobernador o al presidente? ¿Cuántos días más harían falta para que algo cambiase? Y cuando cambiase, ¿realmente cambiaría? ¿Estados Unidos sería distinto, o más o menos igual?

Según Sonny, el problema de América no era la segregación, sino el hecho de que fuera imposible aplicarla. Sonny no recordaba un tiempo en que no hubiese tratado de alejarse de los blancos, pero pese a lo grande que era el país, no había adónde ir. Ni siquiera a Harlem, donde los blancos eran propietarios de prácticamente todo lo que alcanzaba la vista o se podía tocar con la mano. Lo que él anhelaba era África. Marcus Garvey tenía razón: los esfuerzos de Liberia y Sierra Leona habían dado sus frutos, al menos en teoría. La cuestión era que en la práctica las cosas no funcionaban igual de bien. La práctica de la segregación aún significaba que Sonny tenía que ver a personas de raza blanca sentadas en la parte delantera de cualquier autobús al que subiese, que hasta el último mocoso blanco con el que se cruzara lo llamase «chico». La práctica de la segregación significaba que se veía obligado a sentir que sus diferencias eran desigualdades, y con eso no estaba dispuesto a tragar.

—¡Carson, estoy hablando contigo! —chilló Willie.

Sonny sabía que nunca sería demasiado mayor para un coscorrón, así que se volvió hacia su madre.

—¿Qué?

Ella lo fulminó con la mirada, pero él se la devolvió. Durante los primeros años de su vida, estaban sólo Willie y él. Por mucho que lo intentase, era incapaz de evocar la imagen de su padre, y aún no había perdonado a su madre por ello.

—Eres un necio testarudo —dijo Willie, y le dio un empujón al pasar por su lado—. Tienes que empezar a pasar tiempo con tus hijos, no en el calabozo: eso es lo que tienes que hacer.

Musitó la última frase entre dientes y Sonny apenas oyó lo que decía, pero habría sabido que decía esas palabras aun si ella no las hubiera pronunciado. Él estaba furioso con su madre porque no tenía padre, y ella estaba furiosa con él porque se había convertido en un padre tan ausente como el suyo.

Sonny estaba en el grupo de Vivienda de la Asociación Nacional para el Progreso de las Personas de Color. Una vez a la semana visitaban, con el resto de los hombres y las mujeres del equipo, los distintos vecindarios de Harlem y preguntaban a la gente cómo le iba.

—Tenemos tantas ratas y cucarachas que nos hemos visto obligados a guardar los cepillos de dientes en el frigorífico —explicó una madre.

Era el último viernes del mes y a Sonny todavía le duraba el dolor de cabeza del jueves por la noche.

—Vaya —respondió él.

Se pasó una mano por la frente, como si así pudiese absorber un poco de aquel dolor palpitante y eliminarlo. Mientras la mujer hablaba, Sonny fingía tomar notas en un cuaderno, pero era la misma historia que había escuchado en la última casa, y también en la anterior. De hecho, Sonny podría no haber llamado a la puerta de ninguno de los apartamentos y aun así saber qué dirían los inquilinos. Willie, su hermana Josephine y él habían vivido en condiciones como aquéllas y mucho peores.

Recordaba con claridad el día que Eli, el segundo marido de su madre, se marchó con el dinero del alquiler. Sonny tuvo que cargar con la pequeña Josephine en brazos mientras recorrían manzana tras manzana suplicando a quien quisiera escucharlos que los acogiera. Habían acabado en un apartamento donde ya vivían cuarenta personas, incluyendo una anciana enferma que había perdido el control de los esfínteres. Todas las noches la mujer se sentaba en un rincón temblando y llorando y llenándose los zapatos de mierda. Luego las ratas se acercaban y se comían las heces.

En un momento de desesperación, su madre los había llevado a dormir a uno de los apartamentos de Manhattan donde trabajaba limpiando. La familia estaba de vacaciones. La vivienda contaba con seis habitaciones sólo para dos personas. Sonny no sabía qué hacer con todo aquel espacio. Pasaba todo el día en el cuarto más pequeño, con demasiado miedo para tocar nada, pues sabía que su madre tendría que limpiar las huellas que él dejase.

—¿Pueden ayudarnos, señor? —preguntó un chico.

Sonny bajó el cuaderno y lo miró. Era menudo, pero en su mirada había algo que delataba que era mayor de lo que parecía; tal vez tuviese catorce o quince años. El muchacho se acercó a la mujer y le posó una mano en el hombro. Miró fijamente a Sonny un buen rato, así que éste tuvo ocasión de estudiarle los ojos. Eran los más grandes que había visto en un hombre o una mujer, con pestañas como las patas largas y glamurosas de una araña aterradora.

—No pueden, ¿verdad? —concluyó el chico.

Parpadeó dos veces seguidas, y al ver cómo se le enredaban las pestañas de araña, Sonny sintió una oleada de miedo.

—No pueden hacer absolutamente nada, ¿a que no? —continuó el joven.

Sonny no sabía qué responder; lo único que tenía claro era que debía salir de ahí.

La voz del chico le resonó en la cabeza el resto de la semana, del mes, del año. Sonny pidió que lo dejaran salir del grupo de vivienda para no volver a cruzarse con él.

«No pueden hacer absolutamente nada, ¿a que no?»

Arrestaron a Sonny en otra marcha. Y después en otra. Y en otra más. Tras el tercer arresto, cuando ya estaba esposado, uno de los policías le dio un puñetazo en la cara. Mientras se le cerraba el ojo de la hinchazón, frunció los labios como para escupir, pero el agente lo miró al ojo bueno, meneó la cabeza y dijo:

—Hazlo y mueres hoy mismo.

Cuando su madre le vio la cara, se echó a llorar.

—¡No me marché de Alabama para esto!

Se suponía que el domingo Sonny iría a comer a su casa, pero no se presentó. Y durante toda esa semana tampoco fue a trabajar.

«No pueden hacer absolutamente nada, ¿a que no?»

El reverendo George Lee de Misisipi falleció de un disparo mientras trataba de inscribirse para votar.

Rosa Jordan recibió un balazo cuando viajaba en una antigua línea de autobús segregada. Estaba embarazada.

«No pueden hacer absolutamente nada, ¿a que no?»

Sonny continuó faltando al trabajo. En lugar de ir, se sentaba en un banco junto al hombre que barría en las barberías de la Séptima. No sabía cómo se llamaba, pero le gustaba estar allí y hablar con él. Tal vez fuese porque el tipo llevaba una escoba, igual que su madre. Y podía hablar con él como nunca había podido hacerlo con ella.

—¿Qué haces cuando te sientes impotente? —preguntó Sonny.

El tipo dio una calada larga a un Newport.

—Esto ayuda —dijo, y agitó el cigarrillo.

Sacó un sobrecito de papel translúcido del bolsillo y se lo puso en la mano a Sonny.

—Y cuando eso no sirve, esto sí.

Sonny estuvo un rato dándole vueltas a la droga entre los dedos. No dijo nada, y el barrendero de las barberías no tardó en coger la escoba y marcharse. Sonny se quedó en el banco casi una hora, pasándose el sobrecito entre los dedos, pensando en su contenido. Pensó en ello mientras caminaba diez manzanas hasta casa. Mientras freía un huevo para cenar. Si nada de lo que hacía conseguía cambiar las cosas, tal vez tuviera que cambiar él. A media tarde del día siguiente, Sonny había dejado de pensar en ello.

Llamó a la Asociación y renunció al trabajo antes de tirar la bolsita por el retrete.

—¿Qué harás para ganar dinero? —preguntó Josephine a Sonny.

Ahora que no tenía ingresos, no podía seguir en su apartamento y se había mudado a casa de su madre mientras arreglaba su situación.

Willie estaba delante del fregadero, lavando platos y tarareando canciones de góspel. Cuando quería aparentar que no escuchaba, cantaba más alto.

—Ya se me ocurrirá algo. Como siempre, ¿no?

Su tono de voz era desafiante y su hermana no lo aceptó; se reclinó en el asiento y, de forma inesperada, guardó silencio. Su madre tarareó un poco más alto y se puso a secar los platos que tenía en las manos.

—Deja que te ayude con eso, mamá —dijo Sonny, y se levantó de un brinco.

Su madre comenzó a sermonearlo de inmediato para que supiera que sí había prestado oídos a la conversación.

—Ayer vino Lucille preguntando por ti —explicó Willie.

Sonny respondió con un gruñido.

—Diría que deberías llamarla.

—Cuando quiere, sabe cómo encontrarme.

—¿Y qué me dices de Angela y de Rhonda? ¿Ellas también saben dónde buscarte? Porque a mí me parece que lo único que saben es presentarse en mi casa justo los días que tú no estás aquí.

Sonny gruñó de nuevo.

—No tienes por qué darles nada, mamá.

Su madre soltó un resoplido. Dejó de tararear y empezó a cantar. Sonny sabía que tenía que salir de aquel apartamento lo antes posible. Si sus mujeres le habían seguido la pista y su madre cantaba góspel, más le valía encontrar otro sitio donde estar.

Fue a ver a su amigo Mohammed con la esperanza de que supiera de algún trabajo.

—Deberías unirte a la Nación del Islam —aconsejó Mohammed—. Olvídate de la Asociación: no están haciendo una mierda.

Sonny aceptó el vaso de agua que le ofrecía la hija mayor de su amigo y se encogió de hombros. Ya habían tenido esa conversación otras veces. No podía formar parte de la Nación del Islam mientras su madre fuese una cristiana devota. Sus protestas no tendrían fin. Además, después de los días que había pasado sentado al fondo de la iglesia a la que iba su madre, no era inmune a la idea de la ira de Dios. No era precisamente algo que quisiera provocar.

—La Nación tampoco está consiguiendo una mierda —respondió.

Su amigo Mohammed antes se llamaba Johnny. Se habían conocido de niños, tirando al aro en las canchas de todo Harlem, y habían mantenido la amistad a pesar de que los tiempos del baloncesto habían terminado y se les había ensanchado la cintura.

Cuando se conocieron, a Sonny todavía lo llamaban Carson, pero en la cancha le gustaba lo rápido y cómodo que resultaba Sonny, por eso lo adoptó como nombre. Su madre lo odiaba. Él sabía que era porque su padre acostumbraba a llamarlo así. Pero Sonny no sabía nada de su padre, con lo que para él el nombre no tenía más tirón sentimental que el de oír a los demás chavales gritar cuando encestaba: «¡Eso es, Son! ¡Vamos, Sonny!»

—La cosa está muy mal —admitió Mohammed.

—Seguro que te has enterado de algo. Cualquier cosa.

—¿Hasta dónde estudiaste? —quiso saber Mohammed.

—Un par de años —respondió Sonny.

A decir verdad, no recordaba haber terminado ni un curso en la misma institución donde había empezado de la cantidad de veces que se había mudado, faltado a clase o conseguido que lo expulsaran. Un año, y por pura desesperación, su madre había intentado que lo admitiesen en una de las escuelas buenas para blancos de Manhattan. Había irrumpido en el despacho con las gafas puestas y con su mejor estilográfica. Mientras tanto, Sonny observaba el edificio, limpio y reluciente, con alumnos blancos bien vestidos que iban y venían con toda la calma del mundo, y pensaba en las escuelas donde había estudiado, las de Harlem, cuyos techos se caían y apestaban a algo indescriptible, sorprendido de que ambas cosas pudiesen llamarse «escuela». Sonny se acordaba de que los responsables le ofrecieron café a su madre; le dijeron que no era posible matricularlo allí. Simplemente, no era posible. Sonny recordaba que Willie le apretaba la mano con una de las suyas mientras regresaban a pie a Harlem y se secaba las lágrimas con la otra. Para consolarla, él le dijo que las escuelas le daban igual porque no iba nunca, y Willie contestó que el problema que tenían era precisamente el hecho de que siempre faltase a clase.

—No es suficiente para el puesto del que me han hablado —repuso Mohammed.

—Tengo que trabajar, Mohammed. Lo necesito.

Su amigo asintió despacio, pensativo, y a la semana siguiente dio a Sonny el número de un hombre que se había desvinculado de la Nación y había abierto un bar. Dos semanas después, Sonny tomaba pedidos en el Jazzmine, el nuevo club de jazz de Harlem del Este.

Sacó las cosas de casa de su madre la noche que le dijeron que había conseguido el puesto. No le reveló dónde iba a trabajar, porque ya sabía que a ella no le parecían bien el jazz ni cualquier otro tipo de música secular. Cantaba en la iglesia y prestaba su voz para Jesucristo, para nadie más. Sonny le había preguntado en una ocasión si alguna vez había querido ser famosa como Billie Holiday, cantar tan bien que hasta los blancos tuvieran que prestar atención, pero su madre apartó la mirada y le dijo que tuviera cuidado con «esa clase de vida».

El Jazzmine era demasiado nuevo para atraer a músicos y clientes de primera clase. La mayoría de los días el club estaba medio vacío y los trabajadores, muchos de los cuales tocaban algún instrumento y esperaban que allí los descubriera el tipo de persona que puede solucionarte la carrera, dejaron el trabajo cuando el club aún no había cumplido seis meses. Sonny no tardó en convertirse en jefe de barra.

—Ponme un whisky —pidió una noche una voz apagada.

Sonny adivinó que pertenecía a una mujer, pero no podía verle la cara. Estaba sentada a un extremo de la barra y se tapaba el rostro con las manos.

—Si no te veo la cara, no puedo servirte —contestó él, y ella alzó la cabeza muy despacio—. ¿Por qué no vienes a cogerlo aquí?

Nunca había visto a una mujer moverse con semejante lentitud. Era como si para llegar hasta él hubiera que vadear aguas profundas y cenagosas. No debía de tener más de diecinueve años, pero caminaba como una anciana hastiada, como si un movimiento repentino pudiera romperle los huesos. Y cuando se dejó caer en el taburete delante de él, seguía sin mostrar ninguna prisa.

—¿Ha sido un día largo? —comentó Sonny.

Ella sonrió.

—¿No lo son todos?

Sonny le sirvió el whisky y ella bebió con la misma parsimonia con que hacía todo lo demás.

—Me llamo Sonny.

Ella esbozó otra sonrisa y le lanzó una mirada divertida.

—Amani Zulema.

Sonny soltó una carcajada.

—¿Qué nombre es ése? —preguntó.

—El mío.

La mujer se levantó, cogió el vaso y, con el mismo paso lento de antes, atravesó el bar y subió al escenario.

La banda que había estado tocando hasta ese momento pareció postrarse ante ella. Sin que Amani tuviera que decir ni una palabra, el pianista se levantó para cederle el asiento y el resto despejó el entarimado.

La joven posó el vaso en el piano y recorrió las teclas con las manos. Sentada allí mostraba la misma falta de urgencia que Sonny ya había notado: sus dedos se deslizaban por el teclado ociosamente, con pereza.

Sólo cuando empezó a cantar, el público guardó silencio del todo. Era una mujer menuda, pero su voz era tan grave que la hacía parecer mucho más grande. El sonido tenía además un matiz áspero, como si se hubiera preparado haciendo gárgaras con piedras. Mientras cantaba, se mecía. Primero se balanceaba hacia un lado y después ladeaba la cabeza hacia el otro antes de desplazarse hacia allí. Cuando se puso a improvisar, los miembros de la escasa audiencia respondieron con sonidos guturales y suspiros, e incluso gritaron «¡Amén!» un par de veces. Unas cuantas personas entraron de la calle y se quedaron en la puerta, tratando de verla.

Acabó con un canturreo, un sonido que parecía provenir de lo más profundo y redondeado de su vientre, donde algunos creían que residía el alma. A Sonny le despertó el recuerdo de su infancia, el primer día que su madre cantó en la iglesia. Era pequeño y su hermana no era más que un bebé que daba botes sobre las rodillas de Eli. Su madre había dejado caer el cantoral al suelo y el ruido había sobresaltado a toda la congregación, que se volvió hacia ella. Sonny sintió que el corazón se le salía por la boca; recordó que había sentido vergüenza de ella. En aquella época siempre estaba enfadado con su madre o avergonzado de ella. Hasta que Willie empezó a cantar. «Llevaré una corona», recitó. Llevaré una corona.

Era lo más hermoso que Sonny había oído en la vida, y en ese momento quiso a su madre como nunca lo había hecho. Los congregantes decían: «Canta, Willie» y «Amén» y «Bendito sea el Señor», y Sonny pensó que su madre no tendría que esperar a llegar al cielo para recibir su recompensa. Él lo veía; ya llevaba su corona.

Amani paró de tararear y sonrió al público cuando estallaron los aplausos y los vítores. Cogió el whisky de encima del piano y se lo bebió de un trago. Regresó adonde estaba Sonny y le dejó el vaso vacío delante. Salió de allí sin decir una palabra.

Sonny vivía con unos conocidos en uno de los edificios de viviendas públicas del East Side. En contra de lo que le dictaba la razón, había dado la dirección a su madre, y supo que ella se la había dado a Lucille en cuanto ésta se presentó con su hija en brazos.

—¡Sonny! —gritaba Lucille.

Estaba en la acera, fuera del edificio. En Harlem podía haber más de cien tipos con el mismo nombre. No quería admitir que se refería a él.

—Carson Clifton, sé que estás ahí arriba.

El apartamento no tenía puerta de atrás y era cuestión de tiempo que Lucille encontrase el modo de subir.

Sonny asomó medio cuerpo por la ventana del tercer piso.

—¿Qué quieres, Luce?

Hacía casi un año que no veía a su hija. La niña era grande, demasiado para ir en brazos, apoyada en una de las estrechas caderas de su madre, pero Lucille siempre había tenido fuerza de sobra.

—¡Baja a abrirnos! —voceó ella.

Sonny soltó uno de sus «suspiros de vieja», como los llamaba Josephine, antes de bajar a por ellas.

Lucille no llevaba dentro ni diez segundos, y él ya se arrepentía de haberla dejado pasar.

—Sonny, necesitamos dinero.

—Sé que mi madre te ha pagado.

—¿Qué crees que voy a darle de comer a esta niña? ¿Aire? Con aire no se cría a los hijos.

—No tengo nada que darte, Lucille.

—Tienes este apartamento. Angela me ha contado que el mes pasado le diste algo.

Sonny negó con la cabeza. No podía creer las mentiras que esas mujeres se contaban entre sí y a sí mismas.

—Llevo más tiempo sin ver a Angela que a ti.

Lucille mostró su incredulidad con un carraspeo.

—Tú no eres padre ni eres nada.

Sonny se enfadó. Él no había querido tener hijos, pero de un modo u otro había acabado con tres. Primero, la niña de Angela; luego, el de Rhonda, y la tercera, la hija de Lucille, que no había salido muy despierta. Todos los meses, su madre les daba algo de dinero a pesar de que él le había dicho a que no les diera nada y había exigido a las mujeres que dejasen de pedírselo. Ninguna le hacía caso.

Cuando Angela dio a luz a Etta, Sonny tenía sólo quince años. Ella, catorce. Dijeron que se casarían y harían las cosas como está mandado, pero cuando los padres de Angela se enteraron de que estaba embarazada y de que el bebé era de él, la enviaron a Alabama con su familia hasta que nació la niña. A su regreso no le dejaron ver a ninguna de las dos.

Sonny había querido portarse bien con ellas, pero era joven y no tenía trabajo, así que dedujo que los padres de

Angela debían de llevar razón cuando decían de él que, básicamente, no valía para nada. El día que ella se casó con un joven pastor que trabajaba en los circuitos del avivamiento del sur, casi se le parte el corazón. El pastor la dejaría sola en Harlem durante meses, pero Sonny pensaba que si él pudiera estar con ella, jamás la abandonaría.

De vez en cuando se miraba al espejo y veía rasgos que no reconocía en el rostro de su madre. Su nariz no era la de Willie. Y las orejas tampoco. De pequeño le preguntaba por ellos: de dónde procedían su nariz, sus orejas, su piel clara. Le preguntaba por su padre, y lo único que ella respondía era que no tenía. No tenía padre, y no había salido nada mal. «¿Verdad que no? —preguntaba mofándose del hombre del espejo—. ¿Verdad que no?»

—Ya ni siquiera es un bebé, Lucille. Mírala.

La niña estaba explorando el apartamento con sus andares patiabiertos. Lucille lo fulminó con la mirada, agarró a la niña y se marchó.

—¡Ni se te ocurra ir ahora a pedirle dinero a mi madre! —gritó tras ella.

Oyó su zapateo escaleras abajo, hasta la calle.

Dos días después, Sonny estaba de nuevo en el Jazzmine. Había preguntado a otra gente que trabajaba allí cuándo regresaría Amani, pero nadie lo sabía.

—Va adonde la lleva el viento —afirmó Louis el Ciego mientras limpiaba la barra.

Sonny debió de suspirar, porque Louis no tardó en hablar.

—Conozco ese sonido.

—¿Cuál?

—No te metas ahí, Sonny.

—¿Por qué no? —quiso saber.

¿Qué podía saber un viejo ciego sobre desear a una mujer a primera vista?

—El aspecto de una mujer no lo es todo; hay que pensar también en qué tienen dentro —respondió como si le hubiera leído la mente—. Y esa mujer no tiene nada que merezca la pena querer.

Sonny no hizo caso. Tardó tres meses en volver a ver a Amani, y para entonces ya había salido a buscarla, se había asomado a un club tras otro con la esperanza de ver unos andares parsimoniosos subiendo al escenario.

Cuando la encontró, estaba sentada a una mesa al fondo del club, dormida. Tuvo que acercarse para descubrirlo; se acercó tanto que la oía inspirar y espirar al roncar. Echó un vistazo a su alrededor, pero Amani estaba en un rincón oscuro del bar y nadie parecía estar buscándola. Le tocó el brazo. Nada. Le dio un empujoncito, esta vez con más fuerza. Seguía sin reaccionar. A la tercera, ella volvió la cabeza hacia un lado, pero tan despacio que fue como si se moviese una roca. Parpadeó dos veces, un movimiento lento y deliberado que aunaba párpados pesados y pestañas espesas.

Al fin lo miró, y Sonny se dio cuenta de por qué necesitaba parpadear. Tenía los ojos inyectados en sangre, las pupilas dilatadas. Parpadeó un par de veces más, ahora deprisa, y mientras la miraba, Sonny cayó de pronto en que no se había parado a pensar qué haría cuando la encontrase.

—¿Vas a cantar esta noche? —preguntó vacilante.

—¿Tengo pinta de ir a cantar?

Sonny no contestó. Amani estiró el cuello y los hombros. Sacudió todo el cuerpo.

—¿Qué quieres? —le preguntó al reparar en él de nuevo—. Dime qué quieres.

—A ti —admitió Sonny.

La deseaba desde el día que la había visto cantar. No era por su paso lento ni por el hecho de que su voz le hubiese traído a la memoria el mejor recuerdo que tenía de su madre. Era porque cuando ella empezó a cantar aquella noche, él había sentido que algo se le abría por dentro y quería capturar esa sensación de nuevo y conservarla.

Ella meneó la cabeza y sonrió un poco.

—Bueno, vamos.

Salieron a la calle. A Eli, el padrastro de Sonny, le gustaba pasear, y cuando vivía con ellos acostumbraba a llevar a Sonny, Willie y Josephine por todo el barrio. Pensó que tal vez por eso a su madre también había acabado gustándole tanto caminar. Aún recordaba el día en que habían llegado hasta la parte de la ciudad donde vivían los blancos. Creyó que iban a seguir para siempre, pero de pronto ella se detuvo y Sonny se llevó una desilusión, aunque no había sido capaz de desentrañar el motivo exacto.

Con Amani, Sonny pasó por lugares que conocía de su época en el grupo de Vivienda, locales de jazz para los desarrapados, puestos de comida barata y barberías, y por todas partes había yonquis con el brazo estirado y un sombrero en la mano.

—Todavía no me has contado lo de tu nombre —le recordó Sonny, justo cuando pasaban por encima de un hombre tirado en mitad de la acera.

—¿Qué quieres saber?

—¿Eres musulmana?

Amani se rió un poco de él.

—Nah, no soy musulmana.

Sonny esperó a que ella continuase hablando; él ya había dicho suficiente. No quería seguir insistiendo y mostrarle su deseo, sus debilidades.

—Amani significa «armonía» en suajili. Cuando empezaba a cantar, tenía la impresión de que necesitaba cambiar de nombre. Mi madre me puso «Mary», y nadie se convierte en una estrella con un nombre como ése. Y no es que me interese todo ese asunto del retorno a África ni de la Nación del Islam, pero vi «Amani» y sentí que era para mí. Me lo quedé.

—¿No te interesa «todo ese asunto del retorno a África», pero usas un nombre africano?

Sonny había dejado la política atrás, pero sentía que nunca estaba demasiado lejos. Casi le doblaba la edad a

Amani. La América en la que ella había nacido era distinta de la suya. Contuvo el impulso de señalarla con un índice acusatorio.

—No podemos regresar allí, ¿no? —Ella se detuvo y le tocó el brazo. Lo miró más seria que en toda la noche, como si acabase de caer en que él era una persona real y no alguien en quien había soñado cuando la encontró dormida—. No podemos volver a un lugar en el que jamás hemos estado. Ese lugar ya no es nuestro. Éste sí.

Tendió la mano y describió un semicírculo, como si quisiera abarcar todo Harlem, toda Nueva York, todo Estados Unidos.

Al final llegaron a un edificio de viviendas públicas en un extremo de Harlem del Oeste. El portal no estaba cerrado, y cuando entraron en el vestíbulo, lo primero que vio Sonny fue una hilera de adictos apoyados en la pared. Parecían maniquíes, o un cadáver que Sonny había visto el día que fue a una funeraria y encontró a un trabajador manipulando a un muerto, fijándole el codo, girándole la cabeza hacia la izquierda, doblándole la espalda.

Allí nadie manipulaba los cuerpos que había en el pasillo —al menos, hasta donde Sonny podía ver—, pero supo de inmediato que en aquel lugar sólo vivían adictos y, de pronto, lo que no había querido comprender sobre los movimientos lentos y adormecidos de Amani, sobre sus pupilas dilatadas, se hizo patente. Se puso nervioso, pero se tragó la sensación porque le parecía importante que Amani no se percatase de que cuanto más tiempo pasaba con ella, más sentía que perdía el control de sí mismo.

Entraron en un cuarto. Encima de un colchón sucio, había un hombre aovillado contra la pared. También dos mujeres dándose golpecitos en el brazo, preparándose para la aguja que sostenía otro tipo. Ni siquiera levantaron la vista cuando llegaron Sonny y Amani.

Mirara adonde mirase, veía instrumentos de jazz. Dos trompas, un bajo, un saxo. Amani dejó sus cosas en el suelo y se sentó al lado de una de las chicas, que por fin levantó la mirada y los saludó con la cabeza. Amani se volvió hacia Sonny, que se había quedado atrás y aún sostenía el pomo de la puerta.

No dijo nada. El tipo le pasó la aguja a la primera. Ésa, a la segunda. La segunda se la pasó a Amani, pero ella aún miraba a Sonny. En silencio.

Sonny la vio clavarse la aguja en el brazo, poner los ojos en blanco. Cuando ella lo miró de nuevo, no hizo falta que hablase para que él la oyese decir: «Esto soy yo. ¿Todavía lo quieres?»

*

—¡Carson! ¡Carson, sé que estás ahí!

Oía la voz, pero al mismo tiempo no la oía. Vivía en el interior de su propia cabeza y no distinguía dónde terminaba ésta y dónde empezaba el mundo, por eso no quería reaccionar a esa voz hasta estar seguro de a qué lado pertenecía.

—¡Carson!

Se sentó sin hacer ruido, o al menos creyendo que no lo hacía. Estaba sudando y jadeaba con fuerza. Necesitaba meterse algo pronto para no morir.

En cuanto la voz del otro lado de la puerta comenzó a rezar, Sonny supo que era su madre. Willie ya lo había hecho alguna otra vez, cuando él todavía permanecía sobrio la mayor parte del tiempo; cuando la droga era sobre todo un divertimento y él aún sentía que podía controlarla de algún modo.

—Señor, libera a mi hijo de este tormento. Dios Padre, sé que ha bajado al infierno a echar un vistazo, pero, por favor, haz que vuelva.

De no haber estado tan enfermo, quizá la oración de su madre le habría servido de consuelo. Tuvo una arcada y al principio no salió nada, pero no tardó en vomitar en el rincón del cuarto.

Su madre habló en voz aún más alta.

—Señor, sé que puedes librarlo del mal que lo aqueja. Bendícelo y cuida de él.

Liberación era justo lo que Sonny quería. Era un drogadicto de cuarenta y cinco años y estaba cansado, pero también enfermo. Y el padecimiento que sufría al intentar dejar la droga era mucho mayor que el agotamiento de seguir con ella. Una y otra vez.

Su madre empezó a susurrar, o quizá a Sonny ya no le funcionasen los oídos. Enseguida dejó de oír del todo. Pronto llegaría alguien a casa. Alguno de los otros adictos con los que vivía. Y tal vez tuviera algo que compartir. Aunque lo más probable era que no hubiese conseguido nada y que a Sonny no le quedase más remedio que poner en marcha el ritual de tratar de conseguirlo él mismo. Prefirió empezarlo cuanto antes.

Se levantó del suelo como pudo y pegó la oreja a la puerta para comprobar que su madre se había marchado. En cuanto estuvo seguro, salió a saludar a Harlem.

Harlem y heroína. Heroína y Harlem. Sonny ya no podía pensar en uno sin la otra. Sonaban igual. Ambos iban a acabar con él. Los yonquis y el jazz iban de la mano, se alimentaban mutuamente, y ahora, cada vez que Sonny oía un instrumento de viento, reclamaba su dosis.

Bajó por la calle Ciento Dieciséis. Allí casi siempre conseguía algo, y se había entrenado para reconocer a los que consumían la droga y a los que la vendían lo más rápido posible. Recorría el gentío con la mirada hasta dar con la persona que tenía lo que necesitaba. Era una consecuencia de vivir en el interior de su cabeza: lo ayudaba a identificar a otros que hacían lo mismo.

Al cruzarse con la primera yonqui, le preguntó si llevaba algo encima y la mujer negó con la cabeza. Al segundo le preguntó si le daba algo, y éste también contestó que no, pero le señaló a un tipo de más allá que vendía.

Su madre ya no le daba dinero, pero Angela lo ayudaba de vez en cuando si el pregonabiblias de su marido había ganado un poco más de lo habitual en el circuito del avivamiento. Sonny le dio al vendedor hasta el último dólar que tenía en el mundo, y con eso consiguió muy poco. Apenas nada.

Quería meterse la droga antes de regresar por si Amani estaba en casa. Sabía que ella le arrebataría esa pizca sin miramientos, así que entró en el baño de una cafetería, se la pinchó y en un abrir y cerrar de ojos sintió que las náuseas lo abandonaban. Al llegar a casa, ya casi se sentía bien. Casi. Lo que significaba que tendría que volver a conseguir algo pronto para acercarse un poco más, y después otra vez para otro poco, y otra, y otra más.

Amani estaba sentada frente al espejo, trenzándose el pelo.

—¿Dónde estabas? —le preguntó.

Sonny no respondió. Se limpió la nariz con el dorso de la mano y se puso a hurgar en el frigorífico en busca de algo comestible. Vivían en el edificio Johnson, en la esquina de la calle Ciento Doce con Lexington, y la puerta siempre estaba abierta. Los yonquis iban y venían de un apartamento a otro. Había alguien desmayado en el suelo, delante de la mesa de la cocina.

—Ha venido tu madre —dijo Amani.

Sonny encontró un pedazo de pan y lo mordisqueó evitando el moho. Miró a Amani justo cuando ella terminaba de arreglarse el pelo y se ponía en pie para mirarse. Se le estaba ensanchando la cintura.

—Dice que quiere que vayas a cenar con ella el domingo.

—¿Adónde te vas? —preguntó él.

No le gustaba que Amani se arreglase. Ella le había prometido mucho tiempo atrás que jamás entregaría su cuerpo a cambio de droga, pero al principio Sonny no la creyó capaz de cumplir su palabra. La de una heroinómana no valía mucho. De vez en cuando, para quedarse tranquilo, las noches que ella se maquillaba y se peinaba la seguía en sus paseos por Harlem. Y la historia tenía siempre el mismo triste final: Amani suplicándole al propietario de algún club que la dejase cantar otra vez, una última vez. Casi nunca se lo permitían, pero en una ocasión, en el local más deprimente de todo Harlem, accedieron, y Sonny se quedó al fondo mientras Amani subía al escenario ante el silencio y las miradas perdidas del público. Nadie se acordaba de quién había sido ella, sólo veían en lo que se había convertido.

—Deberías ir a ver a tu mamá, Sonny. Nos iría bien algo de dinero.

—Venga ya, Amani. Ya sabes que no me da nada.

—A lo mejor sí. Si te aseas un poco. Te hace falta una ducha y un afeitado. Puede que así se dé algo.

Sonny se acercó a ella. Se puso a su espalda, le rodeó la cintura con los brazos, sintió la firmeza de su peso.

—Tú sí que tendrías que darme algo, cariño —le susurró al oído.

Ella intentó zafarse, pero él se mantuvo firme y al final Amani desistió y se dejó abrazar. Sonny nunca había llegado a amarla, no de verdad, pero siempre la había deseado. Tardó un tiempo en aprender la diferencia entre las dos cosas.

—Acabo de arreglarme el pelo, Sonny —le reprochó ella, aunque ya estaba ofreciéndole el cuello.

Ladeó la cabeza hacia la izquierda para que él pudiera pasarle la lengua por el lado derecho.

—Cántame un poquito, Amani —pidió él, y le agarró un pecho.

Ella tarareó al contacto con su mano, pero no cantó.

Sonny dejó que su mano se despidiese del seno y fuese bajando hasta encontrarse con la mata de pelo que lo esperaba. Entonces ella cantó: «*I loves you, Porgy. Don't let him take me. Don't let him handle me and drive me mad.*» Lo hacía en voz tan baja que era casi un susurro. Casi. Cuando los dedos de Sonny llegaron a la humedad que lo esperaba, ella había vuelto al estribillo. Cuando esa noche se marchase

326

para hacer la ronda de clubs de jazz, no la dejarían cantar. En cambio, Sonny siempre se lo permitía.

—Iré a ver a mi madre —prometió cuando ella salió bamboleándose por la puerta.

Sonny llevaba una papelina llena de droga en el zapato. Para estar tranquilo. Recorrió todas las manzanas que separaban la casa de su madre de la suya apretándola con el dedo gordo, como si éste fuese un puño pequeño. Lo encogía y lo estiraba. Encogía y estiraba.

Según pasaba frente a las viviendas públicas que llenaban el trayecto entre su apartamento y el de Willie, trató de recordar la última vez que había hablado de verdad con su madre. Fue en 1964, durante los disturbios. Ella le había propuesto que fuese a buscarla a la salida de la iglesia para poder prestarle dinero. «No quiero verte muerto, o peor», le había dicho ella antes de pasarle la poca calderilla que no había dejado en el cestillo de la colecta. Él había cogido el dinero preguntándose qué podía ser peor que estar muerto. Sólo le hizo falta mirar a su alrededor para no tener asomo de duda. Apenas unas semanas antes, la policía de Nueva York había matado a tiros a un chico negro de quince años, un estudiante, sin motivo aparente. Ese disparo había dado lugar a unos disturbios que enfrentaron a la policía y a jóvenes negros, hombres y también algunas mujeres. En las noticias se narró el suceso como si la culpa fuese de los negros de Harlem: la turba violenta, enloquecida y monstruosa que tenía la desfachatez de exigir que no tiroteasen a sus hijos por la calle. Ese día Sonny había regresado con el dinero bien agarrado y la esperanza de no cruzarse con ningún blanco con ganas de demostrar algo, porque su cuerpo sabía, aunque su mente todavía no hubiese unido todos los puntos, que lo peor que se podía ser en América era un hombre negro. Peor que estar muerto era ser un hombre muerto que aún caminaba.

Josephine abrió la puerta. Acunaba a su hija con un brazo y con la otra mano sostenía al niño.

—¿Te has perdido, o qué? —preguntó, y lo fulminó con la mirada.

—¡Compórtate! —espetó su madre entre dientes a su espalda.

Sonny se alegró de ver que su hermana seguía tratándolo igual que siempre.

—¿Tienes hambre? —preguntó Willie.

Le cogió el bebé de los brazos a Josephine y se fue a la cocina.

—Primero voy a ir al baño —dijo Sonny ya de camino hacia allí.

Cerró la puerta, se sentó en el retrete y sacó la bolsita del zapato. No llevaba allí ni un minuto y ya estaba nervioso. Necesitaba algo para pasar el mal trago.

Cuando salió, vio que su madre le había preparado un plato. Las dos lo vigilaron mientras comía.

—¿Por qué no coméis vosotras? —preguntó.

—¡Porque llegas una hora y media tarde! —le recriminó Josephine con los dientes apretados.

Willie tocó el hombro a su hija y sacó un poco de dinero del sujetador.

—Josey, ¿por qué no bajas a comprar alguna chuchería para los críos?

A Sonny le dolió más la mirada que Josephine dirigió a su madre que cualquier cosa que hubiera podido decirle a él. Porque estaba preguntándole si estaría a salvo a solas con Sonny, y el gesto vacilante con el que Willie respondió le partió el corazón.

Josephine cogió a los niños y se marchó. Era la primera vez que Sonny veía a la pequeña, aunque su madre había ido a anunciarle su nacimiento. Al mayor lo había visto en una ocasión, un día que se había cruzado con Josephine en una calle tranquila, a pesar de que había agachado la cabeza fingiendo no verla.

—Gracias por la comida, mamá —dijo Sonny.

Ya casi había terminado y empezaba a encontrarse mal por haber comido tan rápido. Ella asintió y le sirvió otra ración.

—¿Cuánto hacía que no comías como Dios manda? —preguntó ella.

Sonny se encogió de hombros y su madre continuó sin quitarle ojo. Se sentía incómodo de nuevo; la pequeña dosis que se había inyectado estaba perdiendo efecto demasiado rápido y quería excusarse para pincharse un poco más, pero si hacía demasiados viajes al baño acabaría levantando sospechas.

—Tu padre era un blanco —dijo Willie sin alterarse.

Sonny estuvo a punto de atragantarse con el hueso de pollo que estaba royendo.

—Antes me preguntabas por él, hace muchos años, y nunca te he contado nada. Por eso voy a hacerlo ahora.

Se levantó para servirse un vaso de la jarra de té que tenía siempre junto al fregadero. Se lo bebió entero mientras Sonny le miraba la espalda. Luego se sirvió otro y lo llevó a la mesa.

—Al principio no era blanco —explicó—. Cuando yo lo conocí era negro. Bueno, más bien amarillo, pero la cuestión es que era de color.

Sonny tosió. Toqueteó el hueso de pollo.

—¿Por qué no me lo has contado antes?

Notaba que estaba enfadándose, pero se reprimió. Había ido allí para pedirle dinero, así que no podía pelearse con ella. Todavía no.

—Pensé en decírtelo. De verdad. Una vez lo viste. Aquel día que caminamos hasta la calle Ciento Nueve Oeste, ¿te acuerdas? Tu papá estaba al otro lado de la calle con su mujer y su niña, las dos blancas. Y yo pensé: «A lo mejor debería explicarle a Carson quién es ese hombre», pero decidí que lo mejor sería dejarlo marchar. Y eso hice. Dimos media vuelta hacia Harlem.

Sonny partió el hueso por la mitad.

—Mamá, deberías haberlo parado. Deberías habérmelo dicho y pararlo. No sé por qué siempre dejas que la gente te pisotee. Mi padre, Eli, la condenada Iglesia. Nunca has luchado por nada. ¡Por nada! Ni un solo día de tu vida.

Su madre tendió el brazo por encima de la mesa, lo agarró del hombro y apretó hasta que él tuvo que mirarla a los ojos.

—Eso no es verdad, Carson. He luchado por ti.

Él bajó la mirada hacia las dos mitades del hueso. Tocó la bolsita del zapato con el dedo gordo del pie.

—¿Te crees alguien porque antes ibas a las marchas? Yo también estuve en una marcha: marché con tu padre y con mi bebé desde Alabama hasta Harlem. Mi hijo iba a ver un mundo mejor del que yo había visto, mejor que el de mis padres. Yo iba a ser una cantante famosa. Robert no iba a tener que trabajar para los blancos en una mina. Eso también fue una marcha, Carson.

Sonny miró en dirección al baño. Quería excusarse y acabar la bolsita. Sabía que muy probablemente sería lo último que pudiese permitirse en mucho mucho tiempo.

Willie le retiró el plato y se sirvió más té. La vio beber delante del fregadero, respirando hondo; inspirando y espirando, tratando de recomponerse. Volvió a la mesa y se sentó delante de él sin apartar la vista de su hijo ni un instante.

—Siempre estabas enfadado. Incluso de niño eras todo rabia. Me mirabas como si fueses a matarme, y yo no sabía por qué. Tardé mucho tiempo en darme cuenta de que eras hijo de un hombre que pudo escoger qué vida tener, pero tú carecerías de ese privilegio. Y parecía que hubieses nacido sabiéndolo. —Dio un sorbo al té y miró hacia el infinito—. Los blancos pueden elegir. Eligen su trabajo, su casa. Pueden hacer bebés negros y después esfumarse, como si jamás hubiesen existido, como si las negras con las que se han acostado o a las que han violado se embarazasen a sí mismas. Los blancos también eligen por los negros. Antes los vendían y ahora los mandan a la cárcel como a mi padre, les impiden estar con sus hijos. Me parte el corazón verte aquí, a mi hijo, el nieto de mi padre, cuando hay tres niños yendo de un lado para otro en este barrio sin saber casi ni cómo te llamas ni qué aspecto tienes. No puedo dejar de pensar que las cosas no deberían ser así. Que hay cosas que no has aprendido de mí, cosas que se te han pegado de tu padre aunque ni siquiera lo hayas conocido; cosas que él aprendió de los blancos. Me entristece ver que mi hijo es un yonqui después del camino que he tenido que recorrer, pero me apena aún más ver que piensas que puedes largarte como hizo tu padre. Sigue haciendo lo que haces, y el hombre blanco no tendrá que hacerlo más por ti. No le hará falta ni venderte ni meterte en una mina de carbón para ser tu dueño; será tu amo sin más, y además dirá que tú te lo has buscado. Que la culpa es tuya.

Josephine regresó con los niños. Tenían manchas de helado en la ropa y sonrisas de felicidad en la cara. Su hermana no esperó a oír de qué hablaban. Se fue directa al cuarto a acostar a los críos.

Willie se sacó un fajo de billetes de entre los pechos y lo dejó sobre la mesa con un golpe.

—¿Has venido a buscar esto? —preguntó.

Sonny vio que se le llenaban los ojos de lágrimas. Él seguía toqueteando la papelina con el dedo, ansioso por coger el dinero.

—Si quieres, cógelo y vete —dijo Willie—. Márchate si eso es lo que quieres.

Lo que Sonny quería era chillar, agarrar el dinero, rebañar lo que le quedase en la bolsita del zapato y encontrar un lugar donde metérselo hasta que ya no recordase nada de lo que su madre había dicho. Eso era lo que quería. Pero no lo hizo. Se quedó.

Marjorie

—Hermana. Perdona, hermana. Te llevo a ver castillo. Castillo Costa del Cabo. Cinco cedi. ¿Eres de América? Te llevo a ver barco de esclavos. Sólo cinco cedi.

El chico no debía de tener más de diez años, tan sólo unos pocos menos que la propia Marjorie. Llevaba siguiéndola desde que se había bajado del *tro-tro* con la empleada del hogar de su abuela. Era algo que hacían los lugareños: esperaban a que los turistas se apeasen y trataban de engañarlos para que pagasen por cosas que los ghaneses sabían que eran gratuitas. Marjorie intentó no hacerle caso, pero tenía calor, estaba cansada y aún notaba en la piel el sudor de las otras personas que había tenido pegadas a la espalda, al pecho y a los costados durante el viaje de casi ocho horas en *tro-tro* desde Accra.

—Te llevo a ver castillo Costa del Cabo, hermana. Cinco cedi, sólo —repitió él.

Iba sin camisa, y Marjorie notó el calor que irradiaba su piel. Después del largo trayecto, no soportaba tener otro cuerpo extraño tan cerca del suyo, así que enseguida se encontró chillándole en twi:

—¡Soy ghanesa, idiota! ¡¿Es que no lo ves?!

El chico no dejó de hablar en inglés.

—Pero vienes de América, ¿no?

Ella continuó caminando, enfadada. Las tiras de la mochila le rozaban los hombros y sabía que le dejarían marcas.

Marjorie había ido a Ghana a visitar a su abuela, como todos los veranos. Hacía un tiempo que la mujer se había mudado a Costa del Cabo para estar cerca del agua. En Edweso, donde vivía antes, todo el mundo la llamaba «la Loca», pero allí la conocían simplemente como «la Anciana». Decían que era tan vieja que podía recitar toda la historia de Ghana de memoria.

—¿Es mi niña esta que viene hacia mí? —preguntó la mujer.

Se apoyaba en un bastón hecho de madera encorvada y su espalda imitaba esa curva, se inclinaba hacia abajo como en una súplica constante.

—*Akwaaba. Akwaaba. Akwaaba* —dijo.

—Mi Anciana. Te he echado de menos —contestó Marjorie.

Abrazó a su abuela con tanta fuerza que la mujer dio un alarido.

—Oye, ¿has venido a partirme en dos?

—Perdona, perdona.

La Anciana llamó al chico que trabajaba en su casa para que se hiciera cargo de la bolsa de Marjorie. Despacio, con mucho cuidado, ella se tiró de las correas de la mochila para apartarlas de los hombros doloridos.

Su abuela le vio la cara de dolor y preguntó:

—¿Te has hecho daño?

—No, no es nada.

La respuesta era un acto reflejo. Siempre que su padre o su abuela le preguntaban si le dolía algo, Marjorie contestaba que no conocía el dolor. De niña, alguien le había dicho que las cicatrices que su padre tenía en la cara y su abuela en las manos eran la consecuencia de un dolor muy grande, y como ella no tenía ninguna cicatriz semejante, no era capaz de quejarse de ninguna dolencia. En una ocasión, cuando era pequeña, se había dado cuenta de que le estaba creciendo sin parar una mancha de tiña en la rodilla. Durante dos semanas, se las había arreglado para que sus padres no la vieran, hasta que llegó a la curva donde el muslo se une con la pantorrilla y empezó a tener problemas para doblar la pierna. Cuando por fin la enseñó, su madre vomitó y su padre la cogió en brazos al instante y la llevó corriendo a urgencias. La enfermera que fue a buscarlos a la sala de espera se sobresaltó, no por la mancha, sino por las cicatrices de su padre. Le preguntó si era él quien necesitaba ayuda.

Miró las manos de su abuela. Era casi imposible distinguir las arrugas de la edad de la piel quemada. El paisaje de aquel cuerpo se había transformado en una ruina; la mujer joven había caído y ya sólo quedaba aquello.

Cogieron un taxi hasta el hogar de la Anciana. La abuela de Marjorie vivía en una casa grande y abierta en la playa, como las de los pocos blancos que residían en la ciudad. Cuando Marjorie estaba en tercero de primaria, su padre y su madre salieron de Alabama y regresaron a Ghana para ayudar a la Anciana a construirla. Estuvieron allí muchos meses y dejaron a una amiga a cargo del cuidado de Marjorie. Cuando llegó el verano y ella por fin pudo visitarlos, se enamoró de la hermosa casa sin puertas: era cinco veces el tamaño del diminuto apartamento donde vivían en Huntsville y delante tenía la playa, en lugar de la triste parcela de césped seco que ella había tenido toda la vida por jardín. Se pasó el verano preguntándose cómo podían haber abandonado sus padres un lugar como aquél.

—¿Has sido buena, mi niña? —le preguntó la Anciana, y le dio un pedazo de chocolate del que guardaba en la cocina.

A la joven le gustaba mucho el dulce, y el chocolate era su favorito. Su madre a menudo decía en broma que debía de haber nacido de una vaina de cacao madura y bien abierta.

Asintió y aceptó el dulce.

—¿Hoy iremos al agua? —preguntó con la boca llena y el chocolate derritiéndose dentro.

—Háblame en twi —repuso la abuela en tono cortante, y le dio un coscorrón.

—Lo siento —musitó ella.

En su casa de Huntsville, sus padres le hablaban en twi y ella respondía en inglés. Lo hacían desde el día que Marjorie había regresado a casa con una nota de la maestra del parvulario que decía:

> Marjorie no responde a las preguntas por voluntad propia. Apenas dice nada. ¿Sabe hablar inglés? Si no es así, deberían considerar la posibilidad de que asista a clases de inglés como segunda lengua. Tal vez le iría bien una clase de atención especial. Aquí tenemos unas aulas estupendas para la educación especial.

Sus padres se pusieron furiosos. Su padre leyó la nota cuatro veces en voz alta y después de cada repetición gritaba: «¡¿Qué sabrá esta necia?!» Sin embargo, a partir de ese momento, todas las noches le hacían preguntas a la niña sobre el idioma. Cuando trataba de responder en twi, ellos le decían: «Habla en inglés», hasta que se convirtió en la primera lengua que le venía a la cabeza. Tuvo que recordarse a sí misma que con su abuela tenía que hacer lo contrario.

—Sí, ahora vamos al agua. Guarda tus cosas.

Ir a la playa con la Anciana era una de las cosas que más le gustaba hacer en el mundo. Su abuela no era como las demás. Por la noche, hablaba mientras dormía; a veces forcejeaba y otras caminaba por el cuarto. Marjorie había oído historias sobre las quemaduras que tenía en las manos y en los pies, sobre la cicatriz de la cara de su padre. Sabía por qué la gente de Edweso la llamaba «la Loca», pero para ella su abuela jamás había estado loca. La Anciana tenía sueños y visiones.

Fueron hasta la playa. La mujer avanzaba tan despacio que era como si no se moviese. Ninguna de las dos llevaba calzado, y cuando llegaron a la orilla esperaron a que el agua subiese a lamerles el hueco entre los dedos de los pies, a llevarse la arena que se escondía allí. Marjorie vio a su abuela cerrar los ojos y aguardó con paciencia a que hablase. Para eso estaban allí; siempre iban allí para lo mismo.

—¿Llevas la piedra? —le preguntó la abuela.

Marjorie se llevó la mano al collar como por instinto. Su padre se lo había regalado el año anterior, cuando, según le había dicho, ya era mayor para cuidar de él. Había pertenecido a la Anciana, y a Abena antes que a ella, y a James, y a Quey, y a Effia la Bella antes que a todos. Había empezado con Maame, la mujer que había provocado un gran incendio. Su padre le había dicho que el colgante formaba parte de la historia de su familia y no debía quitárselo nunca ni regalarlo. En ese momento, reflejaba el agua del mar que tenían delante, las olas doradas relucían en la piedra negra.

—Sí, Anciana.

La abuela le cogió la mano y volvieron a quedarse en silencio.

—Tú estás en esta agua —dijo al final.

Marjorie asintió muy seria. El día de su nacimiento, trece años antes y al otro lado del Atlántico, sus padres le habían enviado el cordón umbilical a la Anciana para que ella pudiese echarlo al océano. Había sido su única petición: que si su hijo y su nuera, que ya eran viejos cuando decidieron casarse y mudarse a Estados Unidos, tenían descendencia alguna vez, enviasen parte de ese bebé a Ghana.

—Nuestra familia empezó aquí, en Costa del Cabo —explicó la Anciana, y señaló el castillo—. En mis sueños yo veía el castillo, pero no sabía por qué. Un día, vine a estas aguas y sentí que los espíritus de nuestros antepasados me llamaban. Algunos eran libres y me hablaban desde la arena, pero otros estaban atrapados en lo más más profundo del mar, así que tuve que entrar en el agua para oír su voz. Me adentré tanto que el agua estuvo a punto de llevarme con aquellos fantasmas, tan atrapados en las profundidades que jamás serían libres. Cuando vivían, no sabían de dónde venían. Y una vez muertos, no sabían cómo llegar a tierra firme. Yo te traje aquí porque quería que, si alguna vez tu espíritu acababa vagando por ahí, supieses dónde estaba tu hogar.

Marjorie asintió y su abuela la cogió de la mano. Ambas entraron caminando en el agua, cada vez más adentro. Era su rito veraniego: su abuela le recordaba cómo volver a casa.

Marjorie regresó a Alabama con la piel tres tonos más oscura y con dos kilos más. Había empezado a menstruar en casa de su abuela, y la Anciana había dado palmas y cantado canciones para celebrar que ya era mujer. La muchacha no quería marcharse de Costa del Cabo, pero comenzaba el curso y sus padres no la dejaban quedarse más tiempo.

Ese año empezaba el instituto, y a pesar de que siempre había odiado Alabama, aquel edificio, más nuevo y grande, le recordó el porqué al instante. Su familia vivía en el sudeste de Huntsville, y eran los únicos negros de toda la manzana, los únicos que había en kilómetros a la redonda. En el instituto había más jóvenes de color de los que Marjorie estaba acostumbrada a ver en Alabama, pero sólo le hicieron falta unas cuantas conversaciones con ellos para darse cuenta de que no eran la misma clase de negros que ella. Naturalmente, la clase impropia era la de ella.

—¿Por qué hablas así? —preguntó Tisha, la líder de la pandilla, el primer día de instituto cuando Marjorie se sentó a su lado a la hora de comer.

—¿Así cómo? —preguntó ella.

Tisha lo repitió y, para acertar en la imitación de Marjorie, su acento se volvió casi británico. «¿Así cómo?»

Al día siguiente, Marjorie se sentó sola a leer *El señor de las moscas* para la clase de literatura. Con una mano sostenía el libro y con la otra el tenedor. Estaba tan enfrascada en la lectura que no se dio cuenta de que el pedazo de pollo que había pinchado no le había llegado a la boca hasta que el único sabor que notó fue el del aire. Entonces levantó la vista y se dio cuenta de que Tisha y las demás chicas negras no le quitaban ojo.

—¿Qué haces leyendo ese libro? —preguntó Tisha.

Marjorie tartamudeó.

—Es para clase.

—«Es para clase» —la imitó Tisha—. Hablas como una blanca: ¡blanca, blanca, blanca!

Siguieron coreando esa palabra, y Marjorie tuvo que esforzarse mucho para reprimir las lágrimas. En Ghana, siempre que aparecía alguien blanco, había algún niño que lo señalaba. Un grupo pequeño de criaturas de piel oscura y brillante bajo el sol ecuatorial extendía los dedos hacia la persona cuya piel era distinta de la suya y gritaba: «Obroni! Obroni!» Rompían a reír, encantados con la diferencia. La primera vez que Marjorie vio a unos críos hacer algo así, se dio cuenta de que el hombre blanco a quien habían recordado el color de su piel se asombraba y se ofendía. «¿Por qué no paran de decir eso?», había preguntado al amigo que le enseñaba el lugar.

Esa noche, el padre de Marjorie la llamó y quiso saber si conocía la respuesta a la pregunta del hombre blanco. Ella se encogió de hombros. Entonces su padre le explicó que la palabra había acabado significando algo muy distinto de lo que quería decir al principio; que los jóvenes de Ghana, que aún era un país en pañales, habían nacido en un lugar del que se habían ido ya los colonizadores. Al no ver blancos a diario, como sí ocurría en la generación de su madre y en las anteriores, la palabra adquirió un nuevo sentido. Vivían en una Ghana en la que ellos eran la mayoría, donde el suyo era el único color de piel que se veía en kilómetros a la redonda. Para ellos, llamar «obroni» a alguien era un acto inocente, una asimilación de la raza con el color de la piel.

En ese momento, con la cabeza gacha y luchando por contener las lágrimas mientras Tisha y las demás chicas la llamaban blanca, Marjorie fue consciente una vez más de que allí «blanco» podía significar la manera de hablar de una persona, y «negra», la música que alguien escuchaba. En Ghana sólo podías ser lo que eras: lo que tu piel anunciase al mundo.

—No les hagas caso —le dijo Esther, su madre, esa noche mientras le acariciaba el pelo—. No hagas caso, mi niña lista. Mi niña bonita.

Al día siguiente, Marjorie comió en la sala de los docentes de lengua y literatura. Su profesora, la señora Pinkston, era una mujer oronda de piel castaña, con una risa que sonaba igual que un tren aproximándose poco a poco. Llevaba un bolso grande de color rosa de donde sacaba una cantidad infinita de libros, como si fuese una chistera. Cuando pensaba en ello, Marjorie llamaba «conejos» a los libros.

—¿Qué sabrán ellas? —preguntó la señora Pinkston, y le pasó una galleta—. No tienen ni idea.

Era su profesora favorita, una de los dos únicos docentes negros en una institución con casi dos mil alumnos matriculados. Marjorie no conocía a nadie más que tuviese un ejemplar del libro de su padre: *La decadencia de una nación empieza en los hogares del pueblo*. El trabajo de toda una vida. Tenía sesenta y tres años cuando lo terminó y casi setenta cuando él y su madre la tuvieron al fin. Había tomado prestado un viejo proverbio asante como título, y lo usaba para hablar sobre esclavitud y colonialismo. Marjorie, que había leído todos los libros de las estanterías de su casa, en una ocasión pasó una tarde entera tratando de leerlo. Llegó tan sólo a la segunda página, y cuando se lo contó, su padre respondió que ella no lo comprendería hasta que fuese mucho mayor. Le explicó que las personas necesitan tiempo para ser capaces de ver las cosas con claridad.

—¿Qué opinas del libro? —preguntó la señora Pinkston, y señaló el ejemplar de *El señor de las moscas* que Marjorie tenía en las manos.

—Me gusta —contestó ella.

—Pero ¿te encanta? ¿Lo sientes en tu interior?

Marjorie negó con la cabeza. No sabía qué significaba sentir un libro en su interior, pero temía decepcionar a su profesora de literatura si lo admitía.

La señora Pinkston soltó su carcajada de tren en marcha y dejó que Marjorie continuase leyendo.

Así que Marjorie pasó tres años de ese modo: en busca de libros que le encantasen, que sintiera en su interior. Cuando estaba en el último curso, ya había leído casi toda la pared sur de la biblioteca del instituto —al menos mil libros— y había hecho algunos avances en la pared norte.

—Ése es bueno.

Acababa de sacar *Middlemarch* de la estantería y estaba absorbiendo su olor cuando el chico le habló.

—¿Te gusta Eliot? —preguntó ella.

Hacía poco que había visto al joven en alguna parte, pero no recordaba dónde. Era rubio y de ojos azules, y le recordaba a un niño que salía en un anuncio de cereales, aunque más mayor.

Él se llevó el dedo a los labios.

—¡No se lo digas a nadie! —exclamó, y ella no pudo evitar sonreír.

—Me llamo Marjorie.

—Graham.

Se estrecharon la mano y él le habló de *Plumas de paloma*, el libro que estaba leyendo. Le contó que acababan de mudarse allí desde Alemania, que su padre era militar y su madre había fallecido hacía mucho tiempo. Marjorie suponía que ella también había hablado, pero no recordaba de qué, sólo que había sonreído tanto que le dolían las mejillas. Enseguida sonó el timbre que anunciaba el fin de la hora de comer y cada uno se marchó a su clase.

A partir de entonces, se veían todos los días. Mientras los demás comían, ellos leían juntos en la biblioteca. Se sentaban separados por apenas unos centímetros a una mesa larga donde cabían al menos treinta personas, y había tantos asientos vacíos que no tenían ninguna excusa para justificar su proximidad. Después del primer día, no volvieron a hablar tanto: les bastaba con leer juntos. De vez en cuando, Graham dejaba una nota escrita a mano para que Marjorie la encontrase. Eran sobre todo poemas breves o fragmentos de historias. Ella era demasiado tímida para mostrarle lo que escribía. Cuando regresaba a casa, esperaba a que sus padres se acostasen por la noche y leía las notas de Graham a la luz tenue de una lamparita.

—Papá, ¿cuándo supiste que te gustaba mamá? —preguntó al día siguiente a la hora del desayuno.

Dos años antes, su padre había sufrido un ataque al corazón y, desde entonces, todos los días comía un bol de gachas de avena. Era tan viejo que los profesores de Marjorie siempre daban por sentado que era su abuelo.

Él se limpió la boca con la servilleta y carraspeó.

—¿Quién te ha dicho que me gusta tu madre? —preguntó. Marjorie entornó los ojos en señal de incredulidad y su padre rompió a reír—. ¿Te lo ha dicho tu madre? Oye, Abronoma, eres demasiado joven para que te guste alguien. Concéntrate en los estudios.

Antes de que su hija tuviera tiempo de protestar, él salió por la puerta camino a su clase de historia en el colegio universitario. Ella siempre había aborrecido que su padre la llamase «Palomita». Era su apelativo especial, el sobrenombre que había nacido con ella gracias a su nombre asante, pero, por algún motivo, siempre la hacía sentir pequeña, joven y frágil. Y no era pequeña. Ni tampoco joven. Era mayor y le habían crecido tanto los pechos que ya eran del tamaño de los de su madre; tan grandes que a veces tenía que sujetárselos con las manos al caminar desnuda por su cuarto para evitar que le golpeasen el torso.

—¿Quién te gusta? —preguntó su madre, que justo en ese momento entraba en la cocina con la ropa sucia.

A pesar de que sus padres llevaban casi quince años en Estados Unidos, Esther aún se negaba a usar la lavadora. Lavaba la ropa interior de toda la familia a mano en el fregadero de la cocina.

—Nadie —respondió Marjorie.

—¿Acaso te ha invitado alguien al baile de fin de curso? —preguntó Esther con una sonrisa amplia.

Marjorie suspiró. Cinco años antes había hojeado con ella un magacín informativo sobre los bailes de promoción de todo el país y a su madre le había encantado. Dijo que nunca había visto nada como aquellas chicas con sus vestidos largos y los chicos con traje. La esperanza de que su hija pudiera convertirse en una de esas jóvenes tan especiales le iluminaba la mirada. En cambio, a Marjorie se la nublaba. Era una de las treinta personas de color del instituto, y el año anterior ninguna de ellas había recibido invitaciones al baile.

—No, mamá. ¡Dios!

—No soy Dios y nunca lo he sido —repuso su madre, y sacó un sujetador negro de encaje de las profundidades del fregadero—. Si le gustas a un chico, tienes que hacerle saber que a ti también te gusta. Si no, nunca hará nada. Yo viví en casa de tu padre muchos muchos años antes de que me propusiese matrimonio. Era una tonta, y confiaba en que se diese cuenta de que yo quería lo mismo que él, pero no se lo decía. Si no llega a ser por la intervención de la Anciana, quién sabe si él habría hecho algo al respecto. Esa mujer tiene una gran fuerza de voluntad.

Esa noche, Marjorie metió el poema de Graham debajo de la almohada con la esperanza de haber heredado el poder de su abuela, de que las palabras que él había escrito le flotasen hasta el oído mientras dormía y engendrasen un sueño.

La señora Pinkston estaba organizando una actividad sobre cultura negra para todo el instituto, y pidió a Marjorie que leyese un poema. El acontecimiento, titulado «Las aguas que atravesamos», era distinto de cualquier otra cosa que se hubiera organizado en el instituto, y estaba programado para principios de mayo, mucho después del mes que todos los años se dedicaba a la historia del pueblo negro.

—Lo único que tienes que hacer es contar tu historia —dijo la señora Pinkston—. Hablar de lo que significa para ti ser afroamericana.

—Pero yo no soy afroamericana —contestó Marjorie.

Aunque no era capaz de interpretar con claridad la expresión de la profesora, supo de inmediato que lo que había replicado estaba mal. Quiso explicárselo, pero no supo cómo; quiso decirle que en casa tenían una palabra diferente para los afroamericanos: «*akata*». Que las personas *akata* eran distintas de los ghaneses porque hacía demasiado tiempo que habían dejado atrás el continente materno para continuar llamándolo «continente materno». Quiso explicarle a la señora Pinkston que sentía su propio alejamiento, que ya casi era una *akata*, que llevaba demasiado tiempo fuera de Ghana para ser ghanesa. Pero la expresión de la maestra le impidió dar explicaciones.

—Escucha, Marjorie: voy a decirte algo que tal vez nadie te haya dicho todavía. Aquí, en este país, a los blancos que manejan el cotarro no les importa de dónde seas originaria. Ahora estás aquí, y aquí un negro es un negro y punto.

Se levantó de la silla y sirvió un café para cada una. A Marjorie ni siquiera le gustaba: le parecía demasiado amargo. El sabor se le aferraba a la garganta como si fuese incapaz de decidir si quería entrar en su cuerpo o salir de su boca con el aliento. La profesora bebió, pero Marjorie se limitó a mirar el contenido de la taza. Durante un breve instante, pensó que había visto su cara reflejada en él.

Esa noche fue al cine con Graham. Le pidió que, cuando la recogiese, aparcase en otra calle. Todavía no estaba lista para contárselo a sus padres.

—Buena idea —respondió él, y Marjorie se preguntó si el padre del chico sabría adónde había ido.

Cuando acabó la película, Graham la llevó a un claro en el bosque. Era uno de esos lugares donde se suponía que los chicos y las chicas iban a enrollarse, pero ella había pasado un par de veces por allí y siempre estaba desierto.

Esa noche tampoco había nadie. Graham tenía una botella de whisky en el asiento de atrás y, a pesar de que detestaba el sabor del alcohol, Marjorie le dio algún trago, sin prisa. Mientras ella bebía, él sacó un cigarrillo, y después de encenderlo, se puso a jugar con el mechero, haciendo aparecer y desaparecer la llama.

—¿Te importaría dejar de hacer eso? —pidió Marjorie cuando él empezó a mover el mechero de un lado a otro.

—¿El qué?

—Lo del mechero. Guárdalo, por favor.

Graham la miró extrañado, pero no dijo nada, así que ella no tuvo que dar explicaciones. Desde que le habían contado la historia de las cicatrices de su padre y de su abuela, el fuego la aterraba. Cuando era pequeña, la mujer de fuego que protagonizaba los sueños de su abuela rondaba a Marjorie durante el día. Sólo había oído hablar de ella cuando iban hasta el mar y la Anciana le contaba lo que sabía sobre sus antepasados, pero Marjorie creía ver a la mujer en llamas en el resplandor azul y naranja de los fogones, en las brasas ardientes, en los mecheros. Temía sufrir las mismas pesadillas, que sus ancestros la escogiesen también a ella para que escuchara las historias de la familia. Sin embargo, nunca las sufrió y, con el tiempo, el miedo al fuego fue remitiendo. De todos modos, de vez en cuando, todavía le daba un pequeño vuelco el corazón al ver una llama, como si la sombra de la mujer de fuego aún acechase.

—¿Qué te ha parecido la película? —preguntó Graham, y guardó el mechero.

Marjorie se encogió de hombros. Era la única respuesta que se le ocurría, porque no se había estado fijando en la pantalla, sino en la posición de las manos de Graham en relación al cubo de palomitas o al reposabrazos que compartían. Se había dedicado a pensar en su risa cuando algo le hacía gracia y en si la inclinación de su cabeza hacia la izquierda, el lado donde estaba ella, era una invitación a ladear la suya hacia él o a apoyarse en su hombro. A lo largo de las semanas que habían pasado conociéndose, Marjorie se había ido prendando cada vez más del azul de sus ojos. Les escribía poemas. Azul como el agua del mar, como un cielo despejado, como el zafiro: no conseguía captar el tono. En el cine, había pensado en que los únicos amigos que tenía antes en realidad eran personajes de novelas, personas del todo irreales, pero entonces había aparecido Graham y había engullido parte de su soledad con esos ojos azules de ballena. Al día siguiente, no habría sido capaz de recordar el título de la película ni aunque su vida dependiese de ello.

—Sí, yo he pensado lo mismo —respondió Graham.

Dio un trago largo a la botella de whisky.

Marjorie se preguntaba si estaba enamorada. ¿Cómo podía saberlo? ¿Cómo lo sabían los demás? En secundaria se había aficionado a la literatura victoriana, le encantaba su romanticismo irrefrenable. Todos los personajes de esos libros estaban irremediablemente enamorados: los hombres cortejaban y las mujeres eran cortejadas. En aquella época era más fácil saber qué aspecto tenía el amor, esa emoción que de tan descarada y grandiosa daba vergüenza. ¿Se parecía eso a estar dentro de un Toyota Camry bebiendo whisky?

—Todavía no me has dejado leer nada que hayas escrito tú —le recordó Graham.

Disimuló un eructo y le pasó la botella.

—Tengo que escribir un poema para las jornadas de la señora Pinkston del mes que viene. A lo mejor te dejo leer ése.

—Es unas semanas después del baile, ¿verdad?

En cuanto le oyó mencionar el acontecimiento, se le secó la boca. Esperó a que Graham dijese algo más, pero no fue así, de modo que se limitó a asentir.

—Me encantaría leerlo. Bueno, si tú quieres.

Él volvía a tener la botella en las manos y, aunque estaba oscuro, Marjorie pudo ver que las arrugas profundas de sus nudillos se le estaban enrojeciendo de la presión.

Esa semana empezaron a florecer los perales de Bradford. En el instituto, todos opinaban que olían a semen, a sexo, a vulva. Marjorie odiaba el olor por ser un reflejo de su virginidad, de su incapacidad de asociarlo con nada más que con pescado podrido. Todos los años, al llegar el verano ya se había acostumbrado al olor, y cuando las flores caían, su fragancia no era más que un recuerdo distante. Pero entonces llegaba la primavera de nuevo, y el aroma resurgía para anunciarse sin reparos.

Marjorie estaba trabajando en el poema para «Las aguas que atravesamos» cuando su padre recibió una llamada de Ghana. La Anciana estaba débil. La persona que cuidaba de ella no sabía distinguir si seguía teniendo los mismos sueños o si eran otros. No salía de la cama tan a menudo como acostumbraba: ella, la mujer que tiempo atrás temía dormir.

Marjorie insistió en que la familia entera viajase a Ghana de inmediato. Dejó el poema a medias, le arrancó el teléfono de las manos a su padre —un gesto que cualquier otro día en que él no estuviese tan confundido le habría valido un coscorrón— y exigió que la cuidadora pusiera a la Anciana al teléfono, aunque para ello tuviese que despertarla.

—¿Estás enferma? —le preguntó a su abuela.

—¿Enferma? Pronto será verano y bailaremos juntas en la orilla; ¿cómo voy a estar enferma?

—¿No vas a morirte?

—¿Qué te he dicho yo sobre la muerte? —repuso la Anciana con brusquedad.

Su voz parecía tener más fuerza que al principio de la conversación. Marjorie tiró del cable del teléfono. La Anciana decía que sólo los cuerpos morían; los espíritus vagaban. O encontraban Asamando o no. Permanecían junto a sus descendientes para guiarlos en la vida, para reconfortarlos, a veces incluso para asustarlos y hacer que despertasen de la neblina de una vida sin amor, sin vida.

Marjorie se llevó la mano a la piedra que llevaba al cuello. El regalo de su antepasada.

—Prométeme que no te marcharás hasta que te haya visto una vez más —pidió Marjorie.

A su espalda, Yaw le puso una mano en el hombro.

—Te prometo que jamás te dejaré —respondió la Anciana.

Marjorie devolvió el teléfono a su padre, que la miró extrañado, y regresó a su cuarto. Sobre el escritorio, el pedazo de papel que debería haber tenido un poema escrito decía sólo: «Agua. Agua. Agua. Agua.»

Marjorie y Graham quedaron de nuevo, y esa vez fueron al Museo Nacional del Espacio y los Cohetes. Graham no lo había visitado; en cambio, Marjorie y sus padres iban una vez al año. A su madre le gustaba mirar las fotografías de astronautas que llenaban las salas, y a su padre le encantaba recorrer el museo examinando todos los cohetes sin excepción, como si pretendiera aprender a construir uno. Hasta cierto punto, pensaba Marjorie, sus padres ya habían viajado por el espacio y habían aterrizado en un país que les resultaba tan extraño como la Luna.

Graham no hacía caso de los carteles de «PROHIBIDO TOCAR». Iba dejando huellas en las vitrinas, marcas fantasmales que desaparecían casi tan pronto como él las estampaba.

—Estados Unidos no tendría un programa espacial si no fuese por los alemanes —dijo.

—¿Echas de menos Alemania? —preguntó Marjorie.

Graham casi nunca hablaba del lugar donde había pasado más años de su vida. No presumía del país como hacía ella con Ghana.

—A veces, pero los hijos de los militares nos acostumbramos a ir de un lado a otro.

Se encogió de hombros y apoyó los dedos en una vitrina que contenía un traje espacial. Marjorie imaginó que su mano atravesaba el cristal, que su cuerpo entraba en el expositor, se metía en el traje y, perdiendo la gravedad, flotaba hacia arriba, hacia arriba.

—¡Marjorie!

—¿Qué?

—Te he preguntado si te mudarías a Ghana.

Ella reflexionó un momento. Pensó en su abuela y en el mar, en el castillo. Pensó en el alboroto frenético de coches y personas de las calles de Costa del Cabo, en las mujeres de caderas anchas que vendían el pescado que llevaban en grandes cuencos plateados y en las jóvenes aún sin pechos que caminaban por el centro de la carretera metiendo la cabeza en los taxis para decir «agua helada» y «por favor, se lo ruego».

—Creo que no.

Él asintió y continuó caminando hasta la siguiente vitrina. Marjorie le cogió la mano justo cuando la levantaba para pegarla al cristal. Se lo impidió y dijo:

—En general, siento que no pertenezco a ese lugar. En cuanto bajo del avión, la gente se da cuenta de que soy como ellos, pero que también soy distinta. Me lo huelen.

—¿Qué te huelen?

Marjorie miró hacia arriba mientras buscaba la palabra que mejor lo captase.

—Soledad, puede. O aislamiento. Que no encajo aquí ni allí. Mi abuela es la única persona que realmente me ve como soy.

Bajó la mirada. Como le temblaba la mano, soltó la de Graham, pero él se la agarró de nuevo. Y cuando Marjorie volvió a levantar la cabeza, él se había agachado y estaba acercando sus labios a los de ella.

. . .

Durante semanas, Marjorie esperó a saber algo de su abuela. Sus padres habían contratado a una nueva cuidadora que la vigilaba todos los días, cosa que parecía enfurecerla. Estaba empeorando. Su nieta no tenía ni idea de por qué lo sabía, pero lo sabía.

En el instituto, Marjorie estaba muy callada. Nunca levantaba la mano en las clases, y un día dos de sus profesores la pararon por los pasillos para preguntarle si pasaba algo. Pero ella les dio largas. En lugar de comer en la sala de profesores de lengua y literatura o de leer en la biblioteca, se sentaba en la cantina, a la esquina de una larga mesa rectangular, desafiando a cualquiera que pasase por ahí a probar suerte. Fue Graham el que acudió a sentarse enfrente de ella.

—¿Estás bien? —quiso saber—. No te veo desde...

Dejó la frase sin acabar, pero Marjorie quería oírselo decir. «Desde que nos besamos». «Desde que nos besamos». Ese día, Graham vestía los colores del instituto: un naranja detestable, levemente mitigado por un gris más calmado.

—Sí, estoy bien.

—¿Te preocupa el poema? —le preguntó.

El poema era una hoja de papel con una colección de tipos de letra; un experimento de letra redonda, cursiva, mayúsculas.

—No, eso no me preocupa.

Graham asintió despacio sin apartar la mirada. Marjorie había ido a la cantina porque quería estar sola, pero al mismo tiempo rodeada de gente. Era una sensación que de vez en cuando disfrutaba, como cuando al bajarse del avión en Accra la recibía un mar de rostros que se parecían al suyo. Durante esos primeros minutos, se hacía con ese anonimato, aunque el instante durase poco. Alguien se le acercaba y le preguntaba si quería que le llevase el equipaje, si la acompañaba a alguna parte, si le podía dar algo para alimentar a su bebé.

Mientras miraba a Graham, una chica morena a la que Marjorie reconocía de haberla visto por los pasillos se acercó a ellos.

—¿Graham? —preguntó—. No suelo verte por aquí a la hora de comer. Si no, me acordaría.

Él asintió, pero no respondió. La chica aún no había reparado en Marjorie, aunque la poca atención que Graham le prestaba hizo que se fijase en la persona que la acaparaba por completo.

Miró a Marjorie durante apenas un segundo, pero fue suficiente para que ella se percatase del gesto de asco que se le estaba formando en la cara.

—Graham —susurró como si bajando la voz evitase que Marjorie la oyera—, no deberías sentarte aquí.

—¿Qué?

—No deberías sentarte aquí. La gente pensará que... —Otra miradita rápida—. Bueno, ya sabes.

—No, no lo sé.

—Ven a sentarte con nosotras —lo invitó.

A esas alturas de la conversación, la chica ya estaba oteando la cantina y su lenguaje corporal transmitía nerviosismo.

—Estoy bien aquí.

—Ve —dijo Marjorie, y Graham se volvió hacia ella.

Era como si él olvidara a quién estaba defendiendo; como si estuviera peleándose simplemente por un asiento y no por la chica que tenía delante.

—Vete, no pasa nada.

Lo dijo y contuvo la respiración. Quería que él respondiese que no, que luchase más, que resistiera más tiempo, que le cogiera la mano y le acariciase los dedos con los pulgares enrojecidos.

Pero no fue así. Graham se levantó casi con cara de alivio. Cuando Marjorie vio que la morena lo cogía de la mano para llevárselo de allí, ya estaban casi al otro extremo de la cantina. Había creído que Graham era como ella, un lector, una persona solitaria, pero al verlo alejarse con la chica, supo que era diferente. Vio lo fácil que era para él pasar desapercibido, como si siempre hubiese encajado allí.

*

El tema del baile de fin de curso era *El gran Gatsby*. Los días anteriores, mientras decoraban la sala, los suelos del instituto se llenaron de purpurina. La noche del baile, Marjorie vio una película de la tele, embutida entre su padre y su madre. Cuando se levantó a hacer palomitas, los oyó cuchichear sobre ella.

—Le pasa algo —musitó Yaw.

Nunca se le había dado bien susurrar. A volumen normal, su voz era un sonido grave y atronador que le nacía en el vientre.

—Es adolescente. Las adolescentes son así —dijo Esther.

Marjorie había oído a otras auxiliares de enfermería de la residencia de ancianos donde trabajaba su madre hablar así, como si los adolescentes fuesen bestias salvajes que vivían en una jungla peligrosa: más valía dejarlos tranquilos.

Cuando regresó, intentó parecer más alegre, pero no estaba segura de haberlo conseguido.

Sonó el teléfono y se apresuró a contestar. Había pedido a su abuela que la llamase una vez al mes para estar tranquila, a pesar de que sabía que para la Anciana era una pesadez. Al responder oyó la voz de Graham.

—¿Marjorie? —preguntó él.

Ella respiraba junto al auricular, pero aún no había pronunciado una palabra. ¿Qué quedaba por decir?

—Ojalá pudiese ir contigo. Pero es que...

No acabó la frase, pero tampoco importaba. Ella ya lo había oído antes. Iba a ir con la morena. Quería llevar a Marjorie, pero su padre pensaba que no era apropiado. Al profesorado del instituto tampoco se lo parecía. Marjorie había oído a Graham decirle al director, como último recurso, que ella no era «como las demás chicas negras». Y de algún modo, eso había sido aún peor. Ya había renunciado a él.

—¿Me leerías el poema de todos modos? —pidió él.

—Lo leeré la semana que viene. Todo el mundo podrá escucharlo.

—Ya sabes a qué me refiero.

En el salón, su padre se había puesto a roncar. Así veía siempre las películas. Marjorie lo imaginó recostado en el hombro de su madre, y a ella rodeándolo con los brazos. Puede que Esther también durmiese con la cabeza apoyada en la de Yaw, sus trenzas largas, una cortina que ocultaba la cara de ambos. El suyo era un amor cómodo: no requería luchar ni esconderse del mundo. Marjorie había vuelto a preguntar a su padre cuándo se había dado cuenta de que le gustaba Esther, y él había respondido que siempre lo había sabido. Que el sentimiento le nació de dentro, que lo respiró con la primera brisa de Edweso y se le metió dentro como el harmattan. En Alabama, Marjorie no tenía nada parecido al amor.

—Tengo que colgar —dijo a Graham por teléfono—. Me están llamando mis padres.

Posó el auricular sobre el aparato y volvió al salón. Su madre estaba despierta, viendo la televisión, pero sin prestar atención.

—¿Quién era, mi vida? —preguntó.

—Nadie —contestó Marjorie.

En el auditorio cabían dos mil personas. Entre bastidores, Marjorie oía a los alumnos entrar en fila india, el parloteo insistente de su aburrimiento. Recorría aquel espacio de un lado a otro, demasiado asustada para mirar entre los pliegues del telón. A su lado, Tisha y sus amigas ensayaban una coreografía con una canción que sonaba bajito en un radiocasete.

—¿Estás preparada? —preguntó la señora Pinkston, y Marjorie se sobresaltó.

Ya antes de eso le temblaban las manos, así que se sorprendió de no haber dejado caer el poema.

—No —contestó.

—Sí, sí que lo estás —repuso la profesora—. No te preocupes, lo harás genial.

Continuó la ronda para hablar con el resto de los participantes.

Al arrancar la función, a Marjorie empezó a dolerle el estómago. Nunca había hablado delante de tanta gente, así que estaba a punto de atribuirle el dolor a eso cuando de pronto se intensificó. También sintió náuseas, pero pasaron enseguida.

Tenía esa sensación de vez en cuando. Su abuela lo llamaba «premonición»; era el cuerpo, decía, detectando algo que el mundo aún no había notado. Marjorie lo había sentido alguna vez antes de que le diesen una nota baja en un examen. Un día, antes de un accidente de coche. En otra ocasión, le pasó instantes antes de darse cuenta de que acababa de perder un anillo que le había regalado su padre. Él sostenía que esas cosas habrían ocurrido tanto con esa sensación como si no, y tal vez tuviese razón. Marjorie sólo sabía que aquel dolor le decía que debía prepararse.

Así que, haciendo acopio de valor, salió al escenario después de que la señora Pinkston la presentase. Sabía que los focos serían intensos, pero no había contado con el calor que desprendían: un millón de soles ardientes brillando sobre ella. Empezó a sudar, se pasó la palma de la mano por la frente.

Dejó la hoja en el atril. Había ensayado un millón de veces. Entre dientes mientras estaba en clase, delante del espejo en el baño de casa, en el coche mientras sus padres conducían.

El sonido del silencio, interrumpido de vez en cuando por una tos o por el ruido de unos pies al moverse, era como un reto. Se acercó al micrófono. Carraspeó y leyó:

Parte el castillo como un coco,
estoy yo dentro, estás tú.
Nosotras, las dos, sentimos la arena,
el viento, el aire.
Sólo una el látigo.
Tras el barco grande. Azotes.

Nosotras, las dos, negras.
Yo, tú.
Una creció en tierra de cacao,
la otra nació de un fruto,
la piel intacta, pero sangrante.
Nosotras, las dos, atravesamos las aguas.
Parecen otras
y son las mismas.
Las nuestras. Piel de hermanas.
Quién lo diría. Ni tú ni yo.

Levantó la mirada. Había oído el crujido de una puerta que al abrirse dejó entrar más luz. La suficiente para ver a su padre de pie en el quicio, pero no para adivinar las lágrimas que le surcaban las mejillas.

La única promesa que rompió la Anciana, Akua, la Loca de Edweso, fue la última que hizo. Ella que tanto temía dormir, murió en mitad de un sueño. Quería que la enterrasen en una montaña con vistas al mar. Marjorie se tomó el resto del curso: sacaba tan buenas notas que eso apenas afectaría a la media final.

Caminó con su madre detrás de los hombres que cargaban con su abuela hasta allí arriba. Su padre había insistido en ser uno de los portadores, pero era tan viejo que, más que ayudar, molestaba. Cuando llegaron a la tumba, la gente empezó a sollozar. Todos llevaban días y días llorando, pero Marjorie aún no había derramado una lágrima.

Los hombres empezaron a cavar la arcilla roja. A los lados del gran agujero rectangular, cada vez más profundo, se formaron sendos montones de tierra. Un carpintero había hecho el ataúd de la Anciana con una madera del mismo color que la arcilla, de manera que cuando bajaron el féretro, nadie pudo distinguir dónde acababa el ataúd y dónde empezaba la tierra. Comenzaron a devolver la arcilla al agujero. La apretaron bien, y antes de acabar la aplanaron con el dorso de la pala. El sonido retumbó en todo el valle.

Cuando pusieron la lápida en la tumba, Marjorie se dio cuenta de que había olvidado meter el poema que había compuesto a partir de los sueños que la Anciana le relataba cuando iban juntas a la orilla del mar. Sabía que a su abuela le habría encantado escucharlo. Sacó la hoja del bolsillo y sus manos temblorosas hicieron que las palabras danzasen pese a que apenas soplaba algo de brisa.

Se abalanzó sobre el montículo funerario, llorando al fin.

—*Me Mam-yee, me Maame. Me Mam-yee, me Maame.*

Su madre se acercó a levantarla. Más tarde, Esther le contó que parecía que fuese a salir volando desde el precipicio, montaña abajo, hasta el mar.

Marcus

A Marcus no le gustaba el agua. La primera vez que vio el océano de cerca, estaba en la universidad, y todo ese espacio, ese azul infinito que iba más allá de donde alcanzaba la vista, le revolvió el estómago. Lo aterrorizó. No había contado a sus amigos que no sabía nadar, y su compañero de habitación, un pelirrojo de Maine, ya estaba dos metros por debajo de la superficie del Atlántico antes de que él se mojase siquiera los dedos de los pies.

El olor del mar tenía algo que le repugnaba; el tufo de la sal mojada le invadía las fosas nasales y le provocaba la impresión de estar ahogándose. Lo sentía aún más en la garganta, como una salmuera. Se le aferraba a la campanilla y le impedía respirar bien.

Cuando era pequeño, su padre le había dicho que a los negros no les gustaba el agua porque los habían llevado hasta allí en barcos de esclavos. ¿Para qué querría ir a nadar un negro? El fondo del océano ya estaba plagado de hombres de color.

Cada vez que su padre le contaba cosas así, Marcus asentía con paciencia. Sonny no hablaba más que de esclavitud, del régimen penitenciario de trabajos forzados, del Sistema, de la segregación, del Hombre. El odio de su padre hacia los blancos tenía raíces muy profundas. Era como un talego lleno de piedras: una por cada año en el que las injusticias raciales continuaban siendo la norma en Estados Unidos. Y aún arrastraba ese saco.

Marcus nunca olvidaría las primeras enseñanzas de su padre, las lecciones de historia alternativa que hicieron que se interesase por estudiar Estados Unidos en profundidad. Con él había compartido un colchón en el apartamento atestado de Ma Willie. Por las tardes, tendidos en aquel colchón de muelles como cuchillos, Sonny explicaba a Marcus que en aquel país se encerraba a los negros que había por las calles y se los condenaba a trabajos forzados, o que la política de líneas rojas impedía que los bancos invirtiesen en barrios donde vivían negros, de modo que éstos no podían acceder a hipotecas o créditos para negocios. Así pues, ¿tanto sorprendía que su gente continuase llenando las prisiones? ¿A quién le extrañaba que el gueto fuese el gueto? Algunas de las cosas de las que Sonny acostumbraba a hablar no aparecían en los libros de historia de Marcus, pero más adelante, al llegar a la universidad, descubrió que eran ciertas. Descubrió que su padre tenía una mente brillante, pero estaba atrapada debajo de algo.

Por las mañanas, Marcus observaba a Sonny mientras se levantaba, se afeitaba y salía hacia la clínica de metadona de Harlem del Este. Era más fácil seguir la pista de los movimientos de su padre que leer las manecillas del reloj: se levantaba a las seis y media y bebía un vaso de zumo de naranja. A las siete menos cuarto ya estaba afeitándose, y a las siete, fuera de casa. Iba a por su dosis de metadona y después al hospital donde trabajaba de conserje. Era el hombre más inteligente que Marcus conocía, pero no conseguía liberarse de la droga a la que había sido adicto.

Cuando tenía siete años, Marcus preguntó una vez a Ma Willie qué pasaría si alguna parte del programa diario de su padre cambiase. Qué sucedería si no le diesen la metadona. Su abuela se encogió de hombros. Hasta que fue mucho más mayor, Marcus no comprendió lo importante que era la rutina que mantenía su padre. Toda su vida parecía depender de ella.

Y ahora Marcus volvía a estar delante del agua. Un amigo nuevo de la escuela de posgrado lo había invitado a una fiesta en su piscina para celebrar la entrada en el nuevo milenio, y él había aceptado, no sin reservas. Una piscina de California era más segura que el Atlántico, de eso no cabía duda. Podía relajarse en una tumbona y fingir que estaba tomando el sol, hacer chistes sobre la necesidad de ponerse moreno.

Alguien gritó «¡Bomba va!» y le salpicó las piernas de agua fría. Se las secó con una mueca en la cara después de que Diante le ofreciese una toalla.

—Oye, Marcus, ¿hasta cuándo mierda vamos a quedarnos aquí, tío? Hace un calor del infierno. ¿Estamos en África o qué?

Diante siempre tenía alguna queja. Era artista. Marcus lo había conocido en una fiesta en East Palo Alto, y a pesar de que se había criado en Atlanta, Marcus veía en él algo que le recordaba a su propia casa. Desde ese primer día, fueron como hermanos.

—No llevamos aquí ni diez minutos, D. Relájate —dijo Marcus, pero él mismo empezaba a sentirse incómodo.

—Yo paso, negro. Me niego a arder en esta mierda de calor. Te veo luego.

Se levantó y saludó con la mano a los que estaban en la piscina.

Diante siempre le pedía a Marcus que lo llevara a las fiestas de la universidad, pero siempre se marchaba al poco de haber llegado. Buscaba a una chica que había conocido en un museo de arte. No recordaba cómo se llamaba, pero le había dicho a su amigo que resultaba obvio, por su manera de hablar, que estaba estudiando. Marcus no veía la necesidad de recordarle que había más o menos un millón de universidades en la zona. Imposible saber si la chica aparecería por una de sus fiestas.

Marcus estaba haciendo un doctorado en Sociología en Stanford. Algo que jamás habría imaginado en la época en que compartía colchón con su padre, pero allí estaba. Sonny se sintió tan orgulloso cuando le dijo que lo habían aceptado en Stanford que se echó a llorar. Era la única vez que lo había visto así.

Marcus se fue de la fiesta poco después que su amigo, excusándose con que tenía trabajo. Caminó casi diez kilómetros hasta casa y al llegar tenía la camisa empapada de sudor. Se metió en la ducha de azulejos azules y dejó que el agua le cayese con fuerza en la cabeza, sin levantar la cara hacia el chorro. Aún tenía miedo de ahogarse.

—Tu madre manda saludos —dijo Sonny.

Era su conversación telefónica semanal. Marcus llamaba todos los domingos por la tarde, cuando sabía que su tía Josephine y sus primos estarían en casa de Ma Willie, donde se juntaban para hacer la comida y almorzar después de la iglesia. Los llamaba porque echaba de menos Harlem, las comidas de los domingos, a Ma Willie cantando góspel con su vozarrón, como si Jesucristo fuese a tardar diez minutos en llegar a la mesa si ella lo llamaba para servir los platos.

—No mientas —repuso Marcus.

La última vez que había visto a Amani fue en la graduación del instituto. Su madre se había vestido con lo que le había dado Ma Willie, sin duda. Era un vestido de manga larga, pero cuando alzó el brazo para saludarlo justo en el momento en que cruzaba el escenario de camino a recoger el diploma, Marcus creía haber visto las marcas de los pinchazos.

—Hmm —contestó Sonny, sin más.

—¿Estáis todos bien por ahí? —preguntó Marcus—. ¿Los críos y todo?

—Sí, todos bien. Estamos bien.

Durante unos segundos ambos respiraron en el auricular. Ninguno de los dos quería hablar, pero tampoco deseaban colgar.

—¿Sigues limpio? —quiso saber Marcus.

No le hacía esa pregunta muy a menudo, pero sí de vez en cuando.

—Sí, estoy bien. No te preocupes por mí. Tú no levantes la cabeza de los libros, no pierdas el tiempo pensando en mí.

Marcus asintió con un cabeceo. Tardó unos instantes en darse cuenta de que su padre no podría oírlo, y entonces dijo:

—Vale.

Y luego colgó.

Al cabo de un rato, Diante fue a buscarlo. Iba a arrastrarlo hasta un museo de San Francisco, el mismo donde había conocido a la chica.

—No sé qué te ha dado con esta chica, D.

No le gustaban los museos de arte. No sabía qué pensar sobre las piezas. Escuchaba a Diante hablar de líneas, color y sombreado, y asentía, pero para él no significaban nada.

—Si la vieses, lo entenderías —respondió su amigo.

Estaban recorriendo el museo, aunque en realidad ninguno de los dos se fijaba en las obras de arte.

—Entiendo que debe de estar buena.

—Sí, lo está. Pero no se trata de eso, tío.

Marcus ya conocía la historia completa. Diante la había conocido en la exposición sobre Kara Walker. Los dos habían recorrido cuatro veces la sucesión de siluetas de papel negro que ocupaban todo el largo de la pared antes de rozarse el hombro en el quinto pase. Estuvieron hablando de una de las piezas en particular durante casi una hora, pero no se habían preguntado el nombre.

—Ya te lo he dicho, Marcus: en nada vas de boda. Sólo necesito encontrarla.

Marcus soltó un resoplido. ¿Cuántas futuras esposas le había señalado su amigo en una fiesta para después salir con ellas sólo una semana?

Dejó a Diante solo y fue a dar una vuelta a su aire por el museo. Más que el arte, le gustaba la arquitectura del edificio. Las intrincadas escalinatas y las paredes blancas donde se exponían obras de colores vibrantes. Le gustaba que el ambiente del museo le permitiese pasear y pensar.

Cuando estaba en primaria, los llevaron de excursión a un museo. Para llegar allí habían cogido un autobús y después habían recorrido las últimas manzanas en fila y de dos en dos, agarrados de la mano del niño de al lado. Recordaba su sensación de asombro ante el resto de Manhattan, la parte que no era la suya, ante los trajes de los hombres de negocios y los peinados abultados. En el museo, la señora de la entrada les sonrió desde lo alto, a través del cristal de la taquilla; Marcus estiró el cuello para verla y ella lo recompensó saludándolo con la mano.

Una vez dentro, la señorita MacDonald, su profesora, los guió sala tras sala, exposición tras exposición. Marcus estaba al final de la fila, y la niña con quien iba de la mano, LaTavia, se la había soltado para estornudar, así que aprovechó para atarse el zapato. Cuando alzó la cabeza de nuevo, sus compañeros ya no estaban allí. Ahora sabía que no le habría costado mucho encontrarlos: una fila de patitos negros en un enorme museo blanco, pero había tanta gente y eran todos tan altos que Marcus no veía nada y enseguida se asustó demasiado para moverse del sitio.

Estaba plantado allí en medio, paralizado y llorando en silencio, cuando una pareja de ancianos blancos lo encontró.

—Mira, Howard —dijo la mujer.

Marcus aún recordaba el color de su vestido: un rojo intenso y sanguinolento que sólo sirvió para atemorizarlo más aún.

—El pobre debe de haberse perdido. —Lo observó con atención y añadió—: Qué mono es, ¿verdad?

Howard, el hombre que iba con ella, llevaba un bastón fino y le dio un golpecito en el pie con él.

—Chico, ¿te has perdido?

Marcus no contestó.

—Digo que si te has perdido.

El bastón no paraba de tocarle el pie y, durante un segundo, a Marcus le pareció que el tipo iba a levantarlo hacia el techo en cualquier momento y a estrellárselo contra la cabeza. No sabía qué era lo que le daba esa impresión, pero se asustó de tal manera que sintió que se le mojaba la pernera del pantalón. Se puso a chillar y corrió de una sala de paredes blancas a otra, hasta que un guardia de seguridad lo atrapó, llamó a la maestra por el sistema de megafonía y mandó a toda la clase a la calle, al autobús, a Harlem, donde debían estar.

Diante lo encontró al cabo de un rato.

—No está aquí —informó.

Marcus entornó los ojos con incredulidad. ¿Qué esperaba? Se marcharon del museo.

Pasó un mes y llegó la hora de que Marcus continuase su investigación. Llevaba un tiempo evitando hacerlo, porque no iba según lo esperado.

Al principio había querido centrar el trabajo en el sistema de arrendamiento de presos que había robado años de vida a su bisabuelo H, pero cuanto más ahondaba en la investigación, mayor se hacía el proyecto. ¿Cómo podía contar la historia de su bisabuelo sin hablar también de su abuela Willie y de los millones de negros que habían emigrado al norte huyendo del segregacionismo de las leyes de Jim Crow? Y si mencionaba la Gran Migración tendría que hablar también de las ciudades que habían acogido a ese rebaño. De Harlem. ¿Y cómo podía hablar de Harlem sin hacer referencia a la adicción a la heroína de su padre, a las épocas que había pasado en prisión, a sus antecedentes penales? Y si pensaba escribir sobre la heroína en el Harlem de los sesenta, ¿no debería hacerlo también sobre el crack que se consumía en todas partes en los ochenta? Y si escribía sobre el crack, era inevitable hacerlo también sobre la lucha antidrogas. Y si se ponía a pensar en eso, también tendría que contar que casi la mitad de los hombres negros con los que se había criado iban camino de entrar o de salir de un sistema de prisiones que se había convertido en el más duro del mundo. Y si acababa hablando de los motivos por los que sus amigos del barrio cumplían sentencias de cinco años por posesión de marihuana cuando casi todos sus compañeros blancos de universidad la fumaban a diario y sin esconderse, se enfadaría de tal manera que estamparía el libro que estuviese consultando contra la mesa de la sala de lectura Lane, hermosa pero sumida en un silencio sepulcral, de la Biblioteca Green de la Universidad de Stanford. Y si daba un golpe con el libro, todos los presentes en la sala lo mirarían y no verían más allá del color de su piel y de su furia, y pensarían que sabían algo de él, y ese algo sería lo mismo que había justificado el encarcelamiento de su bisabuelo H, sólo que también sería distinto, no tan obvio como lo fue en su día.

En cuanto Marcus entraba en esa cadena de pensamientos, ya no era capaz de abrir un solo libro.

No recordaba el momento exacto en que había descubierto la necesidad de estudiar y conocer a su familia más de cerca. Tal vez fuera durante una de esas comidas dominicales en casa de Ma Willie, cuando su abuela les pedía que se diesen la mano para rezar. Él solía colocarse entre dos de sus primos, o entre su padre y su tía Josephine, y Ma Willie empezaba una de sus oraciones con una canción.

La voz de su abuela era una de las maravillas del mundo. Bastaba para despertarle toda la esperanza, el amor y la fe que poseería en la vida, una combinación que le aceleraba el pulso y le empapaba de sudor las palmas de las manos. Tenía que soltarse para secarse no sólo las manos, sino también las lágrimas.

En aquella habitación, rodeado de su familia, de vez en cuando imaginaba un comedor distinto, una familia más numerosa. Le ponía tanto empeño que en algún momento creía verlos. A veces, en una choza de África, un patriarca con un machete en la mano; otras, en un bosque de palmeras, un grupo de gente mirando mientras una joven llevaba un cubo de agua en la cabeza; o en un apartamento abarrotado con demasiados niños, o en una granja pequeña y destartalada, alrededor de un árbol en llamas o en un aula. Veía todas esas cosas mientras su abuela rezaba y cantaba, rezaba y cantaba, y deseaba con todas sus fuerzas que toda esa gente que había inventado en su cabeza estuviera allí, con él.

Se lo contó a Ma Willie después de una comida de domingo y ella contestó que tal vez tuviese el don de las visiones. Pero Marcus, aunque lo había intentado, no creía en el dios de su abuela, y por eso había decidido buscar a esos parientes y esas respuestas de forma más tangible, a través de su investigación y su escritura.

Tomó algunas notas y salió, porque había quedado con Diante. La misión de encontrar a la mujer misteriosa del museo había llegado a su fin, pero no así el gusto de su amigo por las fiestas y las salidas.

Esa noche acabaron en San Francisco. Una pareja de lesbianas conocidas de Diante había abierto su casa para ofrecer una velada de arte y danza afrocaribeña. Al entrar los recibió el sonido metálico de unos tambores enormes. Había hombres con pareos de *kente* de colores vivos enrollados alrededor de la cintura sujetando baquetas de punta rosa y redondeada. Al otro extremo de la fila de hombres, una mujer plañía una canción como un lamento.

Marcus se abrió paso hacia el interior. Las obras de arte de las paredes lo asustaban un poco, aunque jamás se lo reconocería a Diante si le pedía su opinión, algo que haría con toda seguridad. La pieza que había aportado su amigo era una mujer con cuernos que se enrollaba alrededor de un baobab. Marcus no la entendía, pero estuvo delante un ratito, con la cabeza ladeada hacia la izquierda. Cada vez que alguien aparecía a su lado, asentía levemente.

Muy pronto, ese alguien fue Diante. Le dio varios golpecitos seguidos en el hombro, muy rápidos, de modo que cuando Marcus quiso decirle que parase, ya había acabado.

—¿Qué te pasa, negro? —preguntó Marcus, y se volvió hacia él.

Era como si Diante ni siquiera se hubiera percatado de que no estaba solo. Tenía el cuerpo vuelto en otra dirección, pero de pronto se dirigió a él.

—Está aquí.

—¿Quién?

—Pero ¿qué cojones dices? ¿Cómo que «quién»? La chica, tío. Está aquí.

Marcus dirigió la vista hacia el lugar que Diante señalaba. Había dos mujeres juntas. La primera era alta y delgada, de piel clara como Marcus, pero con unas rastas que le llegaban por debajo del culo. Jugaba con ellas, se las enrollaba en el dedo o las agarraba todas y se las amontonaba sobre la cabeza.

A Marcus le llamó la atención la que estaba a su lado. Era oscura —en los parques de Harlem lo hubiesen llamado negro azulado—, gruesa, con un par de pechos grandes y macizos y una melena afro alborotada que le daba aspecto de haber sido alcanzada por un rayo.

—Venga, vamos —dijo Diante, que ya dirigía hacia las mujeres.

Marcus lo siguió un paso por detrás. Vio que su amigo trataba de aparentar naturalidad: la postura relajada y calculada de los hombros, la inclinación del cuerpo. Cuando llegaron hasta ellas, Marcus esperó a ver cuál era la media naranja de Diante.

—¡Anda! —exclamó la chica de las rastas, y le dio una palmada en el hombro.

—Me suenas, pero no recuerdo de dónde te conozco —mintió Diante.

Marcus esbozó una mueca de incredulidad.

—Nos conocimos en el museo, hace un par de meses —respondió ella con una sonrisa.

—Ah, ya, claro, claro... —contestó Diante.

Estaba comportándose como un buen chaval, con la espalda bien erguida y sonriendo.

—Me llamo Diante, y éste es mi amigo Marcus.

La mujer se alisó la falda, cogió una rasta y se la enrolló alrededor del dedo. Estaba acicalándose el plumaje, al parecer. La otra no había dicho aún ni una palabra y estaba concentrada en el suelo, como si al no mirarlos pudiese fingir que no estaban allí.

—Yo me llamo Ki —respondió la de las rastas—. Ésta es mi amiga Marjorie.

Al oír su nombre, Marjorie levantó la cabeza y la cortina de pelo alborotado se abrió para revelar un rostro adorable y un colgante precioso.

—Me alegro de conocerte, Marjorie —dijo Marcus, y le tendió la mano.

*

Una vez, cuando Marcus era pequeño, su madre, Amani, se lo llevó a pasar el día con ella. En realidad lo había secuestrado, porque Ma Willie y Sonny y el resto de la familia no tenían ni idea de que la mujer, que sólo había pedido permiso para saludarlo, se lo llevaría del apartamento con la promesa de un cucurucho de helado.

Amani no tenía dinero para pagarlo. Marcus la recordaba andando de una heladería a otra y luego a otra más y a otra, pensando que los precios serían mejores en aquel otro local que había más allá. Cuando llegaron hasta el antiguo vecindario de Sonny, Marcus entendió dos cosas con claridad: en primer lugar, que se encontraba en un lugar donde no debía estar y, segundo, que no iba a probar el helado.

Su madre lo había arrastrado por toda la calle Ciento Dieciséis presumiendo de él ante sus amigos heroinómanos, los despojos del jazz.

—¿Este crío es tuyo? —preguntó una mujer gorda y sin dientes.

Se había agachado y Marcus tenía delante el cañón de su boca vacía.

—Sí, es Marcus.

La mujer lo tocó y se marchó caminando como un pato. Amani lo llevó por una parte de Harlem que él sólo conocía por historias, por las oraciones de salvación que los feligreses de la iglesia organizaban todos los domingos. El sol estaba cada vez más bajo. Amani empezó a llorar y a gritarle que caminase más deprisa, a pesar de que él ya iba todo lo rápido que le permitían sus piernecitas. Cuando Ma Willie y Sonny lo encontraron, ya anochecía. Su padre lo cogió de la mano y tiró de él con tanta fuerza que pensó que se le iba a dislocar el brazo. Su abuela le dio una buena bofetada a Amani y, en voz alta, para que todos lo oyesen, le advirtió: «Toca a este niño otra vez y ya verás lo que pasa.»

Marcus pensaba a menudo en ese día. Aún lo asombraba. No por el miedo que había sentido a lo largo del todo el día, cuando una mujer que para él no era más que una extraña lo había arrastrado cada vez más lejos de casa, sino por la fuerza del amor y la protección que había sentido después, cuando su familia lo había encontrado. No por perderse, sino por el reencuentro. La misma sensación que tenía siempre que veía a Marjorie: como si, de alguna manera, ella lo hubiese encontrado.

Habían pasado los meses y la relación entre Diante y Ki había quedado en nada. La única prueba de que había existido era la amistad entre Marcus y Marjorie. Diante no paraba de fastidiarlo una y otra vez con cosas como: «¿Cuándo vas a decirle a Marjorie que te mola?» Sin embargo, Marcus no sabía cómo explicarle que no se trataba de eso, porque ni él mismo comprendía qué era.

—Ésta es la región asante —explicó Marjorie señalando un mapa de Ghana que había en la pared—. Técnicamente, mi familia viene de ahí, pero mi abuela se mudó a la región central, esta de aquí, para estar más cerca de la playa.

—Odio la playa —dijo Marcus.

Al principio Marjorie sonrió, como si fuese a echarse a reír, pero de pronto borró ese gesto y su mirada se volvió seria.

—¿Te da miedo? —preguntó.

Dejó que su dedo se deslizase poco a poco fuera del límite del mapa, por la pared. Se llevó la mano a la piedra negra del collar que no se quitaba nunca.

—Supongo que sí —respondió él.

No se lo había dicho a nadie hasta entonces.

—Mi abuela decía que las personas que estaban atrapadas en el fondo del mar le hablaban. Nuestros antepasados. Estaba un poco loca.

—No me parece ninguna locura. Joder, en la iglesia de mi abuela todo el mundo ha percibido algún espíritu en un momento u otro. Sólo porque alguien vea u oiga algo que los demás no ven ni oyen no significa que estén mal de la cabeza. Mi abuela decía: «Un ciego no nos llama locos por ser capaces de ver.»

Entonces Marjorie le ofreció una sonrisa sincera.

—¿Quieres saber de qué tengo miedo yo? —preguntó, y él asintió.

Había aprendido a no asombrarse de lo directa que era. Ella nunca se perdía en formalidades: se tiraba de cabeza a lo más profundo.

—Del fuego.

Marcus había oído la historia de la cicatriz de su padre a la semana de conocerla. La respuesta no lo cogió por sorpresa.

—Mi abuela solía decir que nacimos de un gran fuego. Ojalá supiese a qué se refería.

—¿Alguna vez vas a Ghana?

—Bueno, he estado muy ocupada con el posgrado y dando clases. —Guardó silencio y calculó con la mirada perdida—. De hecho, no he estado allí desde que murió mi abuela —añadió en voz baja—. Ella me dio esto. Supongo que es una herencia familiar.

Marjorie señaló el colgante.

Marcus asintió. Por eso nunca se lo quitaba.

Estaba haciéndose tarde y Marcus tenía trabajo que hacer, pero no era capaz de moverse de aquel rincón del salón de Marjorie. Había una ventana en voladizo por la que entraba tanta luz que sentía su calidez en el hombro. Quería quedarse todo el tiempo que pudiera.

—No le habría gustado nada enterarse de que ha pasado tanto tiempo. Casi catorce años. Cuando mis padres aún vivían, intentaban obligarme ir, pero perderla había sido demasiado doloroso para mí. Después los perdí a ellos y supongo que ya no encontré motivos. Tengo el twi tan olvidado que ya no sé si me las arreglaría allí.

Soltó una risa forzada y apartó la mirada en cuanto le salió de la boca. Durante un tiempo que a él se le hizo eterno, Marjorie le ocultó el rostro. Al final el sol alcanzó un punto en que la ventana ya no podía atrapar su luz; Marcus sentía que su calidez iba abandonándolo, y quería recuperarla.

Marcus pasó el resto del curso académico evitando su investigación. Ya no le veía sentido. Había conseguido una beca con la que visitar Birmingham para ver lo que quedaba de Pratt City. Fue con Marjorie, y sólo lograron dar con un anciano ciego, y tal vez también un loco, que afirmaba haber conocido a H, el bisabuelo de Marcus, cuando era un niño.

—Podrías centrar la investigación en Pratt City —había sugerido Marjorie al salir de casa del viejo—. Parece un lugar interesante.

Al oír la voz de Marjorie, el señor había pedido tocarla. Porque así era como él conocía a las personas. Marcus los contempló, asombrado y algo avergonzado, mientras ella dejaba que el anciano le palpase los brazos hasta llegar a la cara, como si estuviese leyéndola. Fue la paciencia de la chica lo que lo admiró. El poco tiempo que hacía que la conocía le bastaba para saber que ella tenía paciencia suficiente para capear casi cualquier tormenta. A veces, Marcus estudiaba con ella en la biblioteca y la observaba con el rabillo del ojo mientras ella devoraba un libro tras otro. Su trabajo se centraba en la literatura africana y afroamericana, y cuando él le preguntó por qué había escogido esos temas, ella respondió que eran los libros que sentía en su interior. Mientras el anciano la tocaba, Marjorie lo miraba con tranquilidad, como si conforme él la leía, Marjorie lo leyese también a él.

—Eso no es relevante.

—¿Y qué es relevante, Marcus?

Marjorie se detuvo. Era posible que estuviesen encima de una antigua mina de carbón, una tumba para todos los presidiarios negros a los que habían obligado a trabajar allí. Una cosa era investigar algo, y otra muy distinta haberlo vivido. Haberlo sentido. ¿Cómo podía explicarle a Marjorie que lo que quería captar con su proyecto era la sensación del tiempo, de haber formado parte de algo que se remontaba hasta tan atrás en el pasado y tenía tal magnitud que se hacía fácil olvidar que ella y él y todos los demás existían dentro de ese algo? No al margen, sino en su interior.

¿Cómo podía explicarle a Marjorie que él no debería estar allí? Que no debería estar vivo. Ni ser libre. Que el hecho de haber nacido, o de no estar preso en alguna celda, no era fruto de su propio empeño ni del trabajo duro ni de la fe en el sueño americano, sino mera casualidad. Sólo sabía de su bisabuelo lo que Ma Willie le había contado, pero esas historias bastaban para hacerlo llorar y henchirlo de orgullo. Lo llamaban H, el Dos Palas. Pero ¿cómo habían llamado al padre de H y a su abuelo? ¿Y a las madres? Todos habían sido producto de su tiempo y, mientras caminaba por Birmingham, Marcus era una acumulación de todos esos momentos. Eso sí era relevante.

Sin embargo, en lugar de explicar todo eso, contestó:

—¿Sabes por qué me da miedo el mar?

Ella negó con la cabeza.

—No es miedo a ahogarme, aunque supongo que eso también me asusta. Es por todo ese espacio. Porque mire adonde mire, lo único que veo es azul y no tengo ni idea de dónde empieza. Cuando estoy allí, me quedo tan cerca de la orilla como puedo, porque así al menos sé dónde acaba.

Ella guardó silencio un rato y continuó caminando un poco por delante de él. Tal vez estuviese pensando en el fuego, que era, según le había confesado, lo que más temía. Marcus no había visto siquiera una foto de su padre, pero se lo imaginaba como un hombre aterrador con una cicatriz que le cubría toda una mitad de la cara. Imaginaba que a Marjorie le asustaba el fuego por las mismas razones que a él el agua.

Ella se detuvo bajo una farola rota que proyectaba una luz fantasmal y parpadeante.

—Seguro que la playa de Costa del Cabo te gustaría —dijo—. Es un sitio precioso. No tiene nada que ver con lo que puedas ver aquí.

Marcus rompió a reír.

—Creo que nadie de mi familia ha salido del país en su vida. No sabría qué hacer en un vuelo tan largo.

—La mayor parte del tiempo duermes —respondió ella.

Marcus estaba ansioso por salir de Birmingham. Pratt City había dejado de existir hacía mucho tiempo, y en sus ruinas él no iba a encontrar lo que estaba buscando. No sabía si lo hallaría en alguna parte.

—De acuerdo —accedió—. Vamos.

*

—¡Perdona, señor! ¿Quieres ver castillo de esclavos? Te llevo a ver castillo Costa del Cabo. Diez cedis sólo, señor. Diez cedis. Yo llevo a ver castillo, muy bonito.

Marjorie lo guiaba a toda prisa por la parada del *tro-tro* en dirección a un taxi que los llevaría al complejo turístico de la playa. Unos días antes habían estado en Edweso, presentando sus respetos al lugar de nacimiento de su padre. Unas horas antes estaban en Takoradi, haciendo lo mismo con el de su madre.

Allí todo relucía, hasta el suelo. Fueran adonde fuesen, Marcus veía un polvo rojo y brillante que al llegar la noche le había formado una película en todo el cuerpo. Y ahora habría que sumarle la arena.

—No les hagas caso —advirtió Marjorie, y lo hizo pasar de largo ante el grupo de niños y niñas que trataban de llamar su atención para que les comprase esto o lo otro, llevarlo aquí y allá.

Marcus se detuvo.

—¿Lo has visto? ¿Has visitado el castillo?

Estaban en mitad de una calle concurrida y los coches hacían sonar la bocina, aunque podrían estar pitándole a cualquiera: a la multitud de jóvenes delgadas con cubos en la cabeza, a los chicos que vendían periódicos, a todo un país con la piel como la de él, todo el mundo de aquí para allá, convirtiendo el tráfico en algo casi imposible. Aun así, hallaron el modo de cruzar.

Marjorie agarró las tiras de la mochila y se las separó de los hombros.

—No, la verdad es que nunca he ido. Es lo que hacen los turistas negros en cuanto llegan aquí.

Él respondió enarcando una ceja.

—Ya sabes a qué me refiero —repuso ella.

—Bueno, yo soy negro. Y turista.

Marjorie suspiró y miró la hora, aunque no tenían que ir a ninguna parte. Habían viajado para ver la playa y disponían de toda la semana para hacerlo.

—De acuerdo, te llevaré.

Fueron en taxi al complejo turístico y dejaron el equipaje. Desde el balcón, Marcus pudo contemplar aquella playa por primera vez. Parecía extenderse a lo largo de kilómetros y kilómetros. La arena reflejaba la luz del sol y centelleaba. Como diamantes en la antigua Costa del Oro.

Ese día apenas había gente pululando por el castillo, a excepción de unas cuantas mujeres que se habían reunido bajo un árbol muy viejo y comían cacahuetes mientras se trenzaban el cabello unas a otras. Vieron acercarse a Marcus y a Marjorie, pero no se movieron, y Marcus llegó a dudar si estaba viendo personas de carne y hueso. De haber algún lugar donde podía suponerse que habitaran fantasmas, era aquél. Desde fuera, el castillo era de un blanco cegador. Blanco como la tiza. Como si hubiesen limpiado y frotado todo el edificio hasta dejarlo reluciente, libre de toda mancha. Marcus se preguntó quién se habría ocupado de ello y por qué. Una vez dentro, todo adquirió un matiz más deslucido. El esqueleto sucio de la vergüenza de siglos pasados que mantenía el edificio en pie empezó a manifestarse en el hormigón ennegrecido, en las puertas de bisagras oxidadas. Enseguida los recibió un hombre tan flaco y tan alto que parecía estar hecho de gomas elásticas; los saludó a ellos dos y a las otras cuatro personas que se habían apuntado a la visita.

Le dijo algo a Marjorie en fante y ella respondió con el twi vacilante y avergonzado que llevaba hablando toda la semana.

De camino hacia la hilera larga de cañones que apuntaban hacia el mar, Marcus la hizo detenerse.

—¿Qué te ha dicho? —susurró.

—Conocía a mi abuela. Me ha deseado *akwaaba*.

Era una de las pocas palabras que Marcus había aprendido durante la estancia: «bienvenida». La familia de Marjorie, desconocidos de la calle, hasta el hombre que les había facturado el equipaje en el aeropuerto: todos se lo habían dicho a la chica desde su llegada. También se lo decían a él.

—Aquí es donde estaba la iglesia —explicó el hombre de goma, y señaló—. Está justo encima de las mazmorras. Se podía caminar por este nivel superior y entrar en la iglesia sin saber qué ocurría abajo. De hecho, muchos de los soldados británicos se casaban con mujeres de la zona y sus hijos iban a la escuela en este nivel superior, junto con otros niños del pueblo. También había otros a quienes enviaban a estudiar a Inglaterra, y al regresar formaban parte de la élite.

A su lado, Marjorie no se estaba quieta, pero Marcus intentaba no mirarla. Así era como la mayoría vivía la vida: en los niveles superiores, sin pararse a mirar hacia abajo.

Enseguida los guiaron hacia el piso inferior, hacia el vientre de aquella enorme bestia varada en la playa. Allí había mugre que no se quitaba limpiando. Verde y gris y negra y marrón, y oscura, muy oscura. No había ventanas. No había aire.

—Ésta es una de las mazmorras de mujeres —dijo al final el guía, y los condujo a una sala que aún conservaba un leve olor—. Aquí encerraban hasta a doscientas cincuenta mujeres durante casi tres meses. Las sacaban por esta puerta.

Continuó caminando.

El grupo dejó atrás el calabozo y se acercó hacia la salida. Una puerta de madera pintada de color negro. Sobre el dintel había un cartel donde se leía: «PUERTA SIN RETORNO.»

—Conduce a la playa, donde esperaban los barcos para llevárselas.

A ellas. A ellos. Siempre impersonal. Nadie los llamaba por su nombre. En el grupo, nadie abrió la boca. Todos se quedaron plantados, esperando. A qué, Marcus no tenía ni idea. De pronto, sintió náuseas. Quería estar en otra parte, en cualquier otro lugar.

No pensó. Sólo empezó a empujar la puerta. Oía al guía pidiéndole que parase, gritando a Marjorie en fante. También la oía a ella. Sentía el tacto de su brazo en la mano; entonces la puerta cedió y, por fin, se hizo la luz.

Marcus echó a correr por la playa. Allá fuera había cientos de pescadores cuidando de sus redes de color turquesa brillante. Hasta donde alcanzaba la vista, barcas de remo largas, hechas a mano. Cada una tenía una bandera sin nacionalidad, o de todas las nacionalidades. Junto a una británica había otra con lunares morados, una de color naranja sanguina junto a la francesa, una de Ghana junto a la de Estados Unidos.

Marcus corrió hasta dar con dos hombres de piel reluciente y oscura como el betún que alimentaban una hoguera cuyas llamas cegadoras lamían el aire y se acercaban a la orilla. Estaban cocinando pescado, y, al verlo llegar, lo miraron inmóviles.

Oyó los pasos antes de verla. El ruido de unos pies que golpeaban la arena, una luz, un sonido ensordecido. Ella se detuvo a varios pasos de él, y cuando habló, su voz sonó lejana. La arrastraba el viento salino.

—¡¿Qué te pasa?! —gritó Marjorie.

Marcus tenía la mirada fija en el mar. Agua en todas las direcciones, hasta donde alcanzaba la vista. Le salpicó los pies, amenazaba con apagar el fuego.

—Ven aquí —le pidió cuando por fin se volvió hacia ella.

Marjorie miró el fuego y entonces Marcus se acordó de su miedo.

—Ven —repitió él—. Ven a ver esto.

Ella se acercó un poco, pero se detuvo de nuevo al ver que una llamarada se elevaba hacia el cielo.

—No pasa nada —dijo él, convencido, y le tendió la mano—. No pasa nada.

Marjorie llegó hasta Marcus, donde el fuego se encontraba con el agua. Él le cogió la mano y ambos miraron hacia el abismo. El miedo que Marcus había sentido en el castillo aún lo acompañaba, pero sabía que era como el fuego: una criatura salvaje que aun así podía controlar, contener.

Entonces Marjorie se soltó. Marcus la vio correr hacia las olas que rompían allí cerca, tirarse de cabeza y sumergirse; no le quedó más remedio que esperar a que saliese de nuevo a la superficie. Cuando apareció, la vio hacer círculos con los brazos a su alrededor y, aunque no habló, supo lo que decía. Ahora le tocaba a él ir con ella.

Cerró los ojos y se adentró en el mar hasta que el agua le cubrió las pantorrillas. Entonces cogió aire y echó a correr. A correr metido en el agua. En un abrir y cerrar de ojos, las olas rompían a su alrededor, le pasaban por encima de la cabeza. Le entró agua en la nariz y le picaban los ojos. Cuando por fin sacó la cabeza para toser y después respirar, miró el agua que tenía ante sí, la vasta extensión de tiempo y espacio. Oía la risa de Marjorie y no tardó en reír también. Cuando por fin llegó hasta ella, la joven se movía lo justo para mantener la cabeza por encima de la superficie. El collar de la piedra negra descansaba debajo de su clavícula y Marcus se fijó en los destellos dorados que despedía, en cómo brillaba al sol.

—Toma —dijo Marjorie—. Quédatelo.

Se quitó el colgante del cuello y se lo puso a él.

—Bienvenido a casa.

Marcus sintió el golpe de la piedra en el pecho, dura y cálida, antes de que volviese a emerger. La tocó, sorprendido por su peso.

De pronto Marjorie lo salpicó y soltó una carcajada antes de salir nadando hacia la orilla.

Agradecimientos

Estoy increíblemente agradecida a las becas Chappell-Lougee Fellowship de la Universidad de Stanford, Merage Foundation for the American Dream Fellowship y Dean's Graduate Research Fellowship de la Universidad de Iowa por haber apoyado esta obra a lo largo de los últimos siete años.

Muchas muchas gracias a mi agente, Eric Simonoff, por su seguridad y sabiduría, por ser un fiero defensor de esta novela. También quiero dar las gracias al resto del maravilloso equipo de WME, sobre todo a Raffaella De Angelis, Annemarie Blumenhagen y Cathryn Summerhayes por representarme en el mundo de forma tan fabulosa.

Un millón de gracias a mi editora, Jordan Pavlin, por su manera alentadora y elegante de editar, por su fe inquebrantable en esta novela y por cuidarla tanto. Gracias también a todos los de Knopf por un entusiasmo sin límites. Asimismo, quiero dar las gracias a Mary Mount y al equipo de Viking en el Reino Unido.

Por los cimientos que proporciona la amistad: Tina Kim, Allison Dill, Raina Sun, Becca Richardson, Bethany Woolman, Tabatha Robinson y Faradia Pierre.

Gracias a Christina Ho, primera lectora y amiga querida, por ver la novela en cada una de sus descuidadas fases y por asegurarme a cada paso que valía la pena seguir adelante.

Pasar dos años en el Iowa Writers' Workshop fue un gran privilegio. Gracias, Deb West, Jan Zenisek y Connie Brothers. Gracias también a mis compañeros de clase, sobre todo a los que me ofrecieron consejo, aliento y comida casera, a veces todo en una misma noche: Nana Nkweti, Clare Jones, Alexia Arthurs, Jorge Guerra, Naomi Jackson, Stephen Narain, Carmen Machado, Olivia Dunn, Liz Weiss y Aamina Ahmad.

He tenido la suerte increíble de contar con profesores que me han hecho sentir, incluso de niña, que mi sueño de ser escritora era no sólo posible, sino también una mera cuestión de tiempo. No puedo agradecer lo suficiente esos ánimos del principio, pero seguiré intentándolo. En Alabama: Amy Langford y Janice Vaughn. En Stanford: Josh Tyree, Molly Antopol, Donna Hunter, Elizabeth Tallent y Peggy Phelan. En Iowa: Julie Orringer, Ayana Mathis, Wells Tower, Marilynne Robinson, Daniel Orozco y Sam Chang. Debo dar las gracias una segunda vez a Sam Chang por asegurarse de que tenía todo lo que me hacía falta para trabajar y por esa llamada de teléfono del 2012.

Gracias a Hannah Nelson-Teutsch, Jon Amar, Patrice Nelson y a la memoria de Clifford Teutsch por su apoyo y cálida bienvenida.

Debo muchísimo a mis padres, Kwaku y Sophia Gyasi, que, como tantos otros inmigrantes, son la encarnación del trabajo duro y del sacrificio. Gracias por abrir camino para que nos fuese más fácil avanzar por él. Gracias a mis hermanos Kofi y Kwabena por recorrerlo conmigo.

Gracias de nuevo y de forma especial a mi padre y a Kofi por resolver innumerables preguntas que surgieron durante la investigación. Además de la ayuda que supuso contar con sus respuestas y sugerencias, algunos de los libros y artículos que he consultado son: *The Door of No Return*, de William St. Clair; *Mission from Cape Coast Castle to Ashantee*, de Thomas Edward Bowdich; *The Fante and the Transatlantic Slave Trade*, de Rebecca Shumway; *The Human Tradition in the*

Black Atlantic, 1500–2000, editado por Beatriz G. Mamigonian y Karen Racine; *A Handbook on Asante Culture*, de Osei Kwadwo; *Spirituality, Gender, and Power in Asante History*, de Emmanuel Akyeampong y Pashington Obeng; *Black Prisoners and Their World, Alabama 1865–1900*, de Mary Ellen Curtin; «From Alabama's Past, Capitalism Teamed with Racism to Create Cruel Partnership», de Douglas A. Blackmon; *Twice the Work of Free Labor: The Political Economy of Convict Labor in the New South*, de Alex Lichtenstein; «Two Industrial Towns: Pratt City and Thomas», de The Birmingham Historical Society; *Yaa Asantewaa and the Asante-British War of 1900–1*, de A. Adu Boahen, y *Smack: Heroin and the American City*, de Eric C. Schneider.

Por último y con mayor urgencia, quiero dar las gracias a Matthew Nelson-Teutsch, el mejor lector y el corazón más amado, que aportó a cada lectura de esta novela toda la generosidad, inteligencia, bondad y amor con los que llena mis días. Nosotros, esta novela y yo, somos mejores gracias a ello.